insel taschenbuch 4416

Harriet Lane

Denn nichts bleibt vergessen

HARRIET LANE

Denn nichts bleibt vergessen

Roman

Aus dem Englischen von Peter Knecht

Insel Verlag

Die Originalausgabe erschien 2014 unter dem Titel *Her*
bei Weidenfeld & Nicolson, an imprint of the Orion Publishing Group, London.

Erste Auflage 2015
insel taschenbuch 4416
Deutsche Erstausgabe

Vertrieb durch den Suhrkamp Taschenbuch Verlag
Umschlag: ZERO Werbeagentur, München
Umschlagfoto: Mark Owen / Trevillion Images
Satz: Satz-Offizin Hümmer GmbH, Waldbüttelbrunn
Druck: CPI – Ebner & Spiegel, Ulm
Printed in Germany
ISBN 978-3-458-36116-9

Denn nichts bleibt vergessen

FÜR POPPY

NINA

Sie ist es. Ich bin fast sicher.
Es ist später Nachmittag, ein Freitag Ende Juli. Ich komme aus dem Laden, in der Hand eine Papiertüte mit einer kalten Flasche Wein, gehe über den Platz und denke über meine Arbeit nach, darüber, was ich heute gemacht habe, ob es etwas taugt oder ob es mich wieder einmal nur in eine Sackgasse geführt hat. Der Himmel, der da und dort durch die Kronen der Platanen hindurchblitzt, ist mit Hitze gesättigt, die goldene Luft schwer von Blütenstaub, aber auch durchdrungen von dem beunruhigenden Aroma des Großstadtsommers: Auspuffgase, der Geruch aus Abwasserkanälen, der ferne Gestank uralter vergessener Rinnsale, die durch die Felsen bis in den Schlick tief unter meinen Füßen sickern.
Ich denke gerade über dieses Violett nach, ob ich es richtig hinbekommen habe zwischen den verschiedenen Grün- und schlammigen Brauntönen, da sehe ich sie. Sie ist auf der anderen Seite des Platzes, beugt sich hinunter und streckt die Hand aus nach einem kleinen Kind. Das Erlebnis, sie nach all der Zeit einfach so vor mir zu sehen, wirft mich fast um, ein Gefühl ähnlich wie Panik oder Leidenschaft. Ich spüre, wie meine Hände sich zu Fäusten ballen. Mir ist plötzlich ganz deutlich bewusst, wie meine Lunge sich mit Luft füllt und sie dann wieder ausströmen lässt.
Hastig wechsle ich die Richtung, gehe zu einem Schaukasten, als würde ich mich brennend für irgendwelche Yoga- oder Französischkurse interessieren, aber in Wirklichkeit beobachte ich die ganze Zeit, was da drüben vor sich geht. Ich sehe sie genau, bemerke die dünne Matrosenbluse, die hochgekrempelten Jeans, die hässlichen deutschen Fußbettsandalen, die alle hier tragen, das hinter die Ohren geschobene Haar.

Ich beobachte, wie sie etwas aus der Tasche zieht, ein Stoff- oder Papiertaschentuch, darauf spuckt, sich vorbeugt und dem Kind das Gesicht damit abwischt. »Meine Güte, Christopher, wie du aussiehst!«, sagt sie. »Sogar in die Haare hast du dir Eis geschmiert. Wie hast du das nur geschafft?« Ihre Stimme trägt weit, sodass ich hören kann, wie erschöpft sie ist: Sie spricht, ohne nachzudenken, beinahe automatisch. Als sie das Taschentuch wieder einsteckt und sich aufrichtet, sehe ich, dass sie schwanger ist. Im vierten Monat etwa, schätze ich.
Der Junge reißt sich von ihrer Hand los und marschiert in sonderbar wackelndem Gang los, wie ein Seemann oder ein Betrunkener. Er steuert quer über den Platz direkt auf mich zu, und einen Moment lang erstarre ich vor Schreck: Emma folgt ihm, sie wird mir höflichkeitshalber entschuldigend zulächeln und dabei ganz selbstverständlich erwarten, dass ich bezaubert bin von dem Jungen, und vielleicht wird sie mich wiedererkennen. Vielleicht auch nicht.
Aber dann rettet er mich vor dem Schlimmsten, indem er hinfällt. Er stolpert und kippt nach vorn um, fast wie eine Figur in einem Comic, und in dem angsterregend stillen Moment, der darauf folgt, springt sie flink und entschlossen zu ihm hin.
Ich entferne mich, ohne zurückzuschauen, als das schrille Heulen einsetzt, und ich denke: *Emma, du bist es. Ich habe dich gefunden.* Und als ich kurz darauf in dem Laden, in dem ich Brot und Käse gekauft habe, bezahle, zittern meine Hände immer noch ein bisschen.
Ich gehe nach Hause. Ohne Sophie und Charles fühlt das Haus sich fremdartig leer und ungewohnt an, als ob es gar nicht meines wäre. Wenn ich allein bin, was selten vorkommt, dauert es immer ein paar Tage, bis ich mich an den Zustand gewöhne. Lenka war da, ein angenehmer Geruch von Putzmitteln und Bügeldampf hängt in der Luft. Ich gehe durch die Wohnung, öffne die Fenster und mache rückgängig, was Lenka beim Ordnungmachen in Unordnung gebracht hat: Ich stelle die Blumen wieder

auf das Seitentischchen und nehme die Untersetzer weg, die sie, etepetete, wie sie ist, den Kerzenständern untergeschoben hat. In Sophies Zimmer finde ich Henry vor, der es sich auf dem Bett gemütlich gemacht hat. Er reibt seinen Kopf an meiner Hand, als ich mich zu ihm hinunterbeuge, dann streckt er sich lang aus und bietet mir gnädig seine Kehle dar zum Zeichen, dass er mir gestattet, ihn mit weiteren Aufmerksamkeiten zu verwöhnen. Ich gehorche, dann trete ich an die Kommode, wo ich in einer Schublade unter Sophies Schuluniform das Päckchen Zigaretten finde, das sie dort vergessen hat.

Ich nehme Streichhölzer und ein Glas Sancerre mit auf die Terrasse, setze mich hin und lasse meinen Blick über den Garten schweifen, während ich rauche. Die ausgetrocknete Zigarette knistert leise, wenn ich daran ziehe. Ich habe jahrelang nicht mehr geraucht, und mir wird ein bisschen übel und schwindlig. Der Rauch schwebt durch das Geißblatt und den weißen Mohn, dessen papierene Blütenblätter bald im Gras verstreut liegen werden.

Als ich beim zweiten Glas bin, ruft Charles an. Ich freue mich, seine Stimme zu hören, bin froh um die Ablenkung, so froh, dass ich versucht bin, ihm von der Sache heute zu erzählen, es in Worte zu fassen.

Er ist aufgekratzt, fast euphorisch: Der Flug hatte Verspätung, aber er kam noch gerade rechtzeitig, die Präsentation ist gut gelaufen, er und Theo waren als Letzte dran, und gerade hat der Bauherr angerufen und mitgeteilt, dass sie in der engeren Wahl sind. »Es ist ein tolles Projekt«, sagt er, »ein großartiges Grundstück in der Nähe der Oper. Wir könnten den Auftrag gut gebrauchen. Ich würde gern noch ein paar Tage bleiben, mich mit Leuten treffen, ein bisschen zeichnen – im Büro komme ich ja nicht dazu, da werde ich andauernd gestört. Es ist dir doch recht, oder?«

Ja, natürlich, sage ich. Wir hatten nichts Besonderes geplant.

»Wie sieht es bei dir aus, ist Sophie gut weggekommen?«, fragt er, und während ich sage, was man eben so sagt, überlege ich, ob ich ihm von Emma erzählen soll, aber ich weiß nicht recht, wie ich es erklären kann – es ist eigentlich mehr ein Gefühl als eine Geschichte –, da unterbricht er mich: »Entschuldige bitte, ich bin gleich wieder bei dir …«, und dann sagt er, Theo ist gerade aufgetaucht, und sie müssen irgendwohin zum Essen. *Ja, gut,* sage ich, *reden wir morgen weiter,* und lege auf.

Später, als ich im Bett liege, stelle ich mir die Szene unter den Platanen noch einmal vor, analysiere sie, suche in den erinnerten Bildern nach bedeutsamen Einzelheiten. Sie hatte eine braune Tasche an einem langen Riemen dabei, die gegen ihre Hüfte schlug, als sie dem Jungen nachlief. Ihre Haare waren heller als früher, wahrscheinlich gefärbt. Die Matrosenbluse. Die hochgekrempelten Jeans. Die bronzefarbenen Sandalen. Ich habe das Gefühl, es ist nicht genug.

Von diesem Tag an bin ich angespannt, wenn ich durch die Innenstadt oder durch den Park gehe. Ich habe Angst davor, ihr zu begegnen, und gleichzeitig habe ich Angst, sie nie wieder zu sehen.

Charles kommt nach Hause. Es sind Schulferien, die Straßen sind leer. In den Gärten ringsum wird gegrillt, der fröhliche Lärm der Leute geht bis spät in die Nacht.

Mein Vater ruft aus Südfrankreich an: »Wollt ihr nicht für ein paar Tage herkommen, du und Charles? Clara hat Schwimmen gelernt.« »Ja, ja«, ruft Delphine irgendwo im Hintergrund, »sag Nina, wir vermissen sie, nicht, Clara?« Kratzen und Knacken ist in der Leitung zu hören und dann Claras Atem – offenbar hält sie das Telefon an ihren Mund. »Bist du das, Clara?«, frage ich. Und dann ist mein Vater wieder am Telefon und sagt: »Na ja, überlegt es euch, wir würden uns freuen, euch zu sehen, entweder hier oder auch später, wenn wir wieder in Paris sind.« Das wäre sicher schön, sage ich, ich werde darüber nachdenken, aber wir wissen, dass es dabei bleiben wird. Es wird nichts dabei herauskommen.

Sophie schickt pflichtschuldig E-Mails, berichtet von dem Praktikum in der Galerie, das ihr Vater ihr besorgt hat, streut gelegentlich einen Scherz über Trudys Milchphobie ein. Einmal in der Woche rufe ich meine Tochter in der Wohnung an, und wenn Arnold rangeht, machen wir ein bisschen steife Konversation: Wie groß Sophie geworden ist, wie sie mit den Kindern Muffins gebacken hat, ob sie nicht ein paar Tage länger bleiben kann – die Crawfords haben sie alle zum Hampton Classic eingeladen. Wenn ich noch mehr Pech habe, nimmt Trudy ab, und sie bequatscht mich in diesem von keinerlei Zweifel angenagten Frageton, gepanzert mit Wohlerzogenheit, penetrant munter kontrolliert. Mich überkommt jedes Mal eine Mischung aus Scham und blankem Hass, wenn ich mit Trudy spreche, wenn ich mir vorstelle, was ich in ihren Augen bin: die Engländerin, die erste Ehefrau, die böse Mrs Setting. Eine Frau, die Arnolds Familiennamen nach der Scheidung behalten hat, »aus beruflichen Gründen offenbar«. Natürlich. Trudy ihrerseits führt ihren Mädchennamen, wegen ihrer Praxis – sie ist Psychotherapeutin – und mit Rücksicht auf ihre gesellschaftlichen Beziehungen, in die auch Arnold und die beiden restlos durchgetakteten Kinder Astrid und Otto eingebunden sind. Sophie nennt sie immer »die Blagen«, findet sie in kleinen Dosen jedoch halbwegs erträglich.

»Sie malt«, erzählt Trudy wahrscheinlich ihren Freunden. »Angeblich ist sie ziemlich bekannt, in England.«

Die Wochen vergehen, es wird Hochsommer. Emma, so stelle ich mir vor, ist wie alle Leute in den Urlaub gefahren, vielleicht nach Dorset oder Norfolk oder nach Korsika oder Kreta. Im Geist sehe ich sie am glitzernden Wasser sitzen, einen Sonnenhut auf dem Kopf, ihren Bauch gut verstaut in einem schlichten dunkelblauen Badeanzug, während ihr Mann, die Schultern voller Sommersprossen und im Gesicht einen Dreitagebart, Bier trinkt und sich am Grill zu schaffen macht, auf dem verkohlte Fleischstücke brutzeln.

Ich habe aufgehört, nach Emma Ausschau zu halten, und bin

froh, mein Viertel wieder für mich zu haben, mich in meinem vertrauten Revier frei bewegen zu können. Es gefällt mir, wenn der August die Stadt in seinem trägen Griff hat, die leeren Straßen gefleckt von Schatten, wenn das Gras in den Parks schütter und gelb wird und die Hitze flimmernd über geparkten Autos schwebt. Ich schlage Einladungen von Kate Farrar und den Shapes aus, zufrieden damit, untertags mit meiner Arbeit alleine zu sein und die Abende mit Charles zu Hause zu verbringen, in der Dämmerung, wenn es im Garten kühler wird, draußen zu essen und die Ruhe zu genießen.

In diesen langsam verrinnenden heißen Wochen entstehen auf dem Weg zum und vom Atelier in mir Farben und Texturen: Grau- und Brauntöne und manchmal ein überraschendes Blau. Sie haben etwas Sanftes und doch auch etwas Raues, Kaltes. Ich spüre, wie sich etwas in mir in Bewegung setzt.

Wie immer, wenn ich das spüre, versuche ich, nicht zu viel darüber nachzudenken, weil es sein kann, dass es sich in Nichts auflöst. Ich habe das schon zu oft erlebt, und dieser Verlust ist immer schmerzlich. Ich konzentriere mich auf den Impuls, so gut es geht, und kümmere mich nicht darum, was daraus werden mag. Einstweilen fühlt es sich gut an, wenn ich im Atelier stehe und male, und die Regale füllen sich mit Bildern: querlaufende Bänder von Erde und Luft und Wasser. Ein Himmel nach dem anderen, tiefe unscharfe Horizonte, verwischte, verschrammte Andeutungen der Landschaft.

Eines Vormittags kommt Michael von der Galerie vorbei, geht zwischen den fertigen Arbeiten umher, nickt und runzelt anerkennend die Stirn. »Du hast einen Lauf«, sagt er schließlich und tritt einen Schritt zurück, um sich eines der größeren Bilder anzusehen, das an der Wand lehnt. »Sie haben Atmosphäre. Es gefällt mir, wie du mit der Leere der Gegend umgehst.«

»Es ist eine Landschaft in Kent, wo ich früher mal war«, sage ich und löffle Kaffeepulver in die Becher. Erst jetzt wird mir das richtig klar: Wenn es eine wirkliche Gegend ist, ist es am ehesten die

Marsch. Diese weiten Flächen voller Gestrüpp, diese zerzausten Grasbüschel und vom Wetter geformten Bäume, die dunklen Wasserläufe und Abzugsgräben, die mit Wasservögeln gesprenkelten Kanäle. Und irgendwo im Hintergrund und darunter ist das Meer, und über allem spannt sich der Himmel.

Weil die Arbeit so befriedigend vorangeht, ist es ein guter Sommer. Charles bekommt den Auftrag in Wien, das erleichtert ihn und heitert ihn auf. Er tut Dinge, die er nicht oft tut. Auf dem Nachhauseweg etwa macht er bei dem türkischen Gemüsehändler Halt und kauft kistenweise flache weißfleischige Pfirsiche (ich mag die billigeren gelben lieber, aber das behalte ich für mich), oder er ruft an und sagt, dass er Karten für das Almeida oder das Duchess bekommen hat.

Wenn wir abends die Dean Street entlanggehen, empfinde ich sein vages Behagen an meiner Gesellschaft ebenso deutlich wie die klebrige Resthitze unter den dünnen Sohlen meiner Sandalen. In früheren Zeiten hätte er mich hier neben einem dunklen Hauseingang, der nach Pisse riecht, geküsst. Bei dem Gedanken werde ich fast melancholisch.

Die Erleichterung, in meiner Arbeit eine neue Richtung gefunden zu haben, bewirkt, dass ich herrlich tief schlafen kann. Die Träume bleiben aus. Wenn ich aufwache, liegt ein sinnvoller Tag vor mir.

Ich versuche Emma in den Hintergrund meines Denkens zu schieben. Aber sie bleibt nicht dort.

Es ist jetzt fast September. Die Sonne hat die Stadt ausgebleicht. Nachts wache ich vom Lärm der Polizeihubschrauber auf, die zu den Villen am Fuß des Hügels fliegen. Es ist eine gefährliche Zeit, die Nerven liegen blank. Offene Fenster ziehen Einbrecher an. Alles kann passieren.

Ich bin in der chemischen Reinigung, um ein Seidenkleid und ein paar Sachen von Charles abzuholen, da sehe ich sie durch die Scheibe der Glastür. Einen Augenblick lang – aber sie bemerkt es nicht – fällt sie mit meinem Spiegelbild in eins zusammen: sie groß, ich zierlich, sie rosig, ich blass, sie hell, ich dunkel, dann geht sie weiter, während ich im Türeingang stehe. Sie ist so nahe, dass ich den silbernen Armreif an ihrem goldenen Handgelenk sehe, dass ich den frischen Waschmittelgeruch ihrer Kleidung (grüne Wolljacke über einem rosa Leinenkleid, abgewetzte Tennisschuhe) riechen kann. Dieses Mal trägt sie die Haare offen. Sie sehen verstruwwelt aus, als hätte sie keine Zeit gehabt, sie ordentlich zu bürsten.

Sie schiebt einen dieser großen dreieckigen Buggies, an den Griffen hängen Einkaufstaschen aus Jute. Das Kind, Christopher, ist mit Sicherheitsgurten darin festgeschnallt, sein Gesicht ist böse verkniffen. »Jetzt gibt's keine Plätzchen«, sagt sie gelassen, »es gibt gleich Mittagessen.« Als die Ampel umschaltet, überquert sie die Straße vor der Pizzeria, und ich sehe, wie jemand, der dort drinnen am Fenster sitzt, sich aufrichtet und ihr zuwinkt. Ich krame in meiner Tasche nach meiner Sonnenbrille und setze sie auf, bevor ich an der Pizzeria vorbeigehe, damit ich ohne Gefahr hineinschauen kann. Emma sitzt an einem Tisch zusammen mit anderen Müttern. Die Kinder thronen zwischen ihnen in Hochstühlen und werfen Sachen auf den Boden, während der Kellner, ein gequält verständnisvolles Lächeln im Gesicht, darauf wartet, die Bestellung aufzunehmen.

Ich wüsste gerne, wo sie wohnt.

Natürlich ist es nicht das erste Mal, dass ich versuche, sie zu googeln, doch es kam nie etwas dabei heraus. Sicher, das könnte daran liegen, dass sie inzwischen einen anderen Namen trägt, aber auch von ihrer früheren Inkarnation ist unter all den anderen Emma Halls nirgends eine Spur zu entdecken. Das beweist nicht viel: Wir sind beide in der Zeit vor dem Internet groß geworden, und so ist es nicht besonders erstaunlich, dass ich dort nichts über sie finde, weder, was sie als junge Frau, noch, was sie in ihren Dreißigern gemacht und erlebt hat, aber eigentlich brauche ich gar keine weiteren Belege für das, was ich bei diesen zwei kurzen Begegnungen ohnehin gesehen habe: Universitätsabschluss, eine Stelle in der Redaktion einer Zeitschrift oder vielleicht in einem Museum oder auch einer Galerie und dann – als sie schon fast keine Hoffnung mehr hatte – die Chance, aus diesem Leben auszubrechen und etwas Neues auszuprobieren. Kinderwagen und Babytragen, schreien lassen oder auf den Arm nehmen, Krabbelecke und Kaffeetrinken im Park mit anderen älteren Müttern.

Gefällt es dir, Emma? Ich ertappe mich bei diesem Gedanken, als ich die Tube mit dem Krapprot aufschraube und einen prächtig schimmernden Wurm auf eine Untertasse drücke. *Ist das das Leben, für das du bestimmt warst?*

Das Sonnenlicht gleitet immer weiter über den Betonboden des Ateliers. Die Fenster mit den Metallrahmen stehen offen, ein paar Stockwerke tiefer reden Leute, klappen Kofferraumdeckel zu, bringen Dinge in das Lager gegenüber oder holen welche ab. Von meinem Atelier hat man keine besondere Aussicht: Man blickt auf die schwarzen Fensterscheiben leerstehender Werkstätten, auf mit Kies bestreute Flachdächer, eingefasst von Bändern aus Asphalt, und auf Unkraut, das in den Ritzen von Ziegelmauern wächst.

Ich schaue hoch in den weiß brennenden Himmel.

EMMA

Am Ende kann ich sogar von Glück reden. Ich muss meine Geldbörse verloren haben, als ich aus dem Gemüseladen kam, und sie hat sie auf dem Gehsteig gefunden.

»Oh, das war nicht schwierig«, sagt sie am Telefon, »alle Angaben stehen auf Ihrem Bibliotheksausweis.«

»Sie können sich gar nicht vorstellen, wie erleichtert ich bin«, sage ich. In Wirklichkeit hatte ich in dem üblichen Durcheinander noch nicht einmal bemerkt, dass das blöde Ding fehlt – all die Taschen mit meinen Einkäufen, die ich wegräumen musste, und Christopher, der die ganze Zeit quengelt, weil er grüne Bohnen nicht mag. »Wohnen Sie in der Gegend? Ich könnte vorbeikommen und sie abholen, sobald mein Sohn fertiggegessen hat. Wie ist die Adresse?«

»Ach, wissen Sie, ich bringe sie Ihnen vorbei, das macht mir gar nichts aus«, sagt sie. Eine sanfte Stimme, ein bisschen zögerlich.

»Was? Das ist aber nett. Sind Sie sicher?«, frage ich, und sie sagt, sie ist in zehn Minuten da. Sie wohnt praktisch gleich um die Ecke, in Pakenham Gardens. Ich sehe die Straße vor mir, die gestutzten Hecken, die Klinker frisch verfugt, die oliv und lavendelblau gestrichenen Türen. Die Wege durch die Vorgärten, die mit Platten in Schachbrettmuster belegt sind, die oberen Felder der Sprossenfenster aus farbigem Glas, rosa, grün, goldgelb. »Also, wenn Sie sicher sind«, sage ich, während Christopher mit seinem Plastikhumpen auf den Tisch haut und nach Milch schreit wie Heinrich VIII. nach Malvasier.

Wie nicht anders zu erwarten, stellt sich heraus, dass sie genau der Typ Frau ist, dem ich am liebsten nicht über den Weg laufen will, die Sorte Mensch, die ich auf gar keinen Fall wählen würde, wenn ich mir aussuchen könnte, wer meine verlorene Brieftasche finden soll. Ich stehe in der Tür, über der Schulter ein verkleckertes Küchentuch, einen Ketchupfleck auf der Hose und (aber das bemerke ich erst hinterher) Mehl im Haar, und mir ist blitzartig klar, mit wem ich es zu tun habe, welche Art Leben sie führt, und ich beneide sie so darum, dass es wehtut.

Als ich sie da auf dem Türabsatz stehen sehe, weiß ich so ziemlich alles über sie. Auf einer Ebene meines Bewusstseins sehe ich eine Frau, etwa in meinem Alter, zierlich und dunkel, schwarz gekleidet und mit Ballerinas: schlanke gebräunte Arme und Beine, die Haare kurz geschnitten und ein bisschen feucht, als hätte sie gerade geduscht oder käme vom Schwimmbad. Auf einer anderen Ebene lese ich sie, wie eine Frau eine andere liest, und ich erkenne sofort, dass sie *frei* ist. Wie ich das weiß? Sie hat etwas Langsames an sich, nichts und niemand hetzt sie. Ich spüre, dass sie auf etwas wartet. Einen Lidschlag lang wartet sie, ehe sie lächelt, ehe sie spricht, und ich bemühe mich hektisch, die Lücken zu füllen, und plappere los wie eine Idiotin. Erst da fängt sie an, in ihrer großen geflochtenen Einkaufstasche nach der Geldbörse zu suchen.

Sie wirkt wie jemand, der Zeit hat. Nichts kommt mir exotischer vor als das. Mein ganzes Leben ist verplant: Von frühmorgens bis abends hetze ich mich ab, Christopher zu essen zu geben, ihn zu unterhalten, zu baden, zu Bett zu bringen (meine eigenen Bedürfnisse spielen allenfalls eine untergeordnete Rolle). Immer wenn ich etwas tue, muss ich bereits an das Nächste denken, das zu erledigen ist, oder das Übernächste.

Wenn ich so unvorsichtig bin, den Zeitplan zu vergessen, oder beschließe, zu improvisieren, dann weiß ich, dass ich das früher oder später bitter büßen muss. Christophers Toleranzgrenzen sind extrem knapp bemessen; wenn ich nicht dafür sorge, dass er zur richtigen Zeit Essen oder Schlaf bekommt, bestraft er mich dafür, und das ist schwer auszuhalten: Ich bin auch sonst schon nicht mehr ich selbst, aber in diesen Momenten werde ich mir so fremd, wie ich es mir vor wenigen Jahren nie hätte vorstellen können, und ich verwandle mich in ein Wesen, das an der Stelle, wo normalerweise das Herz sitzt, nur noch rotglühende rasende Wut fühlt.

Ich habe mich in meinem alten Leben von anderer Leute Bedürfnissen leiten lassen, immer bereit, auch unberechtigte Forderungen zu erfüllen, es jedem recht zu machen, ich habe meine berufliche Karriere auf meine Fähigkeit gegründet, Ärger im Voraus zu erahnen. Es ist meine besondere Tragödie, dass ich immer noch darauf programmiert bin, alle nur irgend möglichen Probleme lösen zu wollen, obwohl die Obrigkeit, der ich jetzt unterworfen bin, ein kleiner Despot ist, der keinerlei Maß und Vernunft kennt. Seine Launen und Gelüste zu befriedigen, mit seinen heftigen Leidenschaften und Abneigungen zurechtzukommen, kostet mich alle Kraft und Geduld, die ich aufbringen kann. Und normalerweise reicht es nicht.

Wie sie da in der Tür vor mir steht, sehe ich zugleich mich selbst, all meine Defizite. Ich sehe all das, was mir fehlt.

»Nina Bremner«, sagt sie und streckt mir die Hand entgegen.

»Ich bin Emma. Ich kann Ihnen gar nicht genügend danken ... Sie retten mir das Leben.« Ihre Hand fühlt sich trocken und kühl an. Hastig lasse ich sie los.

»Das ist doch selbstverständlich«, sagt sie und kramt in ihrer Tasche. »Sie lag auf dem Bürgersteig vor dem Briefkasten. Bei dem Gemüsegeschäft.«

»Ah – ja, ich habe einen Brief eingeworfen. Mein Gott, manchmal denke ich, ich werde langsam verrückt.«

»Na ja, Sie haben immerhin eine Entschuldigung«, sagt sie mit einem Blick auf meinen Bauch. »Wann ist es denn so weit? Ich weiß, wie das ist.«

»Im November. Sie haben Kinder?«, frage ich. Irgendwie bin ich enttäuscht – sie sieht so *anders* aus. Ich möchte nicht, dass sie ist wie ich, nur besser.

»Eines. Aber sie ist schon siebzehn. Das kann man nicht vergleichen.«

»Sie sehen gar nicht alt genug dafür aus. Man denkt beinahe, Sie müssen bei Ihrer Hochzeit selbst noch ein Kind gewesen sein«, sage ich, und sie lacht.
Hinter mir plötzlich Scheppern und Poltern. Es kommt aus der Küche. Dann zorniges Gebrüll.
»Ach so! Sie haben schon eines. Wie alt?«, fragt sie und fängt wieder an, in ihrer Tasche zu kramen. »Entschuldigung, sie muss hier irgendwo sein, ich ...«
»Er ist zweieinhalb. Ich glaube, ich muss nach ihm sehen – wollen Sie nicht auf eine Tasse Tee mit reinkommen?« Ich glaube nicht, dass sie es will. Warum sollte sie? Aber sie lächelt. »Ja, gerne«, sagt sie. Und schon ist sie im Flur, umweht von einem schwachen Parfümduft, schlängelt sich geschickt an dem Monstrum von geländetauglichem Buggy vorbei, das da steht, und macht die Tür hinter sich zu, während ich in die Küche eile, wo Christopher in seinem Hochstuhl thront und mit düsterer Befriedigung auf die Schweinerei niederblickt, die er angerichtet hat.
Manche der Leute, die hier zu Besuch sind, verhalten sich, als würden sie irgendeiner Art von Vorstellung beiwohnen. Sie stehen am Rand des Raums, lächeln und plaudern, während ich hektisch Karotten schnitzle oder mit Putzlappen hantiere, und im Grund meiner Seele weiß ich, dass sie es genießen, zu sehen, was aus mir geworden ist. Natürlich kennt Nina mich nicht und weiß nicht, wer ich wirklich bin, aber sie hat einen Blick dafür, was zu tun ist, und sie macht sich nützlich, ohne Wichtigtuerei oder peinliche Entschuldigungen. Während ich am Boden herumkrieche und Gemüsebrei und verschüttete Milch aufwische, füllt sie den Wasserkocher und räumt das schmutzige Geschirr in die Spülmaschine. Sie findet schnell die Tassen für den Tee.
»Ein hübsches Haus haben Sie«, sagt sie. »Wie lange wohnen Sie schon hier?«
»Wir haben es nach Christophers Geburt gekauft«, antworte ich. »Früher hatten wir eine Wohnung in der Atwell Street. Die war

eigentlich ganz nett, aber wir wollten einen Garten haben. Natürlich gibt es hier noch eine Menge zu tun, wir sind noch nicht dazu gekommen, alles so herzurichten, wie man sich das wünscht, und wir können es uns auch gar nicht leisten, jetzt alles auf einmal machen zu lassen. Entschuldigen Sie dieses Chaos – irgendwie schaffe ich es einfach nicht, die Dinge auf die Reihe zu bringen.« Ich höre mich das alles sagen und weiß genau, wie es klingt.

Mit flinken, geschickten Bewegungen nimmt sie die Kanne des Wasserkochers und gießt kochendes Wasser in die Tassen; Dampf steigt auf, der in den schräg einfallenden Sonnenstrahlen silbern schimmert. »Ich weiß, wie das ist, mir ist es damals nicht anders gegangen«, sagt sie. »An manchen Tagen fühlt man sich, als liefe man in der falschen Richtung auf einem Förderband. Man strampelt sich ab und kommt doch nicht vom Fleck.«

»Ich hätte nie gedacht, wie viel Dreck und Mühe es macht, einfach bloß zu *leben.*« Ich lache unfroh, gebe Christopher eine kleine Portion Rosinen und hebe ihn aus dem Stuhl. »Ich meine: Was alles dazugehört, auch nur eine Mahlzeit für ihn zuzubereiten! Man schält und schnippelt und kocht und lässt es abkühlen, und hinterher spült und scheuert man und wischt und putzt. Ein Stein fällt ins Wasser, und tausend gottverdammte Wellen laufen über den ganzen See. Und wenn man Ordnung schaffen will, entsteht daraus nur noch mehr Chaos. Ich gehe an den Schrank, um den Schrubber rauszuholen, und während ich ihm den Rücken zudrehe, verstreut er Wäscheklammern im ganzen Haus oder versteckt die Düse des Staubsaugers im Eimer mit dem Verpackungsmüll. Oder er schnappt sich die Flasche mit dem giftigen Toilettenreiniger ...«

Ich breche ab. Ich habe schon mehr gesagt, als ich eigentlich will – es sprudelte einfach aus mir heraus. Ich bin nur froh, dass ich nicht auch noch diese Phrase zitiert habe, auf die ich neulich zufällig in einem Lexikon geflügelter Worte gestoßen bin: »Ach, all dieses Zuknöpfen und Aufknöpfen!« Sie stammt aus dem Abschiedsbrief einer Selbstmörderin aus dem 18. Jahrhundert und geht mir in einer Endlosschleife ständig im Kopf herum, während ich mich durchs Leben schleppe.

Sie sieht mich an. Es ist, als erkenne sie mich wieder, als die, die ich wirklich bin. Es ist ein schockierender Moment. Eine Schrecksekunde lang ist mir, als müsste ich gleich losheulen vor Erleichterung und Grauen.

»Setzen Sie sich«, sagt sie und schiebt mir einen Stuhl hin. »Trinken Sie Ihren Tee.«

Ich starre hinaus auf das kleine Stückchen zertretenen Rasen, auf dem buntes Plastik herumliegt, auf die elenden ungeliebten Sträucher, die Tür des Schuppens, die zu reparieren Ben versprochen hat und die immer noch schief in den Angeln hängt, ein Sinnbild unserer beider Unfähigkeit, etwas zu ändern. Über der verwilderten Hecke ist die Wäsche der Callaghans auf der Leine zu sehen.

Christopher kauert auf einem umgedrehten Blumentopf und isst seine Rosinen, zumindest die, die ihm nicht runterfallen. Ich sehe, wie er sich hinunterbeugt und die verlorenen Stücke sorgsam aus dem Gras klaubt, und denke: *Katzenscheiße.* Aber dann denke ich: *Pfeif drauf,* und setze mich hin.

Sie zieht einen Stuhl für sich heran.

»Entschuldigung«, sage ich, und weil mir das alles so peinlich ist, rede ich hektisch weiter: »Lieber Gott! Wissen Sie, ich bin nicht immer so. Das kommt nur davon, dass wir grade erst aus dem Urlaub zurückgekommen sind – Sie kennen das sicher.« Ich nehme die Tasse. Sie ist heiß. Der Tee ist mir zu schwach, aber immerhin habe ich ihn nicht selbst machen müssen.

Sie fragt mich, wo wir waren, und ich erzähle von unserem Sommerurlaub in dem Agroturismo bei Lucca, wobei ich mich sorgsam an die bewährten Regeln dieses Genres halte – ich suggeriere, dass es traumhaft war, ohne allzu sehr ins Detail zu gehen, und spreche nur in scherzendem Ton über die lärmenden humorlosen Belgier in der Nachbarwohnung, die Waschbecken ohne

Mischbatterien und meine Angst vor der nächsten Kreditkartenabrechnung.

Sie hat keinen Urlaub gemacht, sagt sie. Ihre Tochter Sophie war den ganzen Sommer in den USA bei ihrem Vater und ihrer Stiefmutter. (Nein, keine *böse* Stiefmutter, das Verhältnis ist sehr herzlich.) Natürlich hat Sophie ihr gefehlt, aber ihrer Arbeit hat das Alleinsein gutgetan. »Ich bin auf eine Goldader gestoßen«, sagt sie. »Und so bin ich bei der Stange geblieben und habe versucht, möglichst viel rauszuholen.« Sie ist Malerin. Hauptsächlich Landschaften. Abstrakt. Sie hat ein Atelier in Kentish Town, in der alten Klavierfabrik. Und eine Galerie in Fitzrovia, von der ich schon mal gehört habe, macht eine Ausstellung. »Wollen Sie nicht zur Eröffnung kommen?«, fragt sie fast schüchtern. »Hätten Sie Lust?«

Ich sage ja, gern, und das stimmt. Ich sage nicht, dass es nicht klappen wird. »Ich freue mich drauf«, sage ich. Und weil ich mir so sehr wünsche, dass sie mich in einem ganz anderen Kontext sieht, rede ich weiter: »Ausstellungseröffnungen! Das ist mein Ding. Über so was habe ich oft berichtet, als ich beim Fernsehen gearbeitet habe.« Und während ich noch spreche, fühle ich brennend heiß die Scham in mir aufsteigen, so als rühmte ich mich einer intimen Freundschaft mit irgendeiner viel bewunderten prominenten Persönlichkeit, der ich vor langer Zeit mal zufällig begegnet bin. So als wollte ich mich mit fremden Federn schmücken. *Mein Gott, wie erbärmlich das klingt,* denke ich.

»Ich schicke Ihnen eine Einladung«, sagt sie. »Ich würde mich freuen, wenn Sie kämen.«

Vom Garten dringen beunruhigende Geräusche herein: Christopher haut mit einem Stock in die Hecke, um die Katzen zu erschrecken. Ich gehe hinaus und sage ihm, er soll damit aufhören. Sie trinkt ihren Tee aus und sieht sich nach ihrer Tasche um. »Ich muss jetzt gehen. Sophie hat Besuch, und ich habe versprochen, Paella zu machen. Ach, jetzt hätte ich das Wichtigste beinahe vergessen.« Sie langt in ihre Tasche, holt die Geldbörse heraus

und schiebt sie über den Tisch. Ein peinlich geschmackloses Ding aus bunt gemustertem Segeltuch, vollgestopft mit Quittungen und Treuerabattkarten.
Ich begleite sie zur Tür. Es ist früher Abend, der Himmel wolkenlos und voller Verheißung, auf der Straße Leute, die von der Arbeit kommen und sich auf ein Bier in einer Gartenwirtschaft freuen, wo man zwischen duftenden Jasminbüschen sitzt, oder auf eine Tennispartie im Park.
Christopher ruft nach mir. Hat er sich wehgetan? Man kann am Ton der Stimme oft nicht hören, ob ihm wirklich etwas fehlt oder ob er nur schlechte Laune hat. Ich stehe im Flur zwischen Schuhen und Mänteln, herumliegendem Spielzeug und Versandhauskatalogen, die ich längst hätte wegwerfen sollen, und lausche. Unter dem Heizkörper liegt ein zerbröselter Keks, und als ich mich danach bücke, finde ich auch noch eine einzelne rote Socke mit Robotern drauf. Sie fühlt sich sonderbar hart und schwer an: Innendrin stecken ein Kiesel, ein paar Legosteine und ein ringförmiges Stück Dörrapfel.
Wenn sie es nicht vergisst, denke ich, *gehe ich hin.*

NINA

Am Ende ist es geradezu lächerlich einfach. Ich komme vom Joggen, da sehe ich sie: Sie betritt gerade das Gemüsegeschäft, manövriert den sperrigen Riesenbuggy zwischen sonnengelben Gerberablüten und Steigen mit auf Stroh gebetteten Avocados und Pflaumen hindurch und steht, vom Ladeninhaber mit nachsichtigem Lächeln beobachtet, anderen Leuten im Weg, während sie Christopher für rote oder weiße Trauben zu interessieren versucht. Ein älterer Herr muss über die Tomaten »historischer Landsorten« – lieber Gott, was für ein Ausdruck! – steigen, um zur Kasse zu gelangen.

Kann sie den kleinen Schreihals nicht mal für eine halbe Minute draußen parken? Als ob den irgendjemand stehlen wollte. Was könnte denn schon Schlimmes passieren? Aber diese Frauen leben in ständiger Angst. *Das kann ich nicht verantworten,* sagen sie. Sie sind zerfressen von Sorge. Die Welt ist voller Gefahren. Konservierungsmittel, Zusatzstoffe, UV-Strahlen. Wie sie das nur aushalten!

Ich warte unter der Markise vor Kisten mit gelbem und rotem Obst, studiere die Auslage der Buchhandlung nebenan, während sie ihren Kopfsalat bezahlt. Dann bugsiert sie ihren Kinderwagen wieder aus dem Laden, wobei sie eine Steige mit Kirschen streift, die gefährlich ins Wackeln gerät. Das Ungetüm holpert endlich über die Stufe auf den Gehweg, da fällt etwas heraus: Christophers Schuh, eine kleine weiche Stoffsandale. Sie beugt sich hinunter, und als ich mich an ihr vorbeiquetsche, um im Laden meinen Apfel zu bezahlen, tauchen meine Finger flink in ihre weit offen stehende Handtasche.

»Tut mir leid, dass Sie warten mussten«, sagt der Gemüsehändler und setzt eine Kiste mit Zitronen ab. Ich verstehe, was er eigentlich meint: *Tut mir leid, aber diese dumme Kuh merkt einfach nicht, dass sie anderen Menschen im Weg ist.* Draußen hebt sie gerade Christopher hoch zum Briefkasten, und er steckt einen Umschlag durch den Schlitz. Ich sehe, wie sie das Gesicht verzieht, weil sein Gewicht gegen ihren Bauch drückt, und sein aufgeregtes Gezappel macht ihr die Sache nicht leichter.

»Das ist schon in Ordnung«, sage ich und lege die Münzen hin, ihre Geldbörse sicher unter den Arm geklemmt.

Zu Hause breite ich den Inhalt auf dem Küchentisch aus und schaue mir an, was er mir über sie verrät. Sie heißt jetzt Emma Nash und wohnt in der Carmody Street, einem Sträßchen mit kleinen Arbeiterhäusern zwischen dem Park und der Hauptstraße. Die üblichen Kreditkarten, Bibliotheksausweis, Rabattsammelkarten. Quittungen: Biomilch von M&S, Mehl und isländische Haferflocken. Ein Rezept für ein Hühnchencurry aus der Beilage des *Guardian*. Ein grünes Formblatt mit den krakeligen Initialen eines Allgemeinmediziners, der ihr ein leichtes Antidepressivum verschrieben hat. Hinter einem Heftchen mit Briefmarken ein etwas abgewetztes kleines Foto von einem Mann, dem Ehemann: Mr Nash steht, an ein Fahrrad gelehnt, auf einer Landstraße und lächelt in die Sonne. Nicht unattraktiv, finde ich.

Ich dusche, und dann rufe ich an.

»Spreche ich mit Emma Nash? Ich habe Ihre Geldbörse gefunden, die Sie auf der Hauptstraße verloren haben.«

Sie schnappt ein bisschen erschrocken nach Luft. Ich habe ihr das Leben gerettet, es wird immer schlimmer mit ihrer Schussligkeit, sie würde ihren Kopf verlieren, wenn er nicht angewachsen wäre, und so weiter.

»Es ist nicht so schlimm«, sage ich.

Sie ist so erleichtert. Sie fragt, ob ich in der Gegend wohne, sie könnte bei mir vorbeikommen, sobald ihr Sohn gegessen hat.

»Ach, das ist nicht nötig«, sage ich schnell. »Ich bringe sie Ihnen, das macht mir gar nichts aus.« Ich bin nicht mehr nervös. Ich möchte zu ihr ins Haus. Ich möchte sehen, wie sie lebt.

Und ich stelle mir vor, dass sie auf ihrem eigenen Territorium noch stärker verunsichert und abgelenkt sein wird, weswegen die Gefahr, dass sie mich wiedererkennt, noch geringer sein wird, als sie ohnehin schon ist. Trotzdem, ich habe meinen Text parat, falls alle Stricke reißen. »Ich wohne in Pakenham Gardens«, sage ich. »Es ist nur ein Katzensprung. In zehn Minuten bin ich bei Ihnen.«

Ich stecke alles wieder zurück in die Geldbörse und mache mich auf den Weg. Es ist ein wunderschöner Abend. Monica Prewitt ist in ihrem Vorgarten gerade dabei, den verblühten Lavendel abzuschneiden, und der Duft weht über die Straße. In Nummer 34 übt jemand bei offenem Fenster Chopin, immer wieder dieselbe Passage, eine hübsche, leicht melancholische Melodie, und bleibt immer wieder an derselben Stelle hängen. Das Pflaster ist warm und von Sonnenlicht gesprenkelt.

Als ich zur Carmody Street komme, gehe ich langsamer. Die Häuser hier sind fast alle zwei- und nur wenige dreigeschossig, die Fassaden eher schmal und schlicht. Die Vorgärten, die diesen Namen kaum verdienen, wirken eingezwängt. Die Straße ist noch nicht ganz gentrifiziert, an manchen Fenstern hängen Netzgardinen. Ein Haus hat eine Waschbetonfassade, hie und da gibt es Doppelverglasungen. Einige hässlich schwindsüchtige Kletterrosen. Man hört den Verkehrslärm von der Hauptstraße her im Takt der Ampelschaltung an der Kreuzung tosen.

Emmas Haus ist irgendwas in der Mitte zwischen aufgehübscht und verlottert. Auf der Eingangsstufe steht ein Lorbeerbäumchen, und die Tür ist taubenblau gestrichen, die Farbe ist an einigen Stellen allerdings schon abgestoßen. Ein paar Lamellen der schicken Fensterläden sind zerbrochen oder hängen schief, was an ein schlechtes Gebiss denken lässt. *Reiß dich zusammen,* denke ich, öffne das Gartentürchen und gehe den kurzen Weg zum Haus. *Jetzt ist es so weit. Also los.*

Vor der Tür schlucke ich und merke, dass meine Kehle ganz ausgedörrt ist. Ich fahre mir mit der Hand durch die Haare, die noch

ein bisschen feucht sind vom Duschen. Dann drücke ich auf den Klingelknopf.
Da steht sie nun vor mir, lächelt abwesend, schaut immer wieder über die Schulter nach hinten – in der ängstlichen Erwartung, dass die Bombe losgehen könnte –, während sie wild drauflosredet: »Wie idiotisch von mir« und »Ich komme mir so doof vor« und »Es ist wirklich rasend nett von Ihnen«.
Aus der Nähe ist sie überwältigend, diese goldene Ausstrahlung, die sie hat, trotz Hausfrauendasein, Schwangerschaft und jener Erschöpfung, die für Mütter von Kleinkindern typisch ist. So imponierend groß und gesund und stark und tüchtig. Ich sehe die dunklen Haarwurzeln und die weiße Stelle an der Schläfe, wo sie sich mit einer mehligen Hand ungeduldig eine Strähne aus dem Gesicht gestrichen hat. Auf ihren Jeans ist ein Ketchupfleck, von ihrer Schulter hängt ein Küchentuch. Sie ist immer noch schön.
»Nina Bremner«, sage ich, und wir schütteln einander die Hände.
»Ich bin Emma. Ich kann Ihnen gar nicht genug danken ... Sie haben mir das Leben gerettet.«
Das ist nicht der Rede wert, sage ich, und dann öffne ich meine Tasche und schaue hinein. Die Geldbörse ist da, natürlich, unter meiner Strickjacke, aber ich lasse sie dort und gebe vage besorgte Geräusche von mir – *Oh, lieber Himmel, irgendwo hier muss sie doch sein* –, weil ich will, dass sie mich ins Haus bittet. »Sie lag auf dem Bürgersteig bei dem Briefkasten«, sage ich und krame hektisch in der Tasche. »Vor dem Gemüseladen.«
»Ah ja – ich musste einen Brief einwerfen. Mein Gott, es wird immer schlimmer mit mir. Manchmal denke ich wirklich, ich hab nicht mehr alle Tassen im Schrank.«
Ich lächle und blicke auf ihren Bauch. »Na ja, immerhin haben Sie eine gute Entschuldigung. Wann ist es denn so weit?«
November, sagt sie. Als ich erwähne, wie alt Sophie ist, meint sie, ich müsse bei meiner Hochzeit selbst noch ein Kind gewesen

sein. Diese Bemerkung ruft mir wieder in Erinnerung, wie impulsgesteuert sie auch damals schon war. Sie kann eine Gelegenheit, ihren Charme spielen zu lassen, nicht ungenutzt lassen, auch wenn sie es mit einem wildfremden Menschen zu tun hat, sie hat es nicht unter Kontrolle. Ein Charakterfehler, wie ich heute weiß.

Aus dem Dunkel des Hauses hinter ihr dringt Gepolter. Der Kleine scheint mit Sachen zu werfen, oder vielleicht ist er hingefallen. Er ruft nach ihr. Nervös blickt sie sich um.

»Entschuldigen Sie«, sage ich und fange wieder zu kramen an. »Sie muss irgendwo hier sein ...«

Und jetzt fragt sie endlich, ob ich nicht auf eine Tasse Tee hereinkommen will.

Ja.

Es ist alles weitgehend so, wie ich es erwartet habe. Weiß gestrichener Flur, verschrammte Randleisten, lasierter Dielenboden, der Buggy, Gummistiefelchen mit putzigen Krabbelkäfern drauf, ein Steckenpferd im Schirmständer. Ein Packen ungeöffneter Post auf dem Heizkörper. Über dem goldgerahmten Spiegel hängt an einer Schnur ein hölzernes Herz. Eine Porzellanschale mit Muscheln und Schlüsseln. Ein Häufchen jener roten Gummiringe, die Postboten bei ihrer Arbeit benutzen und überall auf den Gehwegen verstreuen. All die kleinen Dinge, die von individuellen Vorlieben und Eigenheiten zeugen, die sagen: *Das sind wir. Wir und niemand anderes.*

Wenn man von dem herrschenden Chaos und den ungespülten Töpfen absieht, ist die Küche in ihrer unscheinbaren Art recht nett: hellblaue Fronten, eine Lampe mit Emailschirm über dem Holztisch, eine Lichterkette über einem Angie-Lewin-Poster mit Pflanzenstängeln und Samenkapseln. Die Tür zu dem kleinen Garten steht offen. Sonnenlicht auf struppigem Gras, eine umgekippte Gießkanne, ein gelber Gartenschlauch. Auch ein paar Tomatenpflanzen sind da.

Der Junge hat die Reste seines Abendessens über den Fußboden

verstreut. Er sieht seine Mutter mit einem Ausdruck tiefer Befriedigung an, als hätte er eine gerechte Strafe vollstreckt. »Oh, du –«, höre ich sie murmeln, und dann hastet sie zur Spüle und lässt heißes Wasser über einen Putzlappen laufen. Während sie den Tisch und den Fußboden sauber macht, setze ich Teewasser auf und räume das schmutzige Geschirr in die Spülmaschine. Christopher sieht mir ohne Neugier zu. »Wie heißt du?«, frage ich und zerzause ihm gespielt freundlich das Haar. Es freut mich zu spüren, wie er sich unter meiner Hand windet, weil ihm die Berührung unangenehm ist. »Oh, was für ein Schätzchen! In diesem Alter sind sie wirklich zum Knutschen.«
Wir reden darüber, wie lange sie schon hier wohnen. Halb schämt sie sich, halb ist sie stolz auf das Haus mitsamt dem ganzen Krimskrams, mit dem es angefüllt ist: den rosa und pistaziengrünen Emailtöpfchen, die an Haken hängen, dem angeschlagenen Henkelkrug mit Bartnelken auf dem Fenstersims, den mit Fingerfarben geschmierten Bildern, die, festgehalten von Magneten (Kronen, bunte Bälle, italienische Miniaturbierdosen), am Kühlschrank hängen. Ihr ist bewusst, dass all diese Gegenstände von ihr erzählen.
Christopher wird aus seinem Stuhl gehoben und geht hinaus in die Sonne, während ich das kochende Wasser in die Tassen gieße.
»Entschuldigen Sie dieses Chaos«, sagt sie, »irgendwie schaffe ich es einfach nicht, die Dinge auf die Reihe zu bringen.«
Ich sage etwas in der Art, dass ich weiß, wie das ist.
»Ich hätte nie gedacht, wie viel Dreck und Mühe es macht, einfach bloß zu *leben*.« Sie lacht gezwungen. Dann zählt sie in einem Ton, als könnte sie es selbst nicht recht glauben, als wäre es nur ein Witz, all die lästigen Tätigkeiten einzeln auf, die sie verrichten muss, um ihrem Kind Essen zu machen und es ihm aufzutischen und hinterher alles wieder sauber zu kriegen. »Ein Stein fällt ins Wasser, und tausend gottverdammte Wellen laufen über den ganzen See.«

Sie jammert noch eine kleine Weile so weiter, dann verstummt sie plötzlich und presst die Lippen zusammen, als ob sie ihre Redseligkeit bereuen würde. Ihre Wangen haben Farbe bekommen bei dem aufregenden Erlebnis, endlich einmal auszusprechen, was sie wirklich fühlt. Vielleicht ist es aber auch die Schamröte, die ihr ins Gesicht steigt. Ich sehe ihr zu, wie sie den Putzlappen über der Spüle auswringt und zum Trocknen über den Wasserhahn hängt. In ihrem Mienenspiel ist jetzt etwas, das ich nicht recht deuten kann; es macht mir Angst. Kann es sein, dass ihr irgendwo in einem Winkel ihres Gedächtnisses doch etwas dämmert? Aber dann hellt ihr Gesicht sich auf, und ich weiß, dass keine Gefahr besteht. Sie wird sich nicht erinnern. Schließlich hatte es für sie gar keine Bedeutung.

»Setzen Sie sich hin«, sage ich. »Trinken Sie Ihren Tee.«

Sie nimmt Platz, und wir reden über unverfängliche Dinge, ihren Urlaub in Italien, über Sophie, über meine Malerei. Als ich die Vernissage erwähne, merke ich, was für einen exotischen Reiz so eine Veranstaltung mit geladenen Gästen für sie hat, und ich sage zu ihr, sie soll doch auch kommen, wenn sie Lust hat. Aber aus der Art, wie sie darauf reagiert, wird mir sofort klar, dass es besser ist, die Sache im Sand verlaufen zu lassen. *Halt dich zurück. Erst mal in Ruhe zusehen.*

Vielleicht, weil sie spürt, dass ich mich etwas zurückgezogen habe, lässt sie sich hinreißen und erwähnt, dass sie früher beim Fernsehen gearbeitet hat. *Das alles hier täuscht,* signalisiert sie. *In Wirklichkeit bin ich etwas Besseres.* Dann steht sie vor Anstrengung leise stöhnend auf und geht hinaus, um Christopher zur Ordnung zu rufen, der mit einem Stock auf die Hecke eindrischt. Derweil spüle ich meine Tasse über dem Ausguss aus, trete vor den Kühlschrank und erlaube mir einen kleinen Spaß: Ich arrangiere die magnetischen Plastikbuchstaben dort zu einem Wort, das nur für mich Sinn ergibt. Als Emma zurückkommt, händige ich die Geldbörse aus, verabschiede mich, nicht ohne das Versprechen, ihr bei nächster Gelegenheit eine Einladung in den

Briefkasten zu stecken, und während ich hinausspaziere in den blütenduftenden Abend, frage ich mich, ob sie oder Ben es bemerken wird, dass die orangen, blauen und gelben Buchstaben als b-a-d-p-e-n-n-y zu lesen sind.

EMMA

Nina hat die Einladung vergessen. Sie hat sicher andere Dinge im Kopf. Wie auch immer, eigentlich bin ich sogar froh: Christopher veranstaltet jedes Mal ein Riesentheater, wenn man ihn Babysittern überlässt, und überhaupt kann ich mich abends, nachdem ich ihn ins Bett gebracht habe, meistens gar nicht mehr aufraffen, mit der U-Bahn irgendwohin zu fahren. Ich setze mich einfach ins Wohnzimmer, trinke ein Glas Wein und höre zu, wie Leute im Radio über Filme und Theaterstücke reden, die ich nie sehen werde.

Ben kommt nach Hause und findet mich in der Küche beim Gemüseschnippeln vor wie in einer Sitcom. Ich höre seinen Schlüssel im Türschloss und mir ist, als würde meine Zelle aufgesperrt. Aber er weiß das nicht, und ich kann nicht darüber reden. Er kommt nach Hause, erzählt von unfähigen Aufnahmeleitern und von vermurksten Direktübertragungen, und ich empfinde nichts als blanken Neid.

»Und wie war dein Tag?«, fragt er dann und setzt sich an den Esstisch.

Ich muss angestrengt nachdenken, bis es mir einfällt. Waren wir heute beim Arzt? Oder war ich mit Christopher in der Musikschule? War es heute, dass wir zum Supermarkt gefahren sind oder Amy und Dulcie im Regent's Park getroffen haben? Manchmal erfinde ich einfach irgendwas, nur damit ich etwas zu erzählen habe, und stelle fest, dass es für ihn gar keinen Unterschied macht. »Klingt nett«, sagt er und hält kurz inne beim Essen, aber er hört gar nicht richtig zu.

Ich bin mittlerweile so unförmig, dass ich vor Anstrengung grunzende Töne von mir gebe, wenn ich mich aus dem Bett oder einem niedrigen Sessel hochhieve. Ich bleibe mitten auf der Treppe stehen, um zu verschnaufen, klammere mich im Dunkeln ans

Geländer. Am Abend plagen mich Schwangerschaftswehen. Mein Bauch ist steinhart gespannt, und innendrin wälzt und dreht sich etwas, ein zielstrebiges Wesen mit Ellbogen und Knien, die sich wie Kleiderbügel anfühlen. Ich kann nicht mehr gemütlich zurückgelehnt auf dem Sofa sitzen und muss mich beim Fernsehen auf die Seite legen. Manchmal fasse ich Bens Hand und lege sie auf meinen Bauch, damit er spürt, was ich aushalten muss. »Erstaunlich!«, sagt er heiter, lässt seine Hand kurz da liegen, tätschelt ein-, zweimal und zieht sie wieder weg.

Die Tür zum Garten ist jetzt abends immer geschlossen. Die Tage werden kürzer, auf dem Rasen liegt welkes Laub. Christopher geht seit kurzem ein paarmal pro Woche halbtags in eine Krabbelgruppe. Am Anfang hat er sich erbittert mit Händen und Füßen dagegen gewehrt, und ich verbrachte die ersten drei oder vier Vormittage in dem Garderobenraum der Einrichtung, wo ich auf einer niedrigen Bank saß, hinter mir an der Wand nebeneinander aufgereiht lauter winzig kleine Jäckchen und Mäntelchen, und überlegte, ob ich es wagen konnte, mich zu entfernen. Ich hatte mir vorgenommen, die gewonnene Zeit für mich zu nutzen – schwimmen zu gehen, den Garten in Ordnung zu bringen –, aber seit er sich endlich daran gewöhnt hat, mache ich an den Vormittagen nichts anderes, als zu Hause regungslos in einem Sessel am Fenster zu sitzen, bis es Zeit wird, ihn abzuholen.

Ich will weiter nichts als Stille, ich kann nicht genug davon kriegen.

Meine ältere Schwester Lucy kommt für ein paar Tage zu Besuch. Wir ziehen uns zurück in die kleine Kammer, die Ben und ich »das Arbeitszimmer« nennen und die bald das Babyzimmer sein wird. Dort sichten wir den Inhalt einiger Müllsäcke voller abgelegter Wintersachen, die verschiedene Freunde und Bekannte gestiftet haben. Ich will all die Schlafanzüge und weißen Fäustlinge nicht haben, aber es ist doch manches dabei, was Christopher gut gebrauchen kann: Pullover, etliche Westen, karierte

Hemden, Kordhosen, ein gut erhaltener Anorak. Alles Männerkleidung in Kleinformat. Während die Waschmaschine läuft, sortieren wir niedliche Söckchen, legen winzige Hosen zusammen. Es fühlt sich an, als bereiteten wir uns auf eine drohende Katastrophe vor.

Im Park sitze ich auf einer Bank und sehe Lucy zu, die Christopher auf der Schaukel anschubst. »Höher!«, schreit er. »Höher!«

Jane, eine frühere Kollegin, hat mir eine E-Mail geschickt. In plauderndem Ton erzählt sie davon, dass sie gerade für ein neues Projekt recherchiert, eine Dokumentation über Au-pair-Mädchen. Zuerst denke ich, das ist reine Nettigkeit, sie will den Kontakt mit mir nicht abreißen lassen, vielleicht auch vorfühlen, ob ich bald wieder in den Beruf einsteige, aber dann wird mir klar, was sie eigentlich von mir will: Sie denkt, ich könnte ein Au-pair kennen, das so interessant oder so verrückt ist, dass es als Studienobjekt attraktiv wäre. *Wollen wir uns zum Mittagessen treffen?*, fragt sie.

Ah, die Mittagspausen! Ich erinnere mich gut, wie wir immer zusammensaßen bei irgendeinem Libanesen oder Thai, an einem Tisch mit Blick auf das nassglänzende Pflaster der Goodge Street, und uns darüber austauschten, was für einen Mist diese Dummköpfe in den oberen Etagen wieder mal gebaut hatten. Einen Moment lang gestatte ich mir, die Sache in Erwägung zu ziehen. Ich stelle mir die Fahrt mit dem Bus vor, wie ich in der Eingangshalle auf Jane warte, Leuten zulächle, die ich mal gekannt habe, *Ja, das ist mein Sohn, sag hallo, Christopher. Ja, das nächste ist schon unterwegs – ich weiß, ich muss verrückt sein.* Dann an dem Tisch in der Ecke – es ist so unsäglich frustrierend, wenn ich mich mit jemandem unterhalten will und Christopher andauernd Besteck vom Tisch wischt und sein Glas umwirft und mich am Ärmel zupft und sagt, dass er Pipi machen muss.

Ich stelle mir ihren Gesichtsausdruck vor.

Nein.

Ich maile ihr, es ist alles ein bisschen schwierig, weil es nicht

mehr lang hin ist bis zum Geburtstermin und überhaupt. Ich werde mich im neuen Jahr wieder melden.
»Du hättest zusagen sollen«, meint Ben an einem Samstag beim Essen.
»Und was hätte ich in der Zeit mit Christopher machen sollen?«, frage ich.
»Mein Gott, es hätte sich doch wohl jemand finden lassen, der ein paar Stunden auf ihn aufgepasst hätte«, sagt er in einem Ton, als wäre das gar kein Problem. »Du musst in Kontakt bleiben, schließlich wirst du irgendwann wieder zurückwollen in deinen Beruf.«
Ja, sicher, aber ich weiß (und er weiß es insgeheim auch), dass ich es nicht schaffen werde. Meine berufliche Karriere, jedenfalls beim Fernsehen, ist Vergangenheit.
Damals war es nicht so schlimm, wenn ich drei Monate lang alle Hände voll zu tun hatte und dann zwei Monate lang gar nichts. Es kostete Nerven, klar, aber es war auszuhalten, das ist normal in diesem Beruf. Wenn jemand anrief und einen Auftrag hatte, konnte ich es immer irgendwie hinkriegen. Ich musste mir manchmal die Nächte um die Ohren schlagen oder um fünf Uhr früh anfangen oder sofort loshetzen, um noch einen Nachtzug zu erwischen, ich hatte es mit uneinsichtigen Sturköpfen zu tun, die Unmögliches von den Leuten verlangten, aber das nahm man in Kauf – dafür hatte man eine Arbeit, die fast nie langweilig war. Und das war irgendwie ganz in Ordnung so, fand ich.
Aber heute weiß ich, was aus all den Frauen geworden ist, zu denen ich damals aufblickte, aus den Produzentinnen und Regisseurinnen, die plötzlich aus dieser Welt verschwanden, als sie eben angefangen hatten, sich einen Namen zu machen. Es ist einem Menschen, der in dieser Branche auch nur halbwegs erfolgreich selbständig tätig sein will, so gut wie unmöglich, Beruf und Familie miteinander zu vereinbaren. Weil wir die Kosten für Kinderbetreuung nicht aufbringen können, haben wir beschlossen, dass ich zu Hause bleibe – hier bei den Körben mit schmutziger

Wäsche, den Einkaufszetteln und dem Kalender in der Küche, in den ich meine Termine schreibe –, während Ben in seinem Beruf die Freiräume nutzt, die sich aus dem Rückzug von Kolleginnen ins Hausfrauendasein ergeben. Das ist jetzt mein Leben. Es hätte mir von Anfang an klar sein müssen, wenn ich es nur besser durchdacht hätte. Hätte ich mich dann auch dafür entschieden? Ja, ja, natürlich. Es ist trotzdem bitter.

Christopher, aus seinem Stuhl befreit, kommt zu mir und streckt seine Patschhändchen nach mir aus, als ob er spürte, dass ich traurig bin. Ich nehme ihn auf den Schoß und stecke meine Nase in seine Haare. Er riecht sauber und schmutzig zugleich: wie feuchtes Stroh, wie ein Tier, das draußen im Regen war. Seine Hand in meiner ist pappig von der Salatsoße, Keksbrösel kleben dran. Ich versuche es zu ignorieren. Es macht mir wirklich nichts aus. Ich hauche in seine Ohren, er kichert und windet sich, und ich flüstere ganz leise: »Du bist reizend, nicht?« Er steckt den Daumen in den Mund, lehnt sich an mich, und als ich hochschaue, lächelt Ben uns an und macht sich daran, den Tisch abzuräumen.

»Du kommst klar, nicht?«, fragt Ben später, als wir vor dem Fernseher sitzen und warten, dass der Krimi anfängt. »Du würdest es mir sagen, wenn du das Gefühl hättest ...?«

»Natürlich«, sage ich. Der Vorspann läuft über den Bildschirm. Mir geht es gut. Alles prima. Es gibt nichts zu sagen.

NINA

Atsuko kommt wieder herein. Ich höre ihre leisen Schritte, wie sie behutsam meine Schuhe an ihren Platz bei der Tür stellt, wie sie sich an dem flachen Waschbecken die Hände wäscht, wie sie den Holzkasten öffnet, in dem die Fläschchen stehen, das sachte Klirren, als sie die herausnimmt, die sie braucht. All die kleinen Rituale. Als wirkte sie einen Zauber. Sie weiß, dass ich nicht reden will. Nur das Nötigste. »Ist es so gut?«

»Ja, bestens«, sage ich durch den Gesichtsausschnitt der Massagebank. Ich liege auf dem Bauch, meine Wangen und die Stirn auf das Polster gedrückt. Ich schließe die Augen. Die Hintergrundgeräusche aus dem iPod setzen ein: das vertraute Platschen von Kieseln, die ins Wasser fallen, vom Wind bewegte Klangstäbe, Sitarmusik, tibetanische Klangschalen, Beduinentrommeln, Vogelgezwitscher, Wellenrauschen, Rascheln von Laub. Natur aus der Konserve – was man heutzutage eben mit der Vorstellung von innerer Ruhe und Entspannung verbindet.

Ich spüre die glatte Wärme von Atsukos Handflächen und Fingern, die meine Schultern bearbeiten, den genauen festen Druck, der fast, aber eben nur fast, wehtut.

Ich lasse meine Gedanken leer werden. Ich denke nicht an Sophie, die, wenn sie von der Schule nach Hause kommt, entweder gleich wieder geht, weil sie, wie sie sagt, zusammen mit Eva an einem Englischprojekt arbeiten muss, oder sich in ihr Zimmer verzieht, um, wie ich phantasiere, über das Internet mit irgendwelchen wildfremden Menschen in LA, Kuala Lumpur oder Brisbane zu kommunizieren, die vielleicht siebzehn oder siebenundzwanzig oder auch dreiundfünfzig sind. Ich denke nicht an Charles, der nach Bristol gefahren ist und erst morgen zurückkommen will. Ich denke nicht daran, dass mein Vater in London ist und mich sehen will.

Zikaden, dumpf dröhnende Stammesgesänge. Atsukos knetende Finger nähern sich stetig dem Punkt, an dem ich besonders empfindlich bin, der Stelle unterhalb meines rechten Schulterblatts. Mein Gesicht in der Öffnung der Liege verfinstert sich, ich fürchte den Moment, aber ich brauche ihn auch, ich wappne mich, ich verspanne mich. Ich kann nichts dagegen tun. »Zu fest?«, fragt Atsuko und knetet sanfter. »Tut es weh?«

Als ich fertig bin und in der Dunkelheit nach Hause gehe, spüre ich die neue Kühle der Luft und den warmen Ölfilm auf meiner Haut. Mein Handy klingelt. *Paul.*

»Du machst dich rar«, sagt mein Vater.

»Ja?« Ich biege in die Pakenham Gardens ein. Überall an der Straße hell beleuchtete Erkerfenster, durch die man lauter ähnliche häusliche Szenen sieht: Menschen, die Einkäufe aus Lebensmittelgeschäften auspacken, den Tisch decken, Klarinette üben. Ich erhasche einen Blick auf Monica und Tim Prewitt, eine Zeitung und ein Buch schräg im Licht der Lampe, daneben auf einem Tischchen Sherrygläser.

»Ich habe einen Tisch bei Marcy's bekommen. Die Meeresfrüchte sollen ganz großartig sein«, sagt mein Vater. »Ich hatte gehofft, ich kann dich und Charles überreden, mir Gesellschaft zu leisten.«

»Oh, heute Abend kann ich nicht«, sage ich und sperre, das Handy mit der hochgezogenen Schulter festgeklemmt, die Haustür auf. Es ist kein Licht im Flur, aber Sophies Mantel hängt über dem Treppengeländer. Offenbar ist sie oben in ihrem Zimmer. »Charles ist nicht da, und ich habe schon was vor: Bridget will zum Essen kommen. Am Donnerstag hätte ich Zeit, wenn du da noch hier bist.«

»Ich bleibe nicht lange«, sagt er. »Bring Bridget einfach mit. Wer ist das überhaupt? Egal, bestimmt ist sie nett. Ich bin sicher, wir werden uns prima verstehen.«

Ich merke, dass er ganz aufgedreht ist, beschwingt, gesprächig, ein Mann, der ein Publikum braucht.

»Ach, ich weiß nicht ...« Aber er ist entschlossen, er bietet seinen ganzen unermüdlich funkelnden Charme auf. Mich erschöpft es schon, wenn ich bloß mit ihm telefoniere. Man muss in der richtigen Verfassung sein, um meinen Vater auszuhalten, und das bin ich heute Abend nicht. Charles (der dem Alter nach meinem Vater näher ist als mir) weiß, wie man ihn nehmen muss, und findet ihn in erträglichem Maß unterhaltsam. Ich für meinen Teil bin mir da nicht so sicher.

»Komm, es wird bestimmt nett«, sagt er. »Ruf sie an, und dann wollen wir doch mal sehen, ob es sie nicht reizt, bei Marcy's zu essen und meine ungeteilte Aufmerksamkeit zu genießen.«

Ich werde es versuchen, sage ich. Und obwohl ich es nur halbherzig tue, ist meine Freundin Bridget, die ich schon seit dem College kenne, sofort begeistert von dem Vorschlag, zumal die Alternative darin besteht, am Frühstückstresen in meiner Küche irgendetwas vom Thai um die Ecke aus einem Pappkarton zu essen. Sie wollte Paul immer schon kennenlernen. Neulich, sagt sie, wollte sie spätabends eigentlich schlafen gehen, als sie zufällig gesehen hat, dass *Crazy Paving* im Fernsehen lief. Und obwohl sie sich nur die Backgammonszene noch einmal anschauen wollte, war sie von dem Film so hingerissen, dass sie bis zwei Uhr früh sitzen blieb. Und außerdem: Marcy's! Hal-*lo*?

Unter der Dusche wasche ich mir Atsukos Mandelöl vom Leib. Ich schließe die Augen und lasse das Wasser an mir herunterrinnen. *Also gut, geh hin, dann hast du's hinter dir. Vielleicht wird es ja ganz nett.*

Nachdem ich das Taxi bestellt habe, klopfe ich bei Sophie. »Nicht reinkommen!«, ruft sie, und ich öffne die Tür nur einen Spalt weit und sage: »Ich gehe mit Paul essen. Er ist ein paar Tage in London. Du kannst mitkommen, wenn du magst.«

»Ich bleibe lieber hier, danke.«

»Ich schiebe dir eine Pizza in den Ofen. Sie ist um halb fertig. Denk dran, ja?«

Sie fuchtelt hektisch mit dem Arm und deckt den Bildschirm

ihres Laptops zu. »Schulaufgaben«, sagt sie, um mich abzuwimmeln.
Die beiden sind schon da, als ich ins Restaurant komme. Mein Vater steht auf hinter dem mit makellosem steifem Leinen gedeckten Tisch, streicht sein Haar zurück, lässt seine Zähne blitzen. Das Weiß an den Schläfen wirkt wie Rennstreifen. Die gekräuselten Schussfäden der schmalen Seidenkrawatte glitzern wie Fischschuppen. Seine Wange, die er an die meine drückt, ist glatt und kühl und verströmt diese unverwechselbare Mischung von Gerüchen: schwarzer Pfeffer und Zitrone, das Innere von teuren Autos, Hemden, die mit einem gelben Band versiegelt aus der Wäscherei geliefert werden.
Bridget beugt sich vor, um mich mit einem Kuss zu begrüßen, wobei sie darauf achtet, ihrem Champagnerglas und der Kerze in dem Rauchglasständer nicht zu nahe zu kommen. »Paul plaudert gerade aus dem Nähkästchen von Jessica Lange und Robert Redford«, sagt sie. *Es geht schon los,* denke ich.
»Ich habe nur ein bisschen geflunkert«, sagt er und signalisiert dem Kellner, noch ein Glas für mich zu bringen.
Es wäre ihm zuzutrauen. Mein Vater lebt am Rand der Realität, an der geheimnisvoll schimmernden Grenzlinie, an der Phantasien sich in Wirklichkeit verwandeln. Sein ganzes Leben kann einem wie ein Traum vorkommen: die Begabung, der glückliche Durchbruch, der Erfolg, das Geld, die Häuser. Die Ehefrauen.
Aus meiner Perspektive, der des abseits stehenden Kindes, erschien es oft bloß chaotisch, gedankenlos, zerstörerisch, aber mein Vater brauchte immer Aufregung, Trubel. Vielleicht spürte er, dass das sein eigentliches Element war. Einmal, ich war damals gerade Anfang zwanzig, saß ich in einem privaten Filmvorführraum in Soho – die Geräusche gedämpft von rotem Plüsch und Teppichboden, Leute, die Weingläser und Notizbücher durch die Sitzreihen balancierten –, als Paul hereinkam und eine Weile vorn mit dem Regisseur plaudernd dastand, und da steckten die zwei jungen Frauen in der Reihe vor mir die Köpfe zusammen und tu-

schelten, und die eine lachte hell. Da empfand ich diese vertraute Mischung von Stolz und Scham. Es gab da eine Geschichte, die ich lieber nicht hören wollte.

Bridget hält einen Finger über ihr Champagnerglas, sodass sie den feuchten Dunst der sprudelnden Bläschen spürt. »Aber Sie komponieren immer noch, nicht?«, fragt sie.

»O ja, wenn sich was Interessantes anbietet. Zum Beispiel wenn Vincent – Vincent Usher – anfragt. Wir sind gut befreundet. Ein alter Zirkusgaul wie ich lernt keine neuen Kunststücke.« Einer der wenigen Misserfolge meines Vaters war ein Film, für den er vor etwa zehn Jahren die Musik schrieb. Der Regisseur hatte sich mit Independentfilmen einen Namen gemacht und versuchte es nun mit einer Produktion für das breite Publikum. »Er weiß überhaupt nicht mehr, wo ihm der Kopf steht«, klagte mein Vater damals im kleinen Kreis. »Er hat plötzlich zu viele Möglichkeiten, und damit kommt er nicht klar.«

Er hält sich raus aus allem Unfug, versichert er Bridget, er widmet sich jetzt hauptsächlich der Arbeit an seiner Chorsinfonie (an der er schon arbeitet, solange ich zurückdenken kann, und ein paarmal habe ich sogar Noten davon zu Gesicht bekommen, einzelne Blätter, die er in seinem Ferienhaus am Meer auf dem Klavier liegengelassen hatte, ein gespitzter Bleistift quer darüber, der zu verstehen geben sollte, dass der Meister sein Werk entschlossen vorantrieb), »und natürlich habe ich auch noch die Kleine, Ninas Halbschwester, die mich auf Trab hält«.

Bridget nickt *(Natürlich!)*, und dann sehen sie beide mich an, als ob dieses Mädchen, das ich kaum kenne, mich etwas anginge.

»Wie geht es Clara?«, frage ich gehorsam.

Sein zweiter Anlauf, sich als Vater zu bewähren, behagt ihm besser. Er hat jetzt mehr Muße und Geduld und weniger Ablenkung. Auch kann Delphine sich besser durchsetzen als meine Mutter. Sie befiehlt (wie sie es vermutlich ihr ganzes noch junges und privilegiertes Leben lang getan hat), und er gehorcht gutmütig, ja mit Vergnügen.

Er redet über Clara, und während er redet, bestellen wir, der Kellner serviert Wein und Brot, legt die Gerätschaften bereit, die man braucht, um Hummer zu zerteilen, ein wahres Chirurgenbesteck, und bringt Fingerschalen mit warmem Wasser und durchscheinend dünnen Zitronenscheiben. Mein Vater beschreibt, wie Clara schwimmen und lesen gelernt hat, die Bilder, die sie malt, große Panoramen, die auf den Küchenboden hingebreitet aussehen wie Teppiche aus Fieberphantasien: Fische mit Wimpern, Wolkenkratzer mit Raketenantrieb, Riesenspinnen auf Stöckelschuhen.
Bridget findet das alles zuerst sehr hübsch, aber sie hat selbst Kinder, und er spürt sofort, als sie das Interesse zu verlieren beginnt.
»Schade, dass du und Charles uns diesen Sommer nicht besuchen konntet«, sagt er zu mir und nimmt sein Fritto misto in Angriff, knackige goldbraune Langustinen, Glasfischchen und Muscheln, serviert auf ordinärem grauem Wachspapier, ein kleiner Scherz des Restaurants auf Kosten seiner Gäste. »Ihr solltet das Haus öfter nutzen.«
»Vielleicht im Frühling.« Einen Moment lang denke ich an die Fenster mit den schrägen Holzlamellen davor, die vor der Sonne schützen, wenn sie unbarmherzig auf die weißen Kästen herunterknallt. An den hellen Kies, der einen blendet, sodass die Augen wehtun, den Duft von Rosmarin und Pinien, das Geräusch der Rasensprenger, die spätabends das von Scheinwerfern beleuchtete Gras beregnen. Meine Anstrengungen, dieses extravagante, außerirdische Grün einzufangen.
»Gerade jetzt ist es wunderschön dort«, sagt er. »Die Touristen sind weg, das Licht im Herbst ist großartig, und man kriegt in jedem Restaurant einen Tisch. Warum packst du nicht ein paar Skizzenbücher ein und fliegst für eine Woche hin?«
»Das wäre sicher toll«, sage ich, »aber Sophie muss zur Schule gehen. Ich kann mich nicht einfach so aus dem Staub machen.«
Ja, das sieht er ein. Jetzt, da ich sie erwähnt habe, fragt er höflicherweise, wie es ihr geht und was sie so macht, aber er kann

mit Teenagern nicht viel anfangen. »Oh, Sophie«, seufzt Bridget, ganz die loyale Freundin, »so ein hübsches Mädchen und so gut sortiert! Erstaunlich, wie sie alles im Griff hat. Ich war mit siebzehn nicht entfernt so. Du, Nina?«

»Nein«, sage ich. »Allerdings bin ich mir nicht sicher, ob sie wirklich so gut sortiert ist. Mir ist Sophie im Moment ziemlich rätselhaft.«

»Und wie geht es Charles?«, fährt mein Vater fort, der gar nicht richtig zuhört. »Ich habe gesehen, dass sein Büro einige Beachtung in den Medien gefunden hat. In einer Beilage einer der großen Zeitungen war vor ein paar Wochen etwas drin – Delphine hat mich darauf aufmerksam gemacht.«

»Das *Wall Street Journal* hat einen ganz netten Artikel gebracht«, sage ich.

»Ja, stimmt. Über ein neues Museum in Chicago oder so. Das Ding sah aus wie ein Päckchen Kaugummi, wenn du mich fragst.« Er wendet sich Bridget zu und schneidet eine Grimasse, die ihr zu verstehen gibt: *Ich bin ein unverbesserlicher Banause, ich weiß.* »Charles ist so schrecklich seriös«, sagt er und signalisiert dem Kellner diskret, eine neue Flasche Wein zu bringen. »Es tut richtig gut zu sehen, wie entspannt du bist, Nina. Man muss sich auch mal gehen lassen können.«

Ich lächle in der Art, wie ich immer lächle, wenn mein Vater solche Bemerkungen macht. Er muss immerzu mit meinem Mann konkurrieren. Er hat es auch mit Arnold versucht, aber Arnold hat es nicht so leicht genommen, es hat ihn geärgert, und Paul wurde ihm geradezu unsympathisch. Charles dagegen findet Paul eher komisch, harmlos. Das spürt mein Vater, und es erbittert ihn. Darum lässt er keine Gelegenheit aus, gegen Charles zu sticheln.

Jetzt fragt er, woher Bridget und ich einander eigentlich kennen. Was ich ihm am Telefon erzählt habe, hat er natürlich schon wieder vergessen. Bridget, die früher großformatige verstörende Bilder von Bushäuschen und Unterführungen und Kreisverkehren

gemalt hat und einmal in der engeren Wahl für einen prestigeträchtigen Preis war, berichtet etwas verlegen von ihrer neuen Geschäftsidee: Sie will Geld damit verdienen, dass sie skurrile Porträts von Häusern malt: alte Türen mit farbig verglasten Lünetten obendrüber, Blumenkästen, Katzen auf der Eingangsstufe, Wolken, die sich in Fensterscheiben spiegeln. »Sie eignen sich gut als Geschenke, wenn man sie anständig rahmt. Ich habe schon ein paar Aufträge – hauptsächlich Leute an der Schule. Es ist natürlich Schund, ich mache es nur wegen dem Geld, aber, na ja, man muss eben zusehen, dass man im Geschäft bleibt.« Ihr Geständnis ist ihr peinlich, und sie beeilt sich, das Thema zu wechseln. »Sie sind sicher sehr stolz auf Nina, wie sie ihren Laden schmeißt und so. Haben Sie die Ausstellung gesehen?«
Nein, leider, er konnte nicht weg, er hatte Besuch, ein paar Leute auf der Durchreise nach Cannes. Und wie üblich fügt er hinzu: Wie man hört, war es ein rauschender Erfolg.
»Ich habe einiges verkauft«, sage ich, als müsste ich mich vor ihm rechtfertigen. »Die Galerie war sehr zufrieden. Ein französischer Sammler hat gleich drei Stück gekauft, die drei größten. Michael kannte ihn nicht, er war vorher noch nie in der Galerie. Der Mann kam hereinspaziert und entschied sich ohne zu zögern für die Serie mit den Eiben – er wusste genau, was er wollte. Für seine neue Wohnung in Knightsbridge, wenn ich das richtig verstanden habe, nicht weit vom Prince of Wales Gate. Das war schon ein bisschen spektakulär.«
Mein Vater drückt seine mit feiner Gaze umhüllte Zitrone über der letzten Muschel aus. »Ah, vielleicht war das Pierre Geroux. Ich habe ihm gesagt, er soll sich deine Sachen mal ansehen. *Pierre,* weißt du nicht mehr?«
Enttäuschung macht sich in mir breit, als ich das höre. Ich erinnere mich dunkel an einen regnerischen Abend, sehe im Geist den Freund meines Vaters auf der Place des Vosges eine Zigarette mit dem Absatz austreten, Regentropfen in den dichten Locken, einen Kamelhaarschal im Ausschnitt des Lodenmantels. »Ach

ja, ich glaube, so hieß er. Wie schön. Ich hoffe, ihm gefallen die Bilder.«
»Malst du immer noch diese Landschaften?«, fragt er und tupft sorgfältig seine Fingerspitzen mit der Serviette ab. Er wendet sich Bridget zu, die für mich antwortet, ja, aber ich hätte eine neue Richtung eingeschlagen, sehr schön und zugleich sehr fremdartig: »Man hat das Gefühl, es sind Bilder vom äußersten Rand der Welt.« Ich bin ganz verblüfft, wie zielsicher sie das erkannt hat, und es freut mich, aber dann fällt mir ein, dass es in dem Faltblatt stand, das Michael bei der Eröffnung verteilt hat.
»Phantastisch, ja«, meint mein Vater. »Wirklich großartig, riesige Dinger.«
»Ich hatte eine gute Phase diesen Sommer«, sage ich. »Während Sophie bei Arnold war, habe ich mich ganz auf die Arbeit konzentriert, und es lief richtig gut.« Ich sehe ihm in die Augen. »Du würdest vielleicht manche Orte wiedererkennen. Erinnerst du dich noch an Jassop? Irgendwie hab ich in letzter Zeit oft an Jassop denken müssen. Etwas davon ist in den Bildern, glaube ich.«
»Ah ja«, sagt er, ohne näher darauf einzugehen. Es interessiert ihn nicht. »Ich muss mir unbedingt mal dein Atelier ansehen.«
Wir reden kurz über meine Mutter. Er erkundigt sich nicht immer nach ihr, schon gar nicht, wenn Delphine dabei ist, obwohl ihr meine Mutter so egal ist wie nur irgendetwas, diese gescheiterte Existenz, die sich immer noch Mrs Storey nennt und auf dem Land lebt, wo sie Marmelade und Brot und Keramik herstellt, und die, wenn sie zu viel getrunken hat, bitter und giftig wird und mich anruft, um sich zu beklagen, wie schlecht das Leben sie behandelt hat. Aber das behalte ich für mich, während ich (nicht ohne das vage Gefühl, einen Verrat zu begehen) von den Töpferkursen berichte, die sie veranstaltet, und von ihrer Begeisterung für Hühner. »Hühner!«, sagt er, einen Moment lang doch überrascht. »Aber natürlich, das passt zu Helen.«
Später stehen wir vor dem Restaurant und verabschieden uns, umweht von Fetzen heiteren Geplauders der Leute um uns her-

um, die durch die massigen Flügeltüren herauskommen oder eintreten. Ich werfe einen Blick durchs Fenster in den Speisesaal, der von buttrig trübem Schein, hie und da aufgehellt von Kerzen und blitzendem Silber, erfüllt ist, und sehe, wie der Kellner unseren Tisch abräumt, Weingläser und Kaffeetassen und die Platte mit den übriggebliebenen Petitfours wegnimmt und dann mit gekonnter Präzision – ein bisschen dramatisch – ein frisches Tischtuch auflegt. Ein Paar, das von einer Theaterpremiere oder einem Konzert kommt, tritt näher. Der Kellner rückt Besteck zurecht und wendet sich dann den beiden zu, um sie zu begrüßen. Im Handumdrehen steht die Neuinszenierung, und der letzte Akt der Abendunterhaltung anderer Leute kann beginnen.

Bridget sieht ein Taxi kommen und winkt es heran. Während sie dem Fahrer sagt, wohin wir wollen, gebe ich meinem Vater einen Abschiedskuss. »Ich bin bis Donnerstag hier«, sagt er. »Ich rufe dich an, und wir verabreden uns zu einer Atelierbesichtigung.«

»Wunderbar«, sage ich, aber wir wissen beide, dass irgendetwas dazwischenkommen wird, oder er wird es vergessen. »Ich freue mich drauf.«

»Es war sicher nicht leicht mit ihm früher.« Bridget seufzt, als das Taxi losfährt. »Ist es immer noch nicht, denke ich.« Sie wirft mir einen beunruhigten Blick zu, weil sie fürchtet, vielleicht zu weit gegangen zu sein, aber ich wedle lässig mit der Hand. »Ist schon in Ordnung«, sage ich. »Das habe ich alles hinter mir. Er war nie wie die anderen Väter.«

»Nein, ich kann mir nicht vorstellen, dass er irgendetwas repariert, einen tropfenden Wasserhahn, den Rasenmäher ...« Sie ist ein bisschen beschwipst.

»Er war immer schon hoffnungslos unbegabt für alle praktischen Dinge«, sage ich. »Und er ist sogar stolz drauf. Er musste immer Leute finden, die diesen ganzen öden Kram für ihn erledigten. Ich habe mich oft gefragt, ob das der Grund war, dass er meine Mutter geheiratet hat.«

Ich sehe Bridget an, dass sie ein bisschen schockiert ist. Sie mag

Helen. Als wir auf dem College waren, nahm ich Bridget ein paarmal mit zu uns nach Hause, und meine Mutter erkundigt sich noch heute danach, wie es ihr geht. Meinem Vater würde so etwas nicht im Traum einfallen. Wenn Bridget an meine Mutter denkt, erinnert sie sich vermutlich an ihre wilden von Schildpattkämmen gezähmten Haare, die Postkarten, die an der Wand des Klos im Erdgeschoss angepinnt waren, die Milchflaschen voller verstaubter Weidenkätzchen. »Aber sie muss eine Schönheit gewesen sein«, sagt sie und dann ein bisschen zweifelnd: »Irgendetwas muss die beiden ja verbunden haben.«

»Wer weiß?«, sage ich. Wenn ich Geschwister hätte, könnten wir vielleicht gemeinsam das Rätsel lösen und herausfinden, was den geschwätzigen egozentrischen Komponisten und die spinnerte Aussteigerin und Hoppytöpferin gemeinsam hatten. »Was immer es war, das sie zueinanderbrachte – ich will lieber nicht weiter darüber spekulieren –, es bleibt mir jedenfalls vollkommen unverständlich, wie sie es so lange miteinander ausgehalten haben.«

»Weißt du, was wirklich passiert ist?«, fragt Bridget, und ich sage, das ist alles ziemlich undurchsichtig, und die Version, die meine Mutter in regelmäßigen Abständen immer wieder erzählt, ist auch nicht sehr hilfreich, weil sie mehr von einem allgemeinen Gefühl der Kränkung Zeugnis gibt als von Einzelheiten. Bis ich ungefähr siebzehn war, blieben meine Eltern zusammen, wenn ich auch zu jener Zeit längst kapiert hatte, dass die interessanten Partien im Leben meines Vaters sich anderswo als zu Hause in Jassop abspielten, und dann eines Tages gegen Ende der Sommerferien fuhr er nach London, wo er angeblich einen Termin hatte, und kam nie mehr zurück.

Ich behaupte, ich könne mich nicht mehr daran erinnern, wie und wann er uns verlassen hat, aber ich kann Bridget sehr wohl beschreiben, wie die Atmosphäre daheim sich schlagartig veränderte: Eine Art verzweifelter Heiterkeit machte sich breit, und das Haus war ständig voller Leuten, die mein Vater nicht ausste-

hen konnte – Penny, die Reitstallbesitzerin, Philip und Malcolm, die Bridge spielten und mit Antiquitäten handelten, Gillian, die Heilpraktikerin mit den schlechten Zähnen und dem nervösen Lachen, die immer »und so weiter und so weiter« sagte, wenn sie nichts zu sagen hatte (was, wie mein Vater fand, der Normalfall war). Meine Mutter verlor allen Halt, sobald sie auf sich allein gestellt war; sie brauchte Gesellschaft als Stütze, »sinnvolle« Beschäftigungen, in denen sie aufgehen konnte. Ihr Terminkalender war voll: Französischkurs, Theatergruppe, Literarische Zirkel, ehrenamtliches Engagement. Eine Zeitlang tourte sie mit Gillian die Südküste entlang und besuchte dort Séancen und Vorführungen von Hypnotiseuren in heruntergekommenen Stadthallen, in denen der Geruch von Desinfektionsmittel und Hoffnungslosigkeit hing. Dabei betonte sie immer, dass sie solchen Hokuspokus gar nicht ernst nehme.
Bald nachdem ich zum Studium nach London gegangen war, verkaufte sie das Haus in Jassop und zog in eine andere ländliche Gegend. Ich hoffte, sie würde damit auch ihre große Bitternis hinter sich lassen, aber das funktionierte nicht.
Stetig klickend zählt der Taxameter. Das Duftbäumchen am Rückspiegel schaukelt und wischt über bummelnde Fußgänger, über gelb blinkende Warnlampen, über Leute, die mit blauen Plastiktaschen in der Hand aus Geschäften kommen, die rund um die Uhr geöffnet haben. Unter dem künstlichen Duft wabert der übliche Taxigeruch: feucht, zu warm, leicht metallisch, wie in einer Mundhöhle. Ich lehne mich etwas zu Bridget hinüber. Der Puder auf ihren Wangen hat etwas Zuckriges. Über ihren Trenchcoat laufen orange Lichtstreifen.
»Wie geht's Fred?«, frage ich, denn das gehört sich so. Kein unsympathischer Typ, nur unendlich fad. Er arbeitet in einer Compliance-Abteilung, was mich anfangs sehr beeindruckt hat, weil ich mit dem Begriff sehr edle Vorstellungen von Integrität und Korrektheit verband, aber mittlerweile weiß ich, wenn auch nicht von Bridget, dass diese Tätigkeit ebenso öde und fragwürdig ist

wie die Finanz- und Geschäftswelt überhaupt. Ich hake im Geist die Schlüsselbegriffe ab, während Bridget die übliche Leier abspult: Singapur, Bonus, Dauerkarte für die Heimspiele von Arsenal. »Du musst bald wieder mal zum Essen zu uns kommen«, sagt sie, als das Taxi vor ihrem Haus hält, einem viktorianischen Gebäude, in dem sich früher eine Zahnarztpraxis befand. Bridget hat alle nicht-tragenden Wände herausreißen und die großen Räume in einem sehr hellen Grau streichen lassen, hat italienische Schieferböden verlegen, Stuckornamente in Form von Eichenlaub und Eicheln, so weiß wie Zuckerguss, anbringen lassen und einen freistehenden Kochherd von den Ausmaßen eines Kleinwagens aufgestellt.

Vielleicht bin ich zu streng mit Fred, denke ich, als das Taxi weiterfährt, um mich nach Hause zu bringen. Man kann eigentlich nichts gegen ihn sagen. Es ist nur so, dass er irgendwann aufgehört hat, unterhaltsam zu sein. Bestimmt hat er früher mal hin und wieder Späße gemacht, bestimmt besaß er vor gar nicht mal *so* langer Zeit die Fähigkeit, über sich selbst zu lachen. Wann verändern sich Menschen? Wann verknöchert die Seele? Ich stelle ihn mir vor, wie er bei Paddys Rugbyspielen an der Seitenlinie stand, ihn anfeuerte und in die Hände klatschte, sein Atem wie eine Rauchfahne in der kalten blauen Luft, während die Jungen sich um den Ball rauften, sich zusammendrängten und auseinanderstoben wie Mikroben oder Schafe, und da blitzt plötzlich eine alte Erinnerung an meinen Vater auf, wie er, zu einer Zeit, als alle anderen schon am Gehen waren, bei der Präsentation meiner Arbeiten an der Akademie auftauchte, in Begleitung einer neuen Freundin, einer hübschen Person, deren Namen ich vergessen habe (aber ich erinnere mich noch gut an ihr hautenges Kleid und die hohen Absätze, die im Gitterrost der eisernen Treppenstufen steckenblieben), und er konnte die Hände nicht von ihr lassen, drehte und schob sie andauernd hin und her, als wäre sie ein Ziergegenstand, den er ins rechte Licht rücken wollte, und strahlte nur so vor Glück und Stolz.

EMMA

Wir können uns auf keinen Namen einigen.
»Sie sieht nicht aus wie eine Madeleine«, flüstert Ben.
»Aber, ob es dir gefällt oder nicht, sie sieht erst recht nicht aus wie eine Cecily«, erwidere ich leise. »Mehr wie eine Norma. Vielleicht auch wie eine Belinda oder Pam.«
Was für eine schreckliche Vorstellung. Wir lachen still. Das Baby liegt in dem Kindersitz, das Gesicht, verschrumpelt und von der Neugeborenengelbsucht gefärbt, erinnert an einen Apfel, den der Wind vom Baum geweht hat. Sie schläft, und doch ist sie ständig in Bewegung. Ich hatte es ganz vergessen, dieses Stadium, in dem sie wie kleine mechanische Figuren sind, sonderbar ruckelnde Bewegungen machen und dann plötzlich erstarren, als rastete etwas ein und in ihnen setzte sich schwirrend irgendein Schwungrädchen in Gang, und dann geben sie diese winzigen, schrecklich durchdringenden Alarmschreie von sich, die mir Schweißperlen auf die Stirn treiben.
»Sie ist nicht so übel, was?«, haucht Ben andächtig. Er beugt sich über sie, mustert sie, wie es nur möglich ist, solange sie schläft. »Wunderhübsch, mein Gott, diese Fingernägelchen ... Schau, sie hat sich gekratzt, da, an der Wange.«
Ich höre den Vorwurf, der darin liegt. *Du musst ihr die Nägel schneiden, damit sie sich nicht verletzt.*
»Du kannst sie ihr ja schneiden, sobald sie wach ist«, sage ich. »Oder vielleicht ist es leichter, wenn sie schläft. Andererseits könnte es sein, dass du sie dann aufweckst.«
»Wo ist die Nagelschere?«, fragt er, und mir ist klar, dass ich es am Ende selbst machen werde, weil mir das alles zu umständlich ist: Ihm erst zu sagen, was er bereits weiß – *in dem Schränkchen im Bad* –, und dann steht er davor und schaut unschlüssig auf das Durcheinander von Schächtelchen und Döschen und sieht die

Schere doch nicht, obwohl sie direkt vor seiner Nase liegt, zwischen dem Heftpflaster und der Arnikasalbe.
Die Kleine schläft, denke ich. Wie komme ich dazu, hier rumzustehen und sie anzustarren? Habe ich nichts Besseres zu tun? Ich sollte mir die Haare waschen, mich hinsetzen oder mich aufs Bett legen und die Augen zumachen. Ich sollte die Leute anrufen, die mir aufs Band gesprochen haben, oder im Internet einkaufen oder E-Mails beantworten oder die Bücher zusammensuchen, die ich, ungelesen, wie sie sind, in die Bibliothek zurücktragen muss, weil die Leihfrist abgelaufen ist. Ich sollte mich sinnvoll mit Christopher beschäftigen, der die letzten Wochen hauptsächlich unten auf dem Sofa saß und *Balamory* guckte und schon ganz viereckige Augen hat.
»Ich geh mich mal duschen«, flüstere ich, aber ich habe mich noch nicht umgedreht, da passiert, was zu erwarten war: Die Ärmchen des Babys schießen hoch, als stürzte es ab und wollte sich festhalten, der Moro-Reflex. Das ist die Quittung dafür, dass ich sie vor dem Einschlafen nicht frisch gewickelt habe. So rasch, wie ein Schatten eine Bergflanke verdunkelt, wechselt ihre Gesichtsfarbe von Gelb zu Braun. Und dann setzt das schrill heisere Geräusch ein, das einem durch Mark und Bein fährt.
»Soll ich ...«, sagt Ben, aber wir wissen beide, dass ich gefragt bin: Ich muss in einem kleinen Zimmer sitzen, das kleine unglückliche Wesen im Arm, das sich an meinem Fleisch festsaugt und meine Milch in sich hineinpumpt, wo sie die giftige breiige Masse verdrängt, die sich in seinem Verdauungssystem angestaut hat. Und auch damit werde ich mich anschließend befassen müssen.
Ich knöpfe meine Bluse auf und verrücke mit dem Fuß den Sessel so, dass er in Richtung Fenster schaut. Erst als mich hinsetze, spüre ich so richtig, wie meine Schultern und der Rücken wehtun. Ben nimmt die Kleine aus dem Kindersitz und legt sie mir in den Schoß. Sie ist heiß und feucht und fest, und sie schreit, ein lebendiger Klumpen Teig, der nach Bauernhof riecht. Von der

Heftigkeit ihres Hungers wird mir ein bisschen übel. Unter dem üblichen verzweifelten Geschrei zupft und zerrt sie an mir, der Goldfischmund schlabbert, die Fäustchen fliegen, die Lider sind zugekniffen in wilder Wut: *Wo ist es, wo ist es, ich will es haben.* Dann Stille, Gott sei Dank, wenn sie auch gespannt ist wie Stolperdraht.
Es tut ein bisschen weh. Ich habe den Bogen noch nicht richtig raus, wie ich sie anlegen muss, aber es ist nicht mehr so schlimm, wie es mal war. *Entspann dich.* Ich lehne mich zurück in den Sessel, lege meine Hand auf den Kopf der Kleinen und atme aus. In dieser Lage ist es einigermaßen auszuhalten, solange ich mich nicht bewege.
»Ich kümmere mich jetzt mal darum, dass Christopher etwas zu essen kriegt«, sagt Ben und geht zur Tür. »Brauchst du etwas?«
»Eine Tasse Tee wäre nicht schlecht. Und ein Keks.« Kaum ist er weg, da fällt mir ein, dass ich ihn hätte bitten sollen, das Radio anzuschalten, das außerhalb meiner Reichweite im Regal steht. Es muss jetzt ungefähr halb sechs oder sechs sein, und ich würde gern die Nachrichten hören. Ich habe keine Ahnung, was in der Welt draußen passiert, wo Leute zur Arbeit gehen, sich mit Freunden treffen und unterhalten. Ich werde ihn bitten, wenn er den Tee bringt. Einstweilen lausche ich den Geräuschen der Kleinen, die in großen gierigen Schlucken trinkt, als schnappte sie nach Luft. Dann spüre ich, wie sie sich mit einem Seufzen weich an mich schmiegt, wie von einer Last befreit.
Wenn Ben wiederkommt, muss ich ihm sagen, dass er die Nachttischlampe hinter mir ausknipsen soll, denn das Licht spiegelt sich in der Fensterscheibe, sodass ich nicht rausschauen kann. Bis dahin muss ich ruhig sitzen bleiben wie in einer Gefängniszelle, vor mir nur mein Spiegelbild und das des Zimmers hinter mir: das unordentlich gemachte Bett mit der bunten Tagesdecke über der weißen Bettwäsche, das Schächtelchen mit Bens Ohropax und ein Stapel Zeitschriften auf seinem Nachtkästchen, die Papiertaschentücher und Stofflappen und das Wasserglas auf

meiner. Der Wickeltisch samt Cremes und Windeln und was man eben so braucht. Die Bücher und, unerreichbar, das Radio.
Ich kann sie nicht sehen, aber ich höre die Leute, die draußen auf der dunklen Straße kommen und gehen. Ich lausche ihren zielbewussten oder unentschiedenen Schritten, den Geräuschen von Fahrrädern und Autotüren, dem Klirren von Schlüsseln, dem Kinderlärm. Ich drücke meine Füße gegen den lauwarmen Heizkörper. Jetzt am Abend müsste doch endlich die Heizung hochfahren.
Ich sitze da in dem gelben Sessel, in dem Zimmer, in dem sie gezeugt wurde, und mir wird bewusst, dass ich mich wegwünsche aus meinem Leben. *Wo bleibt der verdammte Tee?,* denke ich. Von unten dringt verwaschen der Ton des Fernsehers. Ben klappert in der Küche mit Töpfen. »Willst du Fischstäbchen und Erbsen? Oder lieber Nudeln mit Pesto?« *Du darfst ihn nicht vor eine Wahl stellen,* denke ich. Christopher, ganz im Bann bunter flirrender Bilder, antwortet nicht.
Tief im Untergrund das ferne Summen der Northern Line, deren Vibrationen von vielen Lagen verdichteten Erdreichs aufgenommen und weitergeleitet werden – Sand und Schlamm und Lehm, untermischt mit Knochen, Austernschalen, Tonscherben und Überresten von allerlei Dingen, die den Menschen einst wertvoll waren –, bevor sie die windigen Fundamente unseres Hauses, seine Balken und Bodendielen, seine Fenster und Türstöcke erzittern lassen. Ich spüre die Vibration und denke an die beleuchteten Blechzylinder, die durch die Tunnels in der Erde schießen, an die Fahrgäste, die darin eingepfercht stehen und alle synchron leicht schwanken, wenn die Gleise eine Kurve machen.
Ben regt sich jedes Mal auf, wenn er es bemerkt. Ich allerdings freue mich darüber, denn es erinnert mich daran, dass wir noch dazugehören.
Ich könnte schreien. Ich könnte nach ihm rufen, und wenn er dann kommt, ihn bitten, das Radio an- und das Licht auszuschalten. Ich könnte sagen: »Hast du den Tee vergessen?«

Sie windet sich ein bisschen, fährt einen Arm aus, ihre Finger streifen meine Wange. Ich fühle, wie ihre Nägel ganz leicht meinen Hals kratzen.

NINA

Während die Kürbisse und dann die Christbaumkugeln in den Schaufenstern kommen und gehen, während wir immer tiefer in dem dunklen, nassen Winter versacken, sehe ich sie von Zeit zu Zeit aus der Entfernung, wie sie sich im Nieselregen mit ihrem Doppelbuggy abmüht, Kapuze über dem Kopf, aus dem Park vertrieben, der geschlossen wird, sobald es dämmert. Manchmal bin ich versucht, zu ihr hinzugehen und hallo zu sagen, sie mir aus der Nähe anzuschauen, aber ich lasse es. Im Moment genügt es mir, sie zu beobachten. Ich kann sehen, wie es ihr geht: Sie ist erschöpft und einsam. Sie könnte mir beinahe leidtun.

Im Atelier läuft ein elektrischer Heizlüfter, ich mache mir eine Tasse heißen Tee nach der anderen mit meinem von Farbe verkleckten Wasserkocher und trage bei der Arbeit Halbhandschuhe, trotzdem wird mir am Nachmittag immer so kalt, dass ich nicht mehr sehr produktiv bin. An schönen Vormittagen, wenn die Sonne zum Fenster hereinscheint, geht es besser, die gleißende Helligkeit drinnen und draußen regt mich an. Ich bin immer noch mit dem Thema Jassop beschäftigt. Charles, der alle paar Wochen mal im Atelier vorbeischaut, ist sichtlich beeindruckt von den Bildern. »Das ist Kent?«, fragt er eines Sonntagvormittags, während er umherspaziert und sie alle der Reihe nach eingehend betrachtet. »Die Gegend, in der du als junges Mädchen gelebt hast? Komisch, dass die Erinnerung daran jetzt wieder in dir hochkommt.«

»Vielleicht hat es mit Sophie zu tun«, sage ich in leichtem Ton. »Ich war damals beinahe so alt wie sie jetzt. Vielleicht hängt es damit zusammen. Aber es ist eigentlich nur eine Vorstellung von Jassop, ein undeutlicher Erinnerungsfetzen. Ich habe es gar nicht mehr so genau im Gedächtnis. Wir haben nicht sehr lange dort gewohnt.«

»War das vor oder nach der Zeit in Oxfordshire?«, fragt er, und ich sage *Nachher*: Mein Vater hatte das Haus von dem Geld gekauft, das *Crazy Paving* eingebracht hat; meine Mutter war damals gerade auf einem Autarkietrip und wollte einen Garten voller Wicken und Johannisbeersträucher, und außerdem brauchte sie Platz für ihre Webstühle.

Es gab noch einen anderen Grund, warum wir aus Oxfordshire wegzogen, und wenn ich auch nie ein Bedürfnis hatte, es Charles zu erzählen, so vermute ich doch, dass es ihn kaum überrascht hätte: Mein Vater hatte bereits angefangen, sich rar zu machen, und schon bald war er praktisch die ganze Zeit irgendwo anders, wenn nicht in London, dann in Los Angeles. Manchmal, wenn ich fragte, wo er hingefahren war, schien auch meine Mutter es nicht ganz genau zu wissen. Und dann waren da auch noch diese Anrufe: Es kam öfter vor, dass das Telefon im Flur läutete, aber als ich abnahm, meldete sich niemand, und das Schweigen staute sich immer stärker an, ein irgendwie zudringliches Schweigen, das sich in den engen Windungen des Kabels verdichtete. Jemand hörte geduldig zu, während ich ständig wiederholte: »Hallo? Hallo, wer ist dran?«, und nach einer Weile wurde die Verbindung unterbrochen. »Wer war das?«, rief meine Mutter, und ich – ich wusste selbst nicht, warum ich log, ich wusste nur, dass ich nicht die Wahrheit sagen durfte – antwortete: »Da hat sich jemand verwählt.«

Manchmal muss auch meine Mutter solche Anrufe entgegengenommen haben – nicht dass sie je etwas davon erwähnt hätte. Sie muss im Flur gestanden haben, den Hörer in der Hand, als wäre es ihre Pflicht, sich so etwas anzutun, oder eine Art Strafe. »Hallo? Wer ist da? Ist da jemand?«

Wenn mein Vater dann schließlich nach Hause kam, bepackt mit Einkaufstüten voller Parfüm und Zigaretten aus dem Duty-free-Shop und Hershey Kisses für mich, gab es ein paar Tage Gnadenfrist, ehe es wieder anfing: gereizte Wortwechsel, offener Streit hinter geschlossenen Türen, wenn meine Eltern annahmen, ich schliefe oder sei mit Schularbeiten beschäftigt. Meistens hörte ich vor allem meine Mutter, die wild aufgewühlt war und entsprechend wenig Selbstbeherrschung besaß, aber wenn ich lange genug lauschte, vernahm ich auch die genervt ätzende Stimme meines Vaters.

Und dann wurde das Haus zum Verkauf ausgeschrieben, und wir zogen nach Jassop. Die anonymen Anrufe blieben aus, eine Zeitlang jedenfalls.

»Sie hatte ihr Spinnrad und die Webstühle im Dachgeschoss«, sage ich, »und wenn ich zu Hause war, hielt er sich immer im Wohnzimmer auf, wo das Klavier stand, oder er telefonierte – es war also nicht besonders überraschend für mich, als sie sich trennten. Trotzdem, das Haus war wirklich sehr hübsch. Uralt – der Besitz wird schon im Domesday Book erwähnt, zumindest haben sie das immer behauptet.«

Während ich so rede, sehe ich mich in der Erinnerung an einem heißen Tag vom Garten unter das kleine Vordach treten, wo schimmlige Regenmäntel an einem Haken hängen, und weitergehen in die wohltuend kühle Küche mit ihren glatten kalten Steinplatten, dem gestreiften Geschirrtuch an der Stange vor dem Herd, dem blassblau geäderten Spülstein, den Papiertüten mit Mehl und Zucker im Regal. Ein besonders tiefer Schrank hatte statt normaler Türen lediglich Fliegengitter, die in den Türangeln eingehängt waren. Dort wurden vor gar nicht so langer Zeit einmal Wildbret und große Stücke Lamm und Rindfleisch aufbewahrt.

»Wir könnten mal an einem Wochenende hinfahren und uns die Gegend ansehen«, bemerkt er. »Wir nehmen uns ein Zimmer in einem Hotel, besichtigen die Kirchen in der Umgebung. Was meinst du?«

»Ja, das wäre vielleicht ganz schön«, sage ich, aber ich will nie wieder dorthin. Und ich war danach auch nie mehr dort. So wie es ist, bin ich nahe genug dran: grobe Pinselstriche, dick geschmierte und getupfte Farbe, Bänder und Flächen, der Himmel, das Licht.

Nicht zu genau werden. Ich erinnere mich an lange Nachmittage – immer heiß, bleierne Hitze –, die ich im Garten in Jassop verbrachte. Ich ließ die Löwenmäuler auf- und zuschnappen, während die Stiefmütterchen (meine Mutter nannte sie »Kätzchen«) in der Brise leise zitterten, und ich erinnere mich an dieses besondere Gefühl, von dem ich erfüllt war: Ich wartete, dass etwas passierte. Etwas Aufregendes oder Wunderbares. Es war schon auf dem Weg zu mir. Ich wusste nicht, welche Gestalt es annehmen würde, aber ich wusste, dass es im Anflug war.

Mein Zimmer lag unter dem Dach, die Decke war schräg und niedrig. Es gab keine Türklinke, nur einen hölzernen Riegel. Blassgelbe Wände, auf dem Bett eine blaue Tagesdecke. Als ich noch klein war, hatte ich einmal eine Familie von Eulen aus Ton geformt (fünf oder sechs Figuren, die Westen und Schürzen und Brillen trugen), und meine Mutter hatte mir geholfen, sie mit Glasurfarben zu bemalen und zu brennen. Sie gefielen mir immer noch, als wir schon in Jassop lebten; sie standen nebeneinander aufgereiht auf dem Fensterbrett in meiner Dachkammer und blickten mit verschlafenen Eulenaugen hinaus aufs Meer.

Ich frage mich, was wohl aus ihnen geworden ist. So wie ich meine Mutter kenne, sind sie wahrscheinlich immer noch da, irgendwo in einer Schuhschachtel in irgendeiner Rumpelkammer. Ich denke an die fein geritzten Fischgrätmuster der Federn. Die scharfen Spitzen ihrer krummen Schnäbel.

»Wir könnten einen Spaziergang nach Hampshire machen und dort einen Kaffee trinken«, sagt Charles. Also räume ich meine Sachen weg, und als ich ein paar Skizzenblätter in eine Schublade des Planschranks legen will, fällt mein Blick auf den braunen Umschlag. Ich stutze einen Moment und strecke unwillkürlich die Hand danach aus, schiebe dann aber schnell die Skizzen über ihn und schließe die Schublade.

Wir verlassen das Atelier und gehen durch das schummrig beleuchtete Treppenhaus aus nacktem Beton nach unten, wo wir Casey begegnen, der in den Räumen neben meinem einen Internethandel mit aus Japan importierten Eiweißdrinks und Energieriegeln für Bodybuilder betreibt. Das Echo unserer Schritte hallt noch nach, als wir hinaus auf die kalte Straße treten. Ich denke nicht mehr an den Umschlag und auch nicht an die weiß geränderten Fotos, die er enthält, mit einer billigen Kamera geknipst, ebenso dilettantisch wie prätentiös, oft mit kleinen bleichen Pünktchen und Flecken von Fehlbelichtungen drauf. Die schwarzen und roten Töne ineinander verschwommen.

EMMA

Bens Vater Dirk kommt aus dem Haus, um uns zu empfangen. Seine senfgelbe Kordhose strahlt in der Dämmerung, sein Mund klappt auf und zu, während das Licht der Scheinwerfer über ihn und die Nackte in dem Funkienbeet streicht und endlich auf dem Tor der Doppelgarage zum Stehen kommt. Einen Moment lang ist es still, als Ben den Motor abstellt, dann wacht das Baby auf, und ich öffne die Tür.

»Emma, wie schön, dass ihr da seid. War viel Verkehr?«, sagt er und kommt mit großen Schritten auf mich zu, die Arme vorgestreckt, um mich um die Taille zu fassen. Ich kann sie – zum Glück – gerade noch rechtzeitig abfangen, indem ich mir seine Hände schnappe. Christopher taucht schüchtern zögernd hinter mir auf, in einer Hand den blauen Plüschhasen. Dirk begrüßt ihn eher flüchtig und wendet sich dann mit deutlich regerem Interesse Ben zu, um sich zu erkundigen, wie das Navigationsgerät mit der neuen Umgehungsstraße zurechtkommt.

Ben präsentiert den Kindersitz mit Dirks Enkelin. Er hat sie bereits einmal gesehen, als Peggy und er mich im Krankenhaus besucht und mir gelbe Blumen mitgebracht haben. Aber Dirk hat andere Dinge im Sinn. »Ja, er ist nagelneu«, sagt er und weist mit weit ausholender Geste auf den silbernen Audi Kombi, der, von einem extra installierten Scheinwerfer angestrahlt, auf dem Kies steht. Dirk redet, als drängten wir uns alle dicht um das Fahrzeug und überhäuften ihn, hingerissen vor Bewunderung, mit Fragen.

»Ich habe meinen alten in Zahlung gegeben. John Brethwick hat mir ein Angebot gemacht, das ich nicht ausschlagen konnte. Und der Wagen ist sehr sparsam im Verbrauch. Ich habe ihn jetzt seit vierzehn Tagen und habe noch kein einziges Mal getankt.«

Dirk hat bei einer Transportversicherung gearbeitet und behauptet, er sei immer noch gelegentlich in beratender Funktion für die Firma tätig. Insgeheim bezweifle ich, dass das Unternehmen besonders darauf erpicht ist, seine Expertise in Anspruch zu nehmen. Ich glaube eher, dass die Leute am Empfangsschalter jedes Mal stillen Alarm auslösen, sobald er in dem Klinkerkoloss bei Holborn auftaucht, in dem die Firma residiert, dass die Sekretärinnen fieberhaft nach Vorwänden suchen, ihn abzuwimmeln, dass alle höheren Chargen plötzlich zu wichtigen Sitzungen müssen und leider unabkömmlich sind. Ich stelle mir vor, wie er Mitarbeitern am Trinkwasserspender auflauert, um sie an seiner Weisheit und Berufserfahrung teilhaben zu lassen. Er ist ein Mann mit ungezählten flüchtigen Interessen, der zu allem und jedem eine Meinung hat, mag sie auch vom einen auf den anderen Tag wechseln oder auch von einer Stunde zur nächsten, je nachdem, wie der Wind, der ihn aus dem *Spectator* oder dem Morgenmagazin der BBC oder aus Peggys *Daily Mail* anweht, sein Fähnchen dreht. Man muss eine Meinung haben, *darauf* kommt es an, meint er. Was für eine Meinung, das ist nicht so wichtig.

»Wir haben auch eine neue Alarmanlage installieren lassen«, sagt Dirk und deutet auf ein Kästchen hoch oben an der Wand des Hauses, aber da wird Cecily unruhig und windet sich in dem Sitz, in dem sie festgeschnallt ist, darum unterbreche ich ihn: »Ich glaube, wir sollten jetzt besser –« Und obwohl es ihm sichtlich schwerfällt, schwenkt er um: Natürlich, kommt rein ins Warme, Peggy macht Tee, es ist noch was vom Weihnachtskuchen übrig etc.

Ich hätte nichts dagegen, Cecily im Wohnzimmer zu stillen, nur um zu sehen, wie er den Hals reckt, aber als ich erwähne, dass die Kleine Hunger hat, sagt Peggy, sie hat das Blaue Zimmer für uns hergerichtet, alles ist schon fix und fertig, ich werde dort alles finden, was ich brauche. Also lege ich Cecily über meine Schulter und gehe nach oben, über eine schier endlose Strecke von olivgrünem Teppichboden, der von in die Wand eingelassenen muschelförmigen Mattglaslampen illuminiert wird, und in dem Zimmer lege ich mich mit dem Baby aufs Bett, auf die veilchenblaue, schlüpfrig glatte Tagesdecke, weil der Stuhl am Fenster keine Armlehnen hat.

Während Cecily trinkt, gehe ich den Stapel Weihnachtspost, den meine Schwiegereltern uns zur Kenntnisnahme dagelassen haben, durch, obwohl der Schein der pummeligen Nachttischlampe aus Keramik mit plissiertem Schirm eine Unterwasseratmosphäre schafft, die nicht eben zum Lesen ermuntert. Die Lektüre der Briefe bereitet mir eine perverse Lust. Ich genieße das peinliche Schauspiel, wie das Leben wildfremder Menschen kunstlos vor mir ausgebreitet wird: Urlaubsreisen in ferne Länder, Verschönerung und Erweiterung von Eigenheimen (»Gott sei Dank sind endlich die Handwerker aus dem Haus!«), Feiern anlässlich Silberner Hochzeiten, Wochenendtrips mit Theaterbesuch in Stratford-upon-Avon. Cynthia und Derek lernen jetzt Portugiesisch! Kathy und Malcolm haben sich ein Wohnmobil gekauft! Berenice ist nach Wales gezogen!

Und doch, wenn man genau hinschaut, sieht man, dass da ein Prozess der Abschiebung stattfindet. Die Freunde von Peggy und Dirk definieren sich zunehmend durch Leistungen und Errungenschaften ihrer Enkel: Kunstpreise und Stipendien, Prädikatsdiplome und Angebote von Eliteuniversitäten. *Sie werden an den Rand ihres eigenen Lebens gedrängt.* Ich lasse die Briefe sinken und spüre, dass sie eine Saite in mir zum Schwingen gebracht haben, und ich nehme mir vor, bei diesem Besuch freundlicher zu sein. Mehr Geduld, mehr Verständnis zu zeigen. Ich will netter zu ihnen sein.

Gesättigt wälzt sich Cecily zur Seite. Ihre Backen sind gerötet und glänzen. *Ich werde brav sein,* denke ich.

Unten im Wohnzimmer führt Dirk seine neuen elektrischen Gardinen vor (ein Schnäppchen – er hat die Anzeige auf der Rückseite einer Zeitschrift gesehen und konnte nicht widerstehen): Mit der Fernbedienung lässt er die Vorhänge auseinanderfahren und eröffnet die Aussicht auf den von Scheinwerfern angestrahlten Rasen, die kahlen Bäume und die Buchsbaumhühner – was die Letzteren betrifft, so hatte ich immer schon den Verdacht, dass die Formschnittgärtnerei nur ein Vorwand ist: Seine wirkliche Leidenschaft gilt der elektrischen Heckenschere.

»Da staunst du, was, Christopher?«, sagt er, während der Motor hell winselnd die Vorhänge tanzen und taumeln lässt: auf und zu, auf und zu. »Raffiniert, nicht?«

Christopher, der wie hypnotisiert zuschaut, streckt sehnsüchtig die Hand nach der Fernbedienung aus.

»Besser nicht, mein Lieber«, sagt Dirk heiter. »Das ist ein empfindliches technisches Gerät. Kein Spielzeug, tut mir leid.« Er zappt und lässt das Bild des Gartens endgültig verschwinden, dann bringt er die Fernbedienung schnell in Sicherheit: ganz oben auf dem Bücherregal, wo die Militärgeschichte steht. *Das war's*. Peggy schenkt mir Tee ein und bewundert Cecily, wie es sich gehört, aber um kein Haar mehr und aus sicherer Distanz.

»Was für ein Engelchen!«, ruft sie, während sie in die Küche eilt. »Ein Stück Kuchen, Emma?«

Ja, eigentlich schon, und es ist auch nicht einzusehen, warum ich keinen bekommen sollte, aber ich kann nicht Cecily im Arm halten und gleichzeitig mit heißem Tee und einem winzigen Teller hantieren (außerdem fürchte ich den Ausdruck der Missbilligung, der unweigerlich über Peggys Gesicht huschen würde, wenn ich ihr Angebot annähme: Sie geht dreimal pro Woche in Fitnesskurse, am Freitag macht sie zusätzlich Zumba, und Zucker betrachtet sie als ihren Todfeind, was sie allerdings nicht daran hindert, ihre männlichen Angehörigen mit Süßigkeiten regelrecht zu mästen), darum lehne ich höflich ab. Christopher wendet seine Aufmerksamkeit wieder ganz den Schokoladeplätzchen auf dem ungefähr dackelhohen Couchtisch zu. Er wird beim Abendessen keinen Bissen zu sich nehmen. Scheiß drauf, denke ich mir, ich hab auch noch andere Sorgen. »Schmutzige Hände!«, schreit Peggy und kommt mit einem feuchten Lappen angelaufen, als der Junge sich dem Schachbrett mit den kunstvoll geschnitzten Figuren nähert, das zur Zierde im Raum steht.

Ich schließe die Augen, fühle das Gewicht des feuchtwarmen Babykörpers, der auf mir ruht, und komme mir wie eine Gefangene vor. Immerhin muss ich hier nichts tun: Ich habe die Dinge nicht in der Hand, ich habe hier nicht zu bestimmen. So weit ist es mit mir gekommen, dass ich anfange, diese Familienbesuche, die ich früher gefürchtet habe und die auch jetzt noch voller unangenehmer Momente sind, als geradezu entspannend zu erleben. In der Küche zeigt Dirk Ben die versenkbare Steckdose in der zentralen Kochinsel und erläutert die Funktionsweise des Abfallentsorgungsmoduls unter der Spüle, das eine saubere Mülltrennung ermöglicht. »Wir haben deine Sendung über die Benotung der Schulabschlüsse gesehen – es ist wirklich ein Skandal!«, bemerkt er, als sie zurückkommen. »Ausgezeichnet. Schade, dass du es nicht geschafft hast, den Minister zu einer Stellungnahme zu bewegen.«
Das ist typisch für Dirk: Er kriegt eine Menge Dinge gar nicht mit, aber wenn seinem Sohn etwas misslingt oder er sich eine Blöße gibt, merkt er es sofort und kann es kaum erwarten, seine Schwächen ans Licht zu zerren. Bens Blick und meiner begegnen einander, dann schaut er weg, hin zu der Nordischen Fichte in der Ecke.
»Einen schönen Baum habt ihr«, sage ich zu Dirk, und er erklärt mir, wie ich erwartet habe, ausführlich dessen Herkunft: Es ist mittlerweile Tradition, dass Mike Caxton anruft, sobald die Lieferung reinkommt, damit Dirk sich als Erster einen aussuchen kann. Und natürlich brauchen sie so ziemlich den größten, der zu haben ist, weil die Decke so hoch ist.
Die Lichterkette, die sich zwischen den planvoll angeordneten Kugeln, Vögelchen und Engeln schlängelt, blinkt. Dieses Jahr ist der ganze Baumschmuck silbern und weiß. »Sollen wir die Bescherung gleich machen oder erst nach dem Essen?«, fragt Peggy.
Später am Abend ziehen Ben und ich uns bei gedämpftem Licht aus, während Cecily in ihrem Reisebettchen leise schläfrige Geräusche von sich gibt. In Momenten wie diesen sehne ich mich

nach einer ordentlichen therapeutischen Nachbesprechung mit ein bisschen albernem Gekicher, auch nach einer Art vage dankbarer Entschuldigung, aber ich werde weder das eine noch das andere von Ben bekommen, und ich weiß, dass es falsch von mir ist, es so sehr zu wünschen. Es ist *schäbig*, und es ist auch *schäbig,* zu wünschen, Dirk und Peggy würden uns etwas unter die Arme greifen, solange unsere finanziellen Verhältnisse so angespannt sind (natürlich würde Ben niemals Almosen von ihnen erbitten oder annehmen, mag auch die Tür des Geräteschuppens schief in den Angeln hängen, der braune Fleck an der Decke von Christophers Zimmer immer größer werden und der Gedanke an die fälligen Kreditzinsen oder die nächste Kreditkartenabrechnung uns bis in den Schlaf verfolgen).

»Es scheint ihnen richtig gut zu gehen«, murmle ich und lege einen frischen Strampler zu den Windeln und Wischtüchern, damit ich ihn morgen früh zur Hand habe. »Deine Mutter ist eine wahre Sportskanone.«

Ben gibt zustimmend brummelnde Laute von sich und steigt ins Bett. Die schlüpfrige blaue Tagesdecke knistert, als er sie zum Fußende schiebt, und rutscht dann über den Bettrand, um sich über den Teppichboden zu ergießen wie ein statisch aufgeladener See. »Ich nehme an, sie wird viel Zeit in der Salatbar verbringen und mit Angela Sinclair tratschen.«

Ich blicke hinunter auf Cecily, deren dunkle Wimpern ruhig auf die runden Wangen hingebreitet sind, ihre Hände locker geballt neben ihrem Kopf. Ihre Brust unter dem mit Monden bedruckten Stoff des Schlafsacks hebt und senkt sich: ein, aus, ein. Ich stelle mir Peggy vor, wie sie in rosa Frotteeshorts auf dem Standfahrrad trampelt, die Stirn schweißglänzend, den Blick unverwandt auf den Bildschirm gerichtet, über den Doku-Soaps wie *Cash in the Attic* oder *Homes Under the Hammer* flimmern.

Ich tupfe Feuchtigkeitscreme in mein Gesicht und auf meinen Hals und massiere sie langsam ein. Als ich die Bettdecke hebe, sehe ich auf dem Kissen dunkle Schmiere, daneben die plattgedrückte Folie, in die ein Rippchen Schokolade mit Orangencremefüllung eingepackt gewesen war, offenbar eine kleine Aufmerksamkeit von Peggy. Ich muss, ohne es zu merken, mit dem Kopf darauf gelegen haben, als ich am Nachmittag Cecily gestillt habe.

Der Besuch nimmt seinen üblichen Lauf. Wir versammeln uns zu Chili con Carne und Backschinken und Fleischklößchen aus Truthahnresten. An Neujahr trinken wir Sekt bei den Sinclairs, wo Ben richtig auflebt, weil er dort unter den Gästen eine Frau trifft, in die er als Jugendlicher mal unsterblich verknallt war. Wir unternehmen eine Wanderung auf matschigen Waldwegen, Cecily in einer Kinderkraxe auf Bens Rücken, aber irgendwie schafft es Christopher, in seinen Gummistiefeln mit den Krabbelkäfern drauf nasse Füße zu bekommen, weswegen wir vorzeitig umkehren müssen. Am Abend, wenn die Kinder im Bett sind, sehen wir uns Historiendramen an, spielen Scrabble und hören Dirk zu, wie er von einem Aufsitzmäher schwärmt, den er kaufen will, oder Peggy, die sich Gedanken darüber macht, wo sie im Februar hinfliegen sollen: Kapverden? Madeira?

In regelmäßigen Abständen inspiziert Peggy mehrmals täglich das Erdgeschoss und räumt alles weg, was wir liegengelassen haben – Strampler, den blauen Hasen, Schnuller, Wischtücher, die Creme gegen Christophers Ausschlag –, um die Sachen dann zu kleinen tadelnden Mahnmalen am Fuß der Treppe aufzuschichten. Es sind stumme Schreie des Protests. Und ich ärgere mich, weil ich nichts dort wiederfinde, wo ich es hingelegt habe.

Hundert Mal am Tag sagen wir: »Leg das wieder hin, Christopher«, oder: »Das ist Omas Porzellanglöckchen, das ist nichts für Kinder«, oder: »Nein, die Vorhänge sind nicht zum Spielen da.«

»Er ist ein richtiger kleiner Treibauf, nicht?«, sagt Dirk nicht ohne Vorwurf im Ton, als wir die Scrabblesteine wieder einsammeln. Auf dem Schachbrett fehlen eine Dame und zwei Bauern. Bis jetzt hat es noch niemand zur Sprache gebracht – wenn wir Glück haben, finden wir sie noch, bevor wir abreisen. »Aber auch blitzgescheit, oder?« Es schwingt ein Hauch von Zweifel in seiner Stimme. Es ist kurz vor Mittag, Zeit für Sherry und Erdnüsschen. Ich trinke sonst nie Sherry. Hier ist es fast eine Art Highlight.

»Da fällt mir ein, Dirk«, sagt Peggy im Kreischen des elektrischen Tranchiermessers, »Jemima hat es in Englisch und Mathematik in die Leistungsklasse geschafft, hat Tom das erwähnt?«

Dirk wusste es bereits. »Und natürlich sind in The Chase die Anforderungen mörderisch hoch«, erklärt er, damit auch wir Bescheid wissen.

Jemima ist ihre andere Enkelin, die über alles geliebte Erstgeborene von Bens Bruder Tom. Tom war auf dem besten Weg, in der Finanzwelt große Karriere zu machen – Dirk erzählte ständig davon, welche Pflöcke er wieder eingerammt und welche Coups er gelandet hatte und wie er mit Boni überschüttet wurde –, bis dann vor drei Jahren nach einigem Drumherumgerede schließlich herauskam, dass man ihn entlassen hatte. Seitdem ist Tom damit beschäftigt, »sich neu aufzustellen«, oder »er arbeitet an einer Sache, die vorerst geheim bleiben muss«, aber er und seine Frau Carolyn, die irgendwas »in der Telekommunikationsbranche« macht und genau der passende Deckel für seinen Topf ist, scheinen nun keineswegs kleinere Brötchen zu backen: Sie haben immer noch zwei Autos, machen immer noch Urlaub in Verbier und Dubai, und die teigige Jemima zieht auch weiterhin jeden Morgen ihren Blazer mit den grünen Paspeln an. Gehört auch noch eine Kreissäge zur Schuluniform? Es würde mich jedenfalls nicht wundern.

Wir sitzen da und warten, dass Peggy uns zum Mittagessen ruft, und plötzlich schießt Dirk hoch, so heftig, dass der Stuhl beinahe umkippt, und schreit: »Kannst du nicht mal *eine* Minute Ruhe geben!«, und Christopher blickt betreten auf den Couchtisch, auf das umgekippte Schälchen und die überall verstreuten Erdnüsse, einen salzigen Finger im Mund. *Oh-oh.*

An dem Morgen, an dem wir wieder abreisen wollen, stellen wir fest, dass Christopher in aller Frühe aufgestanden ist und im Wohnzimmer auf dem Sofa zwei Kissen aufeinandergestapelt hat, um so an das Allerheiligste in der obersten Regalreihe zu gelangen. Jetzt hängen die Gardinen unordentlich auf Halbmast – irgendwas scheint sich verhakt zu haben –, der Schließmechanismus funktioniert nicht mehr. Dirk macht ein tapferes Gesicht. »Keine Sorge, das werden wir schon wieder hinkriegen«, sagt er und nimmt den Deckel an der Rückseite der Fernbedienung ab, um die Batterien auszuwechseln. Aber es hilft nichts.

Wir führen den bösen Buben ab in den kalten Hausflur, wo ein Paar schmutzige Socken und ein Kinderbuch auf dem Boden liegen. Dort, aus der gesitteten Gesellschaft verbannt, muss er für seine Untat büßen. Stumm sitzt er seine Strafe ab, so gefasst, dass er beinahe edel wirkt.

Als ich in London die Sachen der Kinder auspacke und in die Waschmaschine stecke, finde ich das grüne Säckchen aus dem Scrabblespiel und darin die Dame und die zwei Bauern.

NINA

Sophies Gesicht, denke ich, ist wie der Mond – kalt, unergründlich, weit weg. Ich sehe mein Kind an, wie es dasteht in der Pose einer resignierten Märtyrerin, leicht x-beinig, wie es jetzt Mode ist, das Haar seidenglatt über eine Schulter drapiert, und weiß nicht mehr genau, wen ich da eigentlich vor mir habe.

Sie beult ihre Wange mit der Zunge aus, dreht ihr Haar zu einer dicken Kordel, zupft ein bisschen daran, wartet gelangweilt, dass der unangenehme Moment vorbeigeht.

Die Ähnlichkeit mit Arnold, die mir in solchen unbewachten Augenblicken auffällt, wenn Sophie ganz davon in Anspruch genommen ist, mich zu hassen, ist schwer zu ertragen. Diese Art, wie sie genervt Atem holt, die Lippen zusammenpresst, sich zusammennimmt, um nicht laut zu sagen, was ich ohnehin erraten kann. Als sie zu sprechen anfängt, rieche ich zuerst Kaugummi, dann Zigarettenrauch.

»Mein Akku war leer«, sagt sie. »Darum habe ich deine SMS nicht gekriegt.«

»Du hättest eben daran denken müssen, ihn aufzuladen.« Meine Stimme klingt schrill, scheußlich. Meine Autorität, die bereits unterhöhlt ist, schwindet weiter. »Und du hättest dir doch wohl von einer Freundin ein Handy leihen und mir kurz Bescheid sagen können. Du hast morgen Schule! Wie oft müssen wir das noch durchdiskutieren?«

Sie unterdrückt ein Gähnen. Die Beleuchtung ihres Handys geht plötzlich an, weil eine SMS reingekommen ist. »Ich hab's halt vergessen. Es wird nicht wieder passieren«, sagt sie und deckt schnell ihre Hand über den Bildschirm, der sie verraten hat.

Ich verzichte fürs Erste darauf, ihr unter die Nase zu reiben, dass ihre Lüge aufgeflogen ist. *Keine Nebenkriegsschauplätze eröffnen.* »Das habe ich schon zu oft gehört«, sage ich. »Ich habe

mir Sorgen gemacht. Es hätte alles Mögliche passiert sein können.«
»Es ist aber nichts passiert«, sagt sie und dann leiser: »Mein Gott, wenn man mal eine Stunde zu spät kommt!«
Ich schaue auf die Uhr. »Zwei Stunden, fast drei, um genau zu sein. Wo warst du überhaupt?«
»Bei Tasha. Sie hat mich zum Essen eingeladen.«
»Ich werde ihre Mutter anrufen«, sage ich, aber sie unterbricht mich: »Oh, mach bitte keinen Ärger. Tasha hätte eigentlich auf Tilly aufpassen sollen – ihre Eltern sind ausgegangen. Sie kann nichts dafür, es war meine Idee.« Ich spüre, wie mein Zorn etwas nachlässt. Ich möchte ihr gerne glauben.
»Lass es gut sein: Es kommt nicht mehr vor«, sagt sie, und während ich erwidere: »Verspiel nicht auch noch das letzte bisschen Kredit«, streift sie schon lässig ihren Schulblazer ab und gibt mir damit zu verstehen, dass die Sache für sie erledigt ist. Über das Handy gebeugt, geht sie die Treppe hinauf. »Ja, ja, ja.«
Charles hat nach dem Essen die Küche aufgeräumt und sitzt, die Beine hochgelegt, im Wohnzimmer, den *Evening Standard* vor sich. Er hebt eine Braue, als ich hereinkomme, und nickt in Richtung des Glases mit Single Malt. »Soll ich dir auch einen einschenken?«
»Nein, danke.« Ich bin noch zu ruhelos, um mich hinzusetzen, gehe im Raum umher, lege ein Scheit Holz nach, falte den *Economist,* der herumliegt, ordentlich zusammen und packe ihn auf den Stapel mit den letzten Wochenendbeilagen. Regen platscht in heftigen Güssen gegen das Fenster. Ich ziehe die Vorhänge vor der schwarzen Nacht zu.
»Es ist nichts Schlimmes«, sagt er beruhigend. »So sind sie eben in dem Alter, das ist normal. In der Schule ist alles okay, oder?«
»Soweit ich weiß. Nein, darum mache ich mir eigentlich keine Sorgen. Da läuft alles glatt.« Ich kann es schwer in Worte fassen, dieses Gefühl, dass ich dabei bin, sie zu verlieren, dass sie sich von mir wegbewegt in einen Raum, den ich nicht richtig erken-

nen kann, so als wäre er schlecht beleuchtet oder voller Rauch. Ein Raum, in dem alles passieren kann.

Wovor habe ich Angst? Es könnte ein Auto sein. Eine dunkle Straße. Ein Glas, das einen Moment lang unbewacht dasteht. Ein leichtsinniger Junge oder ein älterer Mann. Die üblichen Horrorszenarien. Vielleicht ist es auch etwas weniger Spektakuläres, etwas ganz Gewöhnliches. Vielleicht macht es mir Angst, dass sie mich nicht mehr in derselben Weise braucht wie früher. Dass meine Autorität immer mehr schwindet und ich nichts dagegen tun kann.

»Sie ist ein vernünftiges Mädchen, viel vernünftiger, als Jess in ihrem Alter war«, sagt Charles wie so oft, und beim Gedanken an Jess – die als Schülerin angeblich zu einer Bande ständig bekiffter Nichtsnutze gehörte und jetzt beim Denkmalschutz arbeitet, Geranien vor den Fenstern hat und Marmelade einkocht – muss ich lächeln. Ich schalte den Fernseher ein und sehe mir die letzte halbe Stunde eines Spionagethrillers an.

Oben geht Sophie ins Bad und nach einer Weile wieder zurück in ihr Zimmer, ich höre, wie ihre Tür ins Schloss fallt, und dann ist endlich Ruhe.

EMMA

Es hätte jedem passieren können. So schnell kann es gehen. Ich will lieber gar nicht daran denken. Na ja, es ist noch einmal gutgegangen, die Leute haben sich freundlich und anständig verhalten, wie man es erwartet – man muss sich immer wieder daran erinnern, dass die Welt trotz allem voll von guten Menschen ist –, und Christopher hat die Sache schon wieder vergessen. Er hat kein einziges Mal davon geredet.

Alle sagen, ich brauche mir keine Vorwürfe deswegen zu machen: Ben, Lucy, die anderen Mütter in der Musikschule, als wir im Schneidersitz auf dem Teppichboden der Halle sitzen, hinter uns auf einem Stuhl die Regenmäntel der Kinder. Die Mütter erzählen von ähnlichen Erlebnissen: Der kleine Max ist seiner Mama im Zoo abhandengekommen; Miranda hätte beinahe ihren Jimmy auf dem Parkplatz des Supermarkts stehen lassen; als Fran einmal zur Beerdigung eines Onkel musste, hat Luke vergessen, Ruby von der Kinderbetreuung abzuholen (»Ich kam vom Leichenschmaus, da hatte ich schon sechs SMS auf dem Handy. Es war halb acht!«).

Die Leute sind nett, verständnisvoll, mitfühlend, aber ich weiß, was sie denken. Ich kann es ihnen nicht verübeln, ich selbst würde an ihrer Stelle dasselbe denken.

Irgendwann ganz am Anfang meiner ersten Schwangerschaft hatte ich einen Traum. Ich träumte, ich hätte ein neugeborenes Baby, so winzig klein wie ein Fingerhut oder eine Käferlarve, ein schreiendes Häufchen Hilflosigkeit in einer Wiege so groß wie eine Nussschale, das vollkommen von mir abhängig war. Ich weiß nicht mehr, ob es ein Junge oder ein Mädchen war, blond, dunkel oder rothaarig, aber das alles spielte auch keine Rolle: Der Traum handelte davon, dass ich das Kind andauernd verlor – eine einzige verzweifelte Suche in Besteckschubladen, Müllsäcken und Wäschekörben. Nach dem Aufwachen erzählte ich Ben von dem Traum und wendete ihn ins Scherzhafte, eine heitere Variation zum Thema meiner nur allzu berechtigten Ängste (das mit dickem Stift gekrakelte »Spätgebärende!« auf dem Arztbrief, den ich mit ins Krankenhaus nehmen sollte, trug nicht eben dazu bei, mich zuversichtlicher zu stimmen). Aber während wir kicherten, spürte ich immer noch diese scheußliche Panik, die mir in sämtlichen Knochen saß und die ich, glaube ich manchmal, nie mehr ganz losgeworden bin.

Ein Nachmittag im Park. Es ist Frühlingsanfang, die langen feuchten Wege gleißen in der Sonne, Knospen an den Zweigen der Kastanien zeigen an, dass der Winter vorbei ist. Ich habe Cecily aus dem Buggy gehoben und in die kleine Schaukel auf dem Babyspielplatz gesetzt. Es ist das erste Mal, dass ich mir diese Mühe mache, und anfangs gefällt es ihr gar nicht: Sie kapiert den Schaukelrhythmus nicht, in wildem Schrecken fuchteln die Fäustchen, die in Handschuhen stecken. Aber dann fällt bei ihr plötzlich der Groschen, und sie fängt an, es zu genießen; ihr Mund rundet sich zu einem entzückt staunenden O. Christopher flitzt derweil mit dem Tretroller, den er zu Weihnachten bekommen hat, die ebene Strecke zwischen dem Spielplatz und dem Eingang des Parks hin und her, um die spiegelnden Pfützen herum oder mittendurch.

Nach ein paar Minuten schaue ich auf die Uhr, und dann sehe ich mich nach Christopher um. Ich kann ihn nirgends entdecken.

Ich lasse meinen Blick rundum über die anderen Wege schweifen. Eine Frau joggt vorbei, abgeschnitten von der Welt, verloren in der Sphäre des mysteriösen Soundtracks, der aus ihren Ohrstöpseln dröhnt. Ein Mann mit einem Spaniel hebt ein Stöckchen auf, um es zu werfen.

Mein suchender Blick durchkämmt das Gebüsch, fährt über den heruntergekommenen Laubengang, den Kräutergarten und wendet sich dann in die andere Richtung zum Teich und zu dem Pfad, der um ihn herum führt, zu dem Trinkwasserbrunnen, der noch nicht wieder in Betrieb ist, die Reihe leerer Bänke an dem Weg zum Abenteuerspielplatz entlang. Zwei Frauen mit Kinderwagen gehen vorbei. Sie plaudern unbeschwert heiter. Die Sonne verschwindet hinter einer Wolke.

Er trägt einen leuchtend grünen Anorak und eine schwarz-gelb gestreifte Pudelmütze. Ich halte Ausschau nach den grellen Farben, vergebens.

Ich hebe Cecily aus der Schaukel, ohne Rücksicht auf ihr Protestgeschrei, schnalle sie im Buggy fest. Ich stoße mich an dem »kindersicheren« Türchen im Zaun, als ich den Wagen hinausmanövriere. Wohin jetzt? Nach rechts, zum Teich. »Christopher!«, schreie ich und dann noch einmal, während ich mit dem Buggy dahinhaste, den Blick nach vorn gerichtet auf das von einem eisernen Geländer eingefasste tückisch schwarze Wasser, auf dem Laub und Zweige schwimmen. Zwei Damen um die fünfzig, von meinen Rufen aus ihrer Unterhaltung aufgeschreckt, kommen auf mich zu.

»Er ist fast drei, er hat eine grüne Jacke an und eine gelb-schwarz gestreifte Mütze«, sage ich. »Er heißt Christopher, grade war er noch da« – ich zeige auf den Weg –, »auf seinem Roller.« Sie haben ihn nicht beim Teich gesehen, sagen sie, und er ist nicht bei ihnen vorbeigekommen, das hätten sie doch sicher bemerkt, aber sie wollen eine Runde drehen und auf dem Abenteuerspielplatz nach ihm suchen. »Danke, vielen Dank«, sage ich, um etwas zu sagen, und dann haste ich fort, zum Kräutergarten und zum Gebüsch.

Es ist dunkel unter den Bäumen, und von überhängenden Zweigen platschen dicke Tropfen auf mein Gesicht und meine Hände, während ich durch den Park eile und dabei immer wieder nach Christopher rufe. Meine Haare sind schon ganz nass.

Cecily hat inzwischen aufgehört zu weinen, vielleicht beruhigt von der Bewegung des Wagens, vielleicht verschreckt von dem panischen Ton meiner Stimme.

Ein paar Leute sprechen mich besorgt an, fragen, ob sie mir helfen können, und machen sich dann auch auf die Suche, aber ich weiß, dass es aussichtslos ist, er ist nicht hier. »Danke, das ist sehr freundlich von Ihnen«, sage ich und renne weiter zu dem kleinen Café oben auf der Kuppe. Die Terrasse ist menschenleer, die Stühle sind auf die Tische gestellt, die Fenster beschlagen vom Dampf der Espressomaschine, und nirgends eine Spur von Christopher. Auch nicht auf dem Rasen und – guter Gott! – bei dem Springbrunnen, der ihn so sehr fasziniert. Ich laufe hin und werfe einen Blick in das Becken, dann drehe ich mich auf dem Absatz um, holpere mit dem Buggy die breiten Stufen zwischen den kaputten Steinurnen hinunter und biege auf den Weg ab, der an den Kompostkästen vorbei zum unteren Ausgang führt.

Ich erreiche die Straße und bleibe kurz stehen, schaue nach links und dann nach rechts. Meine Kehle brennt, ich atme schwer. Es ist wenig Verkehr, die gelbe Lampe am Zebrastreifen blinkt heiter im schwindenden Tageslicht. Ein Fiat Punto hat angehalten, um mich hinüberzulassen. Ich winke ihn weiter. »Christopher?«, rufe ich ins Dunkel der Bäume. Es klingt ganz anders, als es sich anfühlt, einfach nur elend dünn und schwach.

Das ist alles gar nicht wahr.

Muss ich die Polizei verständigen?

»Da ist sie!« Ich fahre herum, wie elektrisiert vor Hoffnung. Die zwei Frauen, die ich am Teich getroffen habe, kommen auf mich zugelaufen, begleitet von einem Parkwächter mit einem Sprechfunkgerät. Kein Kind in einem grünen Anorak. Der Mann sieht meinen Gesichtsausdruck und hebt sein Walkie-Talkie.

Ich mache mir bewusst, dass nicht mehr als fünf bis zehn Minuten vergangen sein können. Keine lange Zeit, sollte man meinen. Aber in fünf bis zehn Minuten kann alles Mögliche passieren.

Nein.

Ich gebe dem Parkwächter eine Personenbeschreibung, der sie über sein knackendes und knatterndes Gerät der Polizei übermittelt: Christopher Nash, fast drei Jahre alt (»Nein, *Christopher*, nicht Chris«, und ich nicke wie betäubt. Mit Schrecken wird mir bewusst, wie weit diese Situation vom *Normalen* entfernt ist, von gewöhnlichen Umständen, unter denen man eine Erklärung erwarten würde. *Wissen Sie, wir dachten eigentlich, wir würden den Namen abkürzen, aber Chris* passt *einfach nicht zu ihm*). Blond, blaue Augen. Grüner Anorak, gelb-schwarze Mütze, blaue Hose, Gummistiefel mit Käfern drauf. Roter Tretroller.

So groß, sage ich und zeige es mit der Hand, weil ich es nicht in Zentimetern angeben kann.

Jemand ruft meinen Namen. Es ist Fran von der Musikschule, und neben ihr fährt Ruby auf ihrem Laufrädchen. Die beiden sind offenbar gerade auf dem Weg nach Hause. Ich sehe, wie Frans Gesichtsausdruck sich plötzlich verändert, als sie näher kommt. Ich breche in Tränen aus, und der Parkwächter, der Gareth oder Gary heißt, sagt: »Die Polizei wird gleich da sein«, und tritt beiseite, um Fran Platz zu machen. Sie umarmt mich, mit großen Augen von Ruby beobachtet. Ich sehe, dass Cecily in ihrem Buggy eingeschlafen ist. Ein Teil von mir hat offenbar den Ernst der Lage immer noch nicht erkannt, denn ich spüre einen Moment lang, wie von fern, einen Anflug von Panik: *Verdammt, wenn sie so spät am Nachmittag schläft, bringe ich sie um sieben nicht ins Bett.* Ich verachte mich selbst dafür, dass ich in diesem Moment so etwas denken kann.

Es wird rasend schnell dunkel. Die beiden Damen, die die ganze Zeit dabeigestanden haben, sprechen mir noch einmal Trost und Mut zu und machen sich davon. Dann hören wir die Sirene. Kurz darauf steige ich in den Streifenwagen ein – den Buggy samt Cecily nimmt Fran in ihre Obhut. »Danke, ich rufe dich an«, sage ich, obwohl Fran mich gar nicht mehr hören kann, denn das Auto fährt schon los. Ich sehe noch ihr Gesicht im zuckenden Blaulicht.

Die Sirene haben sie ausgeschaltet, keine Ahnung, warum.

Die Beamten des Streifenwagens, ein Mann und eine Frau, sind noch jung, sie stellen sich mit ihren Vornamen vor: John und Lauren. Sie wirken kompetent und tüchtig, versichern, dass alle nötigen Maßnahmen eingeleitet wurden, aber unter ihren beruhigenden Worten spüre ich etwas, das mir Angst macht. »Wir haben noch einen Streifenwagen im Einsatz, der die Straßen der Umgebung abfährt, und zwei Kollegen sind zu Fuß im Park unterwegs«, sagt Lauren, während John nach rechts in Richtung Friedhof abbiegt. »Es ist gut möglich, dass er sich verlaufen hat und irgendwo hier umherirrt. Wir fahren einfach durch die Gegend und schauen, ob wir ihn entdecken. Er kann nicht so sehr weit gekommen sein.« Und ich solle mich doch bitte anschnallen.

Das Funkgerät rauscht und pfeift: Die Kollegen im anderen Streifenwagen melden sich. Mein Herz macht einen Luftsprung, aber meine freudige Erwartung wird enttäuscht: Nichts Neues. »Halten Sie die Augen offen«, sagt John. »Wir fahren schön langsam, so können wir nichts übersehen.«

Wir passieren eine Wohnanlage, fahl weißer Beton im gelben Schein der Straßenbeleuchtung. Hinter den kleinen Balkonen gehen Lichter an. Fernsehgeräte flackern bläulich, hie und da werden barsch Vorhänge zugezogen.

Bei den Mülltonnen kicken sechs oder sieben Jugendliche einen Fußball gegen eine Hausmauer. Als der Streifenwagen anhält, erstarren sie, aber John lässt das Fenster herunterfahren und ruft: »Wir suchen nach einem Dreijährigen, der vermisst wird«, und die Jugendlichen kommen näher, interessiert, vielleicht sogar, gegen ihren Willen, ein bisschen betroffen. Sie haben nichts gesehen. *Danke. Wenn ihr …* Fenster hoch, weiter.

Es ist wahr, es ist alles real.

Ein Bus fährt vorbei, hell erleuchtet, voller Leute, die lesen, mit ihren Handys spielen, gelangweilt vor sich hin schauen.

»Wollen Sie jemanden anrufen und Bescheid sagen?«, fragt Lauren, und ich schüttle den Kopf, obwohl mir klar ist, dass ich Ben anrufen muss. Ich will es so lange wie möglich hinausschieben.

Ich habe nicht die Worte, es ihm zu sagen. Angespannt behalte ich den Bürgersteig im Blick, die dunklen Zonen, wo die Dinge, Gebäude, Büsche, Hauseingänge, in schwarze Schatten übergehen.

Bei der Bibliothek biegen wir links ab und arbeiten uns langsam zum Krankenhaus vor, das mit seinen vielen Lichtern riesig aufragt wie ein Ozeandampfer. Als wir am Eingang vorbeikommen, sehe ich den geschlossenen Blumenkiosk, die menschenleeren Rolltreppen, die in Endlosschleife hinauf- und hinunterfahren. Drei Patienten in Rollstühlen rauchen auf dem mit Betonplatten gepflasterten Vorplatz, jeder für sich, einer hat einen Infusionsständer dabei.

Hier ist mehr Leben auf den Straßen. Passanten, die von der U-Bahn-Station nach Hause gehen oder in Busse umsteigen, Lichtreklame für Pizzaservice, kalt weiße Fahrradlampen. An der Steigung eine gereizte Schlange glutroter Bremslichter.

Es ist Jahre her, dass ich zum letzten Mal zu dieser Tageszeit allein in der Stadt unterwegs war und Gelegenheit hatte, solche Dinge zu bemerken. Ich bin den Anblick nicht mehr gewohnt.

Hin und wieder schaltet sich das Funkgerät ein, es knackt und knistert, Polizisten melden sich – nichts Neues.

Lauren blättert in ihrem Notizblock. »Sie wohnen in der Carmody Street, nicht? Am besten fahren wir jetzt mal da hin, nur zur Sicherheit.«

Mein Gesicht ist nass von Tränen. Das Gefühl bewirkt, dass noch mehr Tränen fließen. *Er ist noch nicht ganz drei. Letzte Woche im Supermarkt fiel mir vor der Kasse ein, dass ich die Bananen vergessen hatte. Ich habe ihm gesagt, er soll beim Einkaufswagen bleiben, ich bin in einer Minute wieder da, aber er ist losgezogen, um mich zu suchen. »Ich hatte Angst«, hat er gesagt, »ich dachte, du kommst nicht mehr zurück.« Ich habe ihn in den Arm genommen und an mich gedrückt, und doch überkam mich in diesem Moment ein Anflug von Ärger: Mein Gott, kann er nicht mal dreißig Sekunden warten! Ist das denn zu viel verlangt?* Ich schließe die Augen und presse die Lider

fest zusammen, aber ich öffne sie gleich wieder, denn ich muss scharf aufpassen, ich darf nichts übersehen.
Bushaltestelle. Absperrgeländer. Briefkasten. All die vertrauten Dinge.
Ich höre das rhythmische Ticken des Blinkers, als der Wagen die Spur wechselt. Er überquert die Hauptstraße und biegt dann nach rechts in die Carmody Street ein. Sunil Faradosa trägt sein Fahrrad ins Haus. Kay Callaghan hebt Einkaufstüten aus dem Kofferraum ihres Autos. »Nichts«, sage ich, als die Eingangstür unseres Hauses in Sicht kommt. »Können wir zurück zum Park fahren?«
»Ich denke, wir sollten uns vielleicht auch am Bahnhof umsehen«, sagt Lauren, und ich schließe erneut die Augen, nur ganz kurz, weil ich es nicht ertragen kann zu denken, was alles passiert sein könnte, und weil Sinneseindrücke über mich hereinbrechen – seine weiche Haut, seine klebrig feuchte Hand in meiner, sein Geruch, wenn er schläft, eng an seinen Hasen geschmiegt –, so überwältigend stark, dass mir davon übel wird. Ich öffne das Fenster und atme tief. *Ein, aus. Ein, aus.* Ich sehe, wie John den Hals reckt, um im Rückspiegel nach mir zu sehen. »Ganz ruhig«, sagt er und schaltet die Sirene an.
Das Sprechfunkgerät fängt wieder an zu rauschen, und eine Männerstimme redet so schnell, dass ich nichts verstehe, aber Lauren greift zum Mikrophon und sagt: »Verstanden, Ende. Das ist mal eine gute Nachricht.« Zuerst kann ich es nicht fassen, es fühlt sich an wie eine Art von Glück, die mir nicht zusteht, aber als sie sich zu mir umdreht, die Sprechmuschel noch am Mund, sehe ich ihren Gesichtsausdruck.
Sie lassen die Sirene an, sodass wir in vier, fünf Minuten bei der Polizeiwache sind. Ich kann es nicht glauben. Ich kann es nicht glauben, als wir auf den Parkplatz einfahren, ich kann es nicht glauben, als Lauren beiseitetritt, damit ich losrennen kann in den trostlos nüchtern beleuchteten Warteraum, in dem Christopher mit einer Polizistin sitzt, die gerade einen Plastikbecher mit

heißem Kakao auf den Tisch vor ihm hinstellt. Er blickt freudig auf, als ich seinen Namen rufe, und wirkt ganz unaufgeregt, als wäre nichts passiert. Auf der Uhr an der Wand hinter ihm ist es kurz vor sechs. Es ist nicht mal eine Stunde her, dass er verschwunden ist. Ungefähr fünfzig Minuten.

Ich knie mich vor ihn hin und schließe ihn in die Arme, und er lässt es zu, hält einen Moment still, bevor er zu zappeln anfängt und sagt: »Da, Kakao.« Also lasse ich ihn kurz los, und er nimmt einen kleinen Schluck, aber dann verzieht er das Gesicht und schaut mich an. *Zu heiß*. Und Lauren lacht und sagt, sie wird ein bisschen kalte Milch aus dem Kühlschrank nachschütten. Ich setze mich hin, nehme ihn auf den Schoß und drücke meinen Kopf an ihn, während er ein Plätzchen isst. Das Knacken des Krokants zwischen seinen malmenden Zähnen fühlt sich an wie lauter kleine Explosionen.

Als Lauren mit der Tasse wiederkommt, erzählt sie, dass eine Frau ihn vor nicht ganz fünfzehn Minuten in der Nähe des Parks gefunden hat. Er saß auf der Eingangsstufe ihres Hauses und spielte mit ihrer Katze. Sie hat die Polizei angerufen und ihn, weil sie sowieso in der Stadt zu tun hatte und die Wache auf ihrem Weg lag, selbst dort abgeliefert.

»Solche Dinge passieren«, sagt Lauren.

Ja, sage ich. Gott sei Dank.

»Wo wolltest du hin?«, frage ich ihn später. Ich habe ihm vorgelesen *(Gute Nacht, Mond, der im Himmel wohnt. Gute Nacht, Kätzchen, Gute Nacht, Lätzchen)* und liege neben ihm auf dem niedrigen Bett. Er hat seinen Schlafanzug mit den Schäfchen an, seine Haare sind noch ein bisschen feucht, an der Türklinke hängt das grüne Handtuch, auf dem Nachttischchen stehen seine Sammlung von Muminfiguren und ein Miniatur-Pferch mit Playmobil-Meerschweinchen. Fran hat Cecily hergebracht. Ich habe sie gestillt, und Ben legt sie gerade ins Bett.

»Wo wolltest du hin? Weißt du, Schatz, du darfst nicht einfach so weglaufen. Ich hab dich vermisst.«

Er nimmt seinen Hasen und drückt eines der langen Plüschohren an seine Oberlippe. Das tut er oft, wenn er schläfrig ist. »Geh nicht wieder weg«, sagt er.
»Nein. Man kann sich leicht verlaufen, wenn man nicht achtgibt. Ich habe ein bisschen Angst um dich gehabt. Du musst bei Mama bleiben.«
»Ich will meinen Roller«, sagt er.
»Wo der wohl abgeblieben ist?«, sage ich. »Na ja, das ist nicht so schlimm, wir kaufen dir einen neuen.«
Er macht ein trauriges Gesicht. »Armer Roller. Jetzt ist er ganz allein. Die Frau hat gesagt, ich soll ihn stehen lassen.«
»Was für eine Frau?«, frage ich, aber er gähnt, und ich decke ihn gut zu. »Vielleicht hat ein anderes Kind ihn gefunden«, sage ich. »Ein kleiner Junge, der sich immer einen Roller gewünscht hat und nie einen gekriegt hat. Er wird gut auf ihn aufpassen.«
Er dreht sich auf die Seite, und ich knipse die Lampe aus. Auf der Kommode schimmert das Nachtlicht, ein Fliegenpilzhäuschen, vor dessen Tür kleine Porzellanmäuse sitzen. Ein goldener Schein dringt aus den schnuckeligen Fensterchen. Ich kann mich noch gut erinnern, wie bitter enttäuscht Christopher war, als er zum ersten Mal durch diese Fenster ins Innere lugte. Zuerst wusste ich nicht, was eigentlich los war, doch dann – als hallte ein fernes Echo aus meiner eigenen Kindheit – wurde mir plötzlich klar, dass er erwartet hatte, in dem Häuschen ein richtiges *Zimmer* zu sehen, Betten, einen kleinen Ofen, und nicht bloß irgendwelche Kabel und eine Glühbirne. »Es ist nur zum Anschauen gemacht«, erklärte ich ihm. »Es ist nicht *echt.*«
»Mama«, murmelt er, den Hasen vor dem Mund, und ich gebe ihm einen Kuss, atme seinen Geruch nach Zahnpasta und Kamillenshampoo ein, spüre seinen kräftigen, warmen Körper und sage mir: *Es geht ihm gut. Es ist nicht so schlimm. Solche Sachen passieren eben. Alles ist gut.*

NINA

Ich nehme den längeren Weg vom Atelier nach Hause und spaziere durch den Park. Die Luft ist noch feucht nach dem kurzen Regenguss, aber man fühlt schon, dass der Frühling kommt, dass etwas im Wandel ist. Die Sonne steht ein bisschen höher am Himmel als gestern zu dieser Zeit. Wenn man die Augen halb schließt, kann man eine allererste feine Verheißung von Grün in den Bäumen ahnen.

Als ich um eine Ecke biege, die Sonne in meinem Rücken, sehe ich einen kleinen Jungen. Er fährt auf einem Tretroller auf dem ebenen Weg neben den Kompostkästen dahin, ein Bein lässig weggestreckt, um zu demonstrieren, dass es ihn keinerlei Anstrengung kostet, so dahinzugleiten. Er wird langsamer, wendet in einer eleganten Kurve, dann ein, zwei Tritte, und schon hat er wieder Tempo aufgenommen. Die Augen etwas verkniffen, weil die Sonne ihn blendet, kommt er auf mich zu.

Ich schlendere so neben der Hecke dahin und überlege, ob ich einen Abstecher zu dem Café machen soll, um noch eine Tasse Tee zu trinken, bevor ich nach Hause gehe, da erkenne ich den Jungen wieder, obwohl seine blonden Haare unter einer Strickmütze verborgen sind. Gelb und schwarz saust sie an mir vorbei. Als ich mich nach ihm umdrehe, sehe ich in einiger Entfernung auf dem Spielplatz *sie*: Halb von mir abgewandt, beugt sie sich über das Baby, das, dick verpackt in einem himmelblauen Schneeanzug – offenbar einem abgelegten Kleidungsstück seines Bruders –, in einer Schaukel sitzt. »Willst du noch höher?«, höre ich Emma sagen. »Ganz hoch bis in den Himmel?«

Das Summen der Räder von Christophers Roller nähert sich wieder von hinten. Er überholt mich und steuert in schneller Fahrt auf eine Reihe von Eiben zu. Ich sehe ihm an, wie er es genießt, dass er sein Fahrzeug so meisterhaft beherrscht.

Ich wollte ohnehin in diese Richtung. Es ist nicht so, dass ich ihn verfolge, ich gehe einfach weiter meinen Weg zum Café. Unter den Bäumen ist es dunkel, und die Zweige sind nass von dem Regenschauer am Nachmittag. Er ist ein Stückchen vor mir und will wenden, um wieder zurückzufahren, aber der Weg ist hier eng, und er bleibt mit dem Roller in der Hecke hängen. Christopher muss absteigen. Niemand kann uns sehen. »Hallo, Christopher«, sage ich munter und gehe auf ihn zu.
Er sieht mich verwirrt an, einen Fuß auf dem Trittbrett. Die Gummistiefel mit den Käfern drauf sind schmutzig.
»Erinnerst du dich an mich?« Ich beuge mich zu ihm hinunter. »Wo ist deine Mama? Ich kenne deine Mama. Sie heißt Emma, nicht? Und du bist Christopher.«
Mit einer Hand hält er den Roller, die andere hat er vor den Mund geschlagen.
»Weißt du nicht, wo sie ist? Hast du dich verirrt?«
Er bleibt stumm. Ich weiß, dass mir nicht viel Zeit bleibt.
»Ach, das ist nicht so schlimm. Ich helfe dir. Komm, gehen wir sie suchen.« Ich strecke ihm die Hand hin und richte mich auf. »Keine Sorge, wir werden sie schon finden.«
Ich sehe ihm an, dass er eigentlich nicht mitgehen will, aber die Macht der Konvention ist stark, sogar bei kleinen Kindern. Man will tun, was sich gehört, was von einem erwartet wird. »Komm«, sage ich heiter. »Suchen wir sie. Sie ist nicht weit, jede Wette.« Und ich nehme ihn bei der Hand und ziehe ein bisschen, nur ganz leicht, und schon setzt er sich in Bewegung. Den Roller schleift er mit. »Ach, den lassen wir besser hier«, sage ich, weil mir einfällt, dass sie bei ihrer Beschreibung des Jungen sicher den roten Roller und die schwarz-gelbe Mütze erwähnen wird. »Schau, ich verstecke ihn hier hinter dem Busch, damit ihn niemand mitnimmt. Wir holen ihn dann, sobald wir deine Mama gefunden haben, okay? Lieber Himmel, deine Mütze ist ja patschnass! Das Beste ist wohl, ich stecke sie erst mal in meine Tasche, und du setzt deine Kapuze auf. Ja, so ist's gut.

Das ist wirklich nicht schön von deiner Mama, sich einfach so aus dem Staub zu machen! Na ja, sie ist sicher noch irgendwo hier in der Nähe. Ach, da fällt mir was ein, hör zu.« Und während wir so im Halbdunkel zwischen den Hecken dahingehen, sage ich dieses Gedicht auf, an das ich all die Jahre seit der Zeit, als Sophie noch ganz klein war, nie mehr gedacht habe:

James James Morrison Morrison
Weatherby George Dupree
gab stets auf seine Mama Acht, dabei
war er noch reichlich jung, erst drei.
»Mama«, sprach James, James sprach: »Mama,
geh ja nie aus, ich warne dich,
und jedenfalls nicht ohne mich.«

James James Morrisons Mama
zog an ihr Kleid aus Goldbrokat.
James James Morrisons Mama
zog aus, hinaus durchs Tor der Stadt.
»Ich kann sehr wohl«, sprach sie mit leichtem Sinn,
»ausgehen, wann ich will, o ja!
Zum Essen bin ich wieder da.«

Er ist jetzt nahe dran, in Tränen auszubrechen. Ich spüre, wie er langsamer wird. Er merkt, dass etwas faul ist, und will sich wehren, darum sage ich: »Hör mal, ich habe Schokolade dabei – magst du ein Stückchen?«, und ich sehe, wie sein Gesicht sich etwas aufhellt vor freudiger Erwartung, und denke: *Ah, gut,* und wir gehen weiter durch die dunkle Allee, weg von dem Spielplatz. Ich sage: »Einen Moment, ich hab's gleich«, und wühle mit großem Getue in meiner Handtasche. »Ich bin sicher, sie muss hier irgendwo sein. Mein Gott, wo hab ich sie nur hingetan? Ich bin ein solcher Schussel! Magst du Schokolade? Was für Süßigkeiten magst du am liebsten?«

»Gummischlangen«, sagt er nach einer Weile. Ich weiß nicht, ob er aus Schüchternheit so lange zögert oder weil es ihm schwerfällt, sich zu entscheiden, sich festzulegen.

»Zu Hause habe ich ein ganzes Sortiment Gummischlangen«, sage ich. »Mit Erdbeergeschmack, mit Zitronengeschmack. Welche magst du am liebsten? Pass auf: Ich schlage vor, wir besorgen jetzt erst ein paar Gummischlangen für dich, und anschließend suchen wir deine Mama.«

Er schaut über die Schulter, in die Richtung, aus der wir gekommen sind, zu dem Roller und zu dem Spielplatz. Er weiß, dass irgendetwas nicht stimmt, aber dieses instinktive Gefühl ist immer noch zu schwach, und die Gier und das Gebot der Höflichkeit, mich nicht zu kränken, setzen sich durch.

»Ich finde die dunkelroten am besten«, sage ich, fasse seine Hand in dem Handschuh fester und ziehe ihn mit sanfter Gewalt mit mir fort. »Die schmecken nach Brombeeren. Magst du die auch?«

Weiter geht es, immer weiter auf dem zwischen Bäumen und Hecken versteckten Weg am Rand des Parks. Es dämmert und wird kälter. Als wir wieder in freies Gelände kommen, vorbei an den Rhododendren am oberen Tor, taucht ein alter Mann auf, aber er ist so mit seinem Hund beschäftigt, der einem Ball nachrennt, dass er uns gar nicht bemerkt.

Wir gehen durch das Tor, da höre ich von fern jemanden schreien – eine helle, durchdringende Stimme, unverkennbar voller Angst –, darum plaudere ich munter weiter, um ihn zu beschäftigen und abzulenken. »Es ist jetzt nicht mehr weit. Da vorn in der Straße wohne ich. Ich bin gespannt, ob mein Kater zu Hause ist. Magst du Katzen? Er heißt Henry. Er ist ganz lieb, solange man ihn nicht am Schwanz zieht. Aber du tust so was bestimmt nicht, oder?

Ah, da sind wir schon. Das ist mein Haus.« Auf der Straße ist kein Mensch zu sehen, auch in den parkenden Autos sitzt niemand. Ich kann nur hoffen, dass kein Nachbar mich von einem Erkerfenster aus beobachtet. »Hier entlang, komm«, sage ich, und weil er ein bisschen zögert, fasse ich wieder seine Hand und zerre ihn halb die Stufen hinauf. Ich schiebe ihn hinein und schließe die Tür.

Sophie ist bei ihrer Orchesterprobe und aus dem Weg. Das Haus ist dunkel. Ich schalte die Lichter an, ziehe ihm den Anorak mitsamt den Fäustlingen aus, die an einem Band aus den Ärmeln baumeln wie flehende Hände. Verunsichert steht er da und lässt sich alles gefallen. Ich hänge den Anorak über den Pfosten des Treppengeländers. »So, und jetzt schauen wir mal nach deinen Gummischlangen«, sage ich und, bevor er es aussprechen kann: »Dann suchen wir deine Mama. Die hat sich doch tatsächlich verlaufen! Wie kann man nur so unachtsam sein. Aber sie kann nicht weit gekommen sein, keine Angst, wir finden sie. Ich werde dir helfen.«

Nachdem ich mit viel Theater Schranktüren aufgerissen und Schubladen durchwühlt und ihm schließlich mitgeteilt habe, dass die Gummischlangen nicht aufzufinden sind, ist er sichtlich enttäuscht, lässt sich aber dazu überreden, die Smarties, die für den Fall vorrätig sind, dass Sophie auf die Schnelle Muffins backen will, als Trostpreis anzunehmen. Er sitzt still und offenbar zufrieden auf dem Fußboden, ganz der Beschäftigung mit den Smarties hingegeben, die ihm die Fingerspitzen bunt färben, während ich Tee trinke und meine E-Mails lese. Henry taucht am Küchenfenster auf, ich lasse ihn herein, nehme ihn auf den Arm und bringe ihn zu Christopher, der sich kaum zu rühren wagt. Ich bringe ihm bei, wie er mit ihm umgehen muss: »Immer beim Kopf anfangen, ganz sanft und freundlich streicheln, keine Angst, er beißt nicht, ja, so ist es richtig, das hat er gern, wenn man ihn hier unter dem Kinn kitzelt.« Nach einer Weile ist Christopher aufgetaut, es macht ihm Spaß. Ich sehe diesen kleinen Jungen in seiner Kordhose, auf dem Sweatshirt einen Trecker, in meiner Küche auf dem Boden sitzen, ein halbleeres Glas Milch neben sich, und mit meinem Kater spielen, und das gefällt mir. Es tut mir gut.

Ich schaue auf die Uhr. Eine halbe Stunde. Das reicht. Ich stelle meine Tasse und Christophers Glas in die Spülmaschine, wische ihm die Hände und das Gesicht ab, dann rufe ich bei der Polizeiwache an. »Ein kleiner Junge, er sagt, er heißt Christopher und ist fast drei. Ich habe ihn auf den Eingangsstufen meines Hauses in Pakenham Gardens gefunden, gleich am Park. Keine Ahnung, wie lange er da schon saß. Er hat mit meinem Kater gespielt.« Ich gebe meinen Namen und meine Kontaktdaten durch und schlage vor, dass ich den Jungen zur Wache bringe: »Nein, das macht mir gar keine Umstände, ich muss sowieso wegfahren. Für mich ist es so am einfachsten.« Dann sage ich Christopher, es ist Zeit, er muss sich jetzt von Henry verabschieden. Zuerst will er nicht, bis ich ihm sage, dass seine Mama sich Sorgen macht, dass sie auf ihn wartet.

Bei der Polizeidienststelle steht jemand vor der Tür, als ich auf dem Parkplatz halte, aber es ist nicht sie, sie kann noch gar nicht da sein. Ich lasse Christopher aussteigen, setze ihm seine gelb-schwarze Mütze auf und bringe ihn zum Empfangsschalter. »Tschüs, Christopher«, sage ich. »Pass in Zukunft besser auf, dass du nicht wieder verlorengehst, ja?« Er nickt gehorsam und ein bisschen verdrossen. »Keine Ursache, das ist doch selbstverständlich. Lieber Himmel, ich komme zu spät. Natürlich, melden Sie sich einfach, wenn Sie noch etwas von mir brauchen.«

Dann gehe ich zu meinem Auto und fahre weg. Auf der Hauptstraße kommt mir ein Streifenwagen mit Blaulicht und Sirene entgegen. Einen Moment lang stelle ich mir vor, wie sie sich fühlt, was sie durchgemacht hat. Aber nur einen Moment lang. Das genügt.

Im Park hatte ich die letzte Strophe des Gedichts nicht mehr im Gedächtnis. Jetzt fällt sie mir wieder ein:

Von James James Morrisons Mama
hat man nie mehr etwas gehört seither.
Der König ließ erklären, er

selbst, sein Hof und alle seine Ritter,
empfänden diesen Fall als schlimm und bitter.
Im kleinen Kreis jedoch soll er geäußert haben:
»Was soll man machen? Nun, so geht es eben,
wenn Leute sich so tollkühn fortbegeben.«

EMMA

Bei der Polizei muss noch eine Menge Papierkram erledigt werden. Während Lauren Formblätter ausfüllt, sage ich: »Ich bin noch gar nicht dazu gekommen, zu fragen, wer die Frau ist, die ihn gefunden hat. Ich würde mich gerne bei ihr bedanken, wenn das möglich ist.«

»Ich werde das abklären«, sagt sie. »Ich frage sie, ob es ihr recht ist.«

Ein paar Tage später ruft sie an und nennt mir den Namen.

»Nina Bremner«, sage ich. Der Name kommt mir bekannt vor, aber es dauert eine Weile, bis der Groschen fällt. »Oh, die kenne ich!« Irgendwie überrascht es mich nicht. Es fühlt sich richtig an, als sollte es so sein.

Während ich mir die Nummer aufschreibe, erinnere ich mich an die schockierende Erkenntnis damals, als sie in meiner Küche stand und ich ihr einfach so die Wahrheit sagte: »Ein Stein fällt ins Wasser, und tausend gottverdammte Wellen laufen über den ganzen See«. Ich konnte ihr ansehen, wie gut sie mich verstand. Es ist so lange her, und so vieles ist seitdem passiert, aber diese Szene ist mir kristallklar im Gedächtnis geblieben, als ein Moment der Absolution.

Setzen Sie sich, hat sie gesagt und mir einen Stuhl hingeschoben. *Trinken Sie Ihren Tee.*

Ich rufe sie nicht sofort an. Mir wird klar, dass ich mich in gewisser Weise darauf freue, mit ihr zu sprechen, und ich will diese sonderbare freudige Erwartung auskosten.

Mir ist natürlich bewusst, dass ich aus Nina (mit dem kurzgeschnittenen dunklen Haar, den schlanken sonnengebräunten Handgelenken, den flinken vogelartigen Bewegungen, der Ruhe, die sie ausstrahlt) etwas mache, was sie in Wirklichkeit gar nicht ist und niemals werden wird. Trotzdem, die Aussicht, wieder mit ihr Kontakt aufzunehmen, hat etwas Aufregendes, den Reiz des Neuen, es ist ein Lichtblick. Ich habe ihr etwas zu erzählen, und ich habe Fragen an sie, zu Christopher und diesem ganzen schrecklichen Nachmittag.

Und es gibt auch allerlei praktische Komplikationen. Ich bringe Cecily zum Impfen, und prompt bekommt sie Fieber, dann fängt sich Christopher in der Kindergruppe irgendeinen scheußlichen Virus ein. Tagelang bin ich vollauf damit beschäftigt, von einem Zimmer zum anderen zu rennen, den Kindern warmen Tee einzuflößen, Erbrochenes aufzuwischen, Betten frisch zu überziehen, Wäsche zu waschen, Suppe zu kochen, die Christopher dann nicht einmal probiert.

Eines Mittags, als ich in der Küche sitze, Cecily auf dem Schoß, und Christopher finster das Gesicht verzieht, als ich ihm den Löffel hinhalte, erlebe ich einen dieser Momente, in dem man sein Leben in erbarmungsloser Klarheit sieht: *Das ist es, das bin ich, das und nichts anderes*. Ich habe mir drei Tage lang die Haare nicht gewaschen, ich habe Mundfäule und ein Gerstenkorn, ich trage die Kleidung, die ich gestern schlampig aufs Bett geworfen und heute Morgen in aller Eile übergestreift habe, die Milch ist ausgegangen, wir haben keine Teebeutel, kein Obst, kein Klopapier mehr im Haus. Ich denke an Ben, der draußen in der Welt mit Leuten telefoniert, ein Sandwich vor sich auf dem Schreibtisch, in Papieren blättert oder auf dem Weg zu irgendwelchen Terminen durch Soho spaziert, und lege den Löffel hin und sage laut: »Das ist mir doch alles so scheißegal«, und die Wut, die in meiner Stimme klingt, erschreckt mich genauso wie das, was ich gesagt habe.

Christopher schaut mich an, seine verschnupften Augen füllen sich mit Tränen.

Vor lauter Schuldgefühl erlasse ich ihm die Suppe und genehmige ihm Käsecracker zum Mittagessen.

Anschließend bringe ich die beiden zu Bett, damit sie ihr Mittagsschläfchen halten. Murmelnd bewege ich mich durch die

Zimmer, ziehe Vorhänge zu, streiche Bettdecken glatt, hole Plüschtiere und setze sie neben Kopfkissen, dann schließe ich leise die Türen. Endlich allein, stehe ich eine Weile auf dem Treppenabsatz, lausche dem Ticken des Heizkörpers, beobachte die Regentropfen, die an der Fensterscheibe hinunterrinnen, schaue hinaus auf die Rückseiten der verlassenen Häuser, die Ziegelmauern, die halb versteckt sind hinter langen winkenden Armen von Ackerwinden und verwildertem Bambusdickicht. Der fahl graue Himmel rast eilig vorbei.

Im Haus macht sich jene besondere Atmosphäre breit, die sich einstellt, wenn Kinder friedlich schlafen: eine starke narkotisierende Stille kriecht über die Treppe nach unten und windet sich um die Tischbeine. Wenn ich nicht aufpasse, schlafe auch ich ein, auf dem Sofa, eine Hand an der Wange, die Füße unter der Decke vergraben, und der Nachmittag geht ungenutzt vorbei, und am Abend werde ich es bitter büßen müssen. Darum halte ich mich auf Trab: Ich belade die Waschmaschine neu, nehme Wäsche vom Trockengestell und lege sie zusammen, wische den Küchentisch ab und räume das Wohnzimmer auf. Dann putsche ich mich mit einer Tasse Kaffee aus dem kleinen Edelstahlperkolator auf, den wir aus dem Urlaub mitgebracht haben, und suche den Zettel mit Ninas Telefonnummer.

Es ist eine Handynummer, und ich stelle mich innerlich darauf ein, dass ich eine Nachricht aufs Band sprechen muss – ist sie Optimistin oder Pessimistin? Wird die Anzeige »Unbekannter Anrufer« ihre Neugier reizen, oder wird sie mit Verdruss darauf reagieren? –, da meldet sie sich.

»Emma Nash«, sage ich. »Sie erinnern sich bestimmt nicht mehr an mich. Die Polizei hat mir Ihre Nummer gegeben. Sie haben meinen kleinen Jungen gefunden, Christopher, der sich im Park verlaufen hatte.«

»Christopher! Natürlich! Er war so süß. Ich bin froh, dass ich helfen konnte – es ist ja alles gut ausgegangen, hat man mir gesagt. Sie müssen schreckliche Angst ausgestanden haben.«

»Ja, das stimmt – aber ich glaube, wir sind uns schon einmal begegnet«, sage ich, und dann erinnere ich sie an die Sache mit der verlorenen Brieftasche vor etlichen Monaten, die sie mir freundlicherweise wiedergebracht hat.
»Ach so, das waren Sie«, sagt sie. »Ja, natürlich, Emma, *Emma Nash*. Komisch, dass ich Christopher nicht wiedererkannt habe. Na ja, sie verändern sich so schnell, und, wissen Sie, irgendwie sehen kleine Kinder alle gleich aus, wenn die eigenen aus diesem Alter raus sind. Wie geht es Ihnen? Haben Sie Ihr Baby inzwischen bekommen?«
»Die Kleine ist schon ein halbes Jahr alt. Ich war mit ihr auf dem Spielplatz, als Christopher verschwand. Offenbar habe ich einen Moment lang oder zwei nicht richtig aufgepasst.«
»Das kann passieren. Man darf sich nicht selbst zerfleischen wegen so einer Sache.«
»Na ja, ich mache mir schon Vorwürfe«, sage ich. »Aber ich bin Ihnen wirklich dankbar. Es ist verrückt: Sie haben mir praktisch zwei Mal das Leben gerettet.«
»Ach, du lieber Himmel.« Sie lacht, aber ihr ist offenbar bewusst, dass es mir ernst ist. »Wir sollten uns wieder mal treffen. Wie wär's, wenn Sie zum Mittagessen vorbeikommen?«
Ich sage, dass ich nicht wegkann wegen der Kinder, doch sie beteuert, dass das kein Problem sei. »Ich würde mich freuen, Christopher wiederzusehen und das Baby kennenzulernen. Es ist ein Mädchen, das habe ich doch richtig verstanden?«
»Sie heißt Cecily. Ist es Ihnen wirklich recht?«
Wir verabreden uns für nächste Woche. Am Abend erzähle ich Ben davon, aber er ist schwer beschäftigt und hört nicht richtig zu. Er hat heute früher Feierabend gemacht und auf dem Nachhauseweg im Waitrose an der Tottenham Court Road eingekauft. Jetzt steht er am Herd vor einer Pfanne, aus der das Fett nur so spritzt. Wenn Männer kochen! Das ist eine gefährliche Tätigkeit, die viel Konzentration erfordert.
Die Abende, an denen Ben kocht, sind kein reines Vergnügen.

Einerseits ist er angenehm innovativ, lässt sich von Wochenendbeilagen und vom Angebot der Fischtheke verführen, von schicken oder einschüchternd exotischen Zutaten wie Ziegenfrischkäse, Zatar oder Hühnchenleber, andererseits verbraucht er eine Unmenge Geschirr – man könnte meinen, er habe den Ehrgeiz, jedes Mal restlos alle Küchengerätschaften, die wir besitzen, zu verwenden –, weswegen sich, wenn er mit seiner Arbeit fertig ist, schmutzige Töpfe und Pfannen und Schüsseln meterhoch in der Spüle stapeln (der Abwasch fällt in mein Ressort, so will es die Regel: Einer kocht, der andere spült das Geschirr).
Weil heute Freitag ist, hat er beschlossen, in die Vollen zu gehen und ein Festmahl aufzutischen: Als Vorspeise ein warmer Salat mit Jakobsmuscheln, anschließend Entenbrust mit Selleriepüree. Ohne Zweifel wird er das Püree in appetitlichen kleinen Klecksen mit Schwänzchen zum Tellerrand hin arrangieren, wie es die Fernsehköche machen. Lauter kleine Anführungszeichen. *„Ben ist gut, nicht?“*
»Hmm«, sagt er, als ich ihm von Ninas Einladung erzähle (natürlich ohne zu erwähnen, dass sie dieselbe Person ist, die damals meine verlorene Brieftasche gefunden hat. Ich will ihn lieber nicht an diese alte Geschichte erinnern, die Sache mit Christopher ist peinlich genug), »das ist nett«, und dann legt er den Spatel, mit dem er das Fleisch gewendet hat, *neben* die Spüle, sodass sich auf der Arbeitsfläche eine schmierige Pfütze bildet.
Ich sage nichts, greife auch nicht nach dem Schwammtuch.
»Ben ist *gut*, nicht?«, wird seine Mutter mir in bewunderndem Ton zuflüstern, wenn sie und Dirk wieder zu Besuch sind und Ben den Braten aufgeschnitten hat, Fleisch, das vierundzwanzig Stunden in einer Marinade aus Cognac und Kräutern geruht und ihn den ganzen Vormittag beschäftigt hat, während ich Windeln gewechselt, Knoblauch, den er einzukaufen vergessen hat, besorgt, den Tisch gedeckt und die Wassergläser gefüllt habe. Und ich denke an all die gewöhnlichen Mahlzeiten, die ich koche und die verzehrt werden, ohne dass jemand auch nur bemerkt, dass

die Kartoffeln knusprig gebraten und die grünen Bohnen knackig sind, die unspektakulären Alltagsgerichte, die, von geübter Hand schmackhaft zubereitet, kommentarlos durchgewinkt werden. *Ben ist* gut, *nicht?* Ja, ich kann es nicht leugnen.

Die Muscheln sind ein bisschen zu lang gekocht, und die Ente ist nicht ganz durch, aber ich lobe beide Gänge und sage mir, dass nicht jede so ein Glück hat wie ich. Dann schenkt Ben sein Glas voll und verschwindet im Wohnzimmer, während ich Wasser einlaufen lasse, um den Abwasch zu machen. Dazu höre ich eine Radiosendung über Agrarsubventionen.

Später, als ich gerade am Einschlafen bin, kommt Ben ins Bett. Meine Gedanken sind an dem Punkt, wo sie so schön elastisch und phantastisch werden, da fällt Licht vom Flur aufs Bett und dann rauscht Wasser im Badezimmer. Das Wasser verstummt, das Licht geht aus, er schlüpft ins Bett, und ich spüre, wie er den Arm um mich legt, höre ihn flüstern, ganz leise, damit Cecily in ihrem Bettchen am Fenster nicht aufwacht.

Ich mache mit, ohne Begeisterung, aber immerhin ohne zu erkennen zu geben, wie sehr es mir missfällt, eben jetzt zurückgehalten zu werden, als ich gerade in die wunderbare Sphäre grenzenloser Möglichkeiten eintauchen will. Der Moment kurz vor dem Einschlafen ist oft der schönste des ganzen Tags für mich: das Loslassen, das Gefühl, unerreichbar zu sein.

Doch das ist natürlich reine Illusion, wie mir Cecily demonstriert, die gegen drei zu schreien anfängt, weil sie zahnt. Es ist kalt im Zimmer, aber ich bin bereits in Schweiß gebadet. Der Automatismus ist mir nur allzu gut vertraut: Das Baby schreit und ich gerate in Panik. *Tu was,* denke ich. Sie hat kein Fieber, aber sie will sich nicht stillen lassen, bis sie sich endlich doch beruhigt und trinkt, und ich sitze da in dem gelben Sessel im Dunkeln, und mir ist zugleich heiß und kalt. Erschöpft und doch auf Abruf bereit. Einsam und doch nie in Ruhe gelassen.

Sie streckt den Arm in dem weichen Flanellärmel aus, ihre vollkommen ausgeformten Fingerchen gespreizt zu einem bleichen

Stern. Sie legt die Hand auf meinen Arm und lässt ihn da ruhen, warm und fest, genau so, wie es sein soll. *Glücklich, traurig,* denke ich.
Im Lauf der folgenden Tage bessert sich der Zustand der Kinder. Am Mittwoch sind sie wieder ganz gesund und so voller Energie, dass ich versucht bin, das Treffen mit Nina abzusagen. Zweimal habe ich schon den Telefonhörer in der Hand, um sie anzurufen, doch kleinere häusliche Katastrophen (erst kocht die Milch in der Mikrowelle über, dann steckt Christopher Post durch die Ritzen zwischen den Dielen) halten mich davon ab.
Was zum Teufel habe ich mir dabei gedacht? Ich muss das Haus von Nina gar nicht sehen, ich weiß auch so, was mich dort erwartet: Polstermöbel mit Leinenbezügen, Tassen aus feinem Porzellan und allerlei andere leicht zerbrechliche Dinge auf niedrigen Tischchen. Sie wird ein Essen kochen, das Christopher verschmähen wird. Cecily wird übermüdet sein und nicht in ihrem Wagen einschlafen, und alle unsere Versuche, uns zu unterhalten, werden nach zwei Sätzen scheitern. Ich mache mich auf das Schlimmste gefasst.
Als sie die Tür öffnet, empfinde ich meine Minderwertigkeit in allen Belangen wie einen Schlag ins Gesicht. Ich hieve den Buggy die Stufen hinauf und rede Christopher, der sich ängstlich an mein Bein klammert, gut zu, mit ins Haus zu gehen. Ich schwitze, als wir endlich alle drin sind, bestimmt glänzt mein Gesicht wie eine Speckschwarte. »Ich freue mich so, Sie zu sehen«, sage ich, aber in Wirklichkeit sehe ich weniger sie als vielmehr das Chaos, das ich in ihr Haus bringe, den kleinen Jungen mit seinen schmutzigen Fingern, und das Baby mit hochrotem Kopf, das einen strengen Geruch ausströmt.
»Schau mal, Christopher«, sage ich, als die Haustür zu ist. »Das ist Nina. Die nette Dame, die dich gefunden hat, als du dich im Park verlaufen hast, weißt du noch?«
Er drückt sein Gesicht an mein Bein und murmelt etwas Unverständliches.

»Ja«, sage ich und ziehe den Reißverschluss seines Anoraks auf. »Es ist wirklich sehr freundlich von Ihnen, uns einzuladen.« Sie nimmt mir den Anorak ab, hängt ihn auf, und dann macht sie einen Schritt auf mich zu, legt ihre Hände um meine Ellenbogen und küsst mich auf die Wange. Ihre Haare streifen mein Gesicht. Ein irgendwie rauchiges Parfüm, Feige und Gewürze, süß, mit vielen Facetten und ziemlich stark. Ich weiß nicht so recht, ob ich es wirklich gut finde, aber ich stelle mir vor, das eben ist der Clou der Sache.

»Es ist mir ein Vergnügen«, sagt sie. »Es ist nett, Christopher wiederzusehen. Erinnerst du dich noch an Henry, Christopher? Er ist in der Küche. Er freut sich schon auf dich.«

Wer ist Henry? Christopher linst verstohlen durch den Flur. »Er wartet auf dich«, sagt sie. Er blickt zweifelnd zu mir hoch. »Ja, geh nur«, sage ich, und er lässt tatsächlich mein Bein los und macht sich zögernd auf den Weg.

»Mein Kater«, erklärt Nina. »Ich nehme an, die bei der Polizei haben es Ihnen schon erzählt: Ich wollte gerade aus dem Haus gehen, da stieß ich auf Christopher, der zusammen mit Henry vor meiner Tür saß. Natürlich habe ich ihn gleich gefragt, wie er heißt, und die Polizei angerufen. Mein Gott, wenn ich mir vorstelle, was Sie durchgemacht haben müssen!«

Ich weiß nichts darauf zu antworten. Einen Moment lang stehen wir schweigend da, zwischen uns der Buggy, dann sage ich: »Tut mir leid, ich muss unbedingt Cecily eine frische Windel anziehen – schrecklich, dieses Kind, man könnte fast glauben, sie macht es mit Absicht.« Nina lacht und führt mich ins Bad, wo hoch über der Kloschüssel einer dieser affigen und doch irgendwie todschicken alten Wasserbehälter mit Kette und Porzellangriff hängt (wahrscheinlich stammt das Ding aus irgendeiner Privatschule, die modernisiert worden ist, und hat eine Menge Geld gekostet). Auch das blau gemusterte Waschbecken ist antik, ebenso die übergroßen farbigen Apothekerflakons auf dem Fenstersims. Cecily liegt, in grünes und rotes Licht gebadet, das durch die Gläser fällt, auf der Kommode, ganz fasziniert von dem Schauspiel, während ich sie wickle. Ich beuge mich zu ihr hinunter, wir reiben unsere Nasen aneinander, und sie jauchzt, dann lege ich sie auf den Fußboden, um mir die Hände zu waschen. Die Seife ist französisch, ein klobiger weißer Quader, in den ein kleiner Matrose eingeprägt ist, und liegt in einer Seifenschale. Im Spiegel sehe ich, wie erhitzt ich bin, also tupfe ich mir das Gesicht und die schwitzenden Achselhöhlen mit Klopapier ab. Es ist nicht allein das peinliche Gefühl der Minderwertigkeit, was mir den Schweiß aus den Poren treibt, das Haus ist auch ein bisschen überheizt. Dann nehme ich Cecily auf die Hüfte und gehe durch den Flur.

Die Küche ist riesig, aber gemütlicher, als ich mir vorgestellt habe. Nicht so penetrant funktional. Nicht so bedrückend geschmackvoll, wie ich befürchtet habe. Ein natürlich gealterter Dielenboden mit Schrammen und Abnutzungsspuren, hie und da schwarze Punkte von Holzwurmlöchern. Ein wirklich schöner moderner Teppich in grün-goldenen Tönen. Ein Vitrinenschrank voll mit antiken geschliffenen Gläsern. Ein hellgrauer Krug mit weißen Freesien, die Blütenblätter durchscheinend zart im Sonnenlicht, das sich über den Tisch ergießt. Unter einer Glasglocke hübsch dekorierte Cupcakes: tausend bunte Zuckerblumen, essbarer Flitter. Aus dem Radio leise Musik, Liszt oder Chopin vielleicht.

Über dem Kamin am anderen Ende des Raums hängt ein großformatiges Gemälde in trüben Farben, eine Art Landschaft, vermutlich eines von Ninas Bildern, aber ich kann es von hier aus nicht gut sehen. Christopher sitzt auf dem Boden und streichelt vorsichtig eine schwarz-weiße Katze, die den Kopf etwas zurückgelegt hat, eine Hoheit, die sich gnädig dazu herbeilässt, bis auf weiteres die Aufmerksamkeiten zu dulden, die man ihr erweist.

»Und das ist Sophie«, sagt Nina, »meine Tochter.«

Sophie blickt von ihrem iPad auf, erhebt sich ein bisschen von ihrem Stuhl, wedelt höflich grüßend mit der Hand. »Hi.« Groß gewachsen, lässige Haltung, enge Jeans, geringelte Socken, auf ihrem Hoodie das Logo eines Ladens, den ich nicht einmal zu betreten wagen würde.

»Dürft ihr an eurer Schule über Mittag nach Hause gehen?«, frage ich. Sie sieht mich verständnislos an, und Nina sagt: »Oh, es sind Ferien.«

Ach so, sie geht natürlich in die Privatschule oben am Park. Ich sehe oft Kinder in Blazern mit gelben Paspeln durch das schmiedeeiserne Tor ein und aus gehen, beste Freundinnen und Freunde, paarweise oder zu dritt oder aufgeregt wuselnde größere Horden. Etwas gehemmt, denn Mädchen dieses Alters machen mir Angst – ich weiß noch zu gut, wie erbarmungslos und mit was für einer von keinem Zweifel angenagten Selbstgerechtigkeit ich als Siebzehnjährige über meine Mutter und deren Bekannte geurteilt habe –, stelle ich die üblichen interessierten Fragen. Sie hat Englisch, Französisch und Geschichte als Hauptfächer gewählt. Sie will mal irgendetwas mit Sprachen machen. Im Anschluss an die Schule aber erst mal ein Jahr als Au-pair in Paris.

»Sie sollten sich Sophie warmhalten für den Fall, dass Sie mal einen Babysitter brauchen«, sagt Nina. Sie wäscht Salatblätter, trocknet sie in einem Küchentuch und gibt sie in eine große flache Holzschüssel. »Sie hat einige Erfahrung darin, stimmt's, Soph?«

Sophie erzählt, dass sie sich in den Ferien oft um ihre amerikanischen Halbgeschwister Otto und Astrid kümmert. In London passt sie manchmal auf das dreijährige Kind einer Nachbarin auf. Und ihre Freundin Tasha hat eine kleine Schwester. Sie ist acht. Sophie schneidet Cecily Grinsgesichter, die mit freudigem Glucksen darauf reagiert.

»Ich weiß nicht, Cecily ist noch so klein«, sage ich, aber noch während ich so rede, denke ich, wie wunderbar es wäre, wenn ich die Kinder zu Bett bringen und mich dann mit Ben für ein paar Stunden davonmachen könnte, ins Kino oder auch nur in die Pizzeria bei der U-Bahn-Station. Allein abends durch die Stadt

zu gehen, inmitten von lauter blinkenden Lichtern, wäre schon ein Erlebnis.
»Na ja, vielleicht später«, sagt Nina und schiebt die Ärmel ihres Pullovers etwas hoch. Die weißen Manschetten der Bluse blitzen, als sie Essig und Öl in einem kleinen Gefäß mischt, Salz und Zucker zugibt, den Deckel schließt und das Ganze kräftig schüttelt. Dann gießt sie die Vinaigrette in die Schüssel und mischt mit bloßen Fingern die Salatblätter durcheinander, damit alle etwas von der Soße abkriegen. Ihre zupfenden Bewegungen wirken so unbefangen natürlich und selbstverständlich und auch irgendwie ganz von fern vertraut, obwohl ich niemanden nennen könnte, der so Salat mischt. Vielleicht eine Figur in einem Roman.
»Kann ich mich irgendwie nützlich machen?«, frage ich, weil es sich so gehört. Als ob ich, Cecily auf dem Arm, die meinen Ausschnitt begrabscht, irgendeine Art von Hilfe leisten könnte. Ich habe sie gestillt, bevor wir aufbrachen, und spüre an ihrer Unruhe, dass es jetzt höchste Zeit für ihren Mittagsschlaf ist. *Ach was, ich habe alles im Griff, trinken Sie einen Schluck Wein.* Ja, gerne, sage ich, aber zuerst will ich versuchen, sie dazu zu kriegen, ein bisschen im Buggy zu schlafen. Wahrscheinlich eher nicht, aber man weiß ja nie.
Ich kann mit ihr in Charles' Arbeitszimmer gehen, meint Nina, da ist es ruhiger.
In dem Zimmer ist es still, ein Raum in perfekter, wohl überlegter Ordnung. Nichts liegt herum, alles ist an seinem Platz: keine Papiere auf dem Schreibtisch verstreut, keine Stifte in Bechern, keine Bilder an den Wänden. Es herrscht durch und durch zweckmäßige Nüchternheit. Ein Planschrank, Regale mit Architekturbüchern, ein schlanker silberner Laptop, ein 60er-Jahre-Sessel am Fenster, vor dem ein Magnolienbaum steht. Ich gehe eine Weile mit Cecily hin und her und tätschle ihr den Rücken, während ich mir die Modelle in den Vitrinen ansehe: ein Universitätscampus, ein Museum in Wien. Von Architektur verstehe ich nichts

und weiß mit den Gebäuden nicht viel anzufangen, darum wende ich meine Aufmerksamkeit den winzig kleinen Menschlein zu, die sie bevölkern, den Studenten und Touristen, die in den Wandelgängen und um Brunnen herum aufgestellt sind, um die Größenverhältnisse deutlich zu machen, und auf Plätzen und Wegen ihre Miniaturschatten werfen. Cecily ist mittlerweile still geworden. Ich lasse die Jalousien herunter, sodass der Raum dämmrig wird wie eine Unterwasserlandschaft, lege die Kleine in den Buggy, schnalle sie fest und decke sie gut zu. Ihr Kopf kippt zur Seite, ihre Augen starren blicklos zur Wand, ein gutes Zeichen. *Vielleicht klappt es, und sie schläft ein. Das wäre ein vielversprechender Anfang.*

Das Essen steht schon auf dem Tisch, als ich zurückkomme. Auf den ersten Blick sieht es nicht so aus, als ob es Gnade vor Christophers Augen finden könnte – es ist alles orientalisch angehaucht, Auberginen, Fladenbrot, Granatapfelkerne auf dem Salat –, und ich befürchte eine peinliche Szene. Aber dann lachen ihn doch die mit Pinienkernen garnierten Fleischbällchen an, und auch das Couscous mit Kräutern schmeckt ihm, und ich denke: *Wieder eine Sorge weniger.* Ausgeruht und satt ist Christopher recht gut auszuhalten; schwierig wird es immer dann, wenn er auf Reserve läuft.

Wir sprechen über jenen schrecklichen Nachmittag. Nina erzählt, wie sie nach Hause kam und Christopher und Henry vor ihrer Tür fand. »Er machte einen ganz zufriedenen Eindruck, überhaupt nicht verängstigt oder beunruhigt.«

Christopher hört, dass wir über ihn reden, und blickt auf. »Weißt du noch, Christopher?«, fragt Nina. »Erinnerst du dich an den Nachmittag, als du hierhergekommen bist?« Ich halte gespannt den Atem an, obwohl ich eigentlich gar nicht weiß, worauf ich hoffe.

»Gummischlangen«, sagt er. »Du hast gesagt, du hast rote Gummischlangen. Aber das hat nicht gestimmt.«

Nina muss lachen. »Ja, da hast du recht. Ich habe geschwindelt.«

»Und«, fährt er fort, »du hast gesagt, wir sollen den Roller dort stehen lassen. Du hast ihn hinter dem Busch versteckt.«
»Den Roller?« Sie runzelt die Stirn. »Hinter dem Busch? Du hast einen Roller dabeigehabt? Davon weiß ich nichts. Vielleicht war das jemand anderes? Aber an die Gummischlangen erinnere ich mich.« Sie bricht ein Stück von dem Fladenbrot ab und nimmt sich noch von den Auberginen. »Ich wollte, dass er mit ins Haus geht«, sagt sie zu mir. »Es war schon kalt draußen, und ich musste die Polizei anrufen. Darum habe ich ihm Gummischlangen versprochen und ihn hereingelockt. Aber dann habe ich dir noch was Süßes gegeben, oder nicht?«
»Smarties.« Er nickt eifrig. »Eine ganze Packung.«
»Da hast du ja echt Glück gehabt«, sage ich. Er rutscht in seinem Stuhl hin und her und möchte gerne herunter. »Gehen wir zu den Schaukeln?«, fragt er.
»Jetzt nicht. Vielleicht später«, sage ich, die Gabel auf halbem Weg zum Mund in der Schwebe, aber Sophie schiebt ihren Teller weg und sagt: »Oh, ich kann ihn eine Weile nehmen, wenn Sie wollen. Eine halbe Stunde oder so.«
»Wirklich?« Ich bin mir nicht sicher, ob sie es ernst meint, und nicht sicher, ob auch Christopher damit einverstanden ist. Aber ihm gefällt es.
Sie macht das Angebot ganz beiläufig, so als ob es gar nichts Besonderes wäre. Sie gibt kaum zu erkennen, dass sie mir damit einen Gefallen tun will. Und doch gibt es in diesem Moment, in dieser Phase meines Lebens, nichts Attraktiveres für mich, als auch nur von ein paar dieser Pflichten und Verantwortlichkeiten, in die ich eingespannt bin, erlöst zu werden. Fünf Minuten, eine halbe Stunde *freihaben* – man kann es kaum in Worte fassen, wie wunderbar sich das anfühlt.
Ja, ich hätte nichts dagegen, mit Nina allein zu sein, die so bewundernswert abgeklärt ist, so lebenstüchtig, die sich so für mich interessiert, wenn es mir auch ein Rätsel ist, warum. Nur ein Weilchen.

Als Sophie und Christopher mit ihren Cupcakes gegangen sind, lasse ich Nina noch einmal nachschenken. Ich trinke mittags sonst nie Alkohol. Jetzt tue ich es und genieße die Ausnahmesituation, das aufgekratzte Gefühl, die gefährliche Ahnung, dass ich in zehn Minuten oder in zwanzig nahezu alles aussprechen könnte.

Wie Frauen eben so sind, reden wir auch über Beziehungen: Ich erzähle von Ben, vom Fernsehen und von den zunehmend trüben Aussichten freier Mitarbeiter in dieser Branche, und ich deute an, welche Existenzängste diese Entwicklung bei mir auslöst. Ja, sagt sie, bei Charles und ihr selbst laufen die Dinge im Moment auch nicht so toll, aber ich spüre, dass sie das bloß sagt, um nett zu sein. Dieses Haus und seine Lage am Park lassen nicht auf ungesicherte Verhältnisse schließen. Und davon abgesehen ist es einfach offensichtlich, dass sie finanziell unabhängig ist von ihrem Mann, weil sie selbst genügend verdient oder Vermögen besitzt.

Draußen im Garten, der ebenso ordentlich und aufgeräumt ist wie das Arbeitszimmer, kommt die Sonne heraus und verschwindet dann wieder hinter dünnen Wolkenfetzen, die am Himmel dahinjagen. Die steinerne Bank leuchtet und wird dunkel und leuchtet wieder. Henry geht bedächtigen Schritts über den Rasen und verschwindet im Gebüsch. Aus dem Radio ist Applaus zu hören, das Mittagskonzert ist beendet.

»Wie war Ihre Ausstellung?«, frage ich.

»Ach so, ja, ich dachte eigentlich, Sie würden zur Eröffnung kommen.« Offenbar hat sie sich darüber gewundert, es aber gleich wieder vergessen. »Ich habe Marnie von der Galerie gesagt, sie soll Ihnen eine Einladung schicken. Haben Sie die nicht bekommen? Mein Gott, diese Frau hat ein Gedächtnis wie ein Sieb … Vielleicht habe ich mich aber auch bei der Adresse vertan. Jedenfalls, es ist ganz gut gelaufen, danke. Ich habe ein paar Bilder verkauft. Das ist immer erfreulich.«

»Ich würde sehr gern mal Ihre Arbeiten sehen«, sage ich. »Ich ha-

be Sie gegoogelt, aber nichts gefunden. Wahrscheinlich, dachte ich, führen Sie in der Kunstszene Ihren Mädchennamen.«
»Nein, als Malerin heiße ich Nina Setting. Das ist der Name meines ersten Ehemannes. Wir waren noch sehr jung damals, ich fing gerade erst an. Es war eine dieser überstürzten Entscheidungen, zu denen man sich in jugendlichem Idealismus hinreißen lässt und die man schon bald bereut.«
Ich weiß nicht genau, ob sich das auf ihre Heirat bezieht oder darauf, dass sie diesen Namen angenommen hat, oder auf beides, aber es ist noch zu früh, als dass ich ihr diese Art Fragen stellen könnte.
»Das da ist von mir«, sagt sie und weist mit einer knappen Bewegung des Kopfs in Richtung des Kamins, während sie die Teller abräumt. Ich nehme mein Weinglas und gehe durch den Raum näher zu dem Bild hin. Ich erwarte, dass es ähnlich nichtssagend auf mich wirken wird wie die Modelle ihres Mannes, aber als ich davorstehe, ist es überhaupt nicht so. Ich sehe es, aber mehr noch fühle ich es: wie See und Sand und Wind ständig aneinanderreiben, die feine Spur Salzgeschmack in der Luft, die verkrüppelten, verkümmerten Bäume, die Risse und Spalten in der Erde des Fahrwegs. »Wow«, sage ich und beuge mich vor, um die Linien und Punkte und Flächen der Farbe zu studieren, aufgetragen mit Pinseln und etwas Glatterem, einem FinFger vielleicht oder einem Messer. Wenn man es ganz aus der Nähe ansieht, löst sich das Bild in Pigmentstrukturen auf. Ich trete einen Schritt nach hinten, und es verwandelt sich wieder zurück. Nach einer Weile sage ich: »Es ist unglaublich. Ich finde es großartig.«
Ich denke, wie wunderbar es sein muss, so etwas zu schaffen, und wie befriedigend. Und ich stelle fest, dass mir Tränen in die Augen steigen. Teils vor ergriffenem Staunen, teils, weil die Landschaft mir irgendwie vertraut vorkommt und mich unmittelbar anspricht, mich in meinem Innersten berührt, wie wirkliche Kunstwerke es manchmal tun, aber hauptsächlich vor Neid. Dass sie die Freiheit hat, so etwas zu machen. Und dass sie es *kann*.

Sie kommt her und stellt sich neben mich. »Das ist schon alt«, sagt sie. »Ich habe es vor ungefähr fünf oder sechs Jahren gemalt.« Und da sieht sie meinen Gesichtsausdruck. »Emma«, sagt sie, »geht es Ihnen nicht gut? Was ist los?«

»Es ist alles in Ordnung«, sage ich und wische mir, ganz verwirrt vor Peinlichkeit, übers Gesicht. »Das passiert, wenn man nicht genügend Schlaf kriegt und dann auch noch am Mittag Wein trinkt. Aber, wissen Sie, es hat mich einfach umgehauen. Ich finde es großartig. Die Atmosphäre. Die Stimmung des Wetters. Ich finde es wunderbar. Ich wünschte …«

Ja, was wünschte ich denn? Ich weiß nicht, ob ich es so in Worte fassen kann, dass sie es versteht. Ich wünschte, ich wäre so frei wie sie.

»Wo ist das?«, frage ich. »Oder ist das eine dumme Frage?«

»Ich male oft das Meer«, sagt sie. »Stellen in East Anglia und an der Südküste. Hauptsächlich öde, düstere Küstenstreifen. Von Schlick bedecktes Watt, Flussmündungen. Manchmal benutze ich alte Fotos. Ich mag es nicht, wenn die Sonne rauskommt.« Sie wendet sich mir zu. »Geht es Ihnen wirklich gut? Ich erinnere mich, dass Sie das letzte Mal, als wir uns getroffen haben, ein bisschen bedrückt wirkten. Ist alles in Ordnung?«

»Ach, es war nicht so schlimm«, sage ich. »Mir geht's gut. Alles im Lot. Es ist eben eine Schinderei manchmal. Aber es ist okay.«

Stille tritt ein, während ich mich frage, was ich wohl als Nächstes sagen werde, und dann höre ich – halb erleichtert, halb frustriert – Babygeschrei durch den Flur hallen: Cecily ist aufgewacht. Ich schaue auf meine Armbanduhr. Genau fünfundvierzig Minuten. Dieses Kind ist pünktlich wie die Maurer.

Als wir später nach Hause gehen – wie üblich muss ich mit dem Buggy immer wieder stehenbleiben, weil Christopher sich unterwegs hinhockt, um Ameisen auf dem Pflaster zu beobachten, oder auf niedrige Mäuerchen klettert, wobei er eine Spur gelber Krümel hinter sich lässt von dem Cupcake, den Sophie ihm mitgegeben hat –, sage ich: »Das hat Spaß gemacht, nicht? Und

nächste Woche hast du Sophie als Babysitter, du Glückspilz. War's schön im Park?«
»Ich hab ihr den hohlen Baum gezeigt«, sagt er. »Und sie hat mir in dem Café ein Eis am Stiel gekauft.«
Er plappert eifrig weiter – nachdem sie bei den Schaukeln und beim Café waren, gingen sie noch einmal zu den Büschen, um nach dem Roller zu sehen –, aber ich schalte auf Durchzug. *Ich muss ihm einen neuen kaufen,* denke ich. *Bestimmt gibt es die Dinger irgendwo im Sonderangebot.* Wegen des Größenunterschieds und weil er die ganze Zeit zum Pflaster hinunter spricht, noch dazu hat er seine Kapuze auf, die ihn wie eine Taucherglocke bedeckt, ist eine Unterhaltung nahezu unmöglich: Er plappert, ich tue so, als hörte ich zu. Ich versäume nicht viel. Meine Gedanken kehren zurück zu dem Bild, das so subtil und doch so nachdrücklich in dem Raum gegenwärtig war. Wie es sich wohl anfühlt, wenn man es in seiner Wohnung hängen hat?
Christopher redet immer noch über den Roller und dass er nicht dort war, wo sie ihn versteckt hat. Er bringt alles durcheinander, wie gewöhnlich. »Macht nichts«, sage ich, als wir auf die Hauptstraße abbiegen, wo unter der Markise des Obsthändlers Kisten mit Rhabarber und Orangen stehen. »Wir besorgen dir einen neuen.«
»Einen roten?«, fragt er. Ja, einen roten, wenn ich einen finde. Ich tu mein Bestes.

NINA

Es ist schon nach elf, als das Telefon klingelt. Das kann nur meine Mutter sein. Charles gibt den Hörer an mich weiter und geht Zähne putzen. Ich lege mein Buch weg und setze mich gerade hin, wappne mich für das, was mich erwartet.

»Ich habe auf deinen Anrufbeantworter gesprochen«, sagt sie. »Aber du willst offenbar nichts mehr von mir wissen.« Die Klage hat einen herausfordernden Ton, der vom Alkohol kommt. Störgeräusche knistern in der Leitung, sie scheint irgendwie ungeschickt mit dem Hörer zu hantieren. Ich stelle sie mir in der Küche vor, die Ellbogen auf den Tisch gestützt, auf dem Herd steht der Topf mit dem Rest des Abendessens. Den Teller hat sie von sich weggeschoben: Das Glas spricht sie mehr an. Ich sehe ihre Hände, den silbernen Ring mit den Granaten, nicht das kleinste bisschen Schmutz unter den Fingernägeln. Darauf hat sie immer schon genau geachtet.

»Ich habe ihn nicht abgehört«, sage ich, aber sie geht nicht darauf ein, sie will reden. Nichts Besonderes, nur das Übliche, das alle paar Monate gesagt werden muss. »Ja, ich weiß natürlich, dass du *sehr* beschäftigt bist.« Sie lacht bitter. »Natürlich hast du da keine Zeit, dich mit mir abzugeben. Ich weiß genau, an welcher Stelle deiner Prioritätenliste ich stehe.«

»Oh, da tust du mir Unrecht«, sage ich, aber dabei lasse ich es bewenden. Es hat keinen Sinn, mit ihr zu streiten, wenn sie in dieser Verfassung ist und, immer angestrengt um korrekte Artikulation bemüht, ihrer Verbitterung Luft macht. Ich halte den Hörer ans Ohr gedrückt und lasse sie eine Weile reden, zwei, drei Minuten lang, schiebe nur hin und wieder ein »Wirklich?« oder ein »Das tut mir leid, dass du es so empfindest« dazwischen, wenn sie kurz innehält, um einen Schluck zu nehmen. Sie kommt immer mehr in Fahrt, versteigt sich zu immer heftigeren Anklagen.

Ich hätte nie Zeit für sie, wie sie sich für mich aufgeopfert hat, wen kümmert es schon, ob sie noch lebt oder tot ist? Keiner will etwas von ihr wissen.
»Hör zu, ich komme zu dir raus«, sage ich schließlich, während Charles mir kurz die Hand auf die Schulter legt, bevor er weitergeht, um sein Hemd und seine zusammengeknüllten Socken in den Wäschekorb zu werfen. »Morgen, wenn du Zeit hast.«
»Mir egal. Mach doch, was du willst«, knurrt sie, aber ich höre, dass ihr der Dampf ausgeht; sie ist endlich bereit, sich besänftigen zu lassen. Ich bin rechtzeitig zum Mittagessen da, sage ich, und wir beenden das Gespräch fast schon friedlich konventionell mit gute Nacht und schlaf gut. Ich gebe Charles das Telefon, und er steckt es wieder in die Ladestation. »Das war's für heute«, sagt er. »Ich denke, das musste wohl einfach wieder mal sein.«
Ich liege im Dunkeln und spüre dankbar das leichte Gewicht seines Arms auf meinem. Nach einer Weile beginnt er ganz entspannt und tief zu atmen, und er wälzt sich auf die Seite, dahin, wo die Zeiger seines Weckers gespenstisch schimmern. Ich warte und warte, aber es hilft nichts: Das Schiff ist ausgelaufen, und ich bin nicht an Bord.
Ich möchte nicht über die Dinge nachdenken, die mir im Kopf umgehen, darum krame ich die Ohrhörer aus meiner Nachttischschublade, stecke sie ins Radio und drücke auf die beleuchteten Knöpfe, bis ich eine dieser Anrufersendungen reinkriege. Verrückte, Leerplauderer, Wachmänner im Nachtdienst. Wie kleine Zeichentricksequenzen: Humor, vorgefasste Meinungen, Einsamkeit in der Großstadt. Irgendwann schlafe ich ein und träume wirres, wildes Zeug: Verlorene Handtaschen und Taxis, die nicht anhalten, wenn ich ihnen winke, Schreibschrift, die sich in Spinnengewimmel verwandelt, Zimmer voller Leute, die mich wie Luft behandeln, und als ich den Mund aufmache, um etwas zu sagen, kommt nur ein dünnes Pfeifen heraus. Oder ich hetze eine Wendeltreppe hinauf und weiß, wie jedes Mal, nicht, ob ich Jägerin bin oder Gejagte.

Diesen letzten Traum habe ich immer wieder. Ich spüre ihn noch am nächsten Morgen, als ich eine Fahrkarte kaufe und in den halbleeren Zug nach Sussex einsteige. Hallende Schritte, die düstere, beengte Atmosphäre im Treppenhaus. Das Gefühl, dass etwas immer näher kommt oder mir andauernd entschlüpft, etwas, das ich nie zu Gesicht bekomme.
Ich schaue aus dem Fenster, als der Zug sich in Bewegung setzt. Charles meinte, ich solle das Auto nehmen, aber mir gefällt diese sonderbare Strecke, die wie auf Stelzen über den Dächern von London nach Süden führt. Während der Zug zwischen Kirchturmspitzen, alten Fabrikschornsteinen und hohen Pappeln dahinrattert, eröffnen sich immer wieder Einblicke in Schulhöfe, in Straßen mit Marktständen, menschenleere, mit Müll übersäte Gassen, schmale Passagen zwischen rußgeschwärzten Backsteinmauern. Nach und nach bleibt die Stadt zurück, als hätte sie das Rennen aufgegeben, und dann ändern sich die Fahrgeräusche, und wir sind draußen im Freien: von Bächen durchflossene Wiesen, blaue Schatten von Wolken, die über die hügelige Landschaft huschen.
Ich trinke meinen Kaffee und warte darauf, dass die vertrauten Wahrzeichen auftauchen: die drei Bäume voller Krähennester, der Bauernhof von Theobald, die Pfadfinderhütte, der Kreisverkehr mit dem spießigen Blumenschmuck in der Mitte. Der Bahnübergang. Glocken klingeln, Lichter blinken.
Zusammen mit mir steigen noch zwei Personen aus: ein älterer Herr und ein junger Mann um die zwanzig, der verdrossen über die Fußgängerbrücke geht, den Blick auf sein Handy gerichtet. Weil der Himmel sich aufhellt, beschließe ich, nicht auf den Bus zu warten und zu Fuß zu gehen. Ich nehme den Weg ums Dorf herum; er ist länger, aber ruhiger und führt mehr durchs Grüne. Nachdem ich das halbherzige Bisschen Gewerbegebiet mit dem Versandhandelsunternehmen für Partyartikel und dem Gartencenter (man kann dort auch zu Mittag essen – Seniorenmenü zum Sonderpreis) durchquert habe, biege ich auf den Reitweg

ab. Er ist jetzt nach dem Winter schlammig und aufgewühlt, die nackte Erde an den steilen Flanken voller Fuchslöcher und Wurzeln, die an Schlangen erinnern.
Eigentlich fand ich immer schon den wirklichen Reitweg lange nicht so reizvoll wie meine romantische Vorstellung davon, aber das fällt mir erst wieder ein, als ich schon ein gutes Stück weit gekommen bin. Mir ist unheimlich, und ich muss ständig gegen den Zwang ankämpfen, über meine Schulter nach hinten zu schauen. *Mördergässchen,* denke ich, während ich auf dem glitschigen roten Lehm vorwärtsstapfe und stolpere. Ich weiß nicht, wie der Hohlweg wirklich heißt, aber meine Mutter und ich nannten ihn so. Irgendeine schreckliche Geschichte, eine Entführung, und dann hat man eine Leiche gefunden. Das war zu der Zeit, als meine Mutter hier in der Gegend nach einem Haus suchte. Vielleicht hat die Sache andere Interessenten abgeschreckt, vielleicht hat sie das Haus nur deswegen so billig bekommen. *Solche Schauergeschichten gibt es doch überall,* sage ich mir. *Reiß dich zusammen.*
Der Pfad verbreitert sich zu einem Feldweg, und als ich an einer Scheune und einer Kleingartenanlage vorbeikomme, spüre ich angenehm warm die Sonne auf meinem Rücken, und ich lasse den Schrecken hinter mir, wenn auch in dem Bewusstsein, dass ich vielleicht neuen Prüfungen entgegengehe.
Meine Mutter wohnt am Rand des Dorfs. Als sie von Jassop hierherzog, tat sie es, weil sie nicht mehr so isoliert leben wollte, sie wollte Teil einer Dorfgemeinschaft sein. Es war unkompliziert, sie hatte einen Metzger, einen Bäcker in der unmittelbaren Nähe, sie konnte zu Fuß zur Post gehen oder in die kleine Teestube. Im Lauf der Jahre verschwanden dann diese Schauplätze dörflichen Lebens, verdrängt von Einkaufszentren und Supermärkten. Nur der Kramladen von Rajesh, der jeden Tag von Orpington herfährt, hat sich gehalten, und von den drei Gastwirtschaften ist noch eine in Betrieb, *The Half Moon* (die Speisekarte ein laminiertes A4-Blatt; Essen aus der Tiefkühltruhe, aber riesige Por-

tionen; am Samstagabend Motorradfahrer, die sich auf dem Parkplatz prügeln).
Es ist ein langgestrecktes Häuschen, halb aus Holz, mitten in einem hübschen Garten voller Farn und hohen verwilderten Gräsern neben den mit Ziegel gepflasterten Wegen. Die Hühner picken auf dem Rasen oder sitzen friedlich beisammen unter Apfelbäumen. Regentropfen hängen wie Glasperlen an der Wäscheleine, als ich das Gartentürchen öffne, unsicher, was mich heute erwartet. Diese Begegnungen können sehr unterschiedlich verlaufen: hässlich feindselig, wenn sie noch aufgeheizt ist vom Alkohol, oder angenehm und freundlich, so als hätten wir beide das Gespräch, das Anlass zu dem Besuch gegeben hat, vollkommen vergessen.
Sie ist am Küchenfenster und hält nach mir Ausschau, während sie abspült. Sie winkt mir fröhlich zu, dann trocknet sie sich die Hände an einem Geschirrtuch ab und eilt zur Tür. »Ich wollte gerade Kaffee machen«, sagt sie, als wir uns zur Begrüßung küssen. »Wie schön, dich wieder mal hier zu haben.« *Ah, dieses Mal geht es also in dieser Tonart,* denke ich ohne Begeisterung, aber doch erleichtert. Sie schüttet Kaffeepulver in die Kanne, während ich mich auf einem der ramponierten Stühle niederlasse und meine lehmverschmierten Stiefel ausziehe. »Wie war die Fahrt? Was macht Sophie?«
Wir sitzen am Küchentisch und trinken Kaffee aus den hellblau glasierten Bechern, auf dem Regalbrett über uns die großen Weckgläser mit grünen Linsen, Schälerbsen und nierenförmigen weißen Bohnen, die mich an zusammengerollte Embryos denken lassen. Die Tür zum Garten mit den leise gluckenden Hühnern steht offen; mir ist es ein bisschen zu kalt. Meine Mutter friert nie. Sie reißt beim ersten Frühlingslüftchen die Fenster auf, und so bleiben sie bis weit in den Herbst hinein. Sie glaubt an Westen und Pullover, an dicke Wollsocken und den Körper ertüchtigende Fußmärsche. Wenn sie bei uns in London zu Besuch ist, macht sie höhnische Bemerkungen über die Zentralheizung –

wie eine Kolonialbeamtenwitwe, die, von einem Leben in den Tropen nach England zurückgekehrt, die Welt nicht mehr versteht.
Ich erzähle in munterem Ton von Sophie, aber nur die weniger tiefgründigen Sachen: Prüfungen, Freizeitbeschäftigungen, Orchester. Kein Wort davon, dass ich mehr und mehr den Kontakt zu meiner Tochter verliere. Nichts von meiner Angst, dass ein einziger heftiger Streit sie veranlassen könnte, sich vollends von mir zu lösen, davonzutreiben zu den Leuten im Hintergrund, Leuten mit Autos und Geld und Wohnungen, in die man spätnachts gehen kann. Ich will nicht, dass meine Mutter mir sagt, das sei alles ganz natürlich.
»Sophie ist ein wahrer Engel.« Und in leicht vorwurfsvollem Ton setzt sie hinzu: »Wenn ich daran denke, wie *du* mit siebzehn warst!«
»Also bitte«, sage ich, denn sie weiß so gut wie ich, dass ich ein braves Kind war, ruhig, schüchtern, immer beschäftigt mit meinem Skizzenblock, mit meinen Tonskulpturen und meinem Fotoapparat, ein junges Mädchen, das am Wochenende nach London fuhr, um in der Tate Gallery stundenlang vor Bildern von Turner zu sitzen, während Gillian und meine frisch geschiedene Mutter in Wald und Flur Holunderbeeren, Haselnüsse und Schlehen sammelten.
Aber meine Mutter ist nicht mehr zu halten: Diese Wolken von Haarspray, all die mit Wimperntusche verschmierten Handtücher, endlose Telefongespräche im Flüsterton! »Dass Mädchen in diesem Alter einander so ungeheuer viel zu erzählen haben!«, sagt sie kopfschüttelnd, schenkt mir Kaffee nach und öffnet umständlich eine Packung Milch. Ich zucke die Achseln. Ich weiß es nicht, ich kann mich nicht erinnern, und ich kriege nicht genug von Sophies wirklichen und virtuellen Unterhaltungen mit, als dass es meinem Gedächtnis auf die Sprünge helfen könnte. Wir sitzen schweigend da: Ich denke an Sophie in verschiedenen Lebensaltern, das Haar zu Rattenschwänzchen gebunden oder

in offenen Locken, die auf rundliche Schultern herabfielen, und dann gerade abgeschnitten in Höhe des Kinns, an Werden und Vergehen von Ponyfransen und Sommersprossen, wie sich kleine weiße Perlen in ihrem Mund zeigten, wie sie ausfielen und durch Scrabblesteine ersetzt wurden. Der ruhende Pol: ihre wachsamen ernsten Augen.

Vielleicht denkt meine Mutter an mich, vielleicht denkt sie an sich selbst. Manchmal ist es schwierig zu entscheiden, wo die eine von uns aufhört und die andere anfängt.

»Und Charles? Wie geht es Charles?« Meine Mutter mag meinen zweiten Mann – wie die meisten Leute, vor allem diejenigen, die vor Arnold, reizbar und voller Ressentiments, wie er war, Angst hatten. Sie schätzt Charles' Kreativität, findet ihn geistreich. Ich erzähle von dem Projekt in Österreich und dass er nächste Woche zu einem Termin nach Newcastle fährt. Wir reden über meine Malerei, und sie berichtet, dass sie ein paar ihrer Keramiksachen über eine Galerie in Brighton verkauft hat. Und als wir unseren Kaffee getrunken haben, hängt sie die Wäsche auf die Leine, weil sie jetzt sicher ist, dass das Wetter hält, und ich spüle die Tassen ab und werfe den leeren Milchkarton in die Recyclingtonne zu den Weinflaschen und der leeren Flasche Billigwodka. Auch sie gehören zu den Dingen, die ich mit keinem Wort erwähne.

Sie macht etwas zu essen: Suppe, verschiedene Sorten Käse auf einem Holzbrettchen, Salat. Die Art, wie sie die Blätter mit bloßen Fingern durcheinandermischt, die eckigen Nägel glänzend von Öl, habe ich von ihr übernommen. Wir trinken gewöhnliches Leitungswasser. Das Haus um uns herum knackt und regt sich wie immer: Das Holz arbeitet. Im Hochsommer verzieht sich die Haustür so stark, dass sie klemmt und nur noch mit unsanfter Gewalt zu öffnen ist. »Hab ich dir schon erzählt, dass ich vorige Woche mit der Polizei zu tun hatte?«, frage ich, denn ich möchte die Geschichte ausprobieren, hören, wie sie klingt. *Die arme Frau war mit dem Baby beschäftigt und hat einen Moment lang ihren kleinen Jungen aus den Augen gelassen. So was kann jedem passieren. Ich war froh, dass ich ihr helfen konnte.*

»Und dann hat sich herausgestellt, dass ich die Mutter sogar kannte«, sage ich, und einen Moment lang überlege ich, ob ich es ihr erzählen könnte, ob ich es wagen könnte. Sie würde sich erinnern, da bin ich mir sicher. Und dann denke ich an die leeren Flaschen in der Tonne, und ich sage stattdessen: »Sie ist mir ein paarmal über den Weg gelaufen. Sie hat etwas verzweifelt Bedürftiges in ihrer Art. Ich weiß gar nicht, was über mich gekommen ist, aber ich habe sie in den Schulferien zum Essen eingeladen. Ich dachte, vielleicht möchte sie hin und wieder mal Sophie als Babysitter engagieren.«

Auf der Wäscheleine leuchten Laken und Nachthemden in der Sonne wie Fahnen, leicht bewegt von der Brise. Meine Mutter scheint recht zu behalten mit ihrer optimistischen Wetterprognose.

Am Abend mache ich Omelettes aus den Eiern, die sie mir mitgegeben hat. Sie sind von ihren eigenen Hühnern und haben orangefarbene Dotter. »Sie war ganz munter«, sage ich zu Charles. »Sie hat sich nichts anmerken lassen, so als hätte es dieses Telefongespräch nie gegeben.«

»Welches Telefongespräch?«, fragt Sophie, die gerade hereinkommt. Ich dachte, sie wäre gar nicht zu Hause. Sie hat heute Chorprobe.

Ich spiele die Sache herunter. »Ach, sie hatte irgendwie Ärger, ich weiß auch nicht. Jedenfalls ging es ihr heute wieder gut. Sie lässt dir ausrichten, sie würde sich freuen, wenn du sie besuchen kämst. Vielleicht nächste Woche, solange noch Ferien sind.«

»Ich überlege es mir«, schwindelt sie. »Aber ich muss eine Menge Stoff aus dem letzten Halbjahr wiederholen.«

»Hast du nächsten Mittwoch schon was vor?«, frage ich und kippe die Pfanne ein bisschen, damit die heiße Butter das Omelette am Rand schön knusprig brät. »Ich habe eine Bekannte zum Mittagessen eingeladen. Sie heißt Emma und braucht einen Babysitter. Ich dachte, vielleicht bist du interessiert.« Ja, sie wird da sein. Sie schlingt in aller Eile ein Omelette hinunter, zieht ihre Schuhe an, setzt ihre Mütze auf und geht fort zur Chorprobe. Eine eigentümliche Leere bleibt zurück.

Der Mittwoch kommt, und ich öffne Emma die Tür. Wie üblich wirkt sie geradezu lahmgelegt von ihrer Mutterschaft. Sie bietet einen Anblick wie ein moralisierendes viktorianisches Andachtsbildchen: Christopher klammert sich an ihr Bein, während sie den sperrigen Riesenbuggy die Stufen hinaufzerrt. Sie schwitzt, als sie das Monstrum endlich durch die Tür befördert hat. Ich spüre, wie peinlich sie sich selbst ist, als sie ihren in heiteren Bonbonfarben gestreiften Schal abnimmt und ihn mir zusammen mit ihrer Regenjacke und Christophers grünem Anorak reicht. Mir wie auch ihr wird in dieser Umgebung in aller Schärfe bewusst, wie reizlos und unansehnlich ihr eigenes Leben ist: Hohe Räume, hell gestrichene Wände, der herzerfrischende Duft von Freesien. Ordnung.

Ich habe das Bedürfnis, sie zu berühren, zu fühlen, wie ihr im Bewusstsein ihrer Minderwertigkeit immer heißer wird, darum fasse ich sie leicht an ihren Ellbogen, halte sie einen Moment und drücke meine Wange an ihre. Ich schnuppere. Schweiß und Waschpulver, Apfelshampoo, ganz fein der Hauch von süßsaurer Muttermilch. Ich drehe den Kopf, sodass mein Haar ihr Gesicht streift, dann trete ich einen Schritt zurück und sage, wie ich mich freue, Christopher wiederzusehen. Er sieht mich zweifelnd an, zwei graue Rotzspuren auf der Oberlippe. Es juckt mich in den Fingern, ein Papiertaschentuch zu nehmen und sie ihm abzuwischen, doch ich beherrsche mich und bemerke, Henry warte schon auf ihn in der Küche. Ich sehe dem Jungen an, wie er unsicher die Dinge gegeneinander abwägt, aber dieses Haus ist ihm nicht völlig fremd, er verbindet gute Erinnerungen an Milch und Smarties damit, und eine Katze ist eine Katze, und so lässt er endlich von Emmas Bein ab und tapert zögernd durch den Flur.

Emma nimmt alles genau wahr, sie sieht all die kleinen Dinge. Ich schenke ihr Mineralwasser ein, sie dreht das Glas in der Hand und betrachtet es. Ihre Finger fahren tastend über die Tischplatte. Sie sammelt Eindrücke, sie kommt zur Ruhe. Sie empfindet keinen Neid, dafür ist sie zu erschöpft. Die Umgebung tut ihr einfach gut.
Und doch schüchtert Sophie sie ein. Ich bemerke, dass Emma angespannt ist. Sie stellt zu viele Fragen, ihr wird bewusst, wie sehr sie an den Rand der Welt gedrängt ist. Sie gehört nicht dazu. Die Gelegenheit ist günstig, die Idee auf den Weg zu bringen, dass Sophie ihre Kinder hüten könnte. Obwohl ihr Sophie nicht ganz geheuer ist, sehe ich einen Funken Hoffnung in ihren Augen aufglimmen: Hin und wieder mal abends ausgehen! Das ist doch wohl nicht zu viel verlangt, oder?
Als sie das Baby zu Bett bringt, während Christopher auf dem Fußboden liegt, auf einem Blatt Papier mit Buntstiften kritzelt und sich dabei mit dem Kater unterhält, sage ich leise zu Sophie, dass ich ihr einen Fünfer gebe, wenn sie nach dem Essen mit dem Jungen in den Park geht. »Wie wär's mit zehn?«, fragt sie. Ich höre Schritte auf dem Flur und willige ein. »Okay.«
Aus verschiedenen Gründen hatte ich Bedenken, die beiden zusammenzubringen, aber ich hätte mir keine Sorgen zu machen brauchen. Ich hatte als Jugendliche wenig Selbstbewusstsein, Sophie dagegen besitzt es erstaunlicherweise in einem Übermaß, das mir geradezu Angst macht. Sie leidet niemals und nirgendwo unter dem Gefühl, dass sie fehl am Platz sein könnte. So kommt es, dass Emma keinerlei Verbindung zwischen Sophie und jenem jungen Mädchen herstellen kann, das ich damals vor langer Zeit war, obwohl es durchaus äußerliche Ähnlichkeiten zwischen uns gibt (der Teint, der Körperbau, die Augen, der Hals und die Hände). Es ist eigentlich nicht überraschend. Mit siebzehn fehlten mir – vielleicht dachte ich das auch nur, aber das kommt letztlich auf dasselbe hinaus – diejenigen Eigenschaften, die andere Leute beeindrucken, Eigenschaften, die Emma

damals reichlich hatte und die sie jetzt vielleicht in mir wiedererkennt.
Es kann natürlich auch sein, dass sie jenem Moment damals einfach keine Bedeutung beimaß.
Im Lauf der Zeit bin ich zu der Überzeugung gelangt, dass vieles von dem, was eine Persönlichkeit ausmacht, vom Selbstbewusstsein abhängt, davon, ob man es hat oder nicht. Oft kommt es einzig und allein darauf an. Ich hatte ursprünglich sehr wenig, entwickelte es aber als Erwachsene, dank meiner Malerei, dank Arnold und dank meiner Rolle als Mutter in all den Jahren, als Sophie mich so sehr brauchte. Vermutlich ist Emma den umgekehrten Weg gegangen: Sie hatte anfangs jede Menge Selbstbewusstsein und hat es nach und nach verloren. Man kann nicht behaupten, dass wir einander entgegengesetzt wären, aber vielleicht ist es doch so, dass sie in gewissem Sinn ein Gegenstück zu mir ist. Der Gedanke amüsiert mich, während ich den Salat mische – mit der Hand, wie es meine Mutter macht, damit die Soße sich schön gleichmäßig verteilt – und ihr dann das hölzerne Salatbesteck reiche.
Ich sehe ihr an, dass sie Angst davor hat, wie Christopher auf mein Essen, in dem eine Menge Gewürze und Kräuter sind, reagieren wird. Ich habe mir überlegt, wenn er Zicken macht, werde ich strahlend lächeln und sagen: *Ach, du meine Güte, aber was anderes hab ich leider nicht. Vielleicht mag er noch ein bisschen Brot?* Aber es zeigt sich, dass er durchaus einigen Mut zum Abenteuer hat, und er hält sich recht tapfer. Im Gespräch über den Nachmittag im Park kommen wir nur einmal einem heiklen Punkt gefährlich nahe, als Christopher von seinem Roller anfängt (»Du hast gesagt, wir sollen den Roller dort stehen lassen. Du hast ihn hinter dem Busch versteckt«), aber ich reagiere gelassen mit amüsiertem Erstaunen und kehre es unter den Teppich: Geplapper eines kleinen Jungen, der in seiner regen Phantasie alles durcheinanderbringt.
Als er fertig ist, werfe ich Sophie einen Blick zu. *Park.*

Ich bin mir keineswegs sicher, dass Emma darauf eingehen wird. Diese Frauen sind so unberechenbar in ihrer Angst, so abergläubisch auf der Hut vor tausend Gefahren, die draußen in der Welt auf ihre Kinder lauern. Na ja, gerade Emma hätte nach dem Vorfall im Park auch wirklich allen Grund dazu, vorsichtig zu sein. Aber nein, sie ist entzückt von dem Vorschlag. Sie will gern mit mir allein sein. Ich höre so aufmerksam, so verständnisvoll zu. Und Sophies freundliches Angebot kommt ganz ohne Zweifel von Herzen.

Sobald die beiden aus dem Haus sind, schenke ich Emma Wein nach. *Komm schon, du kannst dir auch mal was gönnen. Was ist schon dabei?* Ihre Wangen werden rosig, der Reiz des Neuen und die ganze anheimelnde Atmosphäre von Vertraulichkeit machen ihr warm. Ich stelle mir vor, wie ihre Mittagessen daheim in ihrer kleinen Küche gewöhnlich verlaufen, die Plastikteller, dieses geschmacklose Kinderbesteck, Erbsen auf dem Boden verstreut. *Du kommst wirklich nicht oft raus, oder?,* denke ich und lasse sie von ihrem Mann erzählen, einem freiberuflichen Fernsehregisseur, und davon, dass ihre finanziellen Verhältnisse einigermaßen prekär sind, seit ihre Karriere zum Stillstand gekommen ist. Sie geht nicht ins Detail, aber ich spüre, dass sie wirkliche Existenzängste hat, darum deute ich an, dass solche Probleme auch uns nicht ganz fremd sind, bin mir aber ziemlich sicher, dass sie wohl weiß, wie es gemeint ist: ein Versuch, taktvoll Verständnis und Solidarität zum Ausdruck zu bringen, mehr nicht.

Als sie fragt, wie meine Ausstellung gelaufen ist, gebe ich zu erkennen, dass es mich schon gewundert, ja vielleicht sogar ein klein wenig gekränkt hat, dass sie nicht gekommen ist.

Sie würde liebend gern meine Arbeiten sehen. Sie hat mich gegoogelt, aber keine Nina Bremner im Netz gefunden. Kein Wunder, erkläre ich ihr, als Malerin führe ich den Namen Setting. Nein, das ist nicht mein Mädchenname, so hieß mein erster Ehemann, der Vater von Sophie. »Wir waren noch sehr jung damals, ich fing gerade erst an. Es war eine dieser überstürzten Entscheidungen, zu denen man sich in jugendlichem Idealismus hinreißen lässt und die man schon bald bereut.« Aber natürlich ist das nicht alles. Ich verwende Arnolds Namen, wenn ich meine Bilder auf der Rückseite signiere, weil ich ihm noch immer dankbar bin und ewig sein werde dafür, dass er sich meiner angenommen und mich herausgeholt hat aus allem, was ich hinter mir lassen wollte: den Jahr um Jahr länger werdenden Schatten meines erfolgreichen Vaters, die Atmosphäre von Versagen und Groll, die meine Mutter um sich verbreitete, selten manifest, aber ständig fühlbar gegenwärtig wie traurige, müde Gespenster, die in sehr alten Häusern hinter jeder Biegung der Treppe lauern oder in entlegenen Winkeln unbewohnter dunkler Kammern.

»Das da ist von mir«, sage ich, während ich das Geschirr abräume, und zeige – mit einer Geste, die ein kleines bisschen schüchtern wirkt – auf die Landschaft, die über dem Kamin hängt. Ich will sie auf die Probe stellen.

Sie steht auf und geht hin, um es aus der Nähe anzusehen.

Als ich mein Glas zum Mund führe, zittert das Wasser ganz leicht, ein feines Beben, das schimmernd über die Oberfläche huscht. *Trinken. Schlucken.* Ich stelle das Glas ab und beobachte sie. Sie bleibt vor dem Kaminsims stehen, auf dem in einem Holzschälchen ein Apfel aus Pappmaché, den Sophie in der Grundschule gebastelt hat, und ein Rosenkranz liegen.

Was wird sie sehen? Wird sie was Dummes sagen? Ich bin fast sicher.

Aber sie reagiert auf eine Art, die ich nicht erwartet habe. Sie gibt ein leises Geräusch von sich und beugt sich vor, studiert den Pinselstrich. Sie starrt so konzentriert auf die Leinwand, dass mich Panik überfällt. Was ist in mich gefahren, ihr dieses Bild zu zeigen? Was habe ich mir nur dabei gedacht? Halb betäubt vor Schrecken gehe ich zu ihr hin, suche fieberhaft nach einer Lüge, einer x-beliebigen, nutzlosen Lüge, nach irgendetwas, das sie von der Wahrheit ablenken könnte, und die Wahrheit ist: Ich habe das Bild gemalt, kurz nachdem ich ihr die Geldbörse zu-

rückgebracht hatte, und ich habe es extra ihretwegen hier aufgehängt. *Es ist eine alte Arbeit,* bemerke ich. *Ich habe es vor fünf, sechs Jahren gemalt.* Ich nehme alle meine Kraft zusammen und sehe ihr ins Gesicht. Sie hat Tränen in den Augen.
Es sei alles in Ordnung, sagt sie und wischt sich übers Gesicht. Das komme davon, wenn man schon zum Mittagessen Alkohol trinkt. Wieder fühle ich aus nächster Nähe, wie die Scham ihr einheizt. Aber sie findet das Bild ganz großartig, wirklich, es hat sie geradezu umgehauen. »Die Atmosphäre. Die Stimmung des Wetters. Ich finde es wunderbar. Ich wünschte ...«
Sie bricht in Gedanken versunken plötzlich ab. »Wo ist das?«, fragt sie. »Oder ist das eine dumme Frage?«
Ich antworte, dass ich gerne Meer, Watt und Flussmündungen in East Anglia und an der Südküste male, aber ich merke, dass ich vor lauter Nervosität kurz davor bin, mich zu verplappern. *Du musst das Ruder herumreißen.* Ich setze mein dümmstes Kuhgesicht auf, beuge mich vertraulich zu ihr, die sich wieder dem Bild zugewandt hat, und frage, ob es ihr wirklich gutgeht. Ich erinnere mich, sage ich, dass sie mir das letzte Mal, als wir uns getroffen haben, ein bisschen bedrückt vorkam.
»Ach, es war nicht so schlimm«, sagt sie. »Mir geht's gut. Alles im Lot. Es ist eben eine Schinderei manchmal. Aber es ist okay.«
Ich habe den Eindruck, dass sich gleich die Schleusen bei ihr öffnen werden, aber dann hören wir das Baby schreien, das verstörte Weinen eines Wesens, das sich alleingelassen in einem fremden Zimmer wiederfindet, und Emma eilt fort von dem Bild und von mir, und der Moment, in dem wir beide vielleicht die Wahrheit ausgesprochen hätten, verstreicht ungenutzt. Und als sie nach Hause gegangen und bei mir wieder Ruhe und Ordnung eingekehrt sind, erinnere ich mich an Emmas Gesichtsausdruck, als sie vor dem Bild von Jassop stand, und ich frage mich, was sie wohl gesehen hat.
Hat sie die Bäume wiedererkannt, den Himmel? War ihr klar, wohin der Weg führt? Wieder denke ich daran, wie ich auf diesem

Weg dahinging: Mit vorsichtigen Schritten, um nicht mit dem Knöchel umzuknicken. Ich sehe meine Schuhe in den kleinen, unruhig huschenden Schatten treten und wieder hinaus, immer weiter über die zerfurchte, rissige Erde.

EMMA

Wir vereinbaren einen Termin, und ich bin froh, dass es noch eine Weile dauern wird bis dahin, denn so habe ich Zeit, darüber nachzudenken, mich darauf zu freuen. Natürlich bin ich voller Zweifel, wie könnte es anders sein? Was machen wir, wenn Cecily ausgerechnet an diesem Abend nicht pünktlich um sieben in Tiefschlaf fällt? Und wird Sophie sich zu helfen wissen, wenn sie mitten in der Nacht aufwacht? Was ist, wenn Christopher heult und mich anfleht, nicht fortzugehen, ihn nicht mit diesem Mädchen, das er praktisch gar nicht kennt, alleinzulassen?

Nach der Musikschule schütte ich Fran mein Herz aus in der Hoffnung, dass sie mir Mut zuspricht, und sie tut mir den Gefallen.

»Mann, so ein Glück möchte ich mal haben«, sagt sie und versucht Ruby mit einem Babybel zu locken. Das Wetter ist mild, wir haben Tupperdosen mit Eierbrötchen und getrockneten Aprikosen und Kekse dabei und nutzen die Gelegenheit zu einem Picknick, dem ersten in diesem Jahr. Vor uns erstreckt sich das Freizeitgelände mit seinen Grasflächen, die hie und da, wo im Winter Fußball gespielt wurde, noch von kahlen Stellen mit zertrampelter Erde gesprenkelt sind. An dem pseudoalpenländischen Kiosk, der mich immer an eine Kuckucksuhr erinnert, stehen ein paar Leute Schlange, um Bonbons oder Zitroneneis zu kaufen. Der Himmel über den Baumkronen ist plötzlich ganz klar und blau, und als ich so auf der Bank sitze, während Cecily schläft und Christopher und Ruby Zweige sammeln, ist mir für einen Moment zumute, als wäre alles möglich. Vielleicht ist das Schlimmste ja überstanden. Vielleicht wird es jetzt leichter.

»Es ist ein Schritt in die richtige Richtung«, sage ich.

»Ich kann mich schon gar nicht mehr daran erinnern, wann

Luke und ich das letzte Mal abends essen waren.« Fran seufzt. »Lieber Gott, das muss mindestens ein halbes Jahr her sein.«

»Wir waren nicht mehr gemeinsam aus, seit Cecily geboren wurde«, sage ich. »Wenn mir jemand vorher gesagt hätte …«

»Tja, so ist es.«

Ich muss daran denken, wie ich ein paar Wochen nach Cecilys Geburt dringend zum Arzt musste, weil ich eine Brustentzündung hatte. Ich erinnere mich an die scheußlichen Schmerzen, aber genauso gut erinnere ich mich an die unbändige Erleichterung, die mich wie ein Schock überfiel, als ich am späten Nachmittag aus dem Haus trat, *allein,* das erste Mal seit der Entbindung wirklich allein. Um die Kinder kümmerte sich Ben, und ich ging von meinen Fesseln befreit durch die Unterführung und die Hauptstraße entlang. Ich meldete mich an der Empfangstheke an und setzte mich ins Wartezimmer. Diese Ruhe! Ich hätte ewig so dasitzen und warten und die Fische im Aquarium beobachten mögen, die Blasen, die aus der Schatztruhe sprudelten, die Wasserpflanzen, die sich in den unsichtbaren Strömungen wanden und wiegten.

Aber die Aussicht darauf, abends mit Ben auszugehen, ist nicht ohne Tücken. Da sind ja nicht nur die Ängste und Besorgnisse wegen der Kinderbetreuung, sondern auch all die anderen Herausforderungen zu bewältigen, die ein Projekt dieser Größenordnung mit sich bringt: Es gilt etwas zum Anziehen zu finden, meine Wimpern zu tuschen, Konversation zu machen und ungewohnt lange aufzubleiben.

Darum ist es gut, dass ich noch ein paar Wochen Zeit habe. Wenn der Tag da ist, werde ich bereit sein.

»Was wollen wir unternehmen?«, frage ich Ben beim Frühstück. Es ist die Tageszeit, in der es am hektischsten zugeht: alle zusammen in einem Raum, die Spülmaschine muss ausgeräumt werden, die Waschmaschine ist schon beladen, der Wasserkessel pfeift und speit Dampf. Ich habe eine Banane zermantscht, die Cecily konzentriert kostet. Über ihr Gesicht laufen in schneller Abfolge eine Menge Emotionen: Abscheu, vorsichtiger Optimismus, gieriges Entzücken, endlich, wenn alles aufgegessen ist, blanke Wut. Im Radio sagt jemand, dass eine Hummel immer nur höchstens vierzig Minuten vom Hungertod entfernt ist. Ich wische Cecily mit einem feuchten Tuch die Wangen und den Mund sauber und schneide ihr, um sie abzulenken, ein Stückchen von dem Toast ab, den ich gerade für Christopher mit Butter bestreiche. »Etwas hier in der Gegend? Gibt es etwas im Theater, worauf du Lust hast?«

»Ich bin mir nicht sicher, ob ich das West End an einem Freitagabend aushalte«, sagt er. Er macht sich einen Tee, ohne einen Gedanken daran zu verschwenden, ob ich vielleicht auch gern einen hätte.

Es ist keine böse Absicht, sage ich mir. *Er denkt eben nicht dran.* Und wenn ich ihn bitten würde, mir auch eine Tasse einzuschenken, könnte es womöglich so wirken, als wollte ich eine große Affäre daraus machen, darum lasse ich es. Christopher möchte Marmelade auf seinen Toast, also stehe ich auf und gehe zum Kühlschrank.

»Wie wär's mit Kino? Ich hätte Lust auf Kino.«

»Ja, vielleicht«, sagt er, aber es klingt nicht begeistert. Ich drehe ihm den Rücken zu, damit er mein Gesicht nicht sieht. Er hat keine Ahnung, wie viel Energie ich darauf verwendet habe, dieses Event zu organisieren. Ich habe Sophie an Land gezogen, mit Nina besprochen, wie die Sache ablaufen soll, einen Termin und den Preis vereinbart. »Wer ist dieses Mädchen schon wieder«, fragt er. »Wie alt, sagst du, ist sie?«

Wage es nicht, denke ich. *Ja nicht.*

»Lieber Gott, wie oft denn noch!« Ich spreche leise in den Kühlschrank, den ich geöffnet habe, um frische Milch hineinzustellen. Dann drehe ich mich um und sage: »Sie macht nächstes Jahr ihren Schulabschluss und ist die Tochter der Malerin, die Christopher gefunden hat, du weißt schon. Ein nettes Mädchen, Christopher fand sie auch nett, nicht, Schatz?«

Christopher leckt konzentriert, andächtig, die Marmelade von seinem Toast. Er reagiert nicht auf meine Frage.
»Und Nina wohnt ganz in der Nähe und kann einspringen, falls Sophie Hilfe braucht. Aber das wird nicht passieren.«
Ben presst die Lippen aufeinander und überlegt angestrengt. Als wäre er die Autorität, der die letzte Entscheidung zusteht. *Du kannst mich mal,* denke ich. Alle meine Zweifel sind weggefegt. *Ich gehe aus an diesem Abend, und wenn ich dabei draufgehe.* Ich brauche etwas, worauf ich mich freuen kann, ich will kein Essen vom Inder um die Ecke und dazu irgendein blödes Video gucken, das reicht mir nicht.
Ich denke an dienstbare Geister, die mir den Mantel abnehmen, mir einen Stuhl zurechtrücken, mir Wein einschenken, der so kalt ist, dass das Glas beschlägt. Mir einen Teller hinstellen und später so unaufdringlich gekonnt, dass ich es kaum bemerke, wieder abräumen. Ich war früher gelegentlich in Restaurants, wo Kellner nach dem Hauptgang mit kleinen silbernen Bürsten und Kehrschäufelchen flink die Krümel von der Tischdecke fegten, sodass wie durch Zauberei im Handumdrehen alles wieder makellos war. Ich blicke auf die Sauerei auf dem Fußboden, auf verschmierte Hände und Gesichter. Cecily will raus aus ihrem Hochstuhl, sie fängt zu quengeln an, windet sich wild und fuchtelt mit ihren buttrig glänzenden Fäustchen.
Ben geht auf Abstand, er hat Angst um sein sauberes Hemd, schaut auf die Uhr.
Ich stehe im Wohnzimmer, Cecily auf meiner Hüfte, und suche nach den Bilderbüchern, die ich in die Bibliothek zurückbringen muss, als er aus dem Haus geht. »Schau, da ist Papa«, sage ich, gehe zum Fenster und hebe sie hoch, sodass sie ihn sehen kann, wie er auf die Straße hinaustritt. »Wink Papa!« Ben blickt nicht auf. Am Briefkasten bleibt er stehen, fasst in seine Jackentasche und zieht zwei weiße Kabel heraus. Er steckt die Stopfen an den Enden in seine Ohrmuscheln und geht weiter, schön abgeschottet von der Welt.

Was für eine Verschwendung! Die Vorstellung, dass man einem solchen Übermaß an Reizen und Erlebnissen ausgesetzt ist, dass man freiwillig einen Teil davon aussperrt!

Sophie Babysitter. So steht es im Kalender, der in der Küche hängt, aber wir reden nicht mehr darüber. Ben hat mir viel von meinem Spaß verdorben. Der Tag rückt näher, und ich habe noch immer nicht entschieden, wie der freie Abend am besten zu nutzen ist. Langsam frage ich mich, ob die Sache überhaupt all die Scherereien wert ist. Ich finde keinen Film, auf den ich Lust habe. Wahrscheinlich werde ich sowieso einschlafen, so erledigt, wie ich bin. Vielleicht sollte ich das Ganze abblasen.

Ich schicke Nina eine SMS, halb in der Hoffnung, dass sie mir die Entscheidung abnimmt: *Klappt Termin Freitagabend? Alles wie geplant?*

Na klar! S. ist 18.30 bei Ihnen.

Ich erinnere Ben am Freitagmorgen sicherheitshalber daran. »Wir könnten uns irgendwo in der Stadt treffen«, schlage ich vor.

»Nein, ich komme nach der Arbeit nach Haus, dann können wir das Auto nehmen«, sagt er. Ach so: Für ihn ist es ein Pflichttermin. Ein Glas Wein, mehr nicht – er muss ja noch Auto fahren. Scheißegal, ich werde mich vergnügen, und wenn ich dabei draufgehe.

Als Christopher im Kindergarten ist und Cecily schläft, greife ich zum Telefon. Es ist ein Elend: In dem leisen Seufzen, mit dem die Leute am anderen Ende der Leitung auf mein Anliegen reagieren, schwingt immer auch ein diskreter Vorwurf mit. Wie kann man so eine Sache nur bis zur allerletzten Minute aufschieben? Sich selbst um einen schönen Abend bringen, bloß weil man sich nicht dazu aufraffen kann, rechtzeitig zu reservieren? Da und dort ist noch um sechs oder um zehn Uhr ein Tisch zu haben. Um acht, um neun? Nein, leider, alles besetzt. »Vielen Dank«, sage ich und lasse den Hörer sinken. Im Geist sehe ich eine junge Frau in Schwarz, die bedauernd ihre Lippen schürzt und mit einem dumpfen leisen Knall ihre Kladde zuklappt. Dann wähle ich eine neue Nummer.

Nach sechs oder sieben vergeblichen Versuchen beginne ich zu verzweifeln. Ich bin nahe dran, bei *The Headless Women* in unserem Viertel anzurufen und zu fragen, ob wir dort an der Bar einen Platz kriegen können (vielleicht hat Ben ja Lust auf Blutwurstbouletten oder geräucherte Makrele mit Roter Bete), da denke ich: *Nein, noch einen Versuch.* Und weil mir jetzt schon alles egal ist – eigentlich können wir uns das überhaupt nicht leisten –, rufe ich bei Marcy's an. Ich bemühe mich, jeden Entschuldigung heischenden Unterton zu vermeiden, als ich der jungen Frau sage, was ich will: einen Tisch für zwei Personen, heute, zu einer vernünftigen Zeit.

»Oh, da haben Sie aber Glück – vor einer Minute hat jemand abgesagt.« Es klingt, als freute sie sich für mich.

Vielleicht hat das Schicksal es so gewollt.

Danach nimmt der Freitag seinen üblichen gewohnten Lauf. Ich hole Christopher ab, mache Mittagessen, karre die Kinder zum Supermarkt, anschließend geht's raus in den Park. Dort treffen wir Fran, die uns zum Tee einlädt. Um halb sieben sind wir wieder zu Hause, Cecily sitzt in der Wanne und lutscht an ihrer Gummiente, Christoph ist auf der Matte davor damit beschäftigt, seine Socken von den Füßen zu schälen, die Stirn gerunzelt vor Anstrengung. Seine Schleich-Pferde stehen nebeneinander aufgereiht auf den Fliesen neben ihm, die Ohren, die aus den dichten Mähnen hervorschauen, gespitzt, je einen Vorderhuf anmutig erhoben: Arthur, Charly, Brösel.

Ich höre Ben heimkommen: den Schlüssel im Schloss, das Schlagen der Tür, das Klirren von Schlüsselbund und Kleingeld, als sein Mantel von dem Garderobenhaken, an dem schon zu viele andere Kleidungsstücke hängen, herunterrutscht und auf den Boden fällt. Dann kommt er die Treppe herauf; er nimmt immer zwei Stufen auf einmal, ein gutes Zeichen.

»Papa!«, schreit Christopher, der die eine Socke geschafft hat, und Ben kommt herein, reibt sich die Hände und sagt: »Endlich Wochenende, Gott sei Dank.« Dass ich einen Tisch bei Marcy's ergattert habe, findet er prima. Natürlich können wir uns das eigentlich nicht leisten, meint er, aber was soll der Geiz, schließlich machen wir das nicht alle Tage.

Es klingelt an der Tür, als ich Cecily gerade in ihr oranges Badetuch wickle und Ben Christopher – sein kleines Affenkind, scherzt er – über den Rand in die Wanne hebt. »Das wird Sophie sein«, sage ich, drehe den Heißwasserhahn auf, damit Christopher es schön warm hat, und schnappe mir eine Windel für Cecily. »Lässt du sie bitte rein?«

Ich ziehe Cecily den Schlafanzug mit den Druckknöpfen an und höre, wie die Haustür aufgeht. Die Begrüßung wird übertönt von dumpfem Verkehrslärm, der von der Straße hereindringt, dann schließt sich die Tür, und in der Stille ist das Lachen einer Frau zu hören. Es ist nicht Sophie.

»Kommst du zurecht?«, frage ich Christopher und drehe das Wasser ab, aber er achtet nicht auf mich. Er lässt seine Pferde über den Elefantenwaschlappen traben, über die Seife, die einen Felsblock darstellt, und über den Gletscher seines Knies. Ich nehme Cecily auf meine Hüfte, gehe zur Treppe und schaue hinunter. Die beiden stehen im Flur neben dem Garderobenspiegel, ihre dunklen Haare glänzen im Licht. Sie blickt hoch und lacht, und dann sieht sie mich. »Hallo, Emma«, ruft sie. »Hallo, Cecily.«

»Nina!« Reflexartig stellt sich das Gefühl der Enttäuschung ein, eine Enttäuschung ohne das Moment der Überraschung, so als hätte ich immer schon gewusst, dass aus dieser Sache, die ich da angeleiert habe, nichts werden kann. Sophie ist erkältet oder hat sich das Bein gebrochen. *Ach, die Arme. Na ja, da kann man nichts machen, ist auch nicht so schlimm, aber es ist wirklich sehr aufmerksam, dass Sie extra vorbeigekommen sind, um es uns persönlich zu sagen, das wäre doch nicht nötig gewesen.*

Nina zieht ihren Mantel aus, Ben nimmt ihn ihr ab, dann hebt er seinen eigenen vom Boden auf und hängt beide Seite an Seite

neben Christophers grünen Anorak. Dabei sagt er zu ihr: »Wirklich? Sind Sie sicher?«, und dann dreht er sich zu mir um, die Hände offen – hilflos, einverstanden –, und sagt: »Sophie ist erkältet, aber Nina hat freundlicherweise angeboten, in die Bresche zu springen.«
Sie streift ihre Schuhe ab und kommt die Treppe herauf. Sie schneidet Cecily ein flirtendes Grinsgesicht, und die streckt freudig ihre Ärmchen aus, angezogen von den glitzernden schwarzen Steinen von Ninas Halskette. »Sie brauchen unbedingt einen freien Abend«, sagt sie und macht Anstalten, mir die Kleine abzunehmen. Gehorsam überlasse ich sie ihr. Es wundert mich, dass Cecily, die sonst zum Fremdeln neigt, so zutraulich ist, aber vielleicht erinnert sie sich an Nina, vielleicht ist auch ihr Parfüm, dieser eigenartig vielschichtige Duft, der mir nicht ganz geheuer ist, ihr vertraut. »Ich habe es Ihnen angesehen, als wir neulich darüber gesprochen haben«, sagt Nina. »Es ist wichtig. Sie brauchen ab und zu einen freien Abend.«
»Wow«, sage ich. Cecily betastet die schwarzen Steine, die facettiert sind, sodass sie das Licht reflektieren. Sie packt sie und reißt daran. Nina biegt ihren Hals weg und versteckt die Kette unter ihrem Pullover. »Ach, du bist ein Schätzchen«, sagt sie zu Cecily und schlüpft an mir vorbei in Richtung Bad. »Wo ist denn dein süßes Brüderchen?«
Ich hatte eigentlich vorgehabt, Cecily selbst die Flasche zu geben, aber Nina meint, sie kümmert sich darum. Sie hat es sich so gedacht: Ich mache mich jetzt erst mal schön und kann dann, bevor wir gehen, Cecily noch zu Bett bringen, während sie Christopher eine Gutenachtgeschichte vorliest oder auch zwei. Welche magst du am liebsten, Christopher? *Gute Nacht, Mond*? Ah, eine gute Wahl! *Gute Nacht, Ball, gute Nacht, Stall, gute Nacht, Sterne überall.* Jetzt gehen Sie schon, sagt sie, mein Baby auf dem Arm. Ab unter die Dusche! Trinken sie einen kleinen Gin Tonic. Im Ernst. Sie haben heute Abend frei.
Ich überlege, ob es noch was Wichtiges gibt, das sie wissen muss,

aber das Einzige, was mir einfällt, ist, dass sie Christopher nichts mehr zu trinken geben soll – *Wissen Sie, er ist gerade erst aus den Windeln raus, und wenn er nach der Gutenachtgeschichte noch mal Pipi macht, bleibt das Bett trocken* –, dann ziehe ich mich mit Ben ins Schlafzimmer zurück. Wir lachen leise, sobald die Tür zu ist, beide ein bisschen beschämt, aber auch aufgekratzt und schon in Feierstimmung. »Das ist doch wirklich reizend von ihr«, sage ich, ziehe meinen Pulli aus, nehme das Wickelkleid vom Bügel und sehe mich nach einer Strumpfhose um. »Es ist fast schon unanständig, so ein Angebot anzunehmen, findest du nicht?«
»Es ist ja bestimmt nicht so, dass sie nichts Besseres mit einem Freitagabend anzufangen wüsste«, sagt Ben. »Das sieht man ihr an. Egal, einem geschenkten Gaul ... Du weißt schon.« Während er ein Taxi bestellt – ich sage nichts dazu, aber es ist schon mal ein guter Anfang, finde ich –, mustert er sich im Spiegel, dann nimmt er ein Jackett aus dem Schrank.
Alles läuft nach Plan. Zwanzig Minuten später liegt Cecily friedlich schlummernd in ihrem Bettchen, der Vorhang ist zugezogen, das Licht aus, die Tür zu. Im gelben Schein von Christophers Nachttischlampe liegt Nina mit angezogenen Knien am Fußende seines Betts und bewundert seine Pferde. Ich stakse vorsichtig, damit ich nicht auf die überall verstreuten Spielsachen trete, zu ihm hin, gebe ihm einen Gutenachtkuss und ziehe mich wieder zurück, ohne zu dem braunen Fleck an der Decke hinaufzuschauen, der schon wieder ein bisschen größer geworden ist. »Der sieht richtig edel aus«, sagt Nina und lächelt uns über Christophers Kopf hinweg zu. »Willst du ihn dieses Jahr beim Grand National laufen lassen?« Er ist so beschäftigt, die Tiere auf der Bettdecke zu arrangieren, so beseligt von Ninas Aufmerksamkeit, dass er von uns kaum Notiz nimmt.
Danke, vielen Dank, artikuliere ich lautlos. *Gegen elf sind wir wieder da.*
Ihre Hand winkt ab und scheucht uns munter fort. *Kein Ding,* lese ich von ihren Lippen. *Sie sehen toll aus. Viel Spaß!*

Das Minicab wartet schon. Im Radio laufen Oldies, Leute mit wilden Mähnen und rauchigen Stimmen beschwören große Gefühle, singen von wahrer Liebe, gebrochenen Herzen, verlorenem Glück. Mir gefällt das. London hat die Festbeleuchtung für uns angeknipst, die Straßenlampen wie eine Kette goldener Kugeln, der billige Flitter von Nordlondon mit seinen Kebab-Buden und Irish Pubs, dann die makellosen Fassaden von Regent's Park, die schimmernden Fenster der Danish Church, die rosa Villen im Zuckerbäckerstil mit ihren Dienstboteneingängen und in Scheinwerferlicht getauchten Portalen hinter schmiedeeisernen Gittertoren. Immer wieder blau blinkende Lampen von Alarmanlagen.
Ich erzähle Ben (er kennt die Geschichte schon, hört aber ohne Murren zu), wie mich Nick einmal im ersten Studienjahr zu einer Party in einem dieser Paläste mitgenommen hat: Lauter Leute, die er von der Schule her kannte; alle rauchten in einer Tour und redeten in einem Jargon, der mir wie eine Geheimsprache vorkam. Ich weiß nicht mehr, wie der Gastgeber hieß, aber ich erinnere mich noch gut an die teilnahmslos dreinblickenden Domestiken in weißer Livree mit Messingknöpfen, an ein Mädchen, das auf dem Klo kotzte, und an den Blick über Cumberland Green zum Broadwalk.
Das Taxi überquert die Marylebone Road, umsegelt die elegant geschwungene weiße Klippe des BBC-Gebäudes, fährt hinter Doppeldeckerbussen die Regent Street entlang. Menschen wimmeln und wuseln an Bushaltestellen und vor Restaurants, bleiben stehen und betrachten sich im Spiegel von Schaufenstern, hinter denen all die Dinge arrangiert sind, die wir als Nächstes begehren sollen: neue Sandalen, ein neues Kleid. In diesen Auslagen ist es bereits Hochsommer. Die Zeit läuft, sie lässt sich von nichts und niemandem aufhalten. Ich fühle ihren Puls unter all dem kommerziellen Talmi und bin wie berauscht: Er reißt mich mit, ob ich will oder nicht.
Wir steigen aus, tauchen ein in das Getümmel des Restaurants. Der Tisch, zu dem wir zwischen flackernden Kerzen hindurch ge-

führt werden, befindet sich an der Seite, so haben wir einen guten Blick auf den Saal. Der dicke goldene Teppichboden schluckt alle unangenehmen Geräusche, kein Klirren von Gläsern, kein Klappern von Besteck ist zu hören, nur das leise Gemurmel der Gäste, die Klatsch und Vertraulichkeiten austauschen, und das sanfte Ploppen von Korken. Das Marcy's ist kein Ort ordinärer Protzerei. Hier hat man Niveau. Wir bestellen Getränke und tun dann so, als studierten wir die Speisekarte, dabei machen wir einander verstohlen auf andere Gäste aufmerksam: die gealterte Hollywood-Diva mit ihrem viel jüngeren Ehemann, beide Gesichter chirurgisch gestrafft; die professionelle Feinschmeckerin und Kochbuchautorin, die mit ihren halbwüchsigen Kindern Scampi isst; den in Ungnade gefallenen früheren Minister, der offenbar von der Person, mit der er sich verabredet hat, versetzt worden ist.

Die Butter ist ungesalzen, eine schlüsselblumengelbe Mondscheibe, mit Eiswasser betaut, in einem kleinen weißen Schälchen. Mein Messer schneidet etwas davon ab. Zu unserer Linken lacht die Hollywood-Legende; federleicht schwebt das Geräusch in der Luft, melodisch wie das helle Klingen von Glöckchen, so hat man ihr oft versichert.

Das Handy in meiner Tasche ist stummgestellt, aber der Vibrationsalarm ist an, für alle Fälle. Ich vergesse es nicht, gestatte mir jedoch, es in den Hintergrund meines Bewusstseins zu drängen, während wir Gerichte aussuchen, den Hauswein trinken und reden: über einen Roman, den wir beide gelesen haben, über den Wintergarten, den wir eines Tages, wenn wir es uns leisten können, gerne hinten anbauen wollen; über den Industrieskandal, in den Leute, die ich früher mal kannte, verwickelt sind; über Frans Nachbarn, die ihre Wellensittiche frei im Wohnzimmer herumfliegen lassen. Über die Kinder reden wir praktisch überhaupt nicht. Das fällt mir erst im Lauf des Abends so richtig auf, und ich bin stolz darauf. *Da siehst du mal, wie viel uns beide immer noch verbindet,* denke ich. *Es gibt uns noch, trotz allem.*

Und doch, während ein Gang auf den anderen folgt und um uns herum zuerst so etwas wie Ebbe und dann wieder Flut eintritt – erst lichtet sich die Menge der Gäste, und es wird fast unangenehm still im Saal, bevor er sich schnell wieder mit neuen Leuten füllt, die vom Theater kommen –, gehen mir ständig Gedanken an Nina durch den Kopf, wie sie mit untergeschlagenen Beinen auf meinem Sofa sitzt, den *Standard* durchblättert oder sich die Zehn-Uhr-Nachrichten im Fernsehen ansieht, in der Wohnung umhergeht, sich eine Tasse Tee macht, liest, was im Kalender in der Küche steht, wie sie mit dem Finger über die Rücken der Bücher in den Regalen streicht. Und diese Gedanken sind unangenehm, peinlich. *Mein Gott, diese Unordnung überall.*

»Du hast recht«, sagt Ben, während wir auf die Rechnung warten. »Wir müssen so etwas öfter machen.«

»Ich hatte den Eindruck, dass du vorher nicht eben besonders begeistert warst«, bemerke ich. Ich schenke meine Tasse wieder voll und fange die Kamillenblüten, die mit aus der Glaskanne geschwemmt werden, mit dem silbernen Sieb auf.

Er war mit seinen Gedanken nicht so recht bei der Sache, gesteht er, es ist ihm alles ein bisschen zu viel geworden. Er hat Rückschläge hinnehmen müssen. Die Sorge um den nächsten Auftrag. Die Nächte, in denen ihn das Kindergeschrei aus dem Schlaf reißt. Manchmal empfinde man es schon als Belastung, wenn man nur einen Moment lang aus dem gewohnten Trott ausbrechen soll. »Aber es war vollkommen richtig, dass du das angeleiert hast. Wir müssen ab und zu mal alles abschütteln. Scheißegal, was es kostet.« Er schafft es, angesichts der Rechnung nicht mit der Wimper zu zucken.

Auf dem Nachhauseweg machen wir jede Menge Pläne, wir kichern ausgelassen und lehnen uns aneinander, während die U-Bahn nach Norden rattert, aber die Unterhaltung gerät ins Stocken, als wir aussteigen und auf der leise knirschenden Rolltreppe nach oben fahren.

Als wir in unsere Straße einbiegen, sind wir fast wieder nüchtern,

zurückgeholt in die gewohnten Kreisbahnen unserer Alltagssorgen. Meine neuen Schuhe drücken, meine Fersen sind ein bisschen wundgescheuert. Ich schaue hinunter auf das rote Wildleder, das jedes Mal aufleuchtet, wenn wir eine der Lampen an der Straße passieren. Katzen stieben davon, als wir uns einer Mülltonne nähern. Ben nimmt meine Hand. »Danke, dass du das organisiert hast«, sagt er.
»Danke lieber Nina«, antworte ich.
Wir kommen nach Hause, und ich stürze ins Wohnzimmer, ohne auch nur den Mantel auszuziehen, so eilig habe ich es, sie abzulösen. Sie soll nicht denken, dass wir ihre Güte über Gebühr ausnutzen. Sie steht lächelnd auf und steckt ihr Smartphone ein. »War's schön?«, fragt sie. Neben dem Sofa steht ein Kaffeebecher. Sie bückt sich, um ihn aufzuheben. »Lassen Sie nur«, sage ich.
»Ach, das mach ich schon.«
Ich nehme ihr den Becher ab und stehe leicht benommen da. Das kommt vom Wein. Vielleicht bin ich aber auch nur müde. Das Zimmer wirkt ordentlicher als sonst. Mein Gott, sie hat aufgeräumt! Die Spielsachen sind in der Kiste, Malstifte stehen in der alten Keksdose, Zeitungen und Zeitschriften liegen ordentlich auf Kante gestapelt auf dem Beistelltischchen.
»Gab's Probleme? Alles glatt gelaufen?«, frage ich.
»Bestens. Cecily war vorbildlich, hat die ganze Zeit keinen Mucks von sich gegeben, und Christopher ist nach ein paar Geschichten friedlich und brav eingeschlafen ... Na ja, es waren schon drei oder vier, und dazu noch ein paar Gedichte. Ich konnte dem Charme von A. A. Milne einfach nicht widerstehen.«
Ich trage den Becher in die Küche und bemerke, dass keine Sachen mehr auf den Arbeitsflächen herumliegen. Sie muss sie in die Schränke geräumt haben. Die Teller und Gläser, die ich ins Spülbecken gestellt hatte, stehen abgespült im Geschirrkorb.
Ich ziehe meinen Mantel aus und hänge ihn an die Garderobe im Flur, dann streife ich die Schuhe ab. Ben, der nach den Kindern geschaut hat, taucht wieder auf. Ob Nina noch ein Glas

Wein mit uns trinken will, fragt er (mit leicht angesäuselter Stimme), »einen Absacker«, aber Nina lehnt dankend ab. Sie zieht ihre Stiefel an und schlingt den dünnen taubengrauen Schal um ihren Hals.

»Wir können Ihnen nicht genug danken«, sage ich. »Dürfen wir Ihnen jetzt wenigstens –«

Sie runzelt tadelnd die Stirn, dann lacht sie. »Ich bitte Sie, natürlich nicht! Es war mir ein Vergnügen. Nein, geben Sie einfach meiner armen Sophie eine zweite Chance, wenn Sie mal wieder ausgehen wollen. Es hat ihr wirklich leidgetan, Sie im Stich zu lassen.«

»Wie geht es ihr denn?«, frage ich, und Nina sagt, als sie vor einer Weile mit Sophie telefoniert hat, war sie gerade dabei, Hühnerbrühe aufzuwärmen, und meinte, sie freue sich darauf, mal früh zu Bett zu gehen.

Nein, Nina hat nichts von dem Curry aus der Gefriertruhe gegessen, das ich bereitgestellt hatte, nur eine Birne und ein bisschen Käse, und sie hat sich einen Kräutertee gemacht. Ehrlich, es war keine Mühe für sie, sie hat es gern getan. Ben hilft ihr in den Mantel. Sie dreht sich um, lächelt ihn an und befreit mit einer einzigen flüssigen Handbewegung ihre Haare, die unter dem Kragen eingeklemmt sind. Dann hebt sie den Finger und zeigt auf ein gerahmtes Foto auf dem Bücherregal. »Das sind sicher Ihre Eltern, Emma, stimmt's? Ich habe es heute Abend immer wieder angeschaut. Diese Ähnlichkeit! Christopher sieht genauso aus wie Ihr Vater!«

Ich nehme das Bild und halte es ein bisschen schräg, damit das Glas nicht spiegelt. Die beiden stehen vor dem Haus meiner Großeltern; es ist ein Sommertag vor langer Zeit. Mein Vater trägt einen leichten sandbraunen Ferienbart, meine Mutter eine Kittelbluse und eine übergroße Sonnenbrille, die sie über die Stirn geschoben hat. Das Bild verblasst jedes Jahr ein bisschen mehr. Irgendwann, nehme ich an, wird gar nichts mehr zu erkennen sein.

»Wirklich?« Ich kneife die Augen zusammen und gucke angestrengt. Natürlich hat mich Christopher hin und wieder an meinen Vater erinnert – es gibt diese Momente, in denen auf wundersame Weise plötzlich etwas Altvertrautes aufblitzt, wenn man mit seinem Kind scherzt oder schimpft –, aber ich hätte nie gedacht, dass jemand anderes eine Ähnlichkeit erkennen könnte.
»O ja, natürlich«, sagt sie. Sie wendet sich an Ben, der sich einen kleinen Whisky eingeschenkt und in dem abgewetzten Sessel Platz genommen hat, nachdem er den Teddy, der dort lag, beiseitegeschoben hat. »Finden Sie nicht auch? Das muss Ihnen doch aufgefallen sein.« Nein, sagt er, er kann da nicht richtig mitreden, weil er meinen Eltern nie begegnet ist.
Meine Mutter ist gestorben, als ich gerade mit meinem Studium fertig war, erkläre ich ihr, und Papa hatte vor sechs Jahren einen Herzinfarkt. Ben und ich haben einander erst ein paar Monate später kennengelernt.
Sie sieht mich an und sagt, was man eben so sagt, aber ich spüre, dass es nicht nur leere Floskeln sind: Sie kann nachempfinden, wie es ist, sie weiß, wovon ich rede. Plötzlich verschwimmt alles vor meinen Augen. *Verdammt, ich hätte nicht so viel trinken sollen.*
Ich wende mich ab, stelle das Bild wieder an seinen Platz und rücke, um Fassung bemüht, ein paar von den Nippsachen auf dem Kaminsims zurecht. Ich weiß nicht, ob sie es bemerkt. Sie tritt ans Regal, tippt mit der Fingerspitze auf das Foto (»Tolle Sonnenbrille, nicht?«) und geht hinaus auf den Flur. Ich habe mich wieder eingekriegt.
»Noch einmal danke, ja, wirklich«, sage ich. »Ich weiß gar nicht, wie ich Ihnen danken soll. Darf ich Sie und Charles mal zum Essen einladen?«
»Ach, das *müssen* Sie nicht.« Sie haucht mir einen Kuss auf die Wange. »Aber natürlich würden wir uns freuen.«
Nachdem ich den Schlüssel zweimal umgedreht und die Türket-

te eingehängt habe, nehme ich meine roten Schuhe, schlage sie in das rosa Seidenpapier ein und lege sie zurück in die schwarze Schuhschachtel. Ich stelle den Karton in den Schrank auf dem Flur zu den Wanderstiefeln und den Tennisbällen und frage mich, wann ich diese Schuhe wohl das nächste Mal tragen werde.

»Die gehört nicht zu den armen Leuten, deine Freundin«, sagt Ben und gähnt, die Beine über der Sessellehne. Eine seiner Socken hat ein Loch. Ich werde es ganz bestimmt nicht stopfen.

»Ihr Mantel ist von Prada. Ich bin mir sicher, dass ich sie schon mal im Caffè Nero gesehen habe. Hat mit jemandem über den Lateinlehrer ihrer Tochter gequatscht.«

»Gott, diese *Damen*«, sage ich. Auch ich muss jetzt gähnen. »Mit ihren Mani- und Pediküren. Heizen mit Vierradantrieb zum Kaffeeklatsch. Verbringen Stunden im Kosmetiksalon – ach so, nein, heutzutage nennt man das ja *Gesichtsstyling*.« Er lacht, aber ich fühle mich mies dabei: Ich begehe Verrat an ihr, sie hat es nicht verdient, dass ich mich hinter ihrem Rücken über sie lustig mache. Ich reiße das Ruder herum: »Aber im Ernst: Du solltest mal ihre Bilder sehen, sie ist wirklich gut. Sie ist nicht einfach bloß eine, die einen reichen Mann geheiratet hat.«

»Ja, sicher.« Es wird unangenehm kalt im Haus, die Heizung hat sich längst ausgeschaltet. Ich schaue auf meine Uhr. Mein Gott, Cecily wird in fünf Stunden aufwachen. Vielleicht in sechs, wenn wir Glück haben.

»Ich kann mir gar nicht erklären, was sie an mir findet, dass sie so nett zu mir ist«, sage ich, und das ist die reine Wahrheit. »Vielleicht ist ihr einfach nur langweilig.«

»Vielleicht findet sie dich einfach nur sympathisch.« Ben legt den Arm um mich. »Vielleicht findet sie dich einfach *großartig*.«

Christopher weckt uns um drei. Er hat eingenässt. Und Cecily wacht um halb sieben auf. Keine gute Nacht. Aber alles in allem war es das wert. Wir werden es wiederholen, wenn sich die Gelegenheit ergibt.

NINA

Ein gelber Umschlag steckt im Briefschlitz. Als ich ihn aufreiße, rieseln blaue, grüne, goldene Flittersternchen heraus auf den Fußboden. Verärgert leere ich die restlichen Streusel in den Papierkorb. Die Karte hat Christopher gebastelt: Kartoffelstempel, Kleister und Glitzerzeug.

Sie hat eine nette Handschrift, selbstbewusste saubere Schwünge, wie nur die Klassenbesten sie zustande bringen. Das e in Form des griechischen Epsilon, der Querstrich beim A so tief, dass ein elegantes Dreieck entsteht. *Danke für das köstliche Mittagessen, ich habe es sehr genossen. Und wenn Sophie wirklich bei uns babysitten will, soll sie mich einfach anrufen.* Es ist besser, wenn die Sache über mich läuft, denke ich und werfe die Karte in die Papiertonne.

»Wie viel?«, fragt Sophie. Sie und Tasha sitzen in der Küche, über das iPad gebeugt, und lachen über ein YouTube-Video. Immer wieder streichen sie mit den Fingern ihre Haare zurück – es erinnert mich an Tiere, die sich putzen oder lausen, eine Art Tic. Der Ton ist leise gestellt; ich habe keine Ahnung, was sie da gucken.

»Ich kenne mich nicht so genau aus, was üblich ist. Du musst es mit ihr aushandeln«, sage ich.

Sie taucht noch etwas tiefer, saugt an ihrem Strohhalm. Die rosa Flüssigkeit im Glas sinkt zwei Fingerbreit ab, als zeigte sie einen Temperatursturz an. Die Frühstückstheke sieht aus wie eine Müllhalde: Bananenschalen, Kelchblätter von Erdbeeren, Pfützen von geschmolzenem Vanilleeis. »Gut. Du kannst ihr ausrichten, ich mach es.« Und zu Tasha sagt sie: »Meine Mutter vermietet mich als Babysitter.«

»Es ist einfach *Wahnsinn,* wie du's mit den Kleinen kannst«, sagt Tasha, und sie lehnen sich aneinander, bebend vor Anstrengung, das Lachen zu unterdrücken. Wenn ich fragen würde, was sie so sehr amüsiert, würden sie mich mit großen Augen nur teilnahmslos anschauen, und wenn ich dann hinausginge, würde ich die Stühle knarzen und leise gestöhntes »Oh, mein Gott!« und »Ich pack's nicht« hören.

Ich bringe Sophie dazu, ein paar mögliche Termine zu nennen, Emma sucht sich einen davon aus, und die Sache wird festgeklopft.

Im Atelier versuche ich, mit einem neuen Bild anzufangen, aber es klappt nicht. Irgendwas stimmt nicht, es läuft nicht, wie es soll, schon seit mindestens einem Monat. Ich sehe nicht klar, ich kenne mich nicht aus.

Eines Vormittags ruft Michael von der Galerie an, um mir mitzuteilen, dass er gerade wieder ein Bild verkauft hat, das mit dem Kiesstrand, das ich selber gar nicht so besonders gelungen fand. »Ja, alles läuft prima«, sage ich ihm, dann lege ich auf und gehe wieder zurück zur Staffelei. Ich stehe vor der Leinwand und schaue hinunter auf die Palette, auf die welligen Spuren des Messers in der Farbe.

Ich stecke fest. Je mehr ich darüber nachdenke, desto schlimmer wird es. Mir fehlt die Inspiration, und das dumpfe Brüten darüber, dass ich nutzlos meine Zeit vertue, lähmt mich erst recht. Ich war so nahe an etwas dran, und jetzt ist es, als schlüpfte es mir aus den Fingern, als duckte es sich weg aus meinem Sichtfeld. Ich komme mir vor wie in einem dieser Träume, die ich manchmal habe: Ich habe irgendetwas Wichtiges zu verkünden und betrete einen Festsaal voller Leute, aber niemand beachtet mich. Und wenn ich dann den Mund öffne, um ihnen meine Botschaft laut zuzurufen, kommen keine Worte heraus, nur ein dünnes heiseres Pfeifen, das sich leicht ignorieren lässt. Keiner will etwas von mir wissen.

Um Viertel nach eins sperre ich das Atelier zu und gehe die Betontreppe hinunter auf die Straße. Mario von der Imbissbude nickt mir zu, als ich mit farbverschmierten Fingern Geld für das

Sandwich über die Theke reiche, und fragt: »Alles okay? Die von der National Gallery können ganz schön nerven, nicht?«
Ich gehe Richtung Norden, vorbei an dem Schultor, und tauche ein ins weite Grün von Hampstead Heath. Der vertraute Überraschungseffekt, als vor mir, ganz plötzlich, der Parliament Hill aus der Landschaft aufragt. Bei den Tennisplätzen finde ich meine gewohnte Bank unbesetzt; sie ist dem Andenken eines Geigers gewidmet, der gerne an dieser Stelle saß. In dem Drahtkäfig führt ein noch junger Trainer ein paar adrette Anfängerinnen vom Typ Arzthelferin durch ihre Übungen. Unablässig schlägt er Bälle übers Netz und schreit Anweisungen und Rügen. »Du hast den Ball nicht angeschaut«, ruft er und: »Durchschwingen!« Diejenigen, die gerade nicht dran sind, üben, sichtlich um seine Aufmerksamkeit werbend, neben dem Spielfeld ohne Ball: Bemüht graziös setzen sie die Füße in den weißen Schuhen auf und schwingen ihre Schläger. Das junge Laub der Bäume zittert und kräuselt sich, durchscheinend gelb in der flammenden Sonne.
Ich esse mein Sandwich, dann schließe ich, die zusammengefaltete Papiertüte in der Hand, die Augen, sehe Schwarz und Rot, spüre die noch zögernde Verheißung des Sommers auf meinem Gesicht. Langsam schreiten wir vorwärts weiter hinein ins Jahr. Das könnte mich optimistisch stimmen, aber heute ist mir trostlos zumute.
Mein Handy vibriert, und als ich es aus der Tasche nehme, sehe ich, dass Emma eine SMS geschickt hat. Sie fragt, ob die Sache mit Sophie am Freitag wie geplant klappen wird. *Na klar!,* simse ich, aber in Wahrheit bin ich mir nicht so sicher. Die Tochter, die ich Emma vermittelt habe, jenes junge Mädchen, das sich auf Freitag freut, eifrig verantwortungsbewusst, voller Späße und Kinderreime und Geschichten, ist ein Phantasiegeschöpf. Sie kann es kaum erwarten, Christopher auf den Schoß zu nehmen, ihren Zeigefinger kitzelnd in seiner Handfläche kreisen zu lassen und zu singen: *Ührlein, Ührlein, dreh dich um, drehe dich im Kreis herum ...*

Die wirkliche Sophie fiebert dem Termin keineswegs entgegen. Als ich sie daran erinnere, sagt sie: »Oh. Ja, natürlich«, und mir ist klar, dass sie gar nicht mehr daran gedacht hat.
Am Freitag kommt sie total verschnupft aus der Schule nach Hause und verstreut auf der Treppe Papiertaschentücher (wie weiße Blüten oder eher wie die Brotkrumen aus *Hänsel und Gretel*), als sie nach oben geht, um sich umzuziehen. Sie verkriecht sich nicht in ihrem Zimmer und geht auch nicht zu Costa, um sich mit Freunden zu treffen, sondern liegt im Jogginganzug mit Bettsocken auf dem Sofa, zappt sich durch Quizsendungen und Kochshows im Fernsehen und verlangt alle Naselang mit weinerlicher Babystimme heiße Zitrone mit Honig. Sie bittet mich nicht, Emma anzurufen, dafür ist sie zu schlau, sie lässt mich lediglich wissen, dass sie in diesem Zustand nicht aus dem Haus gehen kann.
Natürlich ist es auch Arnolds Schuld, denn er überweist ihr so reichlich Taschengeld, dass sie es nicht nötig hat, sich etwas mit eigener Anstrengung dazuzuverdienen.
Eine Weile lang bin ich unentschieden. Emma freut sich bestimmt auf den freien Abend, sie ist, stelle ich mir vor, ganz aufgekratzt, wenn auch ein klein wenig nervös, weil bei diesem einzigartigen Event Dinge von ihr verlangt werden, die sie gar nicht gewohnt ist: sich aufputzen, die Kinder alleinlassen, Konversation machen. Sich in die Welt hinauswagen und sehen, dass das Leben die ganze Zeit weitergegangen ist und fröhlich weitergeht, auch ohne sie.
Der Gedanke, einfach den Stecker zu ziehen, ihr das alles zu nehmen, wovon sie träumt, ist verlockend.
Und doch. Hier bietet sich eine Gelegenheit, die ich nutzen könnte. Das hat was. *Warum nicht? Zwei Fliegen mit einer Klappe.*
Ich darf es ihr nicht vorher ankündigen, sonst bläst sie das Ganze ab. Also lasse ich Sophie in ihrer Wolldecke vor dem Fernseher liegen und mache mich auf den Weg zu Emma. Das Licht in ihrem Wohnzimmer ist an, die Vorhänge sind nicht zugezogen:

Von der Straße aus sehe ich deutlich den gerahmten Kunstdruck, der etwas schief an der Wand hängt, die zerknautschten Sofakissen; die schwarzen Handgriffe des Buggys, der auf dem Flur steht, ragen wie Widderhörner ins Bild.

Ich klingle. Ben macht mir auf. Er lässt mich rein, und wir bringen das Geschäft des Vorstellens und der Erklärung hinter uns, Letztere in wohlüberlegt munterem Ton: *Ich habe ihr reichlich Wasser und Paracetamol dagelassen, morgen ist sie wieder fit wie ein Turnschuh. Wir konnten Sie doch nicht hängenlassen.*

Auch nachdem ich ihn ins Bild gesetzt habe, wirkt er leicht verwundert, offenbar bin ich nicht das, womit er gerechnet hat: die neue Freundin seiner Frau, eine Person, die nie um eine Antwort verlegen ist, eine Helferin in allen Lebenslagen. Vielleicht hat er eine Tüchtige mit etwas Speck auf den Rippen erwartet.

Er seinerseits ist genau das, was ich mir vorgestellt hatte.

Ich bin hellwach, mir entgeht nichts.

Als wir so dastehen, sehe ich in dem trüben, fleckigen Garderobenspiegel hinter ihm uns beide: Wie ich meine Haare hinters Ohr streiche, wie er sich leicht vorbeugt und einen etwas linkischen Scherz macht. Die kleinen Verlegensheits- und Höflichkeitsgesten, die mimischen Dankbarkeitsbekundungen.

»Wirklich, das ist sehr freundlich von Ihnen«, sagt er, und ich höre in seiner Stimme, dass er nicht so ganz weiß, was er davon halten soll, aber es ist nicht seine Sache, es in Frage zu stellen. »Wenn Sie sicher sind …«

Emma erscheint oben an der Treppe. Sie trägt das Baby auf der Hüfte. Ihr Pullover ist nassgespritzt, ihr Gesicht rotfleckig erhitzt. Sie begrüßt mich verwirrt, ich sehe ihr an, dass sie schon dabei ist, sich in ihr Unglück zu fügen: Sie denkt natürlich, ich bin gekommen, um abzusagen.

Ben hat nicht daran gedacht, mir den Mantel abzunehmen, darum ziehe ich ihn aus und gebe ihn ihm, was Ben veranlasst, seiner Frau alles zu erklären: »Sophie ist erkältet, aber Nina hat freundlicherweise angeboten, in die Bresche zu springen.«

Ich streife meine Stiefel ab, stelle sie zu den anderen Schuhen an der Garderobe, gehe die Treppe hinauf und rede Emma sanft ermunternd zu: »Sie brauchen unbedingt einen freien Abend«, sage ich und stecke die Arme nach Cecily aus, die, angezogen von meiner glitzernden langen Halskette, ihrerseits nach mir grabscht. Emma liefert mir das Kind widerstandslos aus. Ich sehe, wie es sie überrascht, dass Cecily gar nicht protestiert. »Ich habe es Ihnen angesehen, als wir neulich darüber gesprochen haben«, sage ich. »Es ist wichtig. Sie brauchen ab und zu einen freien Abend.«

Cecily fingert an den schwarzen Steinen. Ich neige den Kopf, turtle ein bisschen mit ihr, um sie abzulenken, und lasse die Kette unter meinem Pullover verschwinden. *Hände weg.* »Wo ist denn dein süßes Brüderchen?«, murmle ich und trage sie mit mir fort.

Er sitzt in der Wanne: ein kleines beengtes Badezimmer mit Blick auf die überdachte Terrasse der Nachbarn, ein Lüftungsgitter, hinter dem ein Ventilator faucht, Mosaikfliesen voller Spuren von unermüdlich tapsenden schmutzigen Fingerchen. Ein Fläschchen mit Babymilch steht neben einem zusammengelegten Kinderschlafanzug auf der Wickelkommode.

Christopher blickt von seinen Spielzeugpferden auf, die er durch den Schaum marschieren lässt, um sie dann am Rand der Wanne aufzustellen, und ich sage: »Ich bin's – du erinnerst dich an mich, oder? Nina, die Freundin deiner Mama. Die mit dem Kater, Henry. Ich bringe dich heute ins Bett. Sophie ist krank, und ich bin für sie eingesprungen. Soll ich dir eine Geschichte vorlesen, Christopher? Oder, zur Feier des Tages, besser zwei?«

Fast widerstrebend sagt er mir, welches sein Lieblingsbuch ist. Oh, ich kann mich noch an *Gute Nacht, Mond* erinnern: *Gute Nacht, Bürste, gute Nacht, Kamm, gute Nacht, Eimerchen voller Schlamm.* Immer wieder dieselbe Szenerie. Alles genau so, wie es richtig ist. Die immergleiche beruhigende Beschwörung der bekannten Dinge. Und doch hat Sophie *Gute Nacht, Mond* nie wirklich gemocht. Ihr war die alte Frau, die leise »Psst!« sagt, unheimlich. *Gute Nacht, Ball, gute Nacht, Stall,* rezitiere ich aus dem Gedächtnis, *gute Nacht, Sterne überall.*

Hinter mir steht Emma und lächelt unsicher. Froh gelaunt entbinde ich sie von ihren Mutterpflichten. *Ich gebe Cecily ihr Fläschchen. Machen Sie sich schön, sehen Sie zu, dass Sie fertig werden. Ab unter die Dusche! Trinken sie einen kleinen Gin Tonic.*

Sie bittet mich, darauf zu achten, dass Christopher nichts mehr trinkt – er trägt seit kurzem nachts keine Windel mehr –, und dann ziehen sie und Ben sich ins Schlafzimmer zurück, während ich das Baby auf die Badematte setze und Christopher aus der Wanne helfe. Erst ist Cecily ganz zufrieden, aber es dauert nicht lang, bis sie ihre Mutter vermisst und zu quengeln anfängt, darum ziehe ich in aller Eile Christopher seinen Schlafanzug an, was ziemlich mühsam ist, weil der Stoff dauernd an seinen feuchten zappeligen Gliedern kleben bleibt und sich verfängt. Ich hatte ganz vergessen, wie es ist, aber jetzt fällt es mir wieder ein. Dann muss ich möglichst schnell Cecily zum Schweigen bringen, damit Emma nicht glaubt, ich sei meiner Aufgabe nicht gewachsen. Ich nehme sie auf den Arm, und während Christopher mich zu ihrem Zimmer führt, hebe ich sie hoch in die Luft und lasse sie dann plötzlich ein Stück weit abstürzen in der Hoffnung, dass dieses Spiel ihr gefällt und es sie Hunger und Müdigkeit und ihr Unbehagen an der fremden Person vergessen lässt. Zuerst ist sie nicht so ganz überzeugt davon, doch dann merke ich, dass Lachen in ihr aufsteigt wie eine fette Blase, und da weiß ich, dass ich gewonnen habe.

Wir sinken in den Sessel, ihr Köpfchen weich in meiner Armbeuge, die Hände besitzergreifend an der Flasche. Derweil geht Christopher seine Pferde holen, er bringt sie mir, sagt mir, wie sie heißen, was sie am liebsten essen und was für Kunststücke sie können. Ich kann das leise rhythmisch wiederkehrende Fließgeräusch hören, wenn Cecily saugt; ein kleiner Muskel direkt unterhalb ihres Ohrs zuckt bei jedem Schluck. Ihre Augen werden glasig, die langen, dunklen Wimpern verharren in der Schwebe, beben ganz leicht und senken sich dann nieder auf die Wangen.

»Brösel – ach so, jetzt weiß ich, wie er zu seinem Namen gekommen ist«, sage ich, blende Christophers Geplapper aus und sehe mich um. Das Zimmer ist eine Schuhschachtel, eben groß genug für das, was darin steht und liegt: ein Kinderbett, ein Stuhl, eine weiß gestrichene Kommode, auf dem Fußboden in einer Ecke eine Wickelauflage. An der Wand rundum ein Fries mit dem Alphabet und bunten Bildchen dazu. A wie Affe, B wie Ball, C wie Clown.

Cecily trinkt mit gleichbleibend heftigem Appetit die Flasche leer, ohne abzusetzen, dann kommt Ben, der mich ablöst und die Kleine ins Bett bringt.

Ich sitze auf Christophers Astronauten-Bettdecke, die Beine untergeschlagen, als Emma in der Tür auftaucht. Etwas verlegen zupft sie an ihren Haaren. Eine Wolke Gardenienduft schlägt über mir zusammen, als sie sich hinkniet, um Christopher einen Gutenachtkuss zu geben. Sie trägt ein brombeerfarbenes Wickelkleid, das am Dekolleté etwas offensteht, und eine knallrote Strumpfhose. Goldener Lidschatten und ein bisschen Grundierung lassen ihre Züge schärfer und klarer hervortreten. Über ihrem linken Auge ist ein kleiner Spritzer Wimperntusche, aber ich mache sie nicht darauf aufmerksam. *Kein Ding,* sage ich mit stummen Lippen. *Sie sehen toll aus. Viel Spaß!*

Während Christopher eifrig plappert, höre ich die beiden die Treppe hinuntergehen, im Flur schlagen Schranktüren und Schubladen, ein Schlüsselbund klirrt, dann fällt die Haustür zu.

Ich lasse ihn jetzt seine Pferde in ihren Stall bringen und lese ihm vor: *Gute Nacht, Mond* und einige Gedichte von A. A. Milne, darunter das eine, das eine besondere Bedeutung für uns beide hat. Ich eskortiere ihn zum Pipimachen, anschließend muss ich noch einmal nach unten, um ihm seinen Hasen zu holen, und ich bringe ihm eine Schnabeltasse voll Milch mit. Die gebe ich ihm, bevor ich das Licht ausmache, sehe zu, wie er schon halb weggedämmert, aber mit sichtlichem Genuss die Milch nuckelt, dann ziehe ich die Decke über seine Schultern und sage: »So. Gute Nacht, träum süß.«

Da fährt er von seinem Kissen hoch. »Wo ist Mama?«

»Sie ist mit deinem Papa essen gegangen. Wenn du morgen aufwachst, ist sie wieder da.«

»Sie hat mir keinen Gutenachtkuss gegeben«, sagt er, und ich erkenne in seinen Augen blanken Schrecken: Sie ist *fort,* sie hat ihn verlassen.

»Aber sicher hat sie das, du kleiner Schwindler.« Ich lächle und drücke ihn mit sanfter Gewalt wieder in sein Kissen. »Ich habe es selbst gesehen: Sie ist reingekommen in ihrem schicken Kleid und hat dir einen Gutenachtkuss gegeben.«

Ich beobachte ihn: Jetzt fällt es ihm wieder ein, und wenn es auch nur ein schwacher Trost ist, so macht mein Gesichtsausdruck ihm doch jedenfalls klar, dass er am Ende der Fahnenstange angelangt ist.

»Gute Nacht, Christopher«, sage ich freundlich, aber bestimmt, die Hand an der Türklinke.

»Nicht zumachen!«, ruft er. Also lasse ich die Tür halb offenstehen. Vom Treppenabsatz aus wirkt sein Zimmer wunderbar schnuckelig mit den Teddybären und Bauklötzen und Kieslastern, die da herumliegen, dem Steckenpferd, das an der Kommode lehnt, dem Nachtlicht in Gestalt eines Fliegenpilzes mit golden strahlenden Fensterchen.

Ich gehe ins Badezimmer und schaffe dort Ordnung. Ich hänge die Badematte über die Querstange vor dem Heizkörper, winde die Waschlappen aus, spüle Zahnpasta weg, die im Waschbecken klebt. Jemand hat einen Korb voll nasser Wäsche aus der Küche, wo die Waschmaschine steht, hochgetragen und es dabei bewenden lassen. Also nehme ich den Kampf mit dem Trockengestell auf, einem ebenso windigen wie widerspenstigen Ding, das man erst mühsam auseinanderklappen muss, bevor man es benutzen kann. Ich hänge Socken, Hosen, Westen auf; depressive BHs, deren schmuddelige Pastellfarben an Spülwasser denken lassen, baumeln wie ausgebleichte Fledermäuse über der Wanne.

Als ich damit fertig bin, werfe ich einen Kontrollblick in Christophers Zimmer. Er schläft bereits, einen Arm über dem Kopf, den Hasen unter seiner Wange. Cecily macht keinen Mucks.

Ich stehe vor dem Elternschlafzimmer, die Hand auf dem Türknauf, und warte, obwohl ich nicht weiß, auf was. Dann drehe ich den Knauf und gehe hinein. Ein leise scharrendes Geräusch lässt mich zusammenfahren, aber ich beruhige mich gleich wieder: Es sind nur Emmas Halsketten, die an einem Haken an der Innenseite der Tür hin und her schaukeln; große Plastikklunker und Ethnokitsch mit polierten Holzscheiben. Ich strecke die Hand aus und bringe sie zum Schweigen.

Die Vorhänge sind zugezogen, und die Nachttischlampen brennen. Die Luft ist bleischwer von Emmas blumigem Parfüm, darunter liegt eine verschwommene Melange von Gerüchen menschlicher Körper und Schlaf. Ein hölzernes Bettgestell, darüber ausgebreitet eine Tagesdecke mit Rüschen, Gürtel, Hemden, Hosen über das Fußteil gehängt. Ein himmelblau gestrichener Rattansessel, auf dem ein Haufen Pullover liegt. Ich bleibe vor der Frisierkommode stehen, krame in ihrem Kosmetiktäschchen, schraube Deckel auf, lasse Döschen aufspringen und betrachte mich in den blitzenden Spiegelchen. Meine Fingerspitze taucht in die Töpfchen mit Lidschatten und Lipgloss, ich schmiere mir ordinär schreiende Gold- und verträumt romantische Rosatöne aufs Handgelenk.

Dann trete ich an ihre Seite des Betts und schaue mir an, was auf dem Nachtkästchen herumliegt, was sie gerade liest: einen Roman, der letzten Sommer in aller Munde war, vielleicht auch vorletzten, einen Erziehungsratgeber für Mütter von Jungen. Augentropfen, eine billige Handcreme, ein Becher mit einem Rest Kräutertee und einer Menge schwarzer Blätter, die sich am Bo-

den abgesetzt haben. In der Schublade Paracetamol, ein Schlafmittel mit pflanzlichen Wirkstoffen, ein Antidepressivum. Alles wie erwartet. Und da ist noch ein orangefarbenes Heftchen.
Ich setze mich aufs Bett, blättere die Seiten um, und weil die handschriftlichen Eintragungen mein Interesse wecken, mache ich es mir bequem: Ich lege mich zurück, bette meinen Kopf auf das zerknautschte Kissen, lege die Füße auf die Bettdecke. Ihre Handschrift ist spätabends oder frühmorgens nicht so schwungvoll elegant wie auf der Karte, die sie mir geschickt hat, und auch sonst ist das Heftchen ein eher freudloses Dokument, das von zahlreichen Zweifeln und Ängsten, von armseligen Lebensinhalten, Vorhaben und Plänen zeugt.

Cecily Schutzimpfung
Bücher zurückgeben
Wattestäbchen
Rezept Hydrocortisonsalbe
Geburtstagsgeschenk für Lucy
Abo Ökokiste kündigen
Ebay: Sachen für Neugeborene
Pap-Test
TÜR GERÄTESCHUPPEN
WASSERFLECK IN CHRISTOPHERS ZIMMER

Ich blättere weiter. Gedanken zum Thema »Was koche ich heute?«, Ideen für Christophers Geburtstagsparty, eine Liste von Romanen, die sie gelesen hat oder noch lesen will. Das ist auch schon alles, mehr ist da nicht, abgesehen von einer vereinzelten Zeile: *Ach, all dieses Zuknöpfen und Aufknöpfen!*
Jetzt tut sie mir fast leid. Das kann einem leicht passieren, wenn man sieht, mit was für Dingen die Leute ihre Zeit zubringen und was für bescheidene Ansprüche sie ans Leben haben. Jetzt, da ich hier liege, in ihrer Wohnung, in ihrem Schlafzimmer, mein Kopf auf ihrem Kissen, wird mir das ganze Elend klar: Emma ist der

Motor dieser Familie, die Person, die den Betrieb am Laufen hält, dafür sorgt, dass alle zu essen haben, dass sie anständig gekleidet, gesund und zufrieden sind – und dabei ist sie mutterseelenallein und wird immer einsamer, je mehr Punkte auf ihrer Liste von Pflichten sie abarbeitet. Darauf läuft es hinaus: Plackerei im Dienst der Familie, eine Plackerei, die schlichtweg unsichtbar ist, Aufopferung der eigenen Persönlichkeit zum Wohl aller anderen. *Das war es nicht, was du wolltest, oder, Emma? Du wusstest nicht, worauf du dich einlässt.*

Na ja, wir haben alle unser Päckchen zu tragen.

Ich stehe auf, klopfe Decke und Kissen zurecht, sodass man nicht sieht, dass da jemand gelegen hat, und schiebe das Heftchen wieder unter die Medikamentenpackungen in der Schublade.

Unten in der Küche spüle ich, während ich darauf warte, dass das Teewasser kocht, die Teller unter fließendem Wasser ab, die im Becken gestapelt waren, dann schaue ich mich ein bisschen um, was für Sachen sie in den Schränken und im Kühlschrank hat, räume Marmite und Marmelade auf, und wische die Arbeitsflächen mit einem feuchten Lappen ab. Dabei summe ich eine heitere Melodie vor mich hin. Erst nach einer Weile wird mir bewusst, dass es die Erkennungsmelodie von *Housewifes' Choice* ist.

Es ist ein merkwürdiges Gefühl: Ich bin hier allein, und doch spüre ich überall ihre Präsenz, in den kleinen Dingen, die sie sammelt, in dem ganzen Kontext, den sie mit Bedacht zusammengestellt hat. Die Lesebrille mit dem Schildpattgestell, die auf der Zeitung von gestern liegt; die pistaziengrünen und himbeerrosa Emailtöpfchen; die Magnete, mit denen Kinderbildchen und Infozettel von der Musikschule am Kühlschrank festgemacht sind (von meiner kleinen Botschaft ist längst nichts mehr übrig; ich frage mich, ob jemand sie bemerkt hat). Auf dem Tisch steht eine Schale mit Birnen. Ich nehme mir eine – sie ist etwas überreif, aber das Fertiggericht, das sie mir hingestellt haben, ist nichts für mich –, schäle und esse sie, zusammen mit

einem Stück von dem recht anständigen Cheddar. Ich sehe mich um, lasse das Ganze auf mich wirken.
Eine gesunde Mischung aus Schlamperei und Ordnung, mehr Ausdruck der eigenen Persönlichkeit, als im Schlafzimmer möglich ist.
Ich wasche mir die klebrigen Finger und gehe mit meinem Tee ins Wohnzimmer, wo ich noch nicht gewesen bin. Ich stelle den Henkelbecher auf den niedrigen Tisch vor dem wuchtig unförmigen Sofa, in dessen Spalten und Klüften ohne Zweifel eine Menge Pennies und Krümel und Kugelschreiber ihre letzte Ruhe gefunden haben. Seine monströse Hässlichkeit verdüstert mir die Seele.
Als Nächstes ziehe ich die Vorhänge zu. Ein bisschen Privatsphäre möchte ich schon haben. Nicht dass ich irgendetwas Böses täte – würde ein Passant von der Straße hereinschauen, könnte er nichts Anstößiges sehen, nur eine Frau, die aufräumt, die Ordnung macht im Wohnzimmer. Aber ich bin nicht unbedingt scharf darauf, dass jemand mich dabei beobachtet, wie ich umhergehe, Dinge in die Hand nehme und sie mir von allen Seiten genau anschaue, wie ich Deckel aufklappe und Schubladen herausziehe, Notizzettel und Grußkarten lese, die zwischen Kerzenleuchtern und interessant geformten Kieselsteinen auf dem Kaminsims liegen. *Wunderbar, wir freuen uns auf Euren Besuch! Beiliegend eine Kleinigkeit für Christopher. Ich hoffe, Du lässt dich am Muttertag mal so richtig verwöhnen!* Das ganze tosende Leben.
Die hölzerne Kugelbahn ist auf dem Couchtisch aufgebaut. Abwesend bringe ich ein paar Schusser auf den Weg. *Klick, klick, klicketiklick.* Sie rollen in ihrem Geleise über Brücken und Rampen, durch eine Schnecke und eine Rutsche hinab, machen kleine Wippen kippen, setzen im Vorbeifahren ein Karussell in Bewegung. Eins führt zum nächsten und immer so weiter. Es hat etwas Beruhigendes, wie wenn man einem Springbrunnen zuschaut und lauscht. Träge nehme ich noch eine kalte Handvoll Murmeln und lasse sie noch einmal laufen. *Klick, klick, klick.*

Und dann sehe ich es, das, wonach ich gesucht habe, ohne zu wissen, was ich eigentlich suche. Es steht auf dem Regal, in einem silbernen Rahmen, ein Foto mit zwei Personen drauf. Natürlich erkenne ich sie wieder, obwohl das Bild bereits ein paar Jahre, bevor ich ihnen zum ersten Mal begegnet bin, gemacht worden sein muss, wie man an ihrer Frisur, dem Schnitt und dem Muster ihres Kleids, der Form seines Hemdkragens sieht. Sie stehen da am Ende eines langen Sommertags: ein bisschen verlegen lächelnd, die Augen leicht verkniffen, weil die Sonne blendet, zu ihren Füßen ein Korb mit etwas drin – breite Bohnen? Auf dem Kiesweg vor ihnen ist ein langer schwarzer Schatten zu erkennen, der Schatten der Person, die sie fotografiert, ein Kind, scheint es, aber genau kann man es nicht wissen. Lucys Schatten oder vielleicht auch der von Emma.

Die Schatten des Mannes und der Frau fallen auf eine Mauer aus grob behauenen warmen Steinen, die Wand der Scheune. Die Wirkung, die das Bild bei mir auslöst, kommt von diesen Steinen, nicht so sehr von den Personen. Ich stehe da in Emmas Wohnzimmer, das Bild in der Hand, und es bricht nur so über mich herein: der heiße, trockene Geruch dieses Sommers, Gras und Salz und Lippenstift mit Erdbeergeschmack; die tanzenden Flocken und Büschel ausgerissener schmutziger Wolle an Stacheldrahtzäunen, die sich meilenweit durch die Landschaft zogen. Die Langeweile, die endlosen Tage, an denen nichts passierte, und dann mit einem Mal das Gefühl, dass alles voller Möglichkeiten war.

Ich stelle das Foto wieder an seinen Platz und mache mich, von Jagdfieber gepackt, auf die Suche, fahre mit dem Finger die Reihen der Bücher entlang, stelle mich auf die Zehenspitzen, um auch die höchsten Regalbretter zu erreichen, gehe auf die Knie und schaue in Schrankfächer und Schubladen ganz unten. Irgendwo hier muss es sein, hinter Rollen von Geschenkpapier, begraben und vergessen unter der Mensch-ärgere-Dich-nicht-Schachtel, dem Reisenähzeug und den Laubsägepuzzles.

Es dauert nicht lang, dann finde ich es, in dem Schrank hinter dem Fernseher. Ein in blaues Leinen gebundenes Fotoalbum, über jeder Seite eine knisternde, leicht vergilbte Schutzfolie. Ich sehe sofort, dass ich den richtigen Band erwischt habe, denn ich erkenne einige Kleidungsstücke wieder: die hautengen grünen Jeans mit dem Reißverschluss über dem Knöchel, das viel zu weite Großvaterhemd, ohne Kragen, mit feinen Nadelstreifen. Ich sitze auf dem Fußboden und blättere, so aufgeregt, dass ich das Blut in den Ohren sausen höre.

Da sind sie, alle vier, auf Bildern aus ihrem ereignisreichen, interessanten Leben: in London, an festlich gedeckten Tafeln versammelt oder in kleinen Stadtgärten auf Deckstühlen lässig hingestreckt, aber auch Urlaubsfotos sind dabei, offenbar aus dem Süden, den Stränden, klassischen Ruinen und Restaurants mit Blick auf den Hafen nach zu urteilen. (Ah, jetzt fällt es mir wieder ein: Sie war vorher in den Ferien in Griechenland gewesen; von dort hatte sie knackig braune Haut und Sommersprossen mitgebracht und diese blonden Strähnen – sie hatte sich, wie sie mir erzählte, immer Zitronensaft ins Haar gekämmt, damit sie stärker ausblichen –, und diesen Jungen, der auf die Stowe School ging und ihr öfter Kassetten mit seiner Lieblingsmusik schickte, hatte sie auch dort kennengelernt.)

Die Geschichte der Familie Hall in Bildern, mit viel Kunst und Bedacht arrangiert, wie solche Dinge eben sind: eine schön aufgeräumte Komposition mit Picknicks und Geburtstagstorten, weiß gebleckten Zähnen und erhobenen Gläsern, historisch bedeutsamen Bauwerken und geschmückten Christbäumen. Kein Raum für Szenen, in denen wilde Schmähungen ausgestoßen und Türen knallend zugeschmissen werden, für die Momente, in denen Leute auf ihrem Bett liegen und wünschten, sie wären tot, obwohl sicher auch die Halls dergleichen erlebt haben. Bei der Durchsicht der Bilder fällt mir auf, wie wenig diese Fotos mit denen gemeinsam haben, die Leute heutzutage völlig bedenkenlos knipsen, mit all den Schnappschüssen von Menschen, die

gähnen oder lauthals lachen oder alberne Grimassen schneiden. Emmas Eltern sparten sich ihr Filmmaterial für geeignete und bedeutsame Momente auf, wenn das Licht gut war und die Leute stillhielten und bereitwillig das Ihre zum Gelingen beitrugen.
Es ist nur ein Bild dabei, das ich mit Sicherheit jenem August in Jassop zuordnen kann: Emma und Lucy irgendwo in freier Natur mit Mrs Pughs Hund, einem Rauhaarterrier, dessen Namen ich vergessen habe. Zwei großgewachsene, rotwangige Mädchen in Turnschuhen, die brav in die Kamera lächeln. Sie tun, was von ihnen verlangt wird, ihnen ist keine Ungeduld anzusehen. *Komm schon, knips endlich, bevor ich einen Krampf im Kiefer kriege.*
Angestrengt versuche ich in Emmas Gesicht zu lesen; ich gehe ganz nahe ran, aber die Körnung des Abzugs ist zu grob. War das am Anfang der zwei Wochen oder am Ende? Woran sollte ich das erkennen können? Doch dann fällt es mir ein, und ich blicke auf ihr Handgelenk. Da ist nichts zu sehen, und folglich muss das Bild am letzten Tag aufgenommen worden sein, an dem Nachmittag, bevor ihr Vater die beiden wieder in ihr wirkliches Leben in London zurückbrachte.
Ich beuge mich über das Foto und rufe mir die Dinge ins Gedächtnis, die auf dem Bild nicht zu sehen sind, über die es mir nichts sagen kann. Es juckt mich in den Fingern, es zu stehlen, die Plastikfolie abzuziehen und das Foto aus den Klebeecken, die es all die Jahre festgehalten haben, herauszureißen, aber ich klappe das Album zu und lege es wieder dorthin zurück, wo ich es gefunden habe. Wer wird es als Nächstes öffnen? Niemand wird nach diesem Bild suchen. Niemandem wird es je so viel bedeuten wie mir.
Ich stelle mir Christopher und Cecily als hoch aufgeschossene Jugendliche vor, die hier auf dem Teppich fläzen und das Album durchblättern: *Mensch, Mama, was für eine Frisur!* Ein Witz, ein komisches Fragment einer uninteressanten Vergangenheit, aus der Zeit, bevor es sie gab.

Ob Emma wohl ihrem jüngeren Ich so nachstellt wie ich meinem, so voller Wut und Selbstmitleid?
Mir ist jetzt danach, und ich mache mit frischem Eifer weiter, durchstöbere das ganze Zimmer, drehe das Unterste zuoberst, schaue in Deckelvasen und Holzkästchen und finde Knöpfe, Speichersticks und den Schlüssel zu dem Aktenschränkchen. Die Kontoauszüge lassen vermuten, dass die finanzielle Lage noch ein bisschen düsterer ist, als Emma angedeutet hat, ansonsten finden sich nur Kaufbelege und Garantiekarten für Geräte, Strom- und Telefonrechnungen, Heirats- und Geburtsurkunden, die Pässe in ihren schicken Passhüllen. Auch im Garderobenschrank und in dem Stapel Post neben dem Toaster findet sich nichts Interessantes.
Verdrossen stehe ich im Flur und blicke ins schummrige Innere des Schranks, wo im Durcheinander von allerlei Krempel schattenhaft Rucksäcke und Sportschuhe zu erkennen sind, und dann ziehe ich aufs Geratewohl die schwarze Schuhschachtel heraus, deren Deckel aufgeklappt ist. Sie trägt das Logo einer teuren Marke, rosa Seidenpapier quillt heraus. Heute lässt sie's mal so richtig krachen, denke ich. Die Rechnung liegt auch im Karton. Sie hat die Schuhe vorige Woche im Internet gekauft. Kein Schnäppchen.
Es ist keine große Sache, aber ich kann nicht widerstehen. Ich gehe im Haus umher und überlege, wo ich die Rechnung hinlegen soll. Erstaunlich, wie wenig Platz Emmas Geschichte hier einnimmt: Ben, Christopher und Cecily zwingen sie, ganz in der Gegenwart aufzugehen, als ob die Vergangenheit ihrer Mutter ihrer Zukunft gefährlich werden könnte. All diese frohen, erfüllten Jahre, die zu den schönsten Hoffnungen berechtigten, die Leistungsabzeichen bei den Pfadfinderinnen, die Tennisstunden, die Schwimmwettkämpfe, die Wahl zur Schulsprecherin, die Aufführungen der Theatergruppe, die Kolumne in der Studentenzeitung, die Praktika, die erfolgreich absolvierten Prüfungen. Die Jungen und Männer, die Rendezvous und Erklärungen.

Das Gefühl, dass das alles unvermeidlich zu etwas führen muss. Und jetzt das! Oder war dieser Lauf der Dinge immer schon vorgezeichnet, frage ich mich. In ein Leben, in dem sie Berge von Wäsche bewältigen muss, lernen, wie man ein Hähnchen tranchiert, darauf achten, dass immer genügend Milch im Haus ist?
Nachdem ich einen passenden Platz für die Rechnung gefunden habe, gehe ich nach oben, um nach den Kindern zu sehen. Ich halte den Atem an, als ich beim Eintreten ein lautes Geräusch mache, weil der Teppich sich unter der Tür von Cecilys Zimmer verklemmt hat, aber sie schläft ganz ruhig weiter, so tief, wie nur Babys schlafen können (mir fällt jetzt wieder ein, dass ich damals immer vollkommen bedenkenlos das Licht angeknipst habe, wenn ich spätabends Sophies frisch gewaschene Pullover und Strumpfhosen in den Schrank räumte). Ich stehe eine Weile vor dem Kinderbettchen, sehe zu, wie ihre Brust sich hebt und senkt, und lausche ihrem Atem. Es ist ein leises Geräusch, das aber eine uralte Macht besitzt, so ähnlich wie dasjenige, das man hört, wenn man eine Muschel ans Ohr hält, ein Rauschen, das teils der eigene Herzschlag ist, teils die Brandung des Meeres, der Sog des Monds. Die Rhythmen unter der Oberfläche, die geheimnisvolle Melodie, die uns alle auf eine einzige Schnur fädelt. *Liebe setzte dich in Gang wie eine goldene Uhr.* Manchmal kann auch Hass die Dinge ins Laufen bringen.
Sie ist so winzig. Die Fäustchen wie kleine Muschelschalen.
Christopher nebenan liegt flach auf dem Rücken, ein weißer Fuß guckt unter der Bettdecke hervor. Ich nehme die leere Schnabeltasse an mich – er muss sie ausgetrunken haben, nachdem ich gegangen bin – und wasche sie unten in der Küche schön ordentlich aus, dann gehe ich wieder ins Wohnzimmer und lasse noch ein paar Murmeln rollen, *klick, klick, klick,* während ich warte, dass Emma und Ben nach Hause kommen.
Eigentlich wollte ich es nicht zur Sprache bringen, aber dann ist sie ein bisschen beschwipst vom Wein und von dem aufregenden Erlebnis, wieder in der Welt zu sein, und auch die Erleichte-

rung, dass alles gutgegangen ist, trägt dazu bei, und so denke ich: *Warum nicht?* Ich glaube, ich will sie auf die Probe stellen; ich bin mir sicher, dass sie durchfällt, ich baue darauf, und doch gibt es in mir vielleicht auch etwas, das gegen alle Vernunft darauf hofft, dass sie meine Erwartung enttäuscht.

Ben hilft mir in den Mantel, ich streiche meine Haare über den Kragen, und dann, gerade so, als fiele es mir in diesem Moment ein, deute ich auf das gerahmte Bild im Regal und sage: »Das sind sicher Ihre Eltern, Emma, stimmt's?«

Wie sehr Christopher seinem Großvater ähnelt, bemerke ich, als sie das Bild nimmt und betrachtet, als hätte sie es lange gar nicht bemerkt und nähme es jetzt erst wieder wahr.

»Wirklich?«, fragt sie. Ich rufe Ben zum Zeugen an, der mir sagt, dass er den beiden nie begegnet ist; sie sind gestorben, bevor er und Emma einander kennenlernten.

»Oh, das tut mir leid«, sage ich und merke, dass ich tatsächlich betroffen bin: Andrew und Ginnie machten einen netten Eindruck, wenn ich sie flüchtig hinter der Hecke oder durchs Küchenfenster sah oder von fern draußen im Moor, wo sie, Strohhüte auf dem Kopf, mit dem Terrier der Großmutter unterwegs waren.

Nicht dass Emma viel über sie geredet hätte, aber sie waren, im Hintergrund sozusagen, immer präsent. Freundlich, anteilnehmend, interessiert. Emma verließ sich auf sie, ganz selbstverständlich, und das faszinierte mich ebenso sehr wie alles Übrige. Ich bin überrascht, wie die Nachricht von ihrem Tod mich berührt.

Beim Abschied lädt sie uns zum Essen ein.

»Wir würden uns freuen«, sage ich und trete hinaus in die Nacht.

Auf dem Nachhauseweg merke ich, dass ich ständig an die Kugelbahn denken muss. *Klick, klick, klick.*

EMMA

Unsere Abende haben jetzt eine etwas besser gesicherte Struktur, da Cecily recht verlässlich um sieben einschläft. Es gibt keinen Grund, nicht wieder mal Leute zum Essen bei uns einzuladen. Wen könnte man mit Nina und Charles passend kombinieren? Tagelang überlege ich hin und her, bis Ben endlich meine Unentschiedenheit satthat und sagt: »So wie du redest, könnte man fast meinen, die Leute wären Vorhänge oder Teppiche«, und ich bin froh, dass er darüber Witze macht, dass er mir wegen der teuren Schuhe nicht mehr böse ist, und ich lade Fran und Luke ein und Patience (eine frühere Kollegin, die ich ewig nicht mehr gesehen habe) mit ihrem Lebenspartner Rob. Sie sagen zu, wenn sie auch bestimmt alle in ihrer inneren Buchführung eine kleine Rechnung aufgemacht haben: *Ich hoffe bloß, dass der Abend die Ausgaben für den Babysitter wert ist.* Kein Stress an dieser Front.

»Wie wär's, wenn du dieses Rindfleisch machen würdest?«, frage ich Ben eines Abends, während im Fernsehen Werbung läuft.

»Was für ein Rindfleisch?«

»Ach, du weißt schon – das alle so toll finden. Ich bin mir ziemlich sicher, dass Fran und Luke es noch nie bei uns gegessen haben.«

Okay, sagt er, er macht das Rind.

Wenn Christopher im Kindergarten ist und Cecily schläft oder friedlich an ihrem Spielzeug lutscht, gehe ich Kochbücher durch und google Rezepte. Ich schreibe Einkaufszettel, zerbreche mir den Kopf über Salate, Suppen und Desserts. Ich bestelle jemanden zum Fensterputzen. Ich bügle das gute Tischtuch und Servietten. Ich kaufe Silvo und reiße ein altes Hemd von Ben in Fetzen, um sie als Putzlappen zu verwenden. *Sie würden vor Neid zerspringen, Mrs Dalloway,* denke ich und reibe und reibe, bis die Lappen schwarz sind und die Kerzenleuchter wieder glänzen.

Letztes Weihnachten haben wir im Rahmen unseres Sparprogramms (das auch unserer Mitgliedschaft bei den Freunden der Royal Academy sowie den wöchentlichen Biogemüse-Lieferungen ein Ende bereitete und mich seitdem dazu zwingt, nach Sonderangeboten, »Reduziert«-Schildern und Schnäppchen im Internet Ausschau zu halten) unserer Putzfrau Magda gekündigt. Ohne Zweifel hat Ben, obwohl er es nie ausgesprochen hat, doch erwartet, ich würde nun diesen Frontabschnitt übernehmen – schließlich bin ich den ganzen Tag zu Hause und habe reichlich freie Zeit, oder nicht? –, aber ich habe nun einmal auch sonst noch eine Menge zu tun, und so ist das Haus ein bisschen verwahrlost. Jetzt gehe ich die Sache systematisch an, verrücke Möbel und schiebe Teppiche beiseite, um auch den versteckten Schmutz aufzuspüren, wische die Fenstersimse, nehme die Kissen vom Sofa und schiebe den Rüssel des Staubsaugers tief in die Spalten zwischen den Polstern, und wenn ich dann höre, wie es in dem Schlauch klappert und rasselt, empfinde ich eine Mischung aus Genugtuung und Schrecken.
Die Verwandlung, die ich so bewirke, ist mehr oberflächlicher Natur und nicht von langer Dauer: Kaum ist Christopher wieder zu Hause, leert er die Kiste mit seinen Spielzeugautos – sie enthält neben Autos auch Lutscher, Keksbrösel und hartgewordene Brocken Knetmasse – über dem Teppich aus. Ich stehe da, die Arme verschränkt, und sage nichts von alle dem, was ich eigentlich sagen will, sondern nur: »Essen ist fertig, wasch dir die Hände.«
Am Samstagmorgen gehe ich schon vor neun aus dem Haus, fahre, bevor der Stoßverkehr einsetzt, zum Supermarkt, schiebe meinen Einkaufswagen durch leere, hell beleuchtete Gänge und arbeite effizient und flott meine Liste ab. Nachdem ich die Lebensmittel im Kofferraum verstaut habe, flitze ich zur Hauptstraße und suche einen Blumenladen. Es ist ein strahlend blauer Morgen, überall sind Markisen ausgerollt in Erwartung warmen Sonnenscheins, um mich herum das Zischen von Espressomaschinen und das Klappern von Tassen und Tellern, die aus dampfenden

Geschirrspülern geräumt werden. Ich weiche dem Besen eines Straßenkehrers aus und mache einen Bogen um eine Seifenwasserpfütze, die ein Fensterputzer hinterlassen hat.
Vor den Cafés sind schon etliche Tische besetzt: Leute lesen Zeitung, fangen mit wildfremden Passanten, die ihre Spaniels ausführen, Gespräche an – »Was für ein hübsches Kerlchen!« –, plaudern übers Wetter. Es hat etwas so optimistisch Stimmendes, wenn man an einem schönen Frühsommertag morgens unterwegs ist, wenn man fühlt, wie es warm wird, wenn die harten Schatten vor der immer höher und höher aufsteigenden Sonne zurückweichen. Ich will eben hinübergehen zu dem Blumengeschäft auf der anderen Straßenseite, da springt mir etwas ins Auge: Ein Schild in einer Ladentür, auf dem »Geschlossen« steht, wird umgedreht: »Geöffnet«. Im Schaufenster ein Karussellpferd mit goldenem Zaumzeug, die feurigen Augen weit aufgerissen trabt es über ein Stückchen Kunstrasen mit Gänseblümchen. Einen Augenblick lang bin ich wie bezaubert, höre die Drehorgel dudeln, rieche Zwiebelduft und gebrannte Mandeln, sehe bunte Lichterketten vor einem verhangenen Himmel, bin entrückt in die Welt billiger Träume.
Die Türglocke klingelt, als ich eintrete.
Es ist einer dieser Lifestyle-Läden, wo blanke Chuzpe auf zahlungskräftige Kundschaft wartet: alte Straßenschilder, antike Registrierkassen nebeneinander aufgereiht auf einem Sideboard aus den sechziger Jahren, ein Korb mit gehäkelten Uhus, ein Apothekerschrank, Großvatersessel, aufgepeppt mit schicken Überzugsstoffen, Kaffeetassen aus Haushaltsauflösungen, mit Wachs ausgegossen, in der Mitte ein Docht, 15 Pfund das Stück. Aromaöl (Geschmacksrichtung »Nantucket« vielleicht oder »Provence«) und Lavendelseife verbreiten ihre Düfte.
Eine Frau mit einem Kaffeebecher in der Hand sagt guten Morgen und dreht die Musik ihres iPods lauter. Unaufdringliche Jazzmusik, wie zu erwarten.
Oh, das ist wirklich grotesk, denke ich und gehe umher, nehme

Dinge in die Hand – Knallkorkengewehre, Pelztassen als Schlüsselanhänger, italienische Designer-Flaschenöffner –, bleibe vor einer Reihe glänzend polierter Schuhspanner stehen und vor einer Kollektion Backformen aus farbigem Glas. *Wie lächerlich,* denke ich, indes hält mich das nicht davon ab, mir zwei oder drei dieser Formen daheim in der Carmody Street vorzustellen, auf dem Regal in der Küche oder vielleicht auf dem Fenstersims neben der Treppe. Ich beuge mich hinunter und drehe das Preisschildchen um, lasse es aber gleich wieder los.

Die Verkäuferin hinter dem Ladentisch sieht die Bewegung und fragt: »Kann ich Ihnen behilflich sein?« Ich zögere kurz, beinahe werde ich schwach vor Verlegenheit, aber dann fällt mir wieder ein, was Ben gesagt hat, als er die Rechnung für die Schuhe fand, und ich sage: »Nein, danke, ich schaue mich nur ein bisschen um.«

Am Ende kaufe ich doch etwas (schließlich mache ich einen Stadtbummel, und ich muss mir von ihm nicht vorschreiben lassen, was ich tun darf und was nicht): gelbe Socken mit Hummeln auf den Zehen für Cecily und ein kleines Kaleidoskop für Christopher.

»Das macht 22,98«, sagt die Verkäuferin. Ich bezahle, nehme meine Kreditkarte wieder und die Einkaufstüte, auf der Desserts aus der guten alten Zeit abgebildet sind, Blanc-manger und Weincreme und Trifle in edlen Kristallschälchen.

Als ich heimkomme, sitzt Christopher vor dem Fernseher, die Augen schon ganz glasig, Cecily braucht eine frische Windel, und Ben liegt auf dem Sofa und liest die Beilage des *Guardian*. Er blickt auf und sagt: »Ah, gut, du bist wieder da. Dann geh ich jetzt mal kurz ins Bad.«

In der Küche schiebe ich das Frühstücksgeschirr und die Butter beiseite, damit ich die Blumen auf dem Tisch ablegen kann, dann schaffe ich die Einkaufstaschen vom Flur herein und räume auf, wobei ich Schubladen und Türen knallen und Teller scheppern lasse und überhaupt größtmöglichen Lärm veranstalte. Den Hahn der Spüle drehe ich auf, dass es nur so spritzt. Als das Becken voll ist, stelle ich das Wasser ab und höre Ben oben herumgehen, die Tür des Badezimmers fällt zu, und da wird mir leichter, wenn auch die Besserung, die ich empfinde, derjenigen ähnelt, die Ärzte durch das Ausbrennen oder Verätzen von Wunden erzielen: *Gib es auf, mach dir keine Hoffnungen, er wird niemals verstehen, wie du dich fühlst.*

Nach einer Stunde kommt er frisch rasiert wieder. Ich verrühre gerade Eigelb mit Mascarpone und singe dabei Cecily, die in ihrem Hochstuhl sitzt und an einem Kochlöffel kaut, etwas vor. Manchmal ist es leichter zu singen, als zu reden, weil man sich dabei nichts ausdenken muss.

»Sieht gut aus«, sagt Ben und legt mir von hinten die Arme um die Schultern. Ich zucke ein bisschen zusammen – *jemand betatscht mich, will etwas von mir* –, aber ich ringe mir ein Lächeln ab und bitte ihn, die große Glasschüssel für das Tiramisu aus dem Schrank zu holen. Von der Schweinerei, die er mir hinterlassen hat, sage ich kein Wort. Dafür bin ich mir zu gut. Im Übrigen hätte ich auch gar nicht die nötige Energie, jetzt einen Streit durchzustehen. Es gibt Momente, da muss man die Dinge einfach hinnehmen; das macht noch am wenigsten Ärger.

Im Verlauf dieses Samstags komme ich oft an den Punkt, wo ich mir wünsche, ich wäre nie auf den Gedanken gekommen, diese Einladung zu veranstalten, hätte das Ganze nie angeleiert und durchgezogen. Aber um Viertel vor acht – die Kinder sind im Bett, und ich habe eine saubere Bluse gefunden – gehe ich durchs Hause, stelle Teelichter in die gläsernen Halter und verspüre plötzlich einen sonderbaren Anflug von Hoffnung: Das Haus sieht gar nicht so übel aus, das Essen sollte recht anständig sein, wir haben reichlich zu trinken. Vielleicht werden sich die Leute wirklich vergnügen.

Ich stehe in der Tür und blicke ins Wohnzimmer. Es macht einen angenehmen, ordentlichen Eindruck: Die Lämpchen verbreiten einen gemütlich goldenen Schein über die polierte Tischplatte

und den flauschig glatten Teppich, die Vasen mit Ranunkeln und weißen Rosen, die ringsum arrangierten Schälchen mit Oliven und Nüssen. Sieht es zu bemüht aus, zu gewollt? Ich zünde ein neues Streichholz an, die Flamme flackert, als ich es an den Docht halte, und kriecht an dem Hölzchen hinauf, das verkohlt und sich krümmt. »Harvest Moon« verklingt, »The Goodbye Look« beginnt.
Ich blase die Flamme aus, da spüre ich hinter mir eine Bewegung. Ein blasses Gesicht zwischen zwei Sprossen des Treppengeländers. »Ins Bett«, sage ich ganz ruhig, wende mich ab, und mache mich an den Blumen zu schaffen. Als ich einen Moment später wieder einen Blick über die Schulter zur Treppe werfe, ist er weg.
In der Küche steht Ben vor dem offenen Kühlschrank und guckt hinein. An seiner verunsicherten Miene sehe ich, dass er vergessen hat, was er eigentlich sucht. Er schließt die Tür und inspiziert zusammen mit mir den Esstisch. Wir haben ihn ausgezogen, damit alle Platz finden. Die heiter rosa gestreifte Tischdecke liegt darauf, drum herum stehen dicht gedrängt die Stühle, ein Durcheinander von allen möglichen Sitzmöbeln, die wir aus dem ganzen Haus zusammengetragen haben. Ich rücke die Marmeladengläser mit den Tischsträußchen zurecht und überlege, ob das nicht ein bisschen blöd aussieht. »Was meinst du?«, frage ich in der Hoffnung, dass er meine Zweifel zerstreuen wird, aber er sagt nur, es ist schon okay und ich soll es so lassen, wie es ist. Und dann gießt er, bevor ich ihn daran hindern kann, das Dressing über den Salat und mischt ihn durcheinander. »Damit die Sache ein bisschen vorangeht«, sagt er mit einem heiteren Grinsen.
Wenn wir uns zum Essen hinsetzen, wird der Salat zusammengefallen sein, die knackigen Blätter werden sich in unappetitlich schlaffe Lappen verwandelt haben. Aber es ist nicht mehr zu ändern.
»Hübsch siehst du aus«, sagt er, und da fällt mir ein, dass ich ver-

gessen habe, mich zu schminken. Ich sitze oben mit meinen Döschen und Pinseln und suche hektisch nach einer Wimperntusche, die nicht eingetrocknet ist, als Fran und Luke an der Tür klopfen: Sie klingeln nicht – die Höflichkeit von Leuten, die selbst Eltern sind. Hinter ihnen kommen Patience und Rob die Stufen herauf.

Wir stehen im Flur, nehmen Jacken und Flaschen und Blumen in Empfang, und dann drängen alle weiter ins Wohnzimmer, bekunden ihr Entzücken, wie schön alles aussieht, und machen sich miteinander bekannt, während Ben eine der Flaschen nimmt, um sie zu öffnen.

Während ich in der Küche Frans Freesien ins Wasser stelle, treffen die Bremners ein. Charles kenne ich noch nicht. Er ist viel älter, als ich erwartet habe, knapp sechzig oder vielleicht auch schon drüber: hoch gewachsen, eine vornehme Erscheinung, dunkelblaues Hemd, schwarze Hornbrille, das schon deutlich gelichtete Haar an den Schläfen zurückgekämmt. Ich stelle mir vor, wie er auf dem hässlichen Sofa Platz nimmt und mit Rob, der als Marketing-Berater tätig ist, Konversation macht, und mein Mut schwindet ein bisschen.

»Gehen Sie nur durch«, sage ich und geleite die beiden ins Wohnzimmer, um sie dort gleich wieder zu verlassen, froh darüber, dass ich einen guten Vorwand habe, und das nicht allein deswegen, weil meine Bluse von Frans Blumen ein bisschen nass geworden ist. Ben, der weder sie noch ihn kennt, schwatzt so angeregt über *Breaking Bad*, dass er darüber die Flasche, die er in der Hand hält, ganz vergessen hat. »Ben!«, sage ich – in einem Ton, den ich selbst ganz abscheulich finde –, »macht die Flasche Schwierigkeiten? Nina und Charles, das ist Ben …«

Ich höre das Ploppen des Korkens, als ich die Sahne in die Suppe rühre.

Beim Essen wird mir bald wieder klar, warum ich in letzter Zeit so wenig Kontakt mit Patience hatte. Sie ist auch eine von denen, die auf dem Feld der Ehre geblieben sind, vermisst, verschlungen vom Treibsand der Mutterschaft. Im Geist sehe ich sie versunken bis zum Kinn, eine Figur in einem Stück von Beckett. Nur ihr Mundwerk ist in Bewegung. »Oh, die sind Ungeziefer«, sagt sie. »Eine Nachbarin von mir stellt ihnen spätnachts sogar noch immer Futter raus. Ich würde sie anzeigen, wenn ich nur wüsste, wen ich anrufen muss.« Sie sieht immer wieder einen Fuchs, der sich bei den Mülltonnen rumtreibt. Er hat bestimmt die Räude oder so etwas, denn er hat lauter kahle Stellen überall. Sie wendet sich mir zu. »Ich kann dir nur raten, die Tür zum Garten ja nie offenstehen zu lassen. Weißt du, es ist schon vorgekommen, dass diese Viecher Babys anfallen.«

Sie redet von Audrey und Alfred, den Zentralgestirnen ihres Universums, als wären sie berühmte Geistesgrößen und Weise. Oft benutzt sie die beiden als Trumpfkarten, die das Spiel der Konversation herumreißen, ihm gewaltsam eine neue Wendung geben, hin zu den Dingen, denen ihre Leidenschaft gilt: Berichten der Schulaufsichtsbehörde, Artikeln im Familienteil des *Guardian*, den spektakulär groben Manieren des Metzgers in ihrem Viertel. »Audrey erzählte mir neulich ...«, sagt sie, und muss herzlich lachen bei der Erinnerung, oder: »Letzte Woche sagte ich zu Alfred ...«

»Alfred?«, fragt Fran, als der Name zum zweiten Mal auftaucht.

»Oh, unser siebenjähriger Sohn«, erklärt Patience leicht errötend. Nimmt sie wirklich an, dass jeder ohne weiteres weiß, von wem sie redet? Oder vielleicht ist es ihr doch unangenehm, dass jemand darauf aufmerksam macht.

Während wir die Suppenteller abräumen und das Fleisch auftragen, bekomme ich mit, dass Charles Anstrengungen macht, mit ihr ins Gespräch zu kommen, ihr Fragen stellt und ihr geduldig zuhört, wenn sie antwortet, und endlich auch selbst gefragt wird. »Nein, Nina und ich haben keine gemeinsamen Kinder«, sagt er, »aber wir haben beide jeweils eine Tochter aus erster Ehe. Meine Jessica ist schon über dreißig, aber Ninas Tochter Sophie wohnt noch bei uns zu Hause. Sie ist siebzehn.«

»Ah ja, die Babysitterin«, sagt Fran, die sich dunkel erinnert. Patience nimmt sich von dem Salat, der tatsächlich kein bisschen weniger labbrig ist, als ich befürchtet habe. »Lieber Himmel, ein *Teenager*«, sagt sie. In ihrer Stimme klingt ein reges Interesse, ähnlich dem eines Ornithologen, in dessen Gegenwart der Name eines seltenen Vogels fällt. »Wie ist das? Schwierig, nicht?«

»Oh, das finde ich eigentlich nicht«, sagt Charles in leichtem Ton. »Sicher, es gibt schon ein paar Dinge, aber das ist normal. Dass man sie nachts um zwei von Partys abholen muss. Die Aufregung, wenn sie ihre Handys verlieren. Die Kräche und Versöhnungen mit Freundinnen ...«

»Mädchen in dem Alter sind schlimmer als die ganze Familie Borgia zusammen.« Nina zuckt die Achseln.

»Und vermutlich«, fügt Charles hinzu, »gibt es hier in der Gegend keinen einzigen Randstein, an dem sie nicht schon mit dem Auto entlanggeschrammt ist, aber das liegt nur daran, dass ich so ein elend schlechter Fahrlehrer bin.«

»Charles hat eine wahre Engelsgeduld mit Sophie.« Nina hebt ihr Glas, führt es aber nicht an den Mund. Das Kerzenlicht lässt den Wein funkeln. Sie trägt die schwarze Halskette, einen Cocktailring mit einem großen grünen Stein und eines ihrer schmal geschnittenen dunklen Kleider, dazu ein Strickjäckchen um die Schultern geschlungen. Ich würde in so einer Aufmachung hoffnungslos unelegant wirken, nicht lässig schick, sondern einfach nur schlampig. Natürlich muss zumindest das Kleid sündteuer gewesen sein, aber das allein macht nicht den Unterschied aus.

»Nun, ich halte mich an eine wichtige Regel«, sagt Charles. »Das habe ich von Jess gelernt. *Irgendwie kommt alles in Ordnung, solange man nicht zu viele Fragen stellt.* So ist es doch, nicht, Schatz?«

Nina lächelt. »Sie ist alles in allem ein braves Mädchen. Soweit es einer Siebzehnjährigen eben möglich ist. Es könnte sehr viel schlimmer sein.«

Nachdem sie sich erkundigt hat, in welche Schule Sophie geht, bemerkt Patience mit besorgtem Blick, sie habe gehört, dass dort erst neulich einige Jugendliche aus der Oberstufe wegen Drogen rausgeschmissen worden seien.
»Das stimmt«, sagt Nina. »Die Schulleitung hat hart durchgegriffen. Irgendwie kommen sie immer dahinter. Und in dem Punkt kennen sie keine Gnade. Das ist das einzig Richtige, finde ich.«
Ein kurzes Schweigen tritt ein. Ich werfe einen Blick in die Runde. Alle sind nachdenklich geworden: Wir denken an unsere eigenen Kinder, die schön warm zugedeckt in abgedunkelten Zimmern schlafen, umgeben von bunten Raumschiffen und Märchenschlössern, schummrig beschienen von unwandelbar guten Sternen, die an der Decke kleben, bewacht von Heerscharen treusorgender Bären und Affen. Wir meditieren über die Anstrengungen, die es uns kostet, diese Kinder sicher und gesund und glücklich zu erhalten. Wir fühlen, wie wenig wir wissen, was kommen wird, ahnen, wenn auch nur ganz von fern und abstrakt, dass wir machtlos sind.
Patience kann diesen Zustand gar nicht ertragen, natürlich nicht. Sie beginnt einen neuen Monolog, über den anstehenden Wechsel ihrer Audrey an eine weiterführende Schule und wofür sie sich letztlich entschieden haben. Beim Zuhören erinnere ich mich wieder daran, wie wertvoll ihre fiebrig nervöse Energie einst war – diese angespannt fanatische Beharrlichkeit, diese Unfähigkeit, Dinge auf sich beruhen zu lassen –, wenn es darum ging, unerbittlich kritische Fernsehreportagen zu aktuellen Themen zu machen. Und wohin treibt eben diese Energie sie jetzt? Dazu, den berühmten Mr Cowper – er sieht aus wie ein Gnom, aber der Mann ist ein Genie und »nimmt nur die Besten« (und 55 Pfund für die Stunde) – als Nachhilfelehrer in Mathe zu verpflichten? Audrey zum Cellounterricht zu fahren und zum Schwimmtraining und zum Street Dance? Wie sollte Audrey an einer solchen Mutter nicht zugrundegehen, an einer, die derart viel beweisen muss?

Ich habe Audrey einmal bei einer zufälligen Begegnung kennengelernt, als sie und Patience aus einem Schreibwarengeschäft kamen. Ein Kind mit einem nichtssagenden Gesicht und orangen Ohrwärmern; sie bohrte ständig in der Nase, während ich den Buggy schaukelte und mit ihrer Mutter über das Wetter redete. Damals fand ich sie nicht sehr sympathisch, aber jetzt bin ich voller Mitgefühl. *Das wirst du dein Leben lang nicht mehr los,* denke ich. *Du musst etwas Besonderes sein, das Beste vom Besten. Deine Mutter erwartet es von dir, sie braucht es: Sie hat alles auf diese eine Karte gesetzt.* Aber vielleicht bin ich ungerecht. Vielleicht wird Patience sich, wenn es sein muss, auch mit weniger zufriedengeben.

Ob Nina womöglich gerade über mich richtet, ob sie Patience und mich vergleicht und erkennt, dass wir einiges gemeinsam haben? Ja, wahrscheinlich. Der Gedanke stimmt mich düster. Ich trinke mein Glas leer, Charles schenkt mir nach. »Das Fleisch ist köstlich«, sagt er, und ich sage, das ist nicht mein Verdienst, Ben hat es gemacht. Wie lange wir schon hier wohnen, fragt er, und dann reden wir noch darüber, wie ich seine Frau kennengelernt habe. Dass sie mich schon mehrere Male gerettet hat: als sie mir meine Geldbörse zurückbrachte und als sie Christopher auf der Straße fand (ich kann inzwischen halbwegs gefasst über diese Episode reden) und, natürlich, als sie neulich für Sophie einsprang. Die Geschichte mit der Geldbörse kannte er noch gar nicht.

Er ist geistreich und aufmerksam, eine durch und durch angenehme Gesellschaft, aber ich merke doch, dass uns eine tiefe Kluft trennt: Ich gehöre fast noch eher zur Generation seiner Tochter als zu seiner. Das gilt, fällt mir ein, wohl auch für Nina. Sie muss ungefähr in meinem Alter sein, auch wenn sie mir, insofern, als sie mir in einigen wichtigen Punkten viel voraushat, bedeutend reifer vorkommt: Sie ist so kultiviert, hat so viel Lebensart. Wenn sie sich in ihren dunklen Kleidern durch einen Raum bewegt, wirkt sie, als würde sie von einem Scheinwer-

fer angestrahlt, obwohl sie in keiner Weise um Aufmerksamkeit buhlt.
Mit einem Ohr höre ich, wie Rob ihr gerade davon erzählt, was für Marketingstrategien er derzeit für einen kleinen Radiosender entwirft. In einem Anfall von Kühnheit frage ich Charles, ohne lang zu überlegen, wie lange er und Nina schon zusammen sind.
Fast zehn Jahre. »Ich hatte beruflich mit ihrem Vater zu tun – ich habe ein Haus für ihn gebaut, in Südfrankreich. Sie war frisch geschieden, ich auch ... Wir waren beide nicht sehr glücklich damals. Aber dann ging es stetig aufwärts.« Ninas Vater ist kein Franzose, erklärt er mir, er hat eine französische Frau geheiratet. Es ist eigentlich nur ein Ferienhaus am Meer. Allerdings, so entnehme ich dem, was er darüber sagt, wohl eines der gehobenen Kategorie.
Ich bemerke, dass Nina sich plötzlich von Rob abwendet, um sich ganz zwanglos in unsere Unterhaltung einzumischen. »Ah, das Haus«, sagt sie. »Es ist eine der besten Sachen, die Charles je gemacht hat.« Sie beschreibt es, die Lage an der Küste, das Licht. Den Duft von Pinien und Lavendel.
»Und unsereins wird halt auch dieses Jahr wieder mit Butlin's Minehead vorliebnehmen«, sagt Fran, und wir lachen alle, teils über die Bremners, teils über unser eigenes Kleine-Leute-Ressentiment, und dann geht die Unterhaltung weiter, man redet über Crossrail und die Neugestaltung von King's Cross, und dann wieder einmal über die verrückten Propheten- und Romanow-Bärte, die jetzt unter den jungen Leuten in Soho in Mode sind, und irgendwann, als Ninas Blick und meiner sich kreuzen, signalisiert sie mir mit stummen Lippen »Bin gleich wieder da« und schlüpft hinaus. Als sie kurz darauf wiederkommt, bleibt sie hinter mir stehen, legt mir die Hand auf die Schulter und sagt leise: »Cecily weint ... ich wusste nicht, was ich tun soll ...«
Aber bevor ich aufstehe, kratze ich noch schnell mit dem Löffel die letzten Restchen Sahne vom Teller, ganz gierig, weil ich weiß, dass das Fest nun zu Ende ist.

Ich höre sie schreien, als ich auf den Flur trete, und als ich in ihr Zimmer komme, sitzt sie da, das Gesicht tränennass, ihre Fäustchen umklammern zwei Stäbe des Gitterbettchens. Irgendwie hat sie es geschafft, sich aus ihrem Schlafsack herauszustrampeln. Ihre Füße sind eiskalt. Ich packe sie wieder ein, nehme sie auf den Arm, tätschle ihr sanft auf den straff angespannten Rücken und rede leise auf sie ein. Nach und nach wird sie ruhiger, ich spüre, wie die wilde Wut in ihr sich legt, wie ihr Körper weich wird und sich anschmiegt, das hektische Hicksen verschwindet, ihr Atem geht langsamer. Ich lasse sie ein bisschen Wasser aus der Schnabeltasse nuckeln, die auf dem Fenstersims steht, und halte sie noch eine kleine Weile. Sie ist jetzt ruhig, aber sobald ich Anstalten mache, sie wieder in ihr Bettchen zu legen, versteift sie sich und holt Luft, um von neuem loszuschreien, also füge ich mich, setze mich in den Sessel, und sie kuschelt sich an mich. *Es soll halt nicht sein,* denke ich. Ich schiebe den Vorhang beiseite und schaue hinaus in den Garten, auf den hie und da Licht aus der Küche und anderen Fenstern fällt. Schemenhaft Wäschestücke auf der Leine der Callaghans, eine Katze schleicht auf der Mauer entlang. Der Himmel schmutzfarben, irgendwie ungesund.
Von unten dringen plötzlich Gesprächsfetzen – offenbar geht jemand von der Küche auf den Korridor –, dann ist wieder Ruhe. Schritte auf der Treppe. Fran steckt den Kopf herein. »Ach, Cecily«, flüstert sie, »gönn doch deiner Mama auch mal ein Vergnügen.«
»Das wird mir eine Lehre sein«, sage ich. »Ich dachte, die Sache mit dem Durchschlafen wäre ein für alle Mal geregelt. Sie ist seit Wochen nicht mehr nachts aufgewacht. Es bleibt mir nichts anderes übrig, als hier mit ihr zu sitzen, bis sie wieder einschläft.«
»Wir waren wohl zu laut«, sagt Fran. »Wahrscheinlich hat sie gehört, wie fröhlich wir waren.«
Es tut ihr leid, sagt sie, aber sie und Luke werden keinen Kaffee mehr trinken, sie haben der Babysitterin versprochen, nicht zu

spät nach Hause zu kommen. »Es war ein wunderschöner Abend. Ihr habt uns richtig verwöhnt!« Trotzdem werden sie und Luke auf dem Nachhauseweg ein paar Witze reißen, über Patience natürlich, aber wohl auch über Charles, der so viel älter ist als wir anderen und ein bisschen professoral, und über seine Frau, die verbindlich-unverbindliche Nina, die in einer Weise, wie es nur schicke zierliche Frauen sein können, einschüchternd ist, wie sie da auf dem primitiven Holzstuhl thront in ihrem eleganten schwarzen Kleid und der teefarbenen Strumpfhose – und dazu diese durchgeknallten Architektengattinnenschuhe! *Komische Leute, die Emma da aufgegabelt hat,* sagen sie vielleicht. *Und warum geben die sich mit ihr ab?*

Ich weiß es auch nicht. Ich habe keine Ahnung. Die ganze Veranstaltung kommt mir jetzt, da ich Abstand dazu habe, bizarr vor, von Anfang an zum Scheitern verurteilt: ein zusammengewürfeltes Halbdutzend fremder Leute mit gestärkten Servietten auf dem Schoß, das angestrengt Konversation über die üblichen Themen macht. Einfach nur peinlich, aber nicht peinlicher als ich selber in meinem verblendeten Ehrgeiz.

Cecilys Kopf sinkt herab, sie ist am Einschlafen. Ich werde das Unglück nicht herausfordern, indem ich sie zu früh wieder in ihr Bettchen lege, sondern geduldig noch ein paar Minuten sitzen bleiben, während Ben unten Fran und Luke zur Tür bringt. Kurz danach noch einmal verhaltene Verabschiedungsgeräusche: Patience und Rob lassen mir Bedauern und beste Wünsche übermitteln. Draußen steht der zunehmende Mond am wolkenlosen, samtig dunklen Himmel. Wieder Rumoren im Erdgeschoss: Offenbar zieht Ben mit Nina und Charles ins Wohnzimmer um. Dann höre ich jemanden die Treppe heraufkommen, Ben, nehme ich an. Aber nicht er, sondern Nina tritt durch die Tür; ihre Halskette glitzert im Halbdunkel.

»Ich habe Ihnen einen Kamillentee mitgebracht; Ben meinte, das ist jetzt das Richtige für Sie.« Sie stellt den Becher auf das Tischchen neben mir. Cecily blickt kurz auf ohne Neugier, dann sinkt ihr Kopf schwer und ermattet wieder zurück an meine Schulter. Im Nachbarhaus geht das Licht hinter der Milchglasscheibe des Badezimmers aus.

Nina steht hinter uns und blickt durchs Fenster. Ich rieche ihr sonderbar herbes Parfüm. Der Duft ist so eng mit meinen Gefühlen ihr gegenüber verknüpft, dass ich ihn mittlerweile beinahe gern habe.

»Schade, dass die anderen schon nach Hause mussten«, sage ich. »Na ja, eigentlich hat Cecily sie vertrieben.«

»Wir haben es nicht eilig«, sagt Nina. »Charles und Ben trinken noch einen Whisky und reden über den De-La-Warr-Pavillon in Bexhill. Es war ein reizender Abend. Sie haben sich so viel Mühe gemacht.«

»Ach was, halb so wild.« Ich winke ab, aber es stimmt, wir haben uns bemüht, wir haben es versucht, und es war okay, angenehm, in Ordnung, aber man kann wirklich nicht behaupten, dass es ein rauschender Erfolg war. Wenn die Gäste sich morgen daran erinnern, werden ihnen zuerst die Momente einfallen, die sich durch unfreiwillige Komik oder auch einfach nur dadurch auszeichneten, dass irgendein Missgeschick passiert ist: wie Patience sich über die Einteilung der Schulsprengel ereiferte; wie Luke ein Weinglas umstieß, als er sich Kartoffeln nehmen wollte; eine Kontroverse über einen Zeitungsartikel, die nur zustande kam, weil die Leute, wie sich erst hinterher herausstellte, infolge einer Namensverwechslung von zwei *verschiedenen* Artikeln redeten.

»Fran ist sehr nett«, sagt Nina. »Sie bringt einen zum Lachen. Diese Geschichte von dem Schuh in der U-Bahn …« Sie tritt ans Fenster und beugt sich etwas vor. »Eine Woche noch oder zwei, dann ist es Sommer. Sophie wird bald in die Ferien fahren. Haben Sie vor, zu verreisen?«

»Ich glaube nicht«, antworte ich. »Wir können es uns dieses Jahr einfach nicht leisten. Es läuft nicht so toll bei Ben, beruflich. Er hat einen Auftrag in Aussicht, aber … Na ja, wir werden den Sommer schon rumkriegen. Ben nimmt sich ein paar Tage frei, wahrscheinlich besuchen wir seine Eltern. Vielleicht machen wir Ausflüge ans Meer, solche Sachen eben.« Ein altes Bilderbuch kommt mir in den Sinn, das ich Christopher vorgelesen habe: eine kurze Fahrt mit der Eisenbahn, zu Fuß an einen Sandstrand, plantschen und paddeln und Drachen steigen lassen, ein Picknick auf einer karierten Decke, auf der Rückfahrt zufrieden dösen, die Taschen voller Muschelschalen und Sand. Keiner, der vergessen hat, die Sandwiches einzupacken, kein Sonnenbrand, keine Wespenstiche, kein Kind, das stolpert und voll angezogen in eine Pfütze fällt. Wo ist dieser Strand? Wie komme ich da hin?

»Wenn Sie Interesse hätten – das Haus meines Vaters in Frankreich steht fast den ganzen August über leer«, sagt sie. »Sie könnten einen dieser Billigflieger nehmen; da kriegt man immer Plätze, sogar in der Ferienzeit.«

»Oh«, sage ich, »wir können doch nicht ...«

»Ich bitte Sie, das ist doch albern. Kein Mensch nutzt das Haus, mein Vater redet mir andauernd zu, doch hinzufahren. Charles und ich sind in der letzten Augustwoche dort, wenn Sophie von ihrem Vater zurückkommt, aber darauf sollen Sie keine Rücksicht nehmen, sondern vollkommen frei entscheiden, wann es Ihnen am besten passt. Es ist jede Menge Platz dort, es liegt nicht weit vom Meer entfernt, und es ist alles für Kinder eingerichtet – wissen Sie, ich habe ja eine kleine Halbschwester.«

»Ich glaube, das geht wirklich nicht ...«

»Besprechen Sie es einfach mit Ben. Ich finde, es ist eine gute Idee. Und ich kann Ihnen jetzt schon sagen, dass ich ziemlich hartnäckig sein kann.«

Sie lächelt mir im Dunkeln strahlend zu, kommt her und legt ihre Hand auf Cecilys Kopf. Ihre langen, schlanken Finger ruhen sanft auf dem Pfirsichflaum, der warmen Rundung des Schädelknochens.

Im selben Augenblick, in dem mir schockartig bewusst wird, wie nahe sie mir ist, bemerke ich, dass es ihr genauso ergeht. »Oh!«, murmelt Nina leise und bewegt sich kaum spürbar. »Dieses Ding, die Fontanelle … wirklich merkwürdig. Ich hatte das ganz vergessen. Komisches Gefühl.« Sie wartet, dann zieht sie lachend die Hand weg. »Ich meine es ernst«, sagt sie im Hinausgehen. »Überlegen Sie es sich.«

»Ja«, sage ich in einem Ton, als wäre ich keineswegs sicher.

NINA

Ich kann es jetzt kaum erwarten, wieder an die Arbeit zu gehen. Das ganze Wochenende nach dem Babysitten, während ich Sophie umsorge und bediene (ihr erlaube, mit ihrer Bettdecke und ihrem iPad und ihren zahllosen Papiertaschentüchern das Wohnzimmer in Beschlag zu nehmen, ihr heiße Suppe und immer neue grüne Flaschen voll Mineralwasser bringe, aus dem Haus laufe, um Orangen und die kleinen safrangelben portugiesischen Kekse zu kaufen, die sie so gerne mag), fiebere ich dem Montag entgegen, sehne mich danach, wieder in mein Atelier zurückzukehren. Ich will diese neue Idee weiterverfolgen, mich von ihrem goldenen Faden leiten lassen, ich möchte sehen, wohin er mich führt. Der Gedanke ist so stark, dass ich fast das Gefühl habe, ich könnte ihn riechen, seine Textur ertasten. Es ist wie ein Jucken, ein Schmerz, ein Brennen, alles gleichzeitig.

Ich erkenne dieses Gefühl wieder. Es erfüllt mich mit Jubel.

Der Sog dieser anderen Wirklichkeit ist so übermächtig reizvoll, dass die reale Welt, in der ich esse und saubermache und Papierkram erledige, sich geradezu öde und fad anfühlt.

Lange Zeit hat mich die Vorstellung von Kälte beschäftigt, aber jetzt, nachdem ich das Foto gesehen habe, denke ich immerfort an Hitze: eine unbehauste, ruhelose Hitze, die über Wattflächen und kurzgeschorenes Gras weht, sich für einen Moment in einer Sandkuhle niederlässt und dann weiterzieht: sprunghaft, zerfahren, planlos. Ich denke an trockenen Wind, der im Stacheldraht murmelt und in Stromkabeln summt, die von einer endlosen Prozession von Masten getragen werden. An Himmel, so hoch und blass, dass sie überhaupt keine Farbe zu haben scheinen.

Diese Vorstellungen kommen überfallartig wie Visionen oder Gespenster oder Träume, blitzen kurz auf in stillen Momenten, beim Zähneputzen oder wenn ich vor Sophies Schrank stehe und Kleidungsstücke auf Bügel hänge. Das Land, das in der Hitze daliegt, schweigende Feldwege, fiedriger Wiesenkerbel. Der süße mehlige Geruch im Innern von Scheunen, die Art, wie die Augen gegen das Dunkel ankämpfen und Umrisse erkennen: Futtersäcke, Heuballen, Teile von Maschinen, die vor sich hin rosten.

Damit diese Ideen sich entwickeln können, braucht es Alleinsein und Zeit, aber Sophie nimmt mich vollkommen in Anspruch, unbekümmert rücksichtslos in ihrer ganz selbstverständlichen Gewissheit, dass ich für sie da bin. Sie wartet nicht, bis sie an der Reihe ist. Seit etwa einem Jahr entzieht sie sich mir, versucht mich abzuschütteln, und so fühlt sich nun diese Abhängigkeit – die Art, wie sie mit Babystimme vom Sofa her *Ma-ma!* ruft – neu an und zugleich wie die Wiederkehr des ersehnten Alten. Ich liebe es, ich habe es immer geliebt, und doch merke ich, zum ersten Mal, dass es mich ärgert und einengt. Vielleicht habe ich mich, während Sophie von mir wegstrebte, auch meinerseits bewegt.

Wie auch immer, ich kann jedenfalls nicht produktiv über meine Arbeit nachdenken, solange ich hier im Haus bin. Die Tyrannei der häuslichen Pflichten lässt mir keinen Raum. Ständig muss ich mich um dies und das kümmern, muss etwas aufräumen oder einkaufen oder in Ordnung bringen oder zusammenlegen oder aufheben oder abwischen. Kleinigkeiten, die ich nicht Lenka überlassen will, unwichtige Dinge, mit denen sich sonst niemand abgibt. Fragen, die sonst niemand beantworten kann.

Am Dienstag geht Sophie wieder zur Schule, nicht ohne ein bisschen zu jammern und vorwurfsvoll zu husten, und als ich endlich aus dem Haus trete in die schwache Sonne, spüre ich wieder den alten herrlichen Schwung: die Hoffnung auf eine neue Idee.

Der kleine Spaziergang zum Atelier tut mir immer gut, bei jedem Wetter. Es gefällt mir, draußen in der Welt zu sein und doch von

ihr abgehoben: Ich lasse meine Gedanken schweifen und bin doch keineswegs müßig.
Ich biege von der Hauptstraße ab, gehe durch das schmiedeeiserne Tor in den Park, unter den Kerzen der Magnolien und dem Limonadengesprudel von Apfel- und Kirschblüten hindurch, und ich fühle mich leicht, voller Leben, voller Möglichkeiten. Ich trete auf das leuchtende frische Gras, mache einen Bogen um die Trauben von Müttern, deren Buggys den Weg verstopfen. Ein Hund schießt hinter einem giftig gelben Ball her. Über den Wipfeln in dem verheißungsvoll heiteren Himmel ein Schwarm Vögel, die auf und nieder flattern, im Zickzack und durcheinander flitzen und dabei doch eine einzige zusammenhängende quecksilbrige Masse bilden.
Ich stecke die Hände in die Jackentasche, und meine Finger finden den Schlüsselring mit der ledernen Quaste, den mir Charles aus Mailand mitgebracht hat, teurer Schnickschnack, über den ich mich aber jedes Mal freue, wenn ich daran denke. Der kalte harte Schock der Schlüssel.
Hinaus zum unteren Tor, vorbei an den weißen Fronten von Häusern aus den 60er Jahren, zwischen viktorianischen Reihenhäusern hindurch und eine schmale, belaubte Gasse entlang, die zu einer Fußgängerbrücke über die Eisenbahngleise führt. Wie immer gehe ich hier etwas schneller und hoffe, niemandem auf diesem beengten Raum zu begegnen, der herrenlos zwischen Himmel und Erde schwebt und zu keiner der beiden Seiten zu gehören scheint. Ich schaue nicht durch die Gitterstäbe und Stromleitungen hinunter zur Mündung des Tunnels, zu den Graffiti und den Flaschenscherben, zu dem Unkraut, das zwischen den Schottersteinen heraussprießt und sich unaufhaltsam überallhin ausbreitet.
Tief unter mir summen ganz leise die Schienen: Ein Zug nähert sich oder fährt fort, ich weiß nicht, was von beiden.
Ich gehe weiter. Auf der anderen Seite komme ich an der Schule vorbei – der Schulhof hinter der Mauer ist still und leer –, der Ver-

kehrslärm der Hauptstraße wird lauter: Von fern höre ich eine Sirene heulen, Busse seufzen und schnauben empört.
Als ich die Tür des Ateliers öffne, sehe ich vor mir ausgebreitet die ganze Vergeblichkeit dessen, was ich in den letzten Wochen gemacht habe, auf Staffeleien und an die Wand gelehnt, auf großen Bögen Papier, die über den Boden verstreut liegen. Es tut gut, das grobe Gekritzel einzusammeln und wegzuräumen, die Alufenster aufzureißen und frische Luft hereinzulassen. Ich fülle den Wasserkocher und knipse ihn an. Während ich darauf warte, dass das Wasser heiß wird, trete ich an den Planschrank, ziehe die Schublade heraus und suche den alten braunen Umschlag, der unter einigen weit weniger wichtigen Papieren versteckt ist. Der Umschlag hat seine Steifigkeit längst verloren, er ist weich wie Waschleder. Die Gummierung der Klappe ist noch als matter Streifen zu erkennen, aber sie klebt nicht mehr.
Ich habe seit Jahren nicht mehr reingeschaut, obwohl ich oft an die Bilder gedacht habe, an das, was darauf zu sehen ist, genauer gesagt: was *nicht* zu sehen ist. Und ich habe mich daran erinnert, was anderswo passierte, weit weg oder hinter der Kamera oder irgendwo seitwärts.
Behutsam ziehe ich den Packen Fotos mit weißen Rändern heraus und lege sie auf dem Tisch aus. Keine Überraschungen, nichts, was ich nicht schon gesehen hätte. Einige sorgsam überlegte Aufnahmen von den Downs mit den weißen gepunkteten Linien der Fußpfade, die sich die Hänge hinaufschlängeln. Der Blick aus meinem Fenster: Rasen und Bäume und Ziegelmauer, jenseits davon strecken sich flache Felder dahin. Ein Stillleben mit trockenen Pflanzen in einer Milchflasche. Ein Mädchen mit grünen Jeans von hinten gesehen. Sie steht an einem Hoftor, ein Fuß in einem Tennisschuh ruht auf dem untersten Querbalken des Tors; strubbelige lange Haare, hinter ihr ein Terrier. Kuchen, Früchte und Blumen auf Brettern, die über Böcke gelegt sind, dazwischen Kärtchen, auf denen »Erster Preis« steht. Der alte Leuchtturm, im Hintergrund wie ein grauer Kasten das Transformato-

renhäuschen. Meine Mutter mit Kopftuch vor der Haustür, eine Schale mit Rosinen in der Hand. Das blasse Gesicht meines Vaters am Klavier inmitten von lauter Schatten, aus denen sich nur der spiralig aufsteigende Rauchfaden einer Zigarette im Aschenbecher hell heraushebt. Ich nehme das Foto in die Hand. Es ist das beste von allen, denke ich. Zufällig habe ich etwas Wahres an ihm getroffen, und es ist immer noch wahr.

Ich bin noch nicht ganz fertig, es ist noch etwas in dem Umschlag. Ich drehe ihn um, und das Armband gleitet heraus. Schmutziger, an den Enden verknoteter Zwirn, auf den verschiedene Dinge aufgefädelt sind: ein Messingknopf mit einem aufgeprägten Anker, neongrün und orange glasierte Tonperlen, ein Glasauge gegen den bösen Blick und ein paar versilberte Kinkerlitzchen, wie sie für fünfzig Pence das Stück im Katalog von Dorothy Perkins angeboten wurden (ein Stern, eine Ananas, ein Hufeisen als Glücksbringer). Ohne allzu große Schwierigkeiten streife ich es über mein Handgelenk.

Das Gewicht und das Geräusch sind mir vertraut.

»Behalt es. Du kannst es mir beim nächsten Mal zurückgeben«, sagte sie, nahm es ab und ließ es über meiner offenen Hand baumeln. Dann sah sie meinen Gesichtsausdruck. »Es ist nichts Wertvolles, nur alter Krimskrams. Du musst es nicht tragen, wenn es dir nicht gefällt.«

Dafür liebte ich sie, für diesen plötzlichen Zweifel, für die untypische Anwandlung von Unsicherheit. Und ich hasste sie auch dafür, aus demselben Grund.

Das Wasser kocht. Ich gieße es über einen Löffel Instantpulver, dann stehe ich, den Becher in der Hand, das Metall und die Perlen des Armbands kühl auf meiner Haut, am offenen Fenster, schaue hinaus auf die sonst unsichtbare Landschaft über den Dächern mit ihren Kaminhauben und den Blechkästen der Klimaanlagen und kaputten Fernsehantennen. Jetzt weiß ich, was ich malen will, und ich kann die prickelnde Anspannung genießen, die Stimmung von Verheißung.

Ich trinke den Kaffee und lasse meinen Bleistift ein paar Gedanken festhalten und ihnen Gestalt geben; der weiche Graphit flitzt übers Papier, bloß zur Auflockerung, dann suche ich mir die richtigen Pinsel aus. Die meisten Bilder kennt man noch gar nicht, wenn man anfängt. Sie kommen erst allmählich, schüchtern beinahe, aus etwas anderem hervor, sind eher Vermutungen als Aussagen. Aber es gibt auch einige wenige Bilder, die sich zeigen, die einen drängen, nötigen, sie anzupacken, und das sind meiner Erfahrung nach die besten. Dieses hier scheint eines davon zu sein, so wie es sich anfühlt.

Die Euphorie des Anfangs, wenn einen nichts mehr zurückhält. Wenn man aus Nichts etwas hervorzaubert. Farbtöne und Übergänge bringen Bewegung auf die Leinwand. Zuerst der Himmel, wie gewöhnlich, eine große bleiche Lache fein abgestufter Farbe: Hitze, Leere. Am Rand, so stelle ich mir vor, wenn auch noch undeutlich, etwas, worauf man nicht direkt blickt, ein Haus, eine Mauer, eine Hecke. Die Augen gleiten darüber hinweg in die fahle Luft, aber der Betrachter *weiß*, dass es da ist, und kommt schließlich wieder dahin zurück. So jedenfalls soll es funktionieren.

Ich denke daran, wie ich zum Bauernhof der Pughs ging – wahrscheinlich war er nicht mal einen Kilometer weit entfernt, aber mir kam der Weg endlos lang vor –, an den Zaunübertritt, den Fußpfad durchs Gelände, unter meinen Sohlen rissige Erde, Getreidestoppeln, die an meinen Knöcheln stachen, Schafe blökten, Möwen schrien, manchmal raues Krächzen von Krähen. Wie es sich anfühlte, als ich in der Höhlung der Hecke stand, deren Zweige an meinen Armen und Beinen kratzten. Dürre Blätter und Spinnweben im Haar, spähte ich in den menschenleeren Hof: Hühner pickten, der Hund döste im Schatten. Im Haus waren Leute, ich hörte ihre Schritte in Zimmern und auf der Treppe, Türen schlugen, auch Stimmen waren zu hören, aber ich sah niemanden, höchstens hie und da einen Schemen, eine huschende Bewegung durch eine dunkle Scheibe oder ein offenstehendes Fenster. Trotzdem, ich wartete.

An diesem Abend sagt Charles zu mir: »Lass mich raten: Du hast ein neues Bild angefangen, und es geht dir richtig gut von der Hand, stimmt's?«
»Fürs Erste ist es okay«, sage ich, aber ich will nicht mehr verraten. Ich werde mich hüten, in diesem Stadium irgendetwas als gegeben anzunehmen, und bin mir bewusst, dass ich noch nicht darüber reden darf. So als ob das Gelingen geradezu davon abhinge, dass ich nichts ausplaudere und mich vielleicht sogar ein bisschen verstelle. »Ich weiß noch nicht genau, in welche Richtung es geht.«
»Ich sehe es dir jedes Mal an«, sagt er, und dafür liebe ich ihn: dass er es bemerkt, dass es ihn beschäftigt, dass er sich freut, dass er Verständnis dafür hat, wenn ich nicht mehr preisgeben will, nicht mehr preisgeben darf. Sophie sitzt an der Frühstückstheke über Alain-Fournier gebeugt, den Leuchtmarker gezückt. Wenn ich sie jetzt anspreche, wird sie sich in ihr Zimmer verziehen, darum lasse ich es sein.
»Wir sind zum Abendessen eingeladen«, sage ich zu Charles. »Ich habe den Termin im Kalender eingetragen.«
»Ah, bei der Schussligen«, sagt er. Die ihr Kind im Park verloren hat. Ja, sage ich. Die neue Mutter. Ich sehe ihm an, dass er nicht gerade begeistert ist, aber er wird mitkommen, so wie meistens. »Charles ist *so* gutartig«, sagen die Leute immer, und ich lächle und denke mir: Ist er wirklich so gutartig oder nur träge?
Beim Essen sagt Sophie: »Dieses Armband ist echt schräg, Ma. Wo hast du das denn her?«
Ach, das ist nur alter Plunder. Ich habe das Ding in einer meiner abgelegten Handtaschen gefunden. Keine Ahnung, wo das herkommt.
Am nächsten Tag lege ich es in eine Schublade, aber ich merke, dass ich bei der Arbeit immer wieder daran denken muss: das Klimpern der Perlen und des Metalls, die Knoten des Bindfadens, das kühle Gewicht an meinem Handgelenk.
Emmas Abendessen ist eine wenig denkwürdige Veranstaltung,

die Art Event, an deren Einzelheiten sich die meisten Gäste schon am nächsten Morgen kaum mehr erinnern können. Es ist ein warmer Frühlingsabend, Charles und ich gehen zu Fuß dorthin. Ich habe mich nicht besonders schick gemacht, weil ihre Freundinnen das als Sünde wider die schwesterliche Solidarität deuten könnten. Zurückhaltend, so ist es gemeint: elegant, ja, aber mit Takt. Sie öffnet uns die Tür, einen Strauß Blumen an die Brust gedrückt, die Augen glasig vor Panik. Auf ihrer Bluse ist ein feuchter Fleck von den Blumen, ihr Gesicht glänzt.

Während Ben die Vorstellungszeremonie hinter sich bringt, schaue ich mich unauffällig im Raum um. Ich sehe, welche Anstrengungen sie auf sich genommen hat, wie viel Gedankenarbeit sie in ihre Inszenierung investiert hat, jedes Detail wohl überlegt: die Teelichter, die Schälchen mit Mandeln und Oliven, der Duft der Möbelpolitur und der Rosen, die Musik. Natürlich weiß ich, was hinter der Fassade ist, was sie unters Sofa geschoben, in die Schränke weggesperrt hat. Trotzdem bin ich irgendwie ganz gerührt von ihrem Eifer.

Ben steht da, in der Hand eine Flasche, die er eigentlich öffnen wollte, aber das hat er vergessen, so sehr ist er in Anspruch genommen von seiner Aufgabe: *Das ist Fran, das ist Luke. Das sind Patience und Rob.* Jetzt müssen wir, wie es sich gehört, erklären, woher wir unsere Gastgeber kennen, und versuchen, Gemeinsamkeiten zu finden.

»Oh, das ist eine lange Geschichte«, sage ich. »Einer dieser komischen Zufälle.« *Na ja,* komisch *fand er es eigentlich nicht,* bemerkt Ben, und ich wende mich ihm zu und sage *Nein, natürlich nicht, aber es ist ja zum Glück alles noch mal gutgegangen.* Fran weiß Bescheid, sie hat Emma damals im Park getroffen. Ich sehe Patience an, wie entsetzt sie ist, als sie hört, was passiert ist. Augen so groß wie Suppenteller. Und sie hat insgeheim schon ein Urteil gefällt, sie kann nicht anders. »Oh, man kann nicht aufmerksam genug sein«, haucht sie. »Hat Christopher … Sie wissen schon?«

»Er hat es prima verkraftet«, versichert Ben mit nur leicht gereiz-

tem Unterton. Emma hätte wohl kaum so gelassen bleiben können, stelle ich mir vor. »Er hat nie mehr davon geredet. Wir glauben, dass er die Sache vollkommen vergessen hat.«
»Ah, dann ist es ja gut«, sagt Patience und runzelt zweifelnd die Stirn. »Hoffen wir das Beste.«
»Emma dagegen ...« Ben lacht. »Bei ihr sieht die Sache schon anders aus. Oliven?«
Während wir die Suppe essen, muss ich Patience' Redeschwall über mich ergehen lassen. Sie quasselt ohne Punkt und Komma, als hätte sie Angst, es würde etwas Schreckliches passieren, wenn sie auch nur für einen Moment verstummte. Sie und Emma haben zusammen gearbeitet, »in einem früheren Leben«, das, wie sie durchblicken lässt, wenig befriedigend war. »Man muss wissen, was man will«, sagt sie mit einem bescheidenen Lachen. »Und glücklicherweise läuft bei Rob beruflich alles so gut, dass mir die Entscheidung ...«
Audrey und Alfred, von denen sie ständig redet – etwa im Zusammenhang mit den Kämpfen, die sie mit städtischen Planungsbehörden führt, damit endlich, endlich der neue Erweiterungsbau der Schulmensa in Angriff genommen wird, oder wenn sie in epischer Breite davon berichtet, wie viel Mühe und Schlauheit sie aufwenden musste, um einen »wirklich erstklassigen« Mathe-Nachhilfelehrer zu finden –, sind, wie ich schnell errate, ihre Kinder: So riesenhaft ragen sie in ihrer Gefühlswelt auf, dass sie gar nicht auf die Idee kommt, die beiden könnten irgendjemandem unbekannt sein. »Ach, du meine Güte«, werfe ich an den richtigen Stellen ein. »Wow, das muss wirklich ...«
Irgendwann mitten in einem Monolog über Audreys Schulchor, als Patience sich gerade anschickt, eine weitere witzlose Nebenepisode einzuflechten, breche ich den Blickkontakt ab, lasse bedächtig und in keiner Weise verstohlen meine Blicke schweifen und nehme ganz ruhig die Dinge hinter ihrer linken Schulter ins Visier, die Küchentür, ein Geschirrtuch, das über dem Wasserhahn hängt, egal was.

Wird sie es bemerken? Wird es ihr etwas ausmachen? Innerlich juble ich, als sie in einem Moment der Irritation den Faden verliert, aber dann, während ich mir mit der Serviette die Lippen abtupfe, fängt sie sich wieder und schnattert weiter, als wäre nichts gewesen. Ohne Zweifel hat sie es sich nur eingebildet, sagt sie sich.

Wenn hin und wieder ihr Redefluss kurzzeitig zu versiegen droht, gibt sie das Steuer der Konversation keineswegs aus der Hand, sondern ist immer wachsam darauf bedacht, Lücken, in die ich vielleicht vorstoßen könnte, sogleich zu füllen: indem sie schmunzelnd wiederholt, was sie eben gesagt hat, mit langgezogenen, gedankenschweren Seufzern, mit leicht dahinperlendem Kichern.

Ob ich das neue Fernsehdrama gesehen habe, das über ein Kaufhaus aus der Zeit vor dem Ersten Weltkrieg, fragt sie, und als ich verneine, fängt sie an, mir die Handlung des Films in allen Einzelheiten zu beschreiben.

Hin und wieder bemerke ich, dass Emma zu uns herschaut oder mich aus dem Augenwinkel beobachtet. Charles lächelt mir verstohlen zu, dann beugt er sich vor, um Patience' Aufmerksamkeit auf sich zu lenken, und deckt sie mit interessierten Fragen ein. Offensichtlich opfert er sich für mich.

Die bunten Magnete auf dem Kühlschrank buchstabieren harmlose Familienscherze: *Hilfe, Wein, Spinner.*

Auf eine Frage von Patience hin erklärt Charles, wie es bei uns mit Jess und Sophie ist, dabei schiebt er in dieser besonderen Art, ganz der charmant plaudernde Intellektuelle, seine Brille auf der Nase hoch.

»Ah ja, die Babysitterin«, sagt Fran, der Emma offenbar von Sophie erzählt hat.

Patience zuckt zusammen. »Lieber Himmel, ein *Teenager*«, sagt sie sichtlich unangenehm berührt. Offenbar fühlt sie ihre Autorität bedroht. Mit denen hat man es schwer, stellt sie sich vor.

Ach, nein, sagt Charles, Sophie ist schon in Ordnung, wenn man von den üblichen kleinen Ärgernissen absieht.
»Mädchen in dem Alter sind schlimmer als die ganze Familie Borgia zusammen«, sage ich und nehme mir von dem scheußlichen Salat. Das Fleisch ist gar nicht übel, aber ich merke, dass Charles von dem Wein nicht begeistert ist. Aus Solidarität mit meinem Mann, meinem Verbündeten hier, sage ich, er hat eine wahre Engelsgeduld mit Sophie. Ich hebe mein Glas und da bemerke ich, dass Emma mich anstarrt, ganz fasziniert von meiner Frisur und meinem Kleid und dem Halsband mit den schwarzen Gagatsteinen, das auch Cecily so gefiel.
Charles meint, es komme nur darauf an, nicht zu viele Fragen zu stellen, und alle in der Runde nehmen es für bare Münze, als wäre ihnen eine tiefe Weisheit zuteilgeworden. Ich lächle auf meinen Teller hinab, um nicht Emmas ausgehungertem Blick zu begegnen. »Sie ist alles in allem ein braves Mädchen«, murmle ich. »Soweit es einer Siebzehnjährigen eben möglich ist. Es könnte sehr viel schlimmer sein.«
Natürlich ist Patience bestens über den Drogenskandal an Sophies Schule informiert und will unbedingt darüber reden. Als Nächstes muss ich mir ihre komplizierten Verlautbarungen zum Übertritt an weiterführende Schulen anhören und anschließend immer aufmerksam nicken und die Stirn runzeln, während Rob mir die Marketingstrategie erklärt, die er gerade für einen Radiosender ausarbeitet. »Und was machen Sie beruflich?«, fragt er schließlich (immerhin – seine Frau ist gar nicht auf die Idee gekommen, dass das von Interesse sein könnte), und ich sage ihm, dass ich male. In dem verblüfften Schweigen, das darauf folgt, höre ich Charles, der Emma gerade erzählt, wie wir uns kennengelernt haben, und in diesem Zusammenhang erwähnt er das Haus bei Nizza. Ich mische mich ins Gespräch. »Es ist eine der besten Sachen, die Charles je gemacht hat.« Und ich beschreibe Emma den Blick aufs Meer, die südliche Sonne, die Düfte, die Pinien und Lavendel in der Hitze ausdünsten.

Ich sehe, wie sie es sich vorstellt. Einen Moment lang ist sie dem Zauber der Bilder, Geräusche und Gerüche, die ich beschworen habe, wehrlos ausgeliefert. Der Schatten unter der Pergola, die Stille in der Mittagshitze, wenn nur noch das leise Zirpen der Grillen zu hören ist.

Ich entschuldige mich und schlüpfe hinaus auf den Flur. Leise schließe ich die Küchentür hinter mir. Die Folie der Ordnung, die Emma über das Wohnzimmer drapiert hat, ist verrutscht und zerrissen, sie hat der chaotischen Macht derer, die da ihren Aperitif tranken und Nüsschen knabberten, nicht standgehalten: Die Sofakissen zerknautscht, auf dem Tisch ein Häufchen Pistazienschalen, der glatte Flor des Teppichs zerwühlt und zerzaust von unseren Schuhen. Ich gehe die Treppe hinauf, sorgsam darauf bedacht, nicht auf den gelben Plastikkipper und die Bibliotheksbücher zu treten, die da herumliegen. O ja, sie hat auch an das Badezimmer einige Mühe gewendet, die diversen Schwimmtiere der Kinder in einem Netz gesammelt, eine Lilienduftkerze angezündet, frische sandfarbene Handtücher hingelegt, sogar an Handcreme und Reserveklopapier hat sie gedacht. Sehr aufmerksam. Ich werfe einen prüfenden Blick in den Spiegel und gehe wieder hinaus.

Das Stimmengewirr in der Küche ist als leises Gemurmel zu hören, aber dann tönt plötzlich Emmas Lachen klar und schrill hervor, und das gibt den Ausschlag. Ich betrete Cecilys Zimmer. Die Tür lasse ich einen Spalt weit offen, so fällt etwas Licht herein, und ich kann hören, wenn unten jemand in den Flur kommt.

Sie ist es gewohnt, im Dunkeln zu schlafen – möglicherweise genügt ja schon die kleine Störung durch die offenstehende Tür, sodass ich gar nichts weiter tun müsste. Ich warte, aber sie regt sich nicht.

Meine Augen gewöhnen sich an das Halbdunkel, und ich kann jetzt Einzelheiten erkennen: die ausgebreiteten Arme, die nach oben gerichteten Handflächen, den zarten Stoff des Kissenüberzugs, der sich an ihrer Wange zusammengeschoben hat.

Ich stehe an dem Bettchen, eine Hand auf dem weiß gestrichenen Gitter. Die farbenfrohen Buchstaben laufen die Wände entlang. Man weiß nicht recht, ob sie das Ganze einrahmen oder mit ihrer bunten Wucht erdrücken. A wie Affe, B wie Ball, C wie Clown.

Ich öffne den Reißverschluss des Schlafsacks und ziehe ihre Füße heraus. Sie sind warm und weich und ein bisschen feucht, ganz schlaff wie Brotteig. Ich lasse sie los, sie plumpsen hinunter, aber nichts passiert. Cecily schläft ungerührt weiter.

»Cecily«, flüstere ich und blase ihr ins Gesicht. Sie zuckt ein bisschen, entspannt sich aber gleich wieder. Ich schaue umher. Eine Schnabeltasse mit Wasser steht auf dem Sims. Ich halte sie über Cecilys Gesicht und schüttle ein bisschen. Es ist nur ein Spritzer, aber er tut seine Wirkung. Sie schrickt zusammen, ihr ganzer Körper spannt sich. Ich höre den Lattenrost unter der Matratze knarzen, das Rascheln von Stoff und dann das heftige Keuchen, als sie ihre Lungen aufbläst. Ich stelle die Tasse wieder hin, ziehe mich eilig zurück und schließe die Tür. Oben an der Treppe bleibe ich kurz stehen und lausche, nur zur Sicherheit.

O ja, sie brüllt wie am Spieß. Ich gehe hinunter, lege Emma sacht die Hand auf die Schulter und beuge mich hinunter, um es ihr zu sagen. *Das war's, die Party ist aus,* denke ich, als sie ihren Stuhl zurückschiebt, das Gesicht erschöpft und zusammengefallen.

Es ist, als hätte jemand gerufen: »Austrinken, wir schließen jetzt!« Vom wirklichen Leben eingeholt, haben Fran und Luke es plötzlich eilig, nach Hause zu kommen, obwohl es noch nicht mal elf ist, und ihr Aufbruch signalisiert Patience und Rob, dass es auch für sie Zeit wird, ihre Siebensachen zusammenzupacken. »Es hat mich gefreut, Sie kennenzulernen«, sage ich, die Hände voller Löffel, weil ich gerade dabei bin, die Dessertteller abzuräumen. »Nein, lassen Sie nur, ich mache das schon.«

Ben sagt, das ist sehr freundlich von mir. Er wirkt sonderbar erleichtert, als ich bemerke, ich hätte jetzt Lust auf einen Kräutertee – gerade so, als ob es ihm Hoffnung machte, dass der Abend trotz allem immer noch ein Erfolg werden könnte.

Als ich in Cecilys Zimmer komme, sitzt sie im Sessel vor dem Fenster. Sie hat den Vorhang aufgezogen. Im Haus gegenüber geht das Licht aus, die Wolken haben sich verzogen, und ein käsiger Halbmond, der über den Kaminen hängt, beleuchtet den Garten. Cecilys Kopf liegt müde an die Schulter ihrer Mutter geschmiegt. Ich schiebe ein paar Sachen auf dem Tisch beiseite und stelle den Tee so hin, dass Emma ihn erreichen kann. Ich stehe hinter ihr, eines von Christophers Schleich-Pferden in der Hand, und betrachte uns beide im Spiegel der dunklen Fensterscheibe.

Schade, dass alle schon so früh gehen mussten, sagt sie, und ich beruhige sie: Wir haben es nicht eilig, unsere Ehemänner unterhalten sich gemütlich bei einem Glas Whisky. Ich mache ihr Komplimente: »Ein reizender Abend. Sie haben sich wirklich sehr viel Mühe gemacht.«

»Ach, halb so wild«, sagt sie und denkt, wie blödsinnig es war, all diese Servietten zu bügeln, diese Blumen zu kaufen.

Ich murmle etwas über Fran, dass ich sie nett finde – diese Geschichte, wie sie ihren Schuh in der U-Bahn verloren hat, einfach köstlich. Als Emma die Hand nach dem Teebecher ausstreckt, regt sich Cecily verschlafen, dann sinkt ihr Kopf zurück an den Oberarm ihrer Mutter. Emma nippt von ihrem Tee, ich nehme auch einen Schluck. Es ist schon fast Sommer, sage ich. Sophie wird in ein paar Wochen nach Amerika fliegen. Ob sie und Ben auch verreisen?

Nein, sagt sie, sie müssen sparen. Ben macht sich Sorgen wegen der Arbeit, irgendwas von einem Auftrag, den er in Aussicht hat. Vielleicht ein Besuch bei seinen Eltern, Tagesausflüge ans Meer.

Ich lanciere mein Angebot, rede von dem Haus in Südfrankreich, das im August leersteht. Billige Flüge, sogar in der Ferienzeit.

»Oh«, sagt sie völlig verunsichert, »wir können doch nicht ...«

Während ich weiterrede – kein Mensch nutzt das Haus, mein Vater drängt es mir geradezu auf, vielleicht können wir sogar ein paar Tage dort gemeinsam verbringen, es bietet jede Menge Platz –, drehe ich den kleinen Palomino in der Hand hin und her, spüre die scharfen Kanten der Hufe, die spitzigen Ohren. *Einem geschenkten Gaul schaut man nicht ins Maul,* denke ich.

Sie soll es mit Ben besprechen, schlage ich vor. Und sie wird feststellen, dass ich ziemlich hartnäckig sein kann, sage ich und lache.

Im Dunkeln beuge ich mich vor, um Christophers Pferd auf den Tisch zu stellen, dabei komme ich ihr ziemlich nahe. Ich weiß nicht, was in mich gefahren ist, aber plötzlich merke ich, dass ich die Hand nach Cecilys Kopf ausstrecke. Unter dem flaumigen Haar spüre ich eine zarte Wärme, wie ein Ei fühlt es sich an. Feines, zerbrechliches Porzellan, und dann der sanfte Schock der Fontanelle, die unter meinen Fingern pulsiert.

»Oh!« Der Ausruf entschlüpft mir in einer Mischung aus Faszination und Grauen. Ich zögere peinlich berührt, spüre auch Emmas Unbehagen und zugleich ihre Nähe, und dann ziehe ich meine Hand ohne Bedauern weg. »Ich meine es ernst«, sage ich im Hinausgehen. »Überlegen Sie es sich.«

»Ja«, sagt sie, aber es ist eigentlich mehr ein Seufzer, das befreite Ausatmen eines Menschen, dem die Lösung eines Problems präsentiert wurde.

Auf dem Nachhauseweg erzähle ich Charles, was ich getan habe, und merke sofort, dass es ihm nicht passt.

»Ach, komm«, sage ich, die Hand an seinem Arm. Das Geräusch unserer Schritte hallt durch die stille Straße vor uns; wir bleiben stehen, um einen Roller von einem Pizzaservice vorbeizulassen. »Sie sind doch ganz nett. Emma ist ein bisschen aus der Bahn geworfen, glaube ich. Hat in der Babypause den Halt verloren, du weißt schon. Es ist doch schön, wenn man so jemandem etwas Gutes tun kann.«

»Ja, sicher. Du wirst schon wissen, was du tust«, sagt Charles.

»Du wirst sowieso nicht die ganze Zeit dort sein«, erinnere ich ihn. »Und ich werde froh sein, Gesellschaft zu haben. Es wird bestimmt schön.«

»Wieso hast du nicht Bridget gefragt, ob sie und ihr Mann mitkommen wollen?«

Ich sage ihm, dass Bridget ihren Sommerurlaub immer schon an Weihnachten bucht: Kroatien oder Griechenland, ich weiß nicht mehr, was von beiden dieses Jahr dran ist. Es ist sogar wahr, na ja, ziemlich wahr. »Und überhaupt kannst du Fred nicht ausstehen.«

Er widerspricht: Fred ist nicht so schlimm, er meint es ja nur gut. »Aber die Sache ist doch die: Diese Leute sind viel zu jung.«

»Ich bitte dich: Emma ist ungefähr in meinem Alter«, sage ich, und er tätschelt meine Hand: »Du weißt genau, was ich meine. Babys. Mittagsschlaf. Windeln. Ich weiß nicht, was daran so faszinierend ist.«

»Ich bin nicht fasziniert.« Es erschreckt mich, dass er mich durchschaut hat. Normalerweise kann ich mich darauf verlassen, dass er nichts merkt. »Aber sie hat etwas. Manchmal finde ich, sie hat etwas ... Anrührendes. Sie wirkt so, so ...« Ich suche nach dem richtigen Wort, einem Wort, das für meinen Zweck taugt, aber ich finde es nicht. »Es ist schön, wenn man so jemandem etwas Gutes tun kann.«

»Du hast ihr schon reichlich Gutes getan, wenn du mich fragst«, sagt Charles. »Du hast ihre Geldbörse zurückgebracht, ihren Knirps bei der Polizei abgegeben. Ich finde, das sind genügend gute Werke.«

»Ja, mach dich nur lustig über mich«, sage ich. »Sie hat etwas an sich, das mich in die Vergangenheit zurückversetzt.«

»Ich frage mich, wie du damals warst.« Charles nimmt meine Hand. Ich weiß im ersten Moment gar nicht, wie ich reagieren soll vor Schreck: Ich habe Angst, mich zu verplappern, mich endgültig zu verraten. Und dann kapiere ich erst, was er meint, und während er meine Hand loslässt und nach seinem Schlüsselbund tastet, fasse ich mich wieder. »Damals, als Sophie noch ganz klein war?«, frage ich. Er geht vor mir die Steinstufen hinauf, um die Tür aufzusperren. »Du würdest mich nicht wiedererkennen, so anders war ich – ein anderer Mensch.« Und das kommt der Wahrheit ziemlich nahe, wenn auch die wirkliche Verwandlung lange vorher stattgefunden hat, als ich Arnold kennenlernte. All seinen Fehlern und Schwächen zum Trotz hat er doch in mir Dinge gesehen, von denen ich kaum etwas wusste, er lockte sie hervor, und die schlechten Gewohnheiten fielen von mir ab, er befreite mich von meinem Vater, aber vor allem von meiner linkischen Unsicherheit und von meinen Zweifeln. Ich weiß noch, wie Arnold – damals für mich nur ein Galerist – in meinem ersten Atelier herumging und ganz überrascht war von meinen Arbeiten. »O ja, ich glaube, damit lässt sich was anfangen«, sagte er und warf mir einen abschätzenden Blick zu, um mich anschließend einzuladen, mit ihm etwas zu trinken.

Manchmal fühlt es sich an, als hätte mich Arnold mit seiner selbstbewussten, großzügigen Art und seinem Geschmack erst erschaffen, als hätte er die Wesenszüge, die mich jetzt ausmachen, nicht nur gefördert, sondern sie mir überhaupt erst eingepflanzt. Er verwandelte meine Schüchternheit in Zurückhaltung, meine Verschlossenheit in innere Stärke. Er brachte mich ans Licht. Man redet immer von »Selbstfindung«, aber oft findet man dieses Selbst nur deswegen, weil andere Leute es einem zeigen. Natürlich war ich Arnold dankbar für alles, was er für mich getan hatte, aber ich empfand auch einen dumpfen Groll gegen ihn: Er wusste zu viel, er kannte mein früheres Ich. Das war letztlich der Grund, warum ich mich von ihm trennen musste.

Im Flur steigen wir über herumliegende Parkas und Hoodies, über schmutzige weiße Sneakers in unglaublichen Schuhgrößen. Ich schaue ins Wohnzimmer und sehe sie auf den Sofas sitzen, hingefläzt auf den bunt gemusterten Kissen: Sieben oder acht in der schummrigen Unterwasserbeleuchtung des Fernsehers, nur die Augen und Zähne und leeren Pizzaschachteln strahlen hell. Auf dem Bildschirm eine Frau, die durch den Wald hetzt, offensichtlich auf der Flucht. Schluchzen und Keuchen, bedrohliches Knacken im Unterholz, panisch rasende Streichinstrumente. »Was schaut ihr da an?«, frage ich, eine zischt »Pssst«, und ein paar der Mädchen kichern. Sophie taucht aus dem Dunkel auf, streift mich auf ihrem Weg in die Küche.

Sie sind alle zu einem achtzehnten Geburtstag in Dartmouth Park eingeladen, aber vorher sehen sie sich noch diesen Mist von einem Horrorfilm an, der auf Netflix läuft. Er ist fast zu Ende. Als sie redet, kann ich eine Schnapsfahne in ihrem Limonadenatem riechen.

»Bei wem ist diese Party?«, frage ich. »Ist die nicht längst vorbei, wenn ihr da ankommt?« Sie zuckt die Achseln. Im Licht des offenen Kühlschranks steht sie da und nimmt zwei Dosen Cola Light heraus.

»Um halb zwei bist du wieder da, spätestens«, sage ich. »Ich bleibe so lange auf.«

Es wird halb zwei und später. Ich liege im Bett neben Charles, die Schlafzimmertür steht offen. Das Haus mit den Mänteln an der Garderobe, den Blumen in den Vasen, den erloschenen Kerzen, den gespülten Töpfen im Geschirrkorb neben der Spüle ist dunkel und still.

Vor zwei rufe ich nicht an, das wäre nicht gut. Ich knipse die Nachttischlampe an, drehe sie so, dass Charles von dem Licht nicht gestört wird, schlage den *Spectator* auf und lese einen Artikel über erste Erinnerungen: Angeblich wirkt ein Schock als Fixativ, das flüchtigen und sonst wenig bedeutsamen Momenten der Kindheit (ein Sturz die Treppe hinunter, der Verlust des Lieblingsteddys, das Erlebnis, in einer Menschenmenge von der Mutter oder vom Vater getrennt zu werden und sie nicht wiederzufinden) im Gedächtnis Dauer verleiht. Anschließend nehme ich mir die Buchkritiken vor, aber ich kann mich nicht konzentrieren, die Wörter verschwimmen vor meinen Augen und ergeben keinen Sinn. Um zwei versuche ich sie auf dem Handy zu erreichen und werde prompt auf die Mailbox umgeleitet. Ich schicke eine SMS, eine winzige Kette elektronischer Impulse, die Daten und Sorge übermitteln. Keine Reaktion. Ich wälze mich in den kühlen Laken und warte, das Telefon in der Hand, dessen Schein erlischt. Der Kater kommt und schmiegt sich eine Weile in meine Kniebeuge, dann zieht er wieder los, von seinen eigenen mysteriösen Angelegenheiten in Anspruch genommen.

Sie kommt gegen vier nach Hause, ohne Licht zu machen. Wie ein Einbrecher schleicht sie durchs samtige Grau die Treppe hinauf.

Am nächsten Morgen, als sie in der Küche vor dem Wasserkocher steht und Müsli in sich hineinlöffelt, fehlt es ihr nicht an Ausreden. Es ging hoch her auf der Party, sie hat ihr Handy in ihrer Handtasche gelassen und ganz das Zeitgefühl verloren. Meine SMS hat sie erst gesehen, als sie schon auf dem Heimweg war.

Ich sage ihr, dass sie zwei Wochen Hausarrest hat und das Taschengeld so lange gestrichen ist. Aber sie hat bereits mit Rosie ausgemacht, dass sie zusammen ins Kino gehen. Na und? Da hat sie eben Pech gehabt. Sie schreit ein bisschen herum, Tränen in den Augen, stürmt, ihren Becher in der Hand, davon. Charles, der sich rausgehalten hat (eine besondere Begabung von ihm), blickt von seiner Post auf. Seine leicht abwesend amüsierte Miene ärgert mich. »Das ist doch wohl nur recht und billig, oder?«, frage ich in gereiztem Ton.

O ja, er findet, ich habe alles genau richtig gemacht.

Bei solchen Gelegenheiten vermisse ich Arnold. Charles mag Sophie. Er würde sagen, er liebe sie, aber seine Gefühle für sie sind gemäßigt und verdünnt, ihnen fehlt das Unbedingte, Unmittelbare, das mein Verhältnis zu ihr bestimmt.

Ich höre sie telefonieren. Der Ton von Empörung und Groll angesichts erlittenen Unrechts wechselt mit kichernder Heiterkeit: »Mann, echt? Du spinnst!« Später, als ich die Geschirrspülmaschine ausräume, kommt sie in die Küche und sagt, dass es ihr leidtut, sie hätte dran denken sollen. Sie nimmt den Besteckkorb und sortiert Messer, Gabeln und Löffel in die Fächer der Schublade. Sehr zerknirscht. »Es war so eine tolle Stimmung, ich hab mich einfach mitreißen lassen.«

Ich lege meine Arme um sie, fühle, wie sie leicht erstarrt, bevor sie weich wird und sich fügt. Ich werde die Strafe nicht zurücknehmen, sage ich, wobei ich sie küsse und ihr die Haare aus der Stirn streiche, so wie ich es früher immer getan habe, als sie noch klein war. Aber ich bin ihr dankbar dafür, dass sie sich entschuldigt hat.

Sie blickt mich mit Bambi-Augen an. »Ich hab's versemmelt«, sagt sie. »Geschieht mir recht.«

Ich bin versucht, zu glauben, dass ich tatsächlich alles ziemlich richtig gemacht habe. Aber als ich ein paar Tage später in meiner Geldbörse krame, weil ich Lenka bezahlen muss, stelle ich fest, dass Geld fehlt, vielleicht zwanzig Pfund oder auch dreißig. Ich bin mir sicher, doch dann sage ich mir, vielleicht täusche ich mich ja und es ist am besten, die Sache auf sich beruhen zu lassen.

EMMA

In meiner angespannten Erwartung gelingt es mir überhaupt nicht, mich in einen richtig tiefen Schlaf sacken zu lassen, bevor plötzlich der Wecker losgeht, Ben sich aufrappelt, mir die Decke wegzieht und das Licht anmacht. Die Straßenlampen hinter den Gardinen beleuchten leeres Pflaster. Die Fenster im Haus gegenüber sind dunkel, nirgends rührt sich etwas.

Eilig duschen wir, trocknen schweigend unsere Haare mit dem Handtuch und konzentrieren uns auf die kritische letzte Phase des Packens: Zahnbürsten, Handy-Ladegeräte, Brillen. Wir schleppen das Gepäck hinunter. Das Taxi wird in zehn Minuten hier sein. Wir stehen im Flur, zittrig vor Adrenalin, vergewissern uns noch einmal, dass die Kindersitze da sind, der zusammengeklappte Buggy, die Proviantbeutel mit belegten Knäckebroten und getrockneten Apfelringen, fragen uns, was wir wohl vergessen haben.

Es ist Zeit. Ben geht in Christophers Zimmer, ich kümmere mich um Cecily. Bevor sie richtig wach wird, habe ich ihre Windeln gewechselt und sie schon halb angezogen. Sie ist so benommen, dass sie sich widerstandslos alles gefallen lässt. Stumm sitzt sie auf meiner Hüfte, zwinkert und wendet das Gesicht ab, weil das Licht sie blendet, als ich mit ihr auf den Treppenabsatz trete.

Es läutet, das Gepäck wird hinausgetragen, die Kindersitze werden angebracht, die Kinder angeschnallt. Ich trete hinaus in die geheimnisvolle Kühle des Morgens, die mich schaudern lässt, und drehe den Schlüssel im Türschloss. Es geht los. Als das Taxi auf die Hauptstraße abbiegt, sagt Ben: »Du bist sicher, dass du zwei Mal abgeschlossen hast, ja?«

Es ist still im Auto: Man hört nur hin und wieder das leise Klicken der Blinker und die Stimme aus dem Funkgerät, die unter Knistern und Knacken Fahrer zu Adressen in Bow oder Barnsbury beordert. Christopher sitzt da, seine Schnabeltasse mit Milch auf dem Schoß, und starrt mit großen runden Augen hinaus. Einen Moment lang sehe ich die Welt so wie er: eine neue Welt mit gelben Lichtern, verödeten Straßen, verrammelten Läden, die gewohnte Umgebung ohne Leben und daher verwandelt und rätselhaft. Ich muss an *Ein Tiger kommt zum Tee* denken – wie Sophie im Nachthemd spätabends mit ihren Eltern durch die Stadt geht – und bin schon drauf und dran, es Christopher zu sagen, aber dann lasse ich es.

Als wir auf der Autobahn sind, auch sie gespenstisch leer, lichtet sich der Himmel, im Osten zieht biblisches Rosa und Gold herauf. Eine Kindheitserinnerung, wie man mich zu Beginn der großen Ferien im Schlafanzug ins Auto packte, in Decken eingemummelt, auf allen Seiten von Kissen umgeben, und dann fuhren wir fort von London, ich schlief ein und wachte am nächsten Morgen in meinem Bett in Jassop auf. Die Sonne, die durch den schmalen Schlitz über den blauen Vorhängen ins Zimmer hereinguckte, die Regale, in denen dicht an dicht alte Bücher standen, der Petroleumofen, der wie ein Turm aussah, der Stuhl mit dem Binsengeflecht in der Ecke. Der Geruch von Dingen, die dieselben blieben.

Ich lehne den Kopf zurück und schließe kurz die Augen. Wenn mir nur jemand die Erlaubnis gäbe, denke ich, könnte ich tagelang schlafen. Wochenlang.

»Mann, ich bin so was von urlaubsreif«, murmelt Ben. *Und ich erst,* denke ich, die Augen geschlossen. Wir wissen beide, dass wir so bald keinen wirklichen Urlaub mehr kriegen werden. Der im letzten Sommer war schon ganz anders als alle früheren Ferien, die Tage streng geregelt von allen möglichen Notwendigkeiten und Rücksichten: feste Essens- und Schlafenszeiten, am Abend drohten Moskitos, am Mittag die Hitze, am Morgen die Chemikalien, die in den Pool geschüttet wurden. Ständige Sorge. War es wirklich unbedenklich, Wasser aus der Leitung zu trinken? Hatte die Apotheke am Montagnachmittag geöffnet?

Das war uns eine Lehre. Jetzt haben wir zusätzlich noch ein Baby dabei und machen uns keine Illusionen mehr. Es ist besser so. Ich drücke Bens Hand.

Verschiedene Male an diesem Morgen – in der Schlange beim Einchecken; beim Umpacken von Sachen in durchsichtige Plastikbeutel; bei der Sicherheitskontrolle, wo Proben von Cecilys Gemüsepampe und Milchpulver genommen werden, damit untersucht werden kann, ob es sich dabei um zum Bombenbau verwendbares Material handelt, und wo wir unsere Schuhe aus- und wieder anziehen müssen; als wir zusammen mit den anderen Schafen der Herde ins Flugzeug getrieben werden – schaue ich auf die Uhr und bin jedes Mal von neuem entsetzt, weil es immer noch so früh ist. Wie kann die Zeit so langsam vergehen? Bevor wir abheben, hat Ben Christopher schon beide Bilderbücher vorgelesen, die ich für die Reise gekauft habe, und eines der neuen Modellautos ist irgendwo unter den Sitzen weiter vorn verschollen. Es droht ein Wutausbruch, dem ich vorbeuge, indem ich triumphierend lächelnd einen Chupa Chup hervorzaubere.

Die Gespräche verstummen, als das Flugzeug beschleunigt, und leben wieder auf, sobald wir sicher in der Luft sind und den Moment des Schreckens hinter uns gelassen haben. Cecily im Arm, atme ich langsam die gekühlte desodorierte Luft, spüre und höre das Heulen der Hydraulik, die zuerst das Fahrwerk einzieht und dann die Startklappen. Vor uns befinden sich hinter verschlossenen Türen die Instrumente, die dafür sorgen, dass wir nicht abstürzen, uns den Weg durch das Gewirr der elektronischen Leitlinien am Himmel weisen. Hinter uns stößt das Flugzeug den Kondensstreifen aus wie einen Spinnfaden.

Frühstück wird ausgeteilt, dazu gibt's für jeden ein frisch strahlendes Lächeln. Ich halte der Stewardess, die mit der Warmhaltekanne Kaffee einschenkt, meinen Becher hin. Es ist schwierig, weil Cecily auf meinem Schoß unruhig zappelt und fuchtelt. Während Ben meinen Becher hält, wickle ich das Croissant aus und breche ein Stück für Cecily ab. Freudig mampft sie es mit ihren zahnlosen Kiefern.

Christopher hängt am iPad, abgetaucht in einen Film über einen schüchternen Drachen. Ben holt die neueste Ausgabe des *Private Eye* hervor. »Kannst du sie mal kurz nehmen?«, sage ich und drücke ihm Cecily in den Arm. Ich stehe auf, strecke mich und reihe mich dann in die Schlange vor dem Klo ein, aber als ich drin bin, wasche ich mir nur die klebrigen Hände, spritze mir ein bisschen Wasser ins Gesicht und tupfe es anschließend mit einem Papiertuch von der Rolle ab, das so tut, als wäre es Leinen. Und dann schaue ich mich im Spiegel an, in dem gnadenlosen bläulich weißen Licht. Die Croissantkrümel auf meinem Pullover. Die dunklen Ringe unter meinen Augen. Meine Haarspitzen haben sich beim Föhnen gekräuselt und stehen vom Kopf ab, weswegen mein Umriss verschwommen wirkt, als wäre mein Sender zu schwach.

Frühere Urlaube mit Ben kommen mir in den Sinn: schlichte weiß gestrichene Häuschen mit Terrassen und Pergolas, noble Suiten mit schweren Vorhängen und Polstergarnituren, im Preis enthalten grotesk von Zellophan umhüllte Obstkörbe. Das leise Klirren irgendwelcher Metallteile in der Aufhängung eines Sonnensegels, das ferne Rattern einer Straßenbahn, das Scheppern von Glöckchen, wenn die Ziegen ins Tal getrieben wurden. Unverständliche Speisekarten – wir zeigten einfach mit dem Finger auf irgendwas, unbekümmert darum, was es sein mochte. Essen, Wein, Sex, Bücher, Schlafen.

Trotz allem ist es gut, mal rauszukommen. Einfach nur, um zu sehen, dass es das alles noch gibt: die Welt, in der man in Straßencafés sitzt und Aperitifs bestellt, die Welt der rosa Tischtücher, der hell beleuchteten Plätze und der von Menschen wimmelnden Märkte. Auch wenn wir selbst uns darin im Moment nicht so ganz wohl fühlen.

Ich gehe zurück zu meinem Platz und trinke meinen scheußlichen Kaffee. Cecily fängt an zu schreien, windet und wirft

sich heftig, und dann schläft sie überraschenderweise plötzlich ein.
Der Sinkflug beginnt. Ich hole das Beruhigungsfläschchen hervor für den Fall, dass sie wieder aufwacht.
»Hast du noch einen Lutscher für Christopher?«, fragt Ben.
Klar, hab ich. Im mittleren Fach meiner Handtasche. Er schnappt sie sich und kramt darin herum, während Christopher die Hände auf seine Wangen drückt und jammert, dass ihm die Ohren wehtun. »Ich finde ihn nicht«, sagt Ben. Also schiebe ich Cecily höher, sodass ihr Kopf auf meiner Schulter liegt, nehme die Tasche wieder an mich und suche selbst zwischen Wischtüchern, Babymilchtüten, Kinderunterwäsche für den Notfall und dem Roman, den ich noch nicht aufgeschlagen habe. Der Lutscher ist nirgends zu finden. Der Anschnallgurt schneidet mir in die Hüften, während ich vergeblich die Tasche durchwühle.
Das Flugzeug sinkt, stößt durch eine Wolke.
»Mama, es tut so weh«, jammert Christopher, und ich höre den Vorwurf in seiner Stimme, als wäre ich schuld daran, als hätte ich ihm das angetan. Und in gewissem Sinn stimmt es ja.
»Wir schauen gerade, ob wir was Süßes für dich finden«, sage ich. Es sollte ruhig und mitfühlend klingen, nicht gereizt und so, als wollte ich ihn bloß abwimmeln. Ich spüre, wie mir der Schweiß ausbricht.
»Hast du auch ganz unten in der Tasche gesucht?«, fragt Ben und wendet sich gähnend wieder seiner Zeitschrift zu, als ginge ihn die Sache eigentlich gar nichts an. »Er ist nicht da«, fauche ich. »Hast du ihn gefunden? Ich nicht.«
Ich bin nahe dran, den Knopf zu drücken, mit dem man die Stewardess ruft – immer bin ich es, die um Hilfe bitten muss –, da beugt sich der Mann auf der anderen Seite des Mittelgangs herüber und streckt mir eine Rolle Fruchtgummis hin. Oh, vielen Dank, sage ich und überlege, was für einen Eindruck wir während des Flugs auf die anderen Leute gemacht haben, was sie wohl von mir denken, und mir wird ganz kalt vor Peinlichkeit.

Nachdem ich einmal angefangen habe, darüber nachzudenken, kann ich nicht mehr damit aufhören.
Felder und Wälder zeichnen sich zwischen silbern blinkenden Wasserläufen ab, geometrische Linien von Straßen. Hässlich ausufernde Provinzstädtchen. Seen, Industriegebiete, Bauernhöfe. Kleine himmelblaue Kästen am Boden, die in der Sonne leuchten.
Das Flugzeug sinkt und sinkt, und dann kommt es mit metallischem Kreischen am Rand der Landebahn auf, und eigentlich ist das der Moment, auf den alles ankommt, die Geschwindigkeit und der grässliche Lärm und das Geschüttel, und dann die Erleichterung, als die Maschine langsamer wird und ausrollt und die Reise endlich vorbei ist: braunes Gras hinter dem Asphalt, kleine orange Fahrzeuge, die angefahren kommen, Männer, die mit Kellen winken. Aber wir dürfen uns noch nicht bewegen, müssen festgeschnallt dasitzen, während das Flugzeug herummanövriert und an dem zugewiesenen Platz neben dem flachen grauen Flughafengebäude einparkt. Die Türen gehen auf, Hitze strömt herein wie eine frohe Botschaft, so wunderbar, dass man es kaum glauben mag. Ben zwinkert mir zu. *Nicht schlecht, was?* Aber ich bin in Gedanken schon halb woanders, bei Christophers Ekzem: Ob es wieder ausbricht? Hoffentlich habe ich das Hydrocortison eingepackt. Als wir hinaustreten in das sengende Licht, wird mir bewusst, wie ich auf die Stewardessen wirken muss, die am Ausgang stehen, um uns zu verabschieden. Eine ausgelaugte Person mittleren Alters, behängt mit Kindern und am Ende ihrer Kräfte, nahe dran, etwas zu sagen, was ihr hinterher leidtun wird.
Es dauert ewig, erst am Gepäckband und dann bei der Leihwagenmadame mit ihrem Lippenstift und ihrem arroganten Getue, aber irgendwann sind wir dann endlich in dem Parkhaus und suchen nach dem Auto, das wir gemietet haben. Ben ist voll freudiger Erwartung: »Ich dachte, nachdem wir bei der Unterkunft so viel gespart haben, können wir uns mal was Schickes

gönnen.« Es ist so eine Angeberkarre mit zwei Türen (was hat er sich nur dabei gedacht?) und einem Schiebedach, das wir nie öffnen werden, weil wir die pralle Sonne nicht vertragen.

Während er rauszukriegen versucht, wie man die Klimaanlage anschaltet, lade ich das Gepäck ein, breche die Arbeit aber ab, um Cecily zu füttern. Ben ist ganz von seinem technischen Problem in Anspruch genommen: Es gibt keinen richtigen Zündschlüssel, sondern nur so ein elektronisches Plastikding, und er weiß nicht, wie man es anstellen muss, um damit den Motor zum Laufen zu kriegen. »Soll ich zurückgehen und sie fragen?« Mir graut bei der Vorstellung, mich noch einmal durchs Gewühl kämpfen zu müssen. All die Massen von Urlaubern, die vor den Kiosken Schlange stehen, um Tic-Tacs oder Zeitschriften voller Bilder von mir unbekannten Prominenten zu kaufen, deren künstlich aufgehübschte Körper und Häuser und Familien uns gewöhnliche Sterbliche daran erinnern, wie weit wir selbst von solcher Vollkommenheit entfernt sind.

»Lass nur«, sagt Ben und wischt sich mit dem Ärmel über die Stirn, während er hektisch die Bedienungsanleitung durchblättert. »Irgendwo hier muss es drinstehen.« Christopher fängt an, Cecilys Kinderwagen zu schaukeln. »Ich hab Durst«, sagt er. Der Buggy gerät in Bewegung – ich kann ihn gerade noch festhalten, bevor er die Rampe hinunterrollt. Ich sichere ihn mit der Feststellbremse. »Ich muss Pipi machen.« Cecilys Gesicht zieht sich zusammen. Oh, verdammte Scheiße, sage ich ganz leise, während Ben die Abbildung in dem Handbuch studiert und dann aufs Geratewohl hilflos mit dem Schlüsselding in der Luft herumwedelt wie ein unfähiger Zauberkünstler, der merkt, dass das Publikum ihm entgleitet.

Ich gehe mit Christopher ins Freie, lächle einer properen französischen Familie zu, die vorbeigeht, während er an den Busch neben den Gepäckkarren pinkelt, und als wir zum Auto zurückkommen, ist alles fix und fertig verstaut, und die Klimaanlage läuft.

In der Wegbeschreibung, die Nina gemailt hat, hieß es, das Haus ihres Vaters sei in weniger als einer Stunde zu erreichen. Wir brauchen allerdings mehr als zwei Stunden: Pinkelpausen, Pausen zum Windelnwechseln, ein Streit darüber, welche Ausfahrt die richtige ist, ein Abstecher zu einem Supermarkt, wo wir ein paar Sachen kaufen, weil wir nicht wissen, ob es dort, wo wir hinwollen, Läden gibt und wann die geöffnet haben.
Es ist noch nicht drei Uhr, und wir sind schon total erledigt. Die Straße vor uns gleißt in der Hitze, über dem welligen Asphalt flimmern Luftschlieren. Wenn man zu Fuß ginge, würde der Untergrund sich weich und ein bisschen klebrig anfühlen, und er würde leicht nachgeben unter jedem Schritt.
Wenn wir durch Städtchen und kleine Ortschaften fahren, sehen wir überall zugeklappte Läden und heruntergelassene Jalousien vor den Fenstern der ockerfarbenen Villen und niedrigen Häuser, die Geschäfte haben alle geschlossen. Wo gehen die Leute hin untertags, wenn es heiß ist? Ich stelle mir alte Ehepaare vor, die schweigend in dunklen kleinen Küchen sitzen, wo es leicht nach Bratenfett riecht; Hunde, lang ausgestreckt auf diesen typisch französischen Böden mit Fleckenmuster, die immer ein bisschen schmuddelig aussehen, auch wenn sie noch so oft geschrubbt werden.
»An der nächsten Einmündung nach rechts, anschließend immer geradeaus bis zur gelben Scheune, und da ist dann links die Zufahrt zum Haus«, sage ich, den Finger auf dem Ausdruck der Mail. Ich habe das Blatt, als wäre es eine Schatzkarte, so oft auseinander- und wieder zusammengefaltet, dass die Schrift an den Knicken schon ganz verblasst ist.
Eine Pappelallee, die Scheune, und dann biegen wir von der Straße ab auf eine unbefestigte Fahrspur. Das Auto schaukelt und holpert wild und zieht eine orangerote Staubfahne hinter sich her. Kleine Vögel fliegen erschreckt auf, als wir um eine Kurve kommen. Die Kinder werden plötzlich still. Die steile felsige Anhöhe vor uns taumelt zur Seite weg und eröffnet den Blick aufs

Meer, das zum Greifen nah vor uns liegt: Eine türkisfarbene Bucht, spiegelglatt, weder Wind noch Boote noch Felsen stören die vollkommene Ruhe des Bilds.
Ben parkt an der angegebenen Stelle, unter der Pergola am Ende der Zufahrt, und als der Staub sich gelegt hat und wie feines Pergament die Windschutzscheibe bedeckt, öffnen wir die Türen. Einen Moment lang ist es, als bliese uns ein heißer Windstoß an. Die Luft riecht nach Ozon und Thymian und Pinienharz. Zum ersten Mal an diesem Tag spüre ich mein Herz pochen und nicht mühsam arbeiten.
»Sieht ganz okay aus, nicht?«, sagt Ben, steigt aus uns streckt sich.
Wir bringen die Kinder nach oben in den Garten, wo es gekieste Wege und Terrassen gibt, duftende Sträucher, Rinnen, aus denen Wasser in steinerne Tröge fließt, Pflanzkübel mit üppig wuchernden Gewürzkräutern, da und dort silbern schimmerndes Laub von Olivenbäumen. Ein Rasen, überraschend grün, eine ausgebleichte Hängematte im Schatten zweier großer Pinien, und hinter einer langgestreckten Terrasse aus Naturstein das Haus: flach, diskret elegant, eine Komposition aus miteinander verbundenen hellen Würfeln, die Fenster dem Meer zugewandt. In der Spiegelung der Scheiben scheint alles noch einmal da zu sein, der Himmel, der Garten, die Terrasse, das Meer – genau so, ganz genau so könnte es in einem Traum aussehen. Und dann, als wir uns dem Haus nähern, erscheinen unsere schäbigen Spiegelbilder im Fensterglas.
Ben stellt seine Tasche ab, drückt sein Gesicht an die Scheibe und schirmt es seitlich mit den Händen ab, damit er etwas sieht. Ich schaue auf dem Blatt mit Ninas Instruktionen nach. »Sie haben die Tür ganz vorn offengelassen«, sage ich, gehe zum Ende der Terrasse und fasse die Klinke. Ich habe nicht den leisesten Zweifel, dass die Tür aufgehen wird. Alles wird so sein, wie Nina gesagt hat. Und alles, worüber sie nichts gesagt hat, wird auch gut sein.

Ganz benommen, atemlos angesichts von so viel Glück, bewegen wir uns durch die Küche und durchs Wohnzimmer. Selbst die Kinder sind ehrfürchtig still. Cecily auf meiner Hüfte inspiziert alles mit nüchterner Genauigkeit. Hier im Inneren wird die Sonne in Schach gehalten durch den Schatten der Bäume, durch Außenjalousien aus grauem Holz und Markisen aus gebleichtem Stoff, die in der Brise schlagen und sich blähen wie die Segel eines Schiffs.

Ben mustert die Sofas, die leinenen Vorhänge, die Sitzkissen auf dem Boden. »Es ist alles sehr weiß«, murmelt er. Ich sage ihm, was Nina mir gesagt hat: Man kann die Überzüge der Polster abnehmen und waschen, es gibt eine zweite Garnitur als Reserve, eine Frau aus dem Dorf kommt zweimal die Woche, ebenso der Gärtner, und wenn wir abgereist sind, wird einfach alles frisch überzogen. Wegen der Halbschwester ist alles kindgerecht, nur müssen wir natürlich aufpassen, dass keines ins Wasser fällt. *Schmutzige Fingerchen sind kein Problem, hat Nina gesagt,* bemerke ich lässig. Es klingt so überzeugend, dass Ben es tatsächlich zu glauben scheint, wenn auch ich selbst keineswegs restlos beruhigt bin.

In dem mit allen Raffinessen ausgestatteten Riesenkühlschrank finden wir Milch, Saft, Weißwein, Käse und eine Schüssel mit gefüllten Auberginen in Tomatensoße. Das Gericht ist fix und fertig vorbereitet, man muss es nur noch in die Backröhre schieben. Mir wird plötzlich bewusst, dass ich durstig bin, und schenke für alle Mineralwasser ein. Schweigend trinken wir.

Ein Hochstuhl für Cecily steht bereit. Eine Kiste voller Spielzeug ist da.

Wir gehen durch den Flur zu den zwei Zimmern, die für uns hergerichtet sind – das mit dem Doppelbett, einer mit Leinen überzogenen Chaiselongue und dem Kinderbettchen in der Ecke hat Glastüren zur Terrasse hinaus, das andere, in dem Christopher schläft, liegt nebenan. Die Betten sind riesig und mit weißer und perlgrauer Bettwäsche überzogen. Die Bäder, ausgestattet mit tie-

fen Wannen aus Stein und doppelten Waschbecken, gehen zum Pinienwald hinaus. Es gibt eine Klimaanlage, aber wir glauben nicht, dass wir sie brauchen werden: Der leichte Wind und die Deckenventilatoren werden für ausreichend Kühlung sorgen. Als wir die Schiebetüren zur Terrasse öffnen, hören wir die Kirchenglocke im Dorf schlagen, ein einzelner nüchterner Ton.
Christopher entdeckt das Klavier und fängt an, lautstark darauf herumzuklimpern. Ben und ich streifen derweil, jeder für sich, durchs Haus. Wir finden versteckte Türen, hinter denen Vorratsräume, begehbare Kleiderschränke, Waschküche und andere Arbeitsräume liegen. Mir wird klar, was Charles hier geschaffen hat, ich sehe, wie er Ordnung in das ganze Durcheinander des gewöhnlichen Lebens gebracht, wie er allen Alltagskram wegzensiert, aus dem Blickfeld verbannt hat, sodass nur diese schlichte verführerische Tyrannei von Raum, Luft und Licht übrig ist. Noch viel mehr als das Haus in London ist dieses hier ein Manifest, eine idealistische Mahnung, wie wir eigentlich leben sollten, mit Disziplin und Geschmack. Kein schlechtes Programm für Ferien, denke ich und spüre unter dem Entzücken, dass das alles für eine Woche uns gehören soll, den Stachel des Neids.
Im Schlafzimmer unserer Gastgeber sehe ich mich, Cecily auf dem Arm, ein bisschen gründlicher um – es wäre ja geradezu widernatürlich, wenn ich nicht neugierig wäre – und finde in Schränken und Schubladen ziemlich genau das, was ich erwartet hatte: eine kleine Auswahl aus der Sommergarderobe der Stiefmutter (Baumwollkleider, teils schmal geschnitten, teils mit weiten Röcken für den Abend, eines in dem besonderen Kobaltblau, das voriges Jahr Mode war; ein schlüpfrig glattes Knäuel knallig bunter Bikinis), die Lacoste-Polohemden des Vaters in allen Farben, Badehosen mit Seepferdchen drauf aus dem für derlei Lächerlichkeiten berühmten Spezialgeschäft in der Burlington Arcade.
Ben erscheint in der Tür. »Was, hat Nina gesagt, ist ihr Vater von Beruf?«, fragt er, und ich sage, irgendeine Art von Komponist.

Sein Name steht auf ein paar Briefen, die auf der Frühstückstheke liegen: Mr Paul Storey. Ben zieht sein Smartphone aus der Tasche, aber er hat keinen Empfang. Er will ihn später googeln. »Das muss eine große Nummer sein«, sagt er und geht hinaus. Kurz danach höre ich ihn nach mir rufen.

Er hat den Swimmingpool gefunden. Das Becken befindet sich in einem eigenen Hof mit einem Tor in der Mauer und wird an den langen Seiten eingefasst von Beeten mit Lavendelstauden, die bereits ihre violetten Blütenköpfe hängen lassen. Hellgraue Kissen auf den Liegestühlen, hellgraue Sonnenschirme. Auch die Fliesen unter der langgestreckten Wasserfläche sind grau, aber sie wirken fast schwarz, wie Holzkohle. Ein dunkler Spiegel, umgeben von sengendem Licht. Es ist ein überwältigender Anblick.

Am Tor taucht Christophers blonder Kopf auf, seine kleine Hand streckt sich nach dem Riegel, aber der ist so schwer und so hoch oben angebracht, dass er ihn nicht öffnen kann. »Du darfst nicht allein hier reingehen, nur mit Mama oder Papa«, sage ich und mache ihm das Tor auf. »Das ist wichtig.«

Ja, sagt er, und dann starrt er diesen spektakulären Pool an.

Im Haus setzen wir Cecily in den Hochstuhl, geben ihr ein Stück Brotrinde zum Knabbern und sagen Christopher, er soll auf sie aufpassen, wir sind gleich wieder da. Und dann laufen wir durch den duftenden Garten zum Auto, zerren Koffer und Plastiktüten heraus und schleppen sie nach oben. Ungeduldig packen wir aus, suchen nach Badehosen, Schwimmwindeln, Hemdchen zum Überziehen, blasen Christophers Schwimmflügel auf. Als alle versorgt und umgezogen sind, muss ich noch meinen eigenen Badeanzug finden, ein dröges khakifarbenes Teil, das schon ziemlich ausgeleiert und am Busen ein bisschen zu weit ist. Eigentlich wollte ich mir für den Urlaub was Neues kaufen, aber ich bin nicht dazu gekommen. Unsere Handtücher im Bad sind weiß; am Pool finden wir, auf den Liegestühlen für uns zurechtgelegt, schiefergraue. Ich frage mich, ob es Charles war, der sich

das alles so ausgedacht hat, oder vielleicht die französische Stiefmutter Delphine.
Ben steigt, Cecily auf dem Arm, am seichten Ende ins Wasser. Zuerst ist sie ganz steif vor ängstlicher Erwartung, wie eine Plastikpuppe streckt sie die starren Ärmchen weg, aber dann zappelt sie und quiekt vor Vergnügen und zwinkert fröhlich, wenn das Wasser spritzt. Christophers Kopf mit den klatschnassen Haaren hüpft zwischen den orangen Schwimmflügeln wie ein Korken auf dem Wasser, darunter rudern gespenstisch dünne Beine. Ich höre das Wasser gurgeln, das über den Rand schwappt, aber natürlich *sehe* ich den Rand nicht: Es ist ein *Panoramapool* – er ist so angelegt, dass die Kante im Unendlichen verschwindet, verschmolzen mit dem dunstigen Hintergrund von Meer und Himmel.
Ich gehe die steinernen Stufen hinab, tauche ein und stoße mich ab, und als das lauwarme Wasser über meinen Schultern zusammenschlägt, fällt alle Anspannung von mir ab, die Hitze, der Stress, der Ärger dieses Tages. Ich tauche unter, schwimme mit kräftigen Zügen, Arme und Beine langgestreckt, die Augen verschleiert, in den Ohren ein leises dumpfes Donnern, der Geist plötzlich leer. Als ich im tiefen Teil des Beckens wieder an die Oberfläche komme, rinnen Tröpfchen von meinen Haaren, und es klingt wie ein Glockenspiel.
Ich lehne mich zurück und lasse mich auf dem Rücken treiben, den Himmel im Blick: Es ist die Sorte Himmel, wo das Erscheinen einer Wolke eine Überraschung wäre. Hoch oben lassen sich ein paar Raubvögel in langsamen Spiralen von der Thermik tragen; ohne eigene Anstrengung, abgesehen von kleinen Korrekturen der Flügelstellung hin und wieder, schweben sie da und warten auf verräterische Zeichen: das Rollen eines Steinchens, das Zucken von Grashalmen, ein huschender Schatten.
Ich weiß nicht, was für Vögel das sind. Bussarde? Adler? Ben weiß solche Dinge, aber ich will ihn nicht fragen, nicht in diesem besonderen Moment. Wir haben jede Menge Zeit.

Gedämpft von dem Wasser höre ich Christophers Stimme: »Du siehst aus wie Orangenmarmelade, Mama. Wenn deine Haare so komisch schwimmen.«
Später, als die Kinder schlafen, sitzen wir auf der Terrasse, essen die überbackenen Auberginen, beobachten, wie das Licht vom Himmel verschwindet, und lauschen dem fernen Gebell der Hunde in der Gegend. »Sieht so aus, als wären wir hier echt mal auf die Füße gefallen«, sagt Ben. »Ich würde sagen, wir haben unverschämtes Glück.«
»Hmmm«, sage ich, und er macht noch eine Flasche Wein auf. Die Luft ist voll vom Duft der weißen Blumen und Kräuter, süß und würzig, und dazwischen mischt sich durchaus angenehm das Aroma der Räucherspiralen, die zu unseren Füßen qualmen und uns die Moskitos vom Hals halten. Der Wein in dem großen Glas ist eiskalt. Als Ben mich küsst, gehe ich darauf ein, die Hände in seinen Haaren.
Heute Abend fühle ich mich wie ein anderer Mensch, wie jemand, der in einem Haus mit Blick aufs Meer Urlaub macht, in einem Haus mit milchweißen Vorhängen und einem schiefergrau gefliesten Pool. Ich kannte diese Person früher mal und verstand sie; vielleicht werde ich sie wieder kennenlernen. Jetzt, wo ich hier bin, die Wärme spüre, die auf meiner Haut nachklingt und schon anfängt, in tiefere Schichten vorzudringen, kommt es mir nicht ganz unmöglich vor.
Im Lauf der folgenden Tage toleriert das Haus unsere Nachlässigkeiten, ohne seine eigenen Prinzipien aufzugeben. Die nassen Handtücher, die an Geländern hängen. Cornflakes- und Keksschachteln, die wir auf dem Esstisch stehen lassen. Spielzeuglaster auf den Kieswegen. Es dauert aber nicht lang, da stören diese Kleinigkeiten unseren Ordnungssinn, und wir räumen sie weg, wenn wir vorbeikommen, was wir zu Hause niemals schaffen. Und trotzdem macht einem dieses Haus das Leben leicht: Alles ist so planvoll, so durchdacht eingerichtet, in vielerlei Hinsicht einleuchtend. Es ist ein Haus, das einem unweigerlich bewusst

macht, wie mangelhaft andere Häuser sind, insbesondere das in der Carmody Street. Wir ertappen uns immer wieder beim Staunen über den Wasserdruck oder darüber, wie sich die Küchenschubladen, von einer unsichtbaren Kraft angezogen, leicht und leise schließen wie die Türen teurer Autos.

Wenn wir auch das Haus mit unserem Lärm und unserer Unordnung erfüllen, erliegen wir doch mehr und mehr dem sanften Druck, den es auf uns ausübt, lassen uns zu dem von ihm vorgegebenen Lebensstil verführen, ohne es auch nur zu bemerken.

In den ersten Tagen ist Ben voller Tatendrang, liest Reiseführer, studiert Karten, informiert sich über Öffnungszeiten. Am besten, meint er, fahren wir morgens, wenn es noch kühl ist, zum Einkaufen ins Dorf, und am späten Nachmittag sehen wir uns Bilder in einem Museum an oder machen einen Ausflug in das Hafenstädtchen, in dem Picasso sein Atelier hatte (heute ist der Hafen voller schwarz glänzender Luxusjachten, die wie Pfeilspitzen aus Obsidian wirken). Christopher nörgelt, als wir ihn in seinen Kindersitz schnallen, und als das Auto sich um die Haarnadelkurven schlängelt, wird ihm schlecht. Er macht sich nichts aus Picasso.

Am dritten Morgen schläft Cecily bis nach neun, weswegen Ben und ich ausnahmsweise einmal von selbst aufwachen, und das gibt ihm Anlass, alles noch einmal zu überdenken. Vielleicht sollten wir ganz einfach ausspannen, alle viere von uns strecken. Und dann, in der ereignislosen Ruhe der folgenden Tage, beginne ich sie langsam zu spüren, mein anderes Ich, das Ich, das mir abhandengekommen war, und ich empfinde Momente von leichter Gelassenheit und Glück, die für sie früher ganz selbstverständlich waren. Wenn Ben mit den Kindern das erste Bad des Tages nimmt, mache ich noch einmal Kaffee und gehe, die Tasse in der Hand, in den Garten, wo ich spüre, dass noch immer ein Gedanke ganz zwanglos zum nächsten führen kann. Im Schatten ist das Gras noch feucht vom Rasensprenger. Als ich in die Sonne trete,

fühle ich, wie um mich herum die dunstige Luft vom Boden aufsteigt.
Später liege ich auf den Kissen unter der Laube, während Christopher, der immer noch nicht ganz glauben kann, dass es erlaubt ist, rote Trauben abpflückt und mir in den Mund steckt. Die warme, etwas raue Haut der Früchte platzt mit einem leisen Knall unter meinen Zähnen. Um ihn ein bisschen zu schockieren, nur zum Spaß, spucke ich die bitteren Kerne in die Büsche. »Mama«, sagt er, »das *darf* man nicht.«
Hin und wieder – in der Hängematte oder auf einer Liege, während die Sonne auf meinen Lidern spielt und ich dem trägen Strudeln psychedelischer roter und schwarzer Paisleys zusehe – ertappe ich mich dabei, wie ich an daheim denke, und das ist immer verstörend. Ich denke an unser Haus, still und leer unter einem launischen Himmel, in den Räumen überall Zeichen unseres hektischen Aufbruchs. Die Vorhänge halb aufgezogen, ungemachte Betten, die Schlafanzüge der Kinder auf dem Teppich, wo wir sie einfach hingeworfen und liegengelassen haben. Als ob wir vor einer nahenden Katastrophe geflüchtet wären.
Staub schwebt durch Zimmer und Flure, senkt sich auf die Stufen der Treppe.
Aber natürlich geht das Leben ohne uns weiter. Jeden Tag klappert der Deckel am Briefschlitz, in Plastik eingeschweißte Kataloge, Mahnungen von der Bibliothek, Prospekte mit Sonderangeboten von Grillkohle bedecken den Boden auf dem Flur. Ich öffne die Augen und sehe mit Erleichterung die exakte Reihe der Pappeln auf dem Hügel, das Glitzern des Meeres, das endlose Blau des Himmels.
Ich spüre, dass ich in der Hitze wachse, wie eine Pflanze, ich kehre wieder zu meiner alten Größe zurück. Mir fällt plötzlich auf, wie viel Zeit meines Lebens ich in gebückter Haltung zubringe. Ich beuge mich hinunter, um Sachen aufzuheben, kauere nieder, um zuzuhören, hinzuschauen, Dreck abzuwischen, Trost zu

spenden. Jetzt ist mir, als streckte sich mein Rückgrat wie ein Farnwedel im Zeitraffer, als weiteten sich die Räume zwischen meinen Wirbeln.
Es gibt durchaus ein paar Dinge hier, die ein bisschen problematisch sind, aber das liegt mehr an unseren eigenen Unzulänglichkeiten. Der Pool ist durch das Tor einigermaßen gut gesichert, doch die kleinen seichten Wasserläufe, die überall im Garten plätschern, erfordern schon eine gewisse Wachsamkeit. Christopher fällt hin und schürft sich das Knie auf. Später stellen wir fest, dass er eine große Menge Kies von den Wegen fortgetragen und auf dem Rasen unter der Hängematte aufgeschüttet hat. Das Kindergeschirr, das wir vorfinden, ist edelstes finnisches Design; wir stellen es in den Schrank zurück und kaufen ein paar Plastikteller und -tassen im Supermarkt, dazu hässliche Schwimmtiere zum Aufblasen für den Pool und ein Strandtennis-Set mit einem Schaumgummiball.
Ben bemerkt, er finde es komisch, dass es kaum irgendwelche persönlichen Dinge in dem Haus gibt.
»Na ja, sie sind ja nur in den Ferien hier«, sage ich.
»Sicher, aber es ist doch ein Privathaus, ich meine: Sie vermieten es ja nicht oder so. Hier wohnen nur Leute, die zur Familie gehören, und Freunde der Familie, oder nicht?«
»Ich weiß das alles nicht so genau«, sage ich. Mir ist bei diesem Thema nicht recht wohl zumute, fast etwas unheimlich.
»Es ist schon merkwürdig, oder? Keine Fotos, keine Bücher, kein Krimskrams.« Er macht eine weit ausholende Geste rundum.
Es stimmt. Da ist das Klavier; die abstrakte Landschaft, die irgendwie sonnenverbrannt wirkt (ich vermute, es ist eines von Ninas Gemälden, obwohl ich die Gelb- und Ockertöne und das harte Blau eigentlich nicht mit ihr in Verbindung bringen würde); vier elfenbeinfarbene, mit Schlickermalerei verzierte Vasen, die absichtsvoll zufällig angeordnet auf einem Bord an der Wand stehen. Aber das ist auch schon so ziemlich alles, abgesehen von der gewissenhaft zusammengestellten Sammlung von Reiseführ-

rern und Karten und, natürlich, der Spielzeugkiste mit dem Rechen und dem Sieb, dem knuddeligen Hundchen, der Babypuppe mit Schnullermund und, ganz unten, ordentlich in einem Weidenkörbchen weggepackt, dem Puppenservice aus makellosem Porzellan.

Alle Räume und Flächen wirken streng neutral, nackt, reduziert. Fast hohl.

Eben das *Fehlen* von Sachen, sage ich, schafft wahrscheinlich erst diese besondere Atmosphäre von Ruhe, die man hier spürt.

»Ja, es ist zur Abwechslung mal ganz nett«, sagt er. Es klingt zweifelnd. »Aber ich kann mir nicht vorstellen, dass ich längere Zeit so leben könnte.«

»Oh, ich schon«, sage ich übertrieben munter. »Ich finde es toll. Es bringt mich auf alle möglichen Ideen. Wenn wir wieder zu Hause sind, werde ich im Garten einen riesigen Scheiterhaufen errichten. Das ganze überflüssige Zeugs, den ganzen Krempel schmeiße ich weg. Ich schütte Benzin drüber, halte ein Streichholz dran, fertig.«

Er lacht. »Ausgerechnet du«, sagt er. »Wenn ich bloß daran denke, wie du dich anstellst, wenn es darum geht, irgendwelche Sachen für wohltätige Zwecke zu spenden. Du trägst sie zu kleinen Häufchen zusammen, die du auf der Treppe liegen lässt, sodass wir andauernd drüber stolpern, und im Lauf der Zeit wird dann das Zeug durch Osmose wieder ins System des Haushalts zurückgeführt und zirkuliert fröhlich weiter wie vorher.«

»Gar nicht wahr«, sage ich, aber er hat recht: Es fällt mir schwer, mich von Dingen zu trennen.

Trotzdem, ich stelle mir vor, wie ich all das kaputte Spielzeug, zerrissene und zerfledderte Bilderbücher, die Gitarre, die Ben niemals neu besaiten wird, den Hocker mit dem wackeligen Bein auf einen Haufen werfe. Wie ich die rote Kappe von dem Fläschchen abnehme und Feuerzeugbenzin auf das Laken mit den Mottenlöchern spritze. Das Rascheln der Zündhölzchen in der Schachtel. Ich spüre die Hitze in meinem Gesicht und auf meinem Hals, als die Flammen hochschlagen, rieche den bitteren Qualm.

Während wir Strandspaziergänge machen oder auf dem Dorfplatz Pistazieneis essen, schwelgen Ben und ich in nostalgischen Erinnerungen an frühere Ferien, besonders an die Sommer unserer Kindheit – Ben verbrachte sie im New Forest, ich auf dem Bauernhof meiner Großeltern in Kent. Es ist befreiend, wenn man sich nicht mit den üblichen Themen beschäftigen muss, den Geldsorgen, dem Fleck an der Decke von Christophers Zimmer, den Wehwehchen der Kleinen, wenn eins Bauchweh oder Fieber hat.

Seltsam, wie der Umgang mit unseren Kindern Erinnerungen an unsere eigene Vergangenheit heraufbeschwört. Die Dinge, an die ich mich am deutlichsten erinnere, sind nicht immer diejenigen, die ich dann auch zur Sprache bringe: Nachmittage mit einem Buch hoch oben in einem Baum, Übernachten im Zelt, Ausflüge mit dem Fahrrad an den Strand, wie Lucy und ich ein Feuer machten und in einem Emailtopf, den ich aus dem Küchenschrank meiner Großmutter gemopst hatte, Eier kochten.

Irgendwann wuchsen wir aus diesen Dingen heraus, wir sehnten uns nicht mehr nach dem Landleben, wir suchten nach Ausflüchten, und wenn wir doch wieder hinfuhren, waren wir ruhelos, unzufrieden, hatten immer das Gefühl, dass wir etwas versäumten, was anderswo passierte.

Es ist später Nachmittag, und wir sind auf dem kleinen Spielplatz – im Schatten von Pinien, deren abgefallene lange Nadeln den Boden bedecken – unweit des Hafens. Cecily schaukelt, während Christopher auf einem Motorrad fährt, das auf einer quietschenden Feder montiert ist. Ich blicke hoch in die Bäume. Sonnenflecken tanzen und flimmern auf meinem Gesicht, Funken von Licht und Wärme. Ich erzähle Ben gerade von dem halb ernsten Ehrgeiz meiner Großmutter, bei der alljährlich stattfindenden Ausstellung land- und hauswirtschaftlicher Erzeugnisse in Jassop erste Preise abzuräumen, dass wir, wenn ihre Kuchen im Herd waren, die Küche nicht betreten, uns im oberen Stockwerk nur auf Zehenspitzen bewegen und keinesfalls die Türen heftig zuschlagen durften, da überkommt mich plötzlich eine Erinnerung: Ich beobachte meine Großmutter, die, bekleidet mit einem grau-braun karierten Rock und einem dunkelgrünen Oberteil, ihre Köstlichkeiten ins Auto einlädt (von schmucken Musselinhauben bedeckte Einmachgläser mit Früchten und Marmeladen, große Blechdosen, die Obstkuchen und Sahnetorten enthalten, Platten mit Kleingebäck für den Stand der Landfrauen). Ich stehe bewegungslos da, wage kaum zu atmen und platze doch fast vor unterdrücktem Gelächter, presse die Hand fest auf den Mund und fühle, wie Lucy neben mir am ganzen Körper bebt.

Ich habe jahrelang nicht mehr daran gedacht: an die Höhlung, die wir in der Hecke hinter dem Bauernhaus entdeckt hatten, ein uraltes Versteck, dicht umschlossen von Blättern und Gestrüpp, ein idealer Platz zum Spionieren und für Geheimnisse aller Art. Wenn es regnete, blieb man dort trocken, um einen herum fielen platschend die Tropfen, färbten die Zufahrt und die Dachplatten des Hauses dunkel, aber die Erde, auf der man mit seinen Sandalen stand, blieb schön sandig und bröselig. Kannten die Erwachsenen die Höhle? Nein, so nahmen wir an, aber vielleicht taten sie auch nur so.

Es ist mehr ein Gefühl als ein bestimmtes Ereignis – jedenfalls ist es nichts, was sich so einfach als Geschichte erzählen lässt, und ich finde keine andere Form dafür. Darum verstumme ich und hänge meinen Gedanken nach. Das Rascheln und Knistern, wenn ich mich durch die kratzigen Zweige in den dämmrigen Hohlraum zwängte. Der verkrüppelte Ast, der als Sitzbank diente. Die Lust daran, unsichtbar zu sein, während die Welt ihren Geschäften nachging, ohne zu ahnen, dass sie beobachtet wurde: die Großmutter, die ihre Wäsche zum Trocknen aufhängte; der Postbote; der Bücherbus der Gemeindebibliothek, der einmal in der Woche kam; mein Großvater, der Säcke mit Futterpellets für die Schafe in die Scheune trug; meine Eltern, die zu einer ihrer Wanderungen aufbrachen, mein Vater einen Spazierstock in der Hand, mit dem er achtlos Brennnesseln köpfte oder durch die Schaumkronen wogender Kerbelkissen fuhr.

Das Versteck in der Hecke war alles für uns: Höhle, geheimer Zufluchtsort, Ausguck. Wir glaubten, dass es ebenso alt war wie das Bauernhaus, vielleicht noch älter. Wir sparten Süßigkeiten auf, um sie dort zu essen, und jedes Jahr, wenn wir es wieder in Besitz nahmen, fanden wir alte Bonbonpapierchen, die glitzernd aus der Erde unter Wurzeln hervorguckten, kleine Zeugnisse früheren Ferienglücks.

Irgendwann kam ein Sommer, da verlor Lucy das Interesse daran, und allein machte es mir nicht mehr so viel Spaß. Im Lauf der Jahre zwischen dem Tod meines Großvaters und dem meiner Großmutter vergaßen wir die Höhle vollkommen. Sonderbar, wie solche Dinge plötzlich wieder auftauchen, aus dem Nichts, aus einer Zeit, die einem vorkommt, als wäre sie ein ganzes Menschenleben weit entfernt. Ob die Hecke wohl noch da ist? Ob sich noch immer bunte und goldene Papierfetzchen zwischen den Wurzeln finden? Was wohl Christopher, wenn überhaupt etwas, von *diesen* Ferien hier in Erinnerung behalten wird?

Die Feder quietscht und knarzt, während Christopher sich auf seinem Motorrad nach vorn und zurück wirft, ganz seiner Lust an der rasenden Fahrt hingegeben. »Du hast ja ein mörderisches Tempo drauf«, sagt Ben bewundernd. Der Ausdruck in Christophers Gesicht sagt: *Schneller, schneller!*

Es ist nicht so, dass ich vergessen hätte, dass Nina und Sophie am Donnerstag kommen wollen, ich habe nur recht erfolgreich jedes Zeitgefühl verdrängt. Und wenn ich ganz ehrlich bin, muss ich zugeben, dass ich irgendwann aufgehört habe, mich auf die Ankunft der beiden zu freuen. Wir waren die ganze Zeit ohne sie glücklich und zufrieden, lebten planlos in den Tag hinein, ließen unter der südlichen Sonne die Zügel schleifen. Gegen alle

Erwartungen haben wir es geschafft, ein gewisses Maß an Freiheit zu finden.

»Morgen schlafen wir noch mal richtig aus«, sage ich, als wir an unserem mittlerweile gewohnten Tisch in unserem Lieblingslokal sitzen, von wo aus man auf den kleinen staubigen Platz sehen kann, auf dem alte Männer in Hemdsärmeln herumstehen und rauchen und plaudern. Zwischen den Bäumen sind Lichterketten mit bunten Glühlampen gespannt, rot, gelb, grün, blau, eine Karnevalsbeleuchtung in der einfallenden Dämmerung.

»Wir müssen noch aufräumen, bevor sie kommen«, bemerkt Ben. »Wann landet denn ihr Flieger?«

Ich kann es nicht fassen, dass heute schon Mittwoch sein soll. Ich bin tatsächlich schockiert, und insgeheim spüre ich einen leisen Groll bei dem Gedanken, dass ich das Haus an Nina und Sophie abtreten muss. Ich nehme es ihnen übel, dass sie mich daheim in England in meinen schwächsten Momenten erlebt haben. Dass das ungerecht von mir ist, weiß ich natürlich.

»Erst am Nachmittag. Und überhaupt ist da nicht viel zu tun«, sage ich, und das stimmt. Wir haben die strengen Anforderungen des Hauses verinnerlicht. Es sieht einfach blöd aus, wenn Cornflakesschachteln auf dem Tisch herumstehen. Und zu meinem Erstaunen stelle ich fest, dass Krümel auf der Frühstückstheke mich *stören*. Im Übrigen kommt alle paar Tage die verkniffen dreinblickende, aber überaus tüchtige Thérèse, die so lange schrubbt und wienert, bis das ganze Haus blitzsauber und von künstlichem Zitronenduft erfüllt ist. »Ich hoffe, es läuft alles glatt und wir gehen ihnen nicht allzu sehr auf die Nerven«, sage ich.

»Wir sehen eben zu, dass wir ihnen nicht zu nah auf die Pelle rücken.« Ben füttert Cecily mit Avocadobrei. »Es wird schon klappen, mach dir keine Sorgen.«

Aber ich mache mir Sorgen. Jetzt, wo Ninas Anreise bevorsteht, beschleicht mich ein Gefühl von Trauer und Endgültigkeit, als müsste ich für immer Abschied nehmen. Ein letztes unbeschwertes Frühstück unter der Weinlaube, zum letzten Mal lärmend mit den Kindern im Pool plantschen, zum letzten Mal unbefangen mit der Kaffeetasse in der Hand im Garten umhergehen, den Duft von Thymian und Rosmarin schnuppern, während Christopher Kies zu kleinen Hügeln zusammenrecht und mit seinen Autos drum herumfährt. Auf dem Rasen im Schatten macht Cecily Anstalten zu krabbeln: Sie schaukelt vor und zurück, bis der Po vom Boden abhebt, und stemmt sich dann auf allen vieren hoch, leicht zitternd vor Anstrengung. Ben lässt einen Fuß über den Rand der Hängematte baumeln und wippt leise, um das Ding in Bewegung zu halten. Er ist mittendrin in seinem zweiten Thriller, den er so gierig verschlingt, dass er darüber alles andere vergisst. Aber gleich wird er sich davon losreißen und mit Christopher ins Dorf fahren müssen, um Brot und Salat zu kaufen.

Ich gehe wieder ins Haus und mache noch eine Kanne Kaffee. Während ich warte, dass das Wasser kocht, spaziere ich hinaus auf den Flur und dann wie von ungefähr weiter in das große Schlafzimmer, das Ninas Vater und seiner Frau gehört und in dem Nina heute schlafen wird. Wie alle Räume in diesem Haus hat es etwas entfernt Klösterliches an sich. Das Licht ist angenehm gedämpft, weil die hölzernen Lamellen vor den Fenstern die Morgensonne draußen halten. Die hohe Decke, das niedrige breite Bett, ein Stuhl mit Korbgeflecht vor einem Schreibtischchen, an der Wand gegenüber der Tür ein langer Tisch mit Marmorplatte. Zwei schlichte hölzerne Kerzenleuchter und eine flache Schale aus Alabaster, in der Pinienzapfen und ein paar Steine mit rauer glitzernder Oberfläche liegen. Die hellen Fliesen unter meinen Füßen sind kalt. Ich knipse den Deckenventilator an, stelle die niedrigste Stufe ein. Über mir schneiden leise sausend die Propellerflügel durch die Luft.

Thérèse hat zwei Badetücher bereitgelegt und die Kissen mit je einem Zweiglein Lavendel dekoriert. Neue Seifen an den Waschbecken und der großen Badewanne. Ich nehme eine davon in die Hand, halte sie an meine Nase und atme den Duft ein, der durch das steife Wachspapier dringt. Die Seife riecht wie die Rosmarinflecken an meinen Fingern: scharf, durchdringend sauber.

Durch die Fenster sieht man auf den Hang mit dem Pinienwald, dahinter öffnet sich weit das glitzernde Meer. Vielleicht weil ich wissen will, ob Nina von ihrem Bett aus dieselbe Aussicht hat wie ich – ich gebe mir selbst über meine Motive keine Rechenschaft und bin mir nicht einmal richtig bewusst, was ich da tue –, setze ich mich auf das Bett, lasse behutsam meinen Kopf nach hinten auf das Kissen sinken und lege die nackten Füße auf die Bettdecke. Der Puls in meinen Ohren übertönt das leise summende Geräusch des Ventilators, während ich horche, angestrengt lausche, ob sich nicht Bens Schritte auf dem Flur nähern. Ich bin plötzlich ganz panisch bei dem Gedanken, dass er mich hier überraschen könnte. *Was zum Teufel tue ich da eigentlich?*

Als ich mich aufraffe, ist das Bett zerknittert, in Unordnung, gezeichnet von dem unförmigen Abdruck meines Körpers, eines Körpers, der nicht entfernt so zierlich und graziös ist wie der von Nina. Hektisch zupfe ich an den Laken, versuche die Bettdecke glattzustreichen, klopfe auf das eingedrückte Kissen, lege das Lavendelzweiglein, das auf den Boden gefallen ist, wieder hin, aber ich bin nicht so geschickt wie Thérèse, und natürlich sieht das Bett nicht so aus wie vorher, es wird mich verraten, es ist schrecklich. Ich gehe zur Tür, bleibe stehen, mustere das Bett aus diesem Blickwinkel, dann bessere ich noch ein letztes Mal nach, ziehe an den Ecken des Kissens, rücke die Badetücher gerade. *Mach dir nicht ins Hemd, alles ist bestens.*

Das Kaffeewasser auf dem Herd ist verdampft, als ich in die Küche komme. Ich verbrenne mir die Finger, als ich den Kessel von der Platte nehme.

NINA

Nach der Trauungszeremonie in einem schäbigen kleinen Gebäude an der Euston Road versammeln sich die Gäste zur Feier von Ursulas und Hughs Hochzeit in einem Privatpark in Marylebone. Ich freue mich jedes Mal, wenn ich Gelegenheit habe, einen dieser von schwarzen Eisengittern und dichten Hecken umschlossenen Gärten mit Kieswegen und gepflegten Rasenflächen zu betreten. Versteckte Inseln der Ruhe mitten in der Stadt. Es ist ein schwüler Nachmittag, der Himmel bedeckt, kaum bewegt ein Lüftchen die gelben und blauen Girlanden, die zwischen den Platanen aufgehängt sind. Ursulas Töchter drängeln sich durch die Menge und bieten Scones und Petit Fours an. Tee gibt es in bunt zusammengewürfelten angeschlagenen Tassen und Bechern. In einem Zelt neben dem Klettergerüst wird Kasperltheater für die Kinder gespielt.

Bridget hastet über den Rasen. Gott sei Dank hat es nicht geregnet, sagt sie, sonst würde sie mit ihren hohen Absätzen einsinken. Ich tue ihr den Gefallen und bewundere ihre neuen Schuhe. »Fred hat sie mir in Paris gekauft – sein Geschenk zum Hochzeitstag«, erklärt sie. »Ich habe ihm den Link und die Adresse geschickt und zur Sicherheit auch noch meine Schuhgröße – aber trotzdem, ich fand es wirklich nett von ihm.«

»Ja, du hast Glück mit deinem Mann«, sage ich. Sie lacht. »Oh, Nina. Schau ihn nur an.«

Wir schauen. Fred unterhält sich mit einem Mann, der auch ein rosiges Gesicht hat und eine fade Krawatte trägt. Durch das Stimmengewirr höre ich Gesprächsfetzen: »der reinste Hühnerhaufen«, »gute Quote«, »Mund abwischen und nach vorn schauen« – ich weiß nicht, ob sie über Fußball reden oder über Dinge, die mit ihrem Beruf zu tun haben. Während wir sie so beobachten, fährt Fred plötzlich herum, streckt die Hand aus und schnappt

sich von einem Tablett ein Gurkensandwich, das er sich mit unverhohlener Gier in den Mund stopft.
Der Champagner, den mir ein Mädchen am Tor gereicht hat, ist schon nicht mehr so prickelnd kalt, wie er sein sollte. »Ich mag Fred wirklich gern, wie du weißt«, sage ich und lächle hinab auf meine silbernen Sandalen.
Bridget ist gerade erst aus ihrem Urlaub in Griechenland zurückgekommen (das Ferienhaus war eher enttäuschend: tropfende Wasserhähne, und das WLAN hat nicht funktioniert – Paddy war stinksauer). »Na, und wie hast du den Sommer verbracht?«, fragt Bridget. »Natürlich hast du Sophie vermisst, aber es hat auch seine Vorteile, wenn die Kinder aus dem Haus sind. Man kann einfach übers Wochenende wegfahren, wenn man Lust hat, man muss bloß einen Bikini und eine Zahnbürste einpacken, und los geht's. Lieber Gott, was für ein Heckmeck, wenn *wir* verreisen. Surfboards, Golfschläger ... Wir sehen aus wie der Katalog von Mandarina Duck.«
Verständlich, dass Bridget mich beneidet, so wie mein Leben ihr erscheint. Meine Arbeit, mein Erfolg, meine hübsche und vernünftige Tochter, mein Aussehen (meine flachen silbernen Sandalen, die Zehennägel in der angesagten Farbe der Saison, »Blackcurrant«). Und Charles. Ich sehe zu ihm hinüber. Er unterhält sich gerade mit Hughs Mutter, bemerkt aber meinen Blick und hebt grüßend sein Glas.
»Wie *geht's* Sophie überhaupt?«, fragt Bridget. »Mein Gott, wie schnell die Kinder groß werden! Ich kann's kaum glauben, dass sie schon fast mit der Schule fertig ist.«
Ja, sage ich, *es ist nicht zu fassen.*
Später gehen wir nach Hause, wo wir uns bewegen wie die holzgeschnitzten Figürchen einer Kuckucksuhr, die sich auf einer Achse im Kreis drehen, als liefen sie einander nach und zugleich voreinander davon. Vielleicht haben wir einfach weniger miteinander gemeinsam, wenn Sophie nicht da ist. Ich höre die Toilettenspülung rauschen, dann geht Charles ins Wohnzimmer

und lässt sich seufzend mit der Zeitung nieder. Die Geräusche irritieren mich. Möglicherweise liegt es an der Hitze und am Champagner. Ich trinke ein Glas kaltes Wasser und klappe den Laptop auf. Eine E-Mail von der Galerie: Ein Kunde, der vor ein paar Jahren ein Bild von mir gekauft hat, würde gern am Dienstagvormittag bei mir im Atelier vorbeischauen.

Ich schreibe zurück, dass es mir ein Vergnügen sein wird, Mr Fisk wiederzusehen, dann verfasse ich eine Nachricht an Sophie, erzähle von der Hochzeitsfeier, beschreibe das Kleid, das Ursula trug – obwohl ich weiß, dass das Sophie nicht interessiert –, und sage ihr, dass einer von uns sie in Heathrow abholen wird.

Irgendwann gegen elf gehe ich hinaus auf die Terrasse, um die Polster auf den Gartenstühlen ins Haus zu holen. Die Nacht ist schmuddelig hell vom Widerschein der Großstadtlichter, orange getönte Wolken hängen am Himmel, die Luft ist dampfig und unbewegt. Henry hat wieder einmal zugeschlagen: auf dem beleuchteten Rasen im Kreis verstreut, als wäre eine kleine Bombe explodiert, blutige Innereien und Federn. Charles kratzt das Gröbste mit einem Stock zusammen und befördert es in einen Müllsack. Später in der Nacht regnet es, eine dieser Sintfluten, die die Stadt immer wieder mal braucht. Am nächsten Morgen ist kaum mehr etwas von der Schweinerei zu sehen, und die Luft fühlt sich wie frisch gewaschen an, als ich durch den Park jogge.

Auf dem Rückweg nehme ich einen Umweg durch die Carmody Street. Vor Emmas Haus bleibe ich stehen, beuge den Oberkörper nach vorn, als wäre ich außer Atem nach einem anstrengenden Sprint. Die Nashs sind noch nicht lange weg, aber das Haus wirkt bereits verlassen: die Vorhänge im Obergeschoss halb zugezogen, der Deckel der Mülltonne aufgeklappt, aus dem Maul des Briefschlitzes hängen Flyer von diversen Lieferdiensten. Es muss jetzt gerade ein Jahr her sein, denke ich, dass ich sie da auf dem Platz gesehen habe. Es war ein Schock für mich: die Dinge, die ich in Erinnerung hatte, und die, die neu waren und mir sofort ins Auge sprangen. Ihre Erschöpfung. Der Stress, eine unterschwellige chronische Verzweiflung, ständig gegenwärtig wie ein leises Wimmern.

Später denke ich wieder daran, als ich auf Mr Fisk warte, als ich die weißen Himmel und die langgestreckten Landstriche nebeneinander an der Wand des Ateliers aufstelle, Bilder, auf denen sich die Hitze staut zwischen verwischten Bäumen. Mir wird klar, dass ich zu nahe dran bin an meiner Arbeit. Eine Unterbrechung wird mir guttun. Mr Fisk, ein ruhiger Kanadier, schaut sich alles an, ohne viel zu sagen, und am Nachmittag teilt mir der Galerist dann am Telefon mit, dass der Mann zwei meiner neuesten Bilder kaufen will und noch an zwei weiteren interessiert ist.

In den folgenden Tagen, während ich Sachen für die Reise einpacke und auch noch, als ich darauf warte, dass Sophie durch den Zoll kommt – ein Stückchen größer geworden, mit neuer Frisur, Neonweste und lila lackierten Fingernägeln –, denke ich darüber nach, wie ich näher an die Not, an die Verzweiflung, die Emma ausstrahlt, herankommen kann, vielleicht so nahe, dass ich sie gar nicht mehr wahrnehme.

Zur Feier von Sophies Rückkehr gehen wir in den Schnellimbiss, den sie früher so liebte: panierte Hühnchenbrocken, Curly Fries, Krautsalat aus dem Pappbecher. Aber sie knabbert nur lustlos an ihrem Essen. Sie isst jetzt lieber japanisch. Oder koreanisch. Sie ist ganz wild auf Kimchi. Ich habe ihr irgendwann im Frühsommer erzählt, dass ich die Nashs nach Frankreich eingeladen habe, aber sie hat damals gar nicht richtig zugehört, und als ich jetzt wieder darauf zu sprechen komme, ist sie sauer. Eine Kartoffellocke in der Hand, starrt sie mich böse an. »Warum hast du das getan?«, fragt sie. »Was hast du mit diesen Leuten zu schaffen?«

»Deine Mutter hat eben ein gutes Herz«, sagt Charles.

»Man muss im Himmel Pluspunkte sammeln«, sage ich in leichtem Ton. »Und überhaupt ist es keine große Sache: Sie reisen an dem Samstag, wenn Charles nachkommt, schon wieder ab. Du musst sie nur ein, zwei Tage lang aushalten.«

»Ausgerechnet *die* musst du einladen!« Sophie schnaubt verächtlich. »Sogar die Binghams wären mir lieber gewesen.«

»Ich hatte das Gefühl, dass Emma für die Einladung dankbarer sein würde als irgendjemand sonst«, sage ich. »Es tut gut, wenn man jemandem helfen kann. Die Kinder sind wirklich süß.«

»Ich pack es nicht«, sagt sie und schiebt mit der Gabel einen Zwiebelring hin und her. Nach ein paar Wochen in Gesellschaft ihrer Halbgeschwister Astrid und Otto hat sie kleine Kinder gründlich satt. »Oh Mann! Weißt du, als ich in New York mal im Museum war, ist Astrid in mein Zimmer gegangen und hat sich mein Schminkzeug gekrallt. Natürlich hat sie alles abgestritten. Trudy hat sich auf ihre Seite gestellt, und Papa, dieser Waschlappen … Ich hab nie rausgefunden, was sie mit meinem Mac Lippenstift gemacht hat. Und es war auch noch ein Sondermodell!« Nach diesem Ausbruch frage ich sie besser erst gar nicht, ob sie vielleicht als Babysitterin zur Verfügung steht, zumal sie nach einem Monat bei Arnold, der sie, um sein schlechtes Gewissen zu beruhigen, mit reichlich Geld und Luxusklamotten von Hollister versorgt hat, wohl kaum das Gefühl haben wird, auf einen Nebenverdienst angewiesen zu sein.

Zwei Tage danach machen wir uns auf die Reise, die wir schon so oft unternommen haben, aber diesmal muss ich immerzu an Emma denken, die vor etwa einer Woche dieselbe Prozedur hinter sich gebracht hat. Und ich sehe alles merkwürdig überscharf: die Familien, die wie an der Schnur aufgefädelt vor dem Check-in-Schalter stehen; die gelangweilten Mienen der Stewardessen, wenn sie den Katastrophenfall proben; die junge Frau bei Avis, die ihre Fingernägel inspiziert, während ich die Papiere unterschreibe. Als wir in der Nachmittagssonne auf die Autobahn fahren, macht Sophie das Radio an und kommentiert den flockigen Europop, der aus dem Lautsprecher schallt, lediglich mit einem tadelnden Kopfschütteln. Aber das ist Teil des Rituals, das war immer schon so: Das Beste, worauf man hoffen kann, ist, dass früher oder später die unvermeidliche Sade oder der späte Springsteen an die Reihe kommen. Für mich gehört diese Musik zum Sommer wie das Zirpen der Grillen und das nächtliche leise Zischen des Rasensprengers.

Es ist schon dunkel, als wir von der Autobahn abfahren. Wir können die Sonnenblumen auf den umliegenden Feldern nicht sehen, aber sicher sind ihre runden Gesichter zu dieser Jahreszeit schwarz und welk, und sie lassen die Köpfe hängen. Gleich sind wir da. Die vertraute Haarnadelkurve, die Tankstelle, ein neues »à vendre«-Schild neben der Bäckerei. Das Dorf bleibt hinter uns zurück, und als wir zu der gelben Scheune kommen, schalte ich das Radio und die Klimaanlage aus und lasse die Fenster herunter, das mache ich immer, wenn ich bei Nacht hier ankomme. Die Wärme der staubigen Landschaft strömt herein, während die Scheinwerfer über die Steine und das Gras an der Straße streichen und immer wieder gespenstisch bleiche Bäume aus dem Dunkel hervorspringen lassen. Außerhalb des Lichtkegels ist es stockdunkel, schwärzer als schwarz, und doch ist diese Finsternis überall belebt von winzigen Reflexen glitzernder Augen und Flügel.

Das Auto der Nashs steht staubbedeckt unter dem überwachsenen Vordach, und da erscheint auch schon, lächelnd mit auffallend weißen Zähnen, Ben am Tor, um uns beim Ausladen zu helfen. »Schön, Sie zu sehen«, sage ich und lege die Hand auf seinen Arm, den strahlend blauen Ärmel seines Hemds, und beuge mich vor zum zeremoniellen doppelten Begrüßungskuss, mitten hinein in eine Wolke von Aftershave – Acqua di Parma, ich kenne diesen seifigen Zitrusduft – und Mückenspray. Ben sieht Sophie zum ersten Mal und ist unsicher, wie er sie begrüßen soll – mit Handschlag, oder soll er sie auch küssen? –, und so verpfuscht er es, setzt zu einer Umarmung an und taucht dann auf halbem Weg weg, um ihr den Koffer abzunehmen. »Lassen Sie nur, das Ding hat ja Rollen«, sagt sie und lässt ihn einfach stehen.

»Sie möchten jetzt sicher erst mal was trinken«, sagt er auf dem Weg zum Haus. Das Essen ist bald fertig, für den Fall, dass wir Hunger haben – sie wussten nicht, ob wir vielleicht unterwegs irgendwo Halt gemacht haben. Das Baby ist schon im Bett, sie war total erledigt vom Plantschen den ganzen Tag lang. Und vom Krabbeln.

»Und was ist mit Christopher?«, frage ich. »Gefällt ihm der Pool? Lernt er vielleicht sogar schon schwimmen?«

Wir steigen durch den duftenden Garten hinauf, gehen über den Rasen auf das Haus zu, dessen erleuchtete Würfel sich schimmernd vor dem dunklen Hügel abzeichnen. Die Rollen von Sophies Koffer knirschen auf dem Kies. Im Hintergrund die leisen Geräusche des Wassers, das in Rinnen rauscht und in Sammelbecken rieselt.

Ich denke an meine erste Begegnung mit Charles: wie er vor uns die Details des neuen Hauses skizzierte, wie der Stift über das gelbe Pauspapier flitzte, wenn er Alternativen und Verbesserungen ausprobierte. Dieses Vertrauen in seine Vorstellungskraft. *So könnte es funktionieren,* sagte er. *Oder wie wär's damit? Das könnte man versuchen.* Er gab einem das Gefühl, dass alles möglich war.

Wir gehen über die Terrasse und ins Haus, und da steht sie vor der langen Frühstückstheke, eine Flasche Champagner in der Hand, das Gesicht gerötet von der Sonne und einer plötzlichen Aufwallung von Verlegenheit angesichts der Tatsache, dass sie uns hier in unserem eigenen Haus willkommen heißt. Sie trägt ein rot-weiß gestreiftes T-Shirt, in dem sie aussieht wie der Wo-ist-Walter aus dem Wimmelbilderbuch. *Oh,* sage ich und spüre beim Begrüßungskuss ihre heiße Wange, *es ist so schön, wieder hier zu sein.*

»Dieses Haus ist einfach großartig«, sagt sie und umarmt Sophie, die sich ihren Widerwillen nicht anmerken lässt. »Wir können unser Glück immer noch nicht fassen …« Und dann ploppt der Korken, und sie lacht und hantiert fahrig mit den Gläsern, während immer mehr Schaum aus der Flasche quillt. Ich sehe Ben an, wie sehr ihre Ungeschicklichkeit ihn ärgert. Christopher tritt vor und hebt ein Schüsselchen mit Nüssen hoch wie einen Kelch.

»Ah, Christopher, Pistazien! Die liebe ich.« Und zu ihr sage ich: »Ja, ich trinke gern ein Glas, das ist jetzt genau das Richtige«, obwohl mir im Moment Mineralwasser lieber wäre. »Ich will nur schnell die Koffer ins Zimmer schaffen.« Ich sehe Besorgnis über ihr Gesicht huschen und ermahne Sophie, keinen Lärm zu machen, damit das Baby nicht aufwacht.

Im Schlafzimmer meines Vaters am Ende des Korridors – ich nenne es im Geist immer »das große Schlafzimmer«, das ist mir angenehmer – rührt der Deckenventilator träge die Luft um, die dickflüssig und süß ist wie Sirup. Kaum habe ich die Nachttischlampe angeknipst, brummt schon etwas an die Fensterscheibe und schwirrt dann wieder davon in die Nacht. Ich öffne den Reißverschluss meiner Tasche, blicke hinab auf die übereinandergeschichteten Lagen von schwarzen, hellgrauen und cremefarbenen Baumwoll- und Leinenstoffen, die Schuhe und Taschenbücher, die an den Seiten stecken, dann nehme ich meinen Kulturbeutel heraus und gehe ins Badezimmer. Ich lasse das Wasser eine Weile laufen, bis es ganz kalt ist, halte die Hände unter den Hahn und mache mir das Gesicht nass. Dann richte ich mich wieder auf und betrachte mich prüfend im Spiegel: Dunkle Haarsträhnen kleben an meinen feuchten Wangen, in meinen Wimpern glitzern Tröpfchen. Ich trockne mein Gesicht mit einem der flauschigen Handtücher ab. Als ich in dem Beutel nach dem Mückenspray krame, gerät mir das Armbändchen in die Finger: die altersschwache dünne Schnur, die sich bereits in einzelne Fäden aufzulösen beginnt, die Ananas, das Sternchen, das Auge gegen den bösen Blick. Ich schiebe es wieder in das Seitenfach und gehe zurück zu den anderen.

»Haben Sie ein enges Verhältnis zu Ihrem Vater?«, fragt mich Emma später, als Christopher im Bett ist. Wir sitzen draußen, im Kreis

um uns herum die winzigen Glutpunkte der Räucherspiralen. Der süßlich duftende Rauch sucht sich seinen Weg durch die Weinranken, treibt über den Rasen und in Richtung des Meeres. Am anderen Ende des Bergrückens blitzen plötzlich silbern die Scheinwerfer eines Autos auf, das auf die Küstenstraße abbiegt. Es ist eine sehr scharfe Kurve.
Nicht besonders, sage ich. *Ich hab es nicht immer ganz leicht mit ihm gehabt.* Während wir Salat und Langustinen essen, erzähle ich ihnen eine heiter zurechtgestutzte Version der Geschichte, eine, die Preise in Hollywood gewinnen könnte, diejenige, die ihnen am besten von allen gefällt. Die ein paar Saiten zum Klingen bringt, aber nur die richtigen. Als ich die Oscar-Nominierungen für *Crazy Paving* und *Ampersand* erwähne, lässt Ben die Gabel sinken. »Im Ernst? Mir kam der Name die ganze Zeit schon irgendwie bekannt vor, aber ich wusste nicht, woher.« Emma sitzt aufrecht da und trinkt einen Schluck Wein. Ihr sagt das alles nichts.
»Er ist jetzt mehr oder weniger im Ruhestand; na ja, hin und wieder macht er mal was, wenn ein Projekt ihn reizt. Meistens lebt er in Paris, mit seiner dritten Frau. Sie haben eine kleine Tochter, Clara. Sie ist ein bisschen älter als Christopher.«
»Meine Tante Clara«, sagt Sophie und dreht einer Langustine behutsam Kopf und Oberleib ab, »ist ein verzogenes Balg.«
»Na na, Sophie«, sage ich lachend und reiche ihr die Schüssel mit der Mayonnaise. »Aber es stimmt schon, dass mein Vater sein zweites Kind ein bisschen verwöhnt. Clara bekommt eine Menge Aufmerksamkeit.«
Während Sophie die Geburtstagstorte von Ladurée beschreibt (»Sie war so hoch wie Clara selbst, und die Dekoration bestand aus Macarons mit Kaugummiaroma«), bemerke ich, dass Emma mir wiederholt mitfühlende Blicke zuwirft. *Arme Nina.* Egal, denke ich und stochere in meinem Salat.
Oh, wir sind andauernd umgezogen, sage ich, als sie mich fragt, wo ich aufgewachsen bin. »Meine Eltern kauften immer irgend-

welche runtergekommenen Häuser, richteten sie her und zogen dann anderswohin. Oxfordshire, Südküste. Nachdem sie sich getrennt hatten, ließ sich meine Mutter in Sussex nieder, und er hatte eine Wohnung in London – zu dieser Zeit kam seine Karriere erst so richtig in Schwung. Ich glaube, er ist für das Landleben einfach nicht gemacht. Kannst du ihn dir in Gummistiefeln vorstellen, Soph?«

Das fällt ihr wirklich nicht ganz leicht, meint sie. Allerdings findet sie es genauso schwierig, ihn sich zusammen mit meiner Mutter vorzustellen. Sophie spricht immer ziemlich harsch über Paul, auch wenn sie, als BBC4 damals diese Sendung über ihn brachte, schon darauf Wert gelegt hat, dass es an ihrer Schule jeder mitkriegte.

»Der Mann ist echt krank«, sagt sie. Und sie erzählt von ihrer letzten Begegnung mit ihm vor ungefähr einem Jahr, als er bei uns zum Abendessen war. »Mama hatte in der Küche zu tun, und Charles war mal kurz rausgegangen, also saß ich allein mit ihm im Wohnzimmer. Und er wusste nichts mit mir zu reden, absolut nichts, und da schaute er auf meine Schuhe, ganz gewöhnliche Converse, und sagte: *Tolle Schuhe! Wo hast du die her?* Das war das Einzige, was ihm einfiel!«

Wir lachen alle, als gäbe es nichts Lustigeres auf der Welt, aber ich spüre, dass Ben und Emma ein bisschen unbehaglich zumute ist, weil sie denken, dass so ein Fauxpas ihnen selbst auch leicht passieren könnte. Es ist ja wirklich schwierig, immer das richtige Thema zu treffen, wenn man mit Teenagern redet. Offenbar fängt Emma an, sich mit meinem Vater zu identifizieren, und das gefällt mir nicht.

Mir ist klar, dass sie auf das Thema Paul zurückkommen wird. Sie wird versuchen, mich aus der Reserve zu locken, mit mir warm zu werden, mir zu zeigen, wie gut sie mich versteht. Es bestand immer die Gefahr – zumindest ein kleines Restrisiko –, dass sie sich an den Namen erinnerte. Aber obwohl sie ihn auf Briefumschlägen geschrieben gesehen und ihn mich aussprechen gehört

hat, ist nichts passiert. Sie verbindet nichts damit. Ich bin in Sicherheit.
In dieser Nacht habe ich einen Traum. Es ist nicht der, der davon handelt, dass ich in einen Raum voller Leute komme und kein Wort herausbringe, sondern der andere, den ich noch schlimmer finde. Ich haste hinter jemandem her, oder vielleicht laufe ich auch vor jemandem davon – es ist nicht zu entscheiden und spielt auch überhaupt keine Rolle –, eine Treppe hinauf. Wenn ich zurückblicke, sehe ich nichts als Stufen, die sich irgendwo unten im Schatten verlieren, und vor mir windet sich die Treppe endlos empor in schwarzes Dunkel hinein. Außer Sicht hinter einer Biegung höre ich Leute und versuche verzweifelt, sie einzuholen, oder vielleicht befinden sie sich auch hinter mir und kommen mir immer näher, sosehr ich mich auch anstrenge, ihnen zu entrinnen. Das Trampeln ihrer Füße, ihr ruhiger, stetiger Atem und mein hektisches Keuchen und Schnaufen hallen in einem wilden Konzert von den Wänden wider.
Ich schrecke in dem niedrigen Bett hoch, das Laken um meine Füße gewickelt, mein Hals schweißnass. Es ist noch früh, nicht einmal sieben Uhr.
Im Haus ist es schummrig und still. Als ich die Türen öffne und ins Freie trete, sehe ich präzise gezeichnete Schatten auf dem Gras und den Wegen. Das ist die beste Zeit des Tages: frisch geprägt, klare Konturen, bevor die Hitze alles schludrig verschwimmen lässt. Bienen schweben und flitzen zwischen dem Lavendel und den Blumen mit den weißen Blütenkelchen hin und her.
Ich öffne das Tor zum Pool, der daliegt wie schwarzes Glas. Während ich so dastehe, das Badetuch in der Hand, kräuselt ein Luftzug kurz die Oberfläche, dann spannt sie sich wieder glatt.
Nachdem ich meine Bahnen geschwommen bin, stehe ich am seichten Ende im Wasser und genieße die Sonne auf meinen Schultern, da bemerke ich, dass ich beobachtet werde. Am Tor sehe ich Christopher im Schlafanzug, eine Hand nach dem Riegel ausgestreckt.

»Guten Morgen«, rufe ich und steige triefend aus dem Becken. »Du bist aber früh auf.«
Er betrachtet mich schweigend, ohne eine Miene zu verziehen. Ich wickle das Badetuch um mich, fahre mir mit den Fingern durch die Haare, streife das Wasser heraus. Was er wohl sieht mit seinen klaren Augen? Ein Artikel über Kindheitserinnerungen, den ich mal im *Spectator* gelesen habe, kommt mir in den Sinn: Leidvolle Erfahrungen prägen sich dem Gedächtnis besser ein als befriedigende. *Ich könnte dir etwas zu erinnern geben,* denke ich.
»Möchtest du baden?«, frage ich und gehe zum Tor. »Aber du darfst hier nicht rein ohne deine Mama oder deinen Papa. Das wäre zu gefährlich.«
Er tritt auf der anderen Seite des Tors einen Schritt zurück. In einer Hand hält er seinen blauen Hasen an den langen Schlappohren. »Sind sie schon auf?«, frage ich. »Sind sie noch im Bett?« Ich gehe durch das Tor und schließe es hinter mir. Die Türfalle rastet deutlich hörbar in dem Schlitz ein. Ich fasse seine freie Hand, ziemlich entschieden, er lässt es zu, wenn ich auch im ersten Moment ein gewisses Widerstreben spüre, und dann spazieren wir zusammen über die langen Kieswege, und ich sage in sanftem Singsang das Gedicht auf:

James James Morrison Morrison
Weatherby George Dupree
gab stets auf seine Mama Acht, dabei
war er noch reichlich jung, erst drei.
»Mama«, sprach James, James sprach: »Mama,
geh ja nie aus, ich warne dich,
und jedenfalls nicht ohne mich.«

Ich mache ihn auf die Bienen aufmerksam, und wir bleiben stehen und lauschen zusammen ihrem eintönigen fleißigen Summen.
In der Küche schenke ich ihm ein Glas Milch ein, schmiere But-

ter auf ein Stück Baguette von gestern, und er isst es mit ernstem Gesicht, wortkarg, die Augen rund und wachsam, während ich die Geschirrspülmaschine ausräume.

Als Ben mit dem Baby auf dem Arm auftaucht, sprudeln Tadel und Entschuldigungen aus ihm heraus: »Ach, Schnuckel, du darfst doch nicht einfach allein so rumstreunen und Nina auf die Nerven gehen ...«, aber ich sage, kein Grund zur Aufregung, es war ganz allein meine Schuld, weil ich die Tür zum Garten offengelassen habe. Aber das Tor am Pool war natürlich verschlossen, es bestand keine Gefahr. Es herrscht stillschweigendes Einverständnis, dass wir Emma gegenüber nichts von alledem erwähnen werden, sie würde sich nur unnötig Sorgen machen wegen des Wassers. Als sie dann reinkommt – sie hat das rosa Leinenkleid an, das sie damals vor Monaten trug, als ich sie auf der Hauptstraße sah –, reden Ben und ich von anderen, unverfänglichen Dingen: wie wir geschlafen haben und wie herrlich das Wetter ist und was wir heute unternehmen wollen.

Ich schlage einen Ausflug vor. Nichts allzu Anstrengendes, etwa zwanzig Minuten Fahrt ins Landesinnere zu einem Kloster. Es ist schön dort, und weil die Gegend höher liegt, ist es normalerweise nicht ganz so heiß wie an der Küste. Die Mönche halten Bienen und verkaufen den Honig. Das könnte Christopher interessieren.

Als ich Sophie ein Glas Saft ans Bett bringe und ihr von dem Vorhaben erzähle, sagt sie, sie möchte lieber hierbleiben. Die Vorstellung, den Pool ganz für sich zu haben, gefällt ihr.

Sobald die Entscheidung getroffen ist, setzt sich das schwerfällige Räderwerk der Expeditionsvorbereitungen in Bewegung: Emmas bonbonbunt gestreifte Tasche wird vollgepackt mit Ausrüstung für alle Eventualitäten einschließlich Hungersnot, Sonnenstich und Insektenplage. Cecily bekommt vorsichtshalber eine frische Windel, Christopher wird angehalten, noch mal Pipi zu machen, und damit die Kinder während der Fahrt nicht austrocknen, müssen sie reichlich Wasser trinken, bevor es losgeht.

»Nein, der Hase kommt nicht mit«, sagt Ben und macht Anstalten, seinem Sohn das Plüschtier abzunehmen. »Er will lieber hierbleiben und sich ausruhen.«
»Papa hat recht«, sagt Emma. »Wir lassen den Hasen hier, damit er auf das Haus aufpasst«, aber als Christopher weinerlich das Gesicht verzieht, lenkt sie ein: »Also meinetwegen, aber nur, wenn du versprichst, gut auf ihn Acht zu geben.« Ben wendet sich ab und geht ärgerlich schnaubend und vor sich hin murrend zum Auto.
Als wir endlich alle zur Abfahrt bereit sind, gibt es eine weitere Verzögerung, weil Christopher sich partout selbst in seinem Sitz festschnallen will. »Das *kann* ich«, faucht er, »das *kann* ich«, und als Emma ihm helfen will, stößt er ihre Hand weg. Seine frisch mit Sonnencreme eingeschmierten Arme und Beine sehen gespenstisch bleich aus. Während er hektisch an dem Sicherheitsgurt fummelt, klaubt Emma vertrocknete Apfelbutzen und halbleere Wasserflaschen, die im Auto herumliegen, zusammen, gibt dem Baby, das mittlerweile unruhig geworden ist, eine Reiswaffel zum Knabbern, entschuldigt sich bei mir und besteht darauf, dass ich vorne Platz nehme. Ben sitzt da, trommelt mit den Fingern auf dem Lenkrad und hat die Lippen gespitzt, als pfeife er ein fröhliches Liedchen. Seine aufgesetzte Heiterkeit kann nicht darüber hinwegtäuschen, dass er vor Anspannung ganz starr ist.
Das Kloster steht wie immer in absoluter Ruhe da, nirgends ein Zeichen von Leben. Der Parkplatz ist leer, und als wir durch den Wald hinaufwandern – der Buggy holpert heftig auf dem Kopfsteinpflaster, und die Räder bleiben oft hängen –, begegnen wir keiner Menschenseele. Am Tor mache ich Emma auf die Madonna mit dem Kind in einer Mauernische aufmerksam. Ihr gefällt der kleine Jesus mit den dicken Backen, er sieht aus wie ein richtiges Baby und nicht wie ein Bankdirektor mit Lendenschurz.
Diese komische Gangart, die kleine Kinder haben, die reinste Springprozession. Christopher bewegt sich vollkommen unbe-

rechenbar: Mal bleibt er abrupt stehen, mal rennt er los, läuft quer über den Weg oder macht kehrt, oder er kauert sich ohne Vorwarnung hin, um Ameisen oder seine Schuhe oder sonst was zu beobachten, sodass man ständig Gefahr läuft, über ihn zu stolpern oder ihn zu treten. In so unstet ruckelnder Bewegung, mit viel Gelärme, weil Christopher entdeckt hat, dass jeder Raum sein besonderes Echo hat, gehen wir unter Gewölben und durch Innenhöfe dahin, immer dem Suppengeruch nach, der uns anweht. Da und dort erhaschen wir Blicke auf weißgewandete Männer, die über eine Terrasse schreiten oder in einem Treppenhaus verschwinden. Allenthalben Spuren emsiger Tätigkeit, die als solche aber unsichtbar bleibt, als wären die fleißigen Arbeiter immer gerade fertig geworden und schon weg, wenn wir kommen: Die Zitronenbäumchen in den Tontöpfen sind eben erst gegossen worden, die frisch gewischten Flure trocknen, während wir sie durchschreiten.

Im Refektorium ist alles für das Mittagessen der Mönche bereit: Schlichtes abgenutztes Besteck liegt auf den langen Tischen, Becher mit Wasser stehen neben mit Tüchern abgedeckten hölzernen Schalen. Eine ernste Stille herrscht in dem Raum unter den dunklen Deckenbalken, eine Atmosphäre, in der das Schweigen, die Kontemplation, das Brüten und die Gebete vieler Jahrhunderte zu spüren sind. Wo die Dinge aus so hoher Warte betrachtet werden, sind die Geräusche, die Christopher von sich gibt, all seine Äußerungen von Protest und Entzücken und Gekränktheit, kaum von Bedeutung.

Er balanciert ein schmales, langgestrecktes Muster auf dem Fußboden entlang. Als er mit der Fußspitze auf den schwarzen Rand tritt, besteht er darauf, zum Ausgangspunkt zurückzukehren und noch einmal von vorn anzufangen.

Wir stehen herum, lächeln nachsichtig und warten, dass er fertig wird. Meine Finger in der Tasche finden eine Münze, drehen sie um und wieder um. Kopf, Zahl, Kopf, Zahl. »Oh, sehr gut, Schatz«, sagt Emma. »Toll.« So kann man mit einem Hund reden, wenn er das Stöckchen gebracht hat. Sie wirft mir einen Blick zu, verlegen und doch irgendwie zutraulich, als wollte sie mir etwas abgeben von ihrer Freude über seine Meisterleistung. Ich ziehe meine Hand aus der Tasche, um zu applaudieren. »Prima!«, sage ich und denke: *Auch mit den Augen lächeln!* Ich unterdrücke ein Gähnen.

Es ist unmöglich, sich mit Emma zu unterhalten. Sie ist ständig in irgendeiner Weise von den Kindern in Anspruch genommen. Andauernd fummelt sie an ihnen rum: Hütchen zurechtrücken, Nase putzen, Creme auf rundliche Ärmchen und Beinchen und Schultern schmieren. Ich habe es satt und gehe flotten Schritts los: zurück durch den Kreuzgang, wo ich den blauen Hasen (den Christopher, wie vorhergesagt, verloren hat) aufhebe, und dann nach links in die Kapelle.

Die warme schwarze Dunkelheit verschluckt mich, und einen Moment lang bin ich blind. Ich bleibe stehen, die Arme nach vorn gestreckt. Dann sehe ich den Lichtschimmer hinter einem Pfeiler, trete vor, und das Gestell mit den Kerzen kommt in mein Blickfeld. Die Flammen zucken und flackern, etwa ein Dutzend Hoffnungen und Wünsche leuchten und strahlen und zehren sich auf. Ich finde einen Stuhl; er ächzt, als ich mich darauf niederlasse. Es riecht nach Weihrauch und Putzmittel mit Zitronenduft und schwach auch nach Schimmel oder Moder. Ich fühle mich erschöpft hier in der feuchten Dunkelheit, in die ich geflüchtet bin, aber ich bin in Sicherheit.

Als ich vom Kreuzgang her plaudernde Stimmen höre, verstecke ich den blauen Hasen tief in meiner Tasche unter der Strickjacke, und dann sitze ich still und rühre mich nicht, warte darauf, dass sie mich finden.

Wir besichtigen noch die Bienenstöcke, pastellfarbene Kästen, die ein Stück entfernt im Wald stehen, und die Nashs nehmen sich an der Pforte ein Glas Honig – Christopher darf die Euromünzen in den Schlitz des Kastens stecken, der dort angebracht ist –, anschließend wandern wir den Weg hinunter zum Auto.

In dem nächsten Städtchen, wo heute Markt ist, halten wir an, um Crêpes zu essen. Neben Ständen mit dem üblichen Krimskrams gibt es auch einen, wo gebrauchtes Spielzeug verkauft wird, nicht ganz vollständige Lego-Bausätze und Playmobil-Figuren, Babypuppen mit weit aufgerissenen Augen und fettig glänzenden Pausbacken. Ben spendiert Christopher ein paar Matchboxautos, und dieser verbringt, als wir wieder zu Hause sind, den Nachmittag damit, sie nebeneinander aufzustellen und auf dem Rasen herumflitzen zu lassen. Seine Eltern beaufsichtigen abwechselnd ihn und das Baby, während Sophie und ich am Pool dösen und lesen und nur hin und wieder aufstehen, um unsere Liegestühle in den Schatten oder in die Sonne zu rücken, die am Himmel dahinzieht.
Als das Tor aufgeht und Emma kommt, stelle ich mich schlafend, kann sie aber aus der Deckung meiner Sonnenbrille heraus bequem beobachten. Sie legt das Badetuch ab und steigt mit sichtlicher Eile ins Wasser: Obwohl sie glaubt, niemand sehe sie, schämt sie sich für ihre bleiche Haut, ihre Figur, das schlaffe Fleisch. Ihr khakifarbener Badeanzug ist schon etwas ausgeleiert und liegt nicht mehr gut am Körper an; an der Sitzfläche, wo der Stoff sich stärker abnutzt, sieht man weiß ihren Hintern durchscheinen. Sie ist eine gute Schwimmerin – sie krault gekonnt wie jemand, der das Schwimmen mal als Wettkampfsport betrieben hat –, aber es fehlt ihr an Kondition. Am gegenüberliegenden Ende des Beckens, wo das Wasser über die unsichtbare Kante fließt, zieht sie sich hoch, stützt die Ellbogen auf und blickt, das Kinn auf den verschränkten Händen, ins Tal hinunter.
Ich sollte ihr meine Hilfe anbieten, denke ich, schließe die Augen, sodass ich mein Blut schwarz-rot tanzen sehe, und spüre, wie sich meine Haut in der Hitze spannt.
Nach einer Weile höre ich das Tor zufallen – sie ist weg. Zehn Minuten später kommt Ben. Ich hebe den Kopf, rücke meine Sonnenbrille zurecht, lächle ihm zu. Sophie fragt unnatürlich laut: »Wie spät ist es?«

Ich gebe ihr pantomimisch zu verstehen: *Zu laut!*, und als sie ihre Ohrhörer herausgezogen hat, sage ich: »Kurz vor sechs.«
Sie nickt, dreht sich auf den Rücken, hebt den Kopf, um die Haare zur Seite zu streichen, damit ihr Hals etwas von der Brise abbekommt. Ben legt sein Buch und sein Handtuch auf die Liege, sein Blick – vielleicht ist es ihm gar nicht bewusst – ruht auf Sophie, dem von Sonnencreme und Schweiß glänzenden Bauch, den schmalen Knöcheln, den Füßen mit den V-förmigen weißen Streifen, die ihre Flipflops auf der Haut hinterlassen haben.
Von fern ist ein Surren zu hören, wir schauen hoch zum Himmel. In dem unschuldigen Blau taucht etwas auf, eine blitzende Kapsel, ein Helikopter. Ohne Zweifel steuert er eine dieser Villen an, die ruhebedürftige Filmmogule der goldenen Ära des Kinos abgeschieden von der Welt hoch auf den Klippen über dem Meer erbaut haben und die in jüngeren Zeiten mit Wellnesseinrichtungen und aufwändiger Sicherheitstechnik ausgestattet wurden.
»Einer dieser Oligarchen«, sage ich und erzähle ihm von den Dingen, die man nur vom Meer aus sehen kann: Terrassen wie Hochzeitstorten, gelb-weiß gestreifte Markisen, unter denen ameisenhaft Dienstpersonal hin und her wuselt. Luxusautos unter Palmen.
»Es ist eine andere Welt«, sagt er. »Verrückt.« Er geht zum Pool, bleibt am Rand stehen, betrachtet die verzerrten Reflexe auf der dunklen Oberfläche und sein eigenes Spiegelbild, die orangefarbene Badehose mit dem kecken Tintenfischmuster, den schon ein bisschen hervortretenden Bauch. Dann holt er Luft, schwingt die Arme und springt: ein Bauchplatscher, die Knie abgewinkelt, wie eine Marionette. Das Wasser spritzt und wogt heftig. Ich blättere eine Seite in meinem Buch um und tue so, als beachtete ich ihn gar nicht.
Er pflügt fünfzehn bis zwanzig Längen in einem langsamen Kraulstil – eigentlich ist es mehr ein beliebiges, ungleichmäßig schwerfälliges Schaufeln – durchs Wasser, wobei er nach jedem Armzug

keuchend Luft schnappt. Schließlich steigt er aus dem Becken und lässt sich auf die Liege fallen, ohne zu merken, dass er Tröpfchen um sich versprüht. Sophie zuckt zusammen, wischt sich über den Arm und entspannt sich wieder.

Er schlägt sein Buch auf, liest eine Seite oder zwei, dann lässt er es auf seine Brust sinken; er hebt es wieder hoch und blättert zurück, um in einem früheren Kapitel etwas nachzuschauen.

»Wie kommen Sie voran?«, frage ich.

Er findet es nicht so gut wie das erste. *Oh, das ist schade,* sage ich.

Ich sage nicht, dass ich es gelesen habe und dass es mir gefallen hat, obwohl mich der letzte Haken, den die Geschichte schlägt, nicht vollständig befriedigt, wie es eben oft so ist mit finalen Wendungen in der Literatur. Sie sind nicht recht glaubwürdig, weil es im wirklichen Leben, so scheint mir, ja meist eben nicht die spektakulär schockierenden, dramatischen Ereignisse sind, die entscheidende Wendungen herbeiführen, sondern vielmehr die kleinen, unscheinbaren Dinge, etwa Missverständnisse und Enttäuschungen.

»Mir sind die Figuren nicht sympathisch«, sagt er, eine Bemerkung, die ich einfach nur ärgerlich finde, so unnütz, dass ich mich gar nicht damit abgeben will. Der bläulich schwarze Schatten rückt schon bis zum Rand des Beckens vor. *Zeit für ein letztes Bad,* sage ich.

Als ich ins Haus zurückkomme, haben die Kinder schon gegessen. Emma räumt gerade ihre Schnabeltassen weg und wischt Brösel über die Tischkante in ihre offene Hand. Christopher ist sauer, weil er kein zweites Schokoladeplätzchen kriegt, Cecily ist übermüdet und quengelt. Ihr Hemdchen ist vorne ganz nassgesabbert – offenbar bricht gerade wieder mal ein Zahn durch. Ich kenne ein tolles Spiel, sage ich zu Christopher. Wenn er mit mir in den Garten geht, können wir es spielen.

Er mustert mich kurz – offenbar schätzt er ab, was ich zu bieten habe: nicht genug, so scheint es –, dann wendet er sich wieder seiner Mutter zu. »Noch ein Plätzchen«, greint er. »Du bist schuld, wenn ich vor Hunger *sterbe*.« Ich sehe, wie Emma zusammenzuckt, halb vor Ärger, halb erschrocken, dass ihr Kind so etwas zu ihr sagt.

»Oh«, sage ich, »ich glaube nicht, dass du weißt, wie man *Ochs am Berg* spielt.« Das kann er nicht auf sich sitzen lassen, das muss er richtigstellen: Er kennt das Spiel sehr wohl, er spielt es immer mit Billy und George und der Tagesmutter von George, nur nennt George es *Wolf, Wolf, Wolf, wie spät ist es?*.

»Und die Regeln sind dieselben? Erklärst du mir, wie es geht?«, sage ich. »Jetzt gleich?«

»Okay.« Er rutscht von seinem Stuhl.

Zusammen gehen wir über den Rasen zur Hängematte hinüber. Durch das goldene Licht schneiden lange Schatten mit scharfen Rändern. Draußen in der Bucht leuchtet weiß ein Segel. »Du stehst da.« Er deutet auf eine Stelle. »Du musst die Augen zumachen und zählen: eins, zwei, drei, vier. Und dann sagst du: Ochs am Berg.«

»So geht es?«

»Ja, und ich schleiche mich an.«

Wir probieren es.

»Eins, zwei, drei –«, rufe ich, aber er schreit: »Nein, du musst *im Kopf* zählen, Dummie!«

»Ach so, ja. Entschuldigung«, sage ich. »Das hatte ich vergessen. Es ist eine Weile her, dass ich es zum letzten Mal gespielt habe. Wahrscheinlich, als Sophie noch klein war. Kannst du dir Sophie als kleines Mädchen vorstellen?«

Er muss lachen bei dem Gedanken, so absurd kommt er ihm vor. »Sie ist doch viel größer als ich«, sagt er.

»Jetzt schon. Okay, versuchen wir es noch einmal. Also, ich zähle im Kopf bis vier, dann rufe ich ›Ochs am Berg‹ und drehe mich um, und du musst ganz still dastehen, und wenn ich dich dabei erwische, wie du dich bewegst …«

Ich kehre ihm den Rücken zu und sehe aufs Meer hinaus. Die

Sonne, ein Ball aus flüssiger Glut, steht jetzt so tief, dass mir die Augen tränen, und ich fühle, wie ein kühlerer Wind einsetzt, ein Vorbote des Abends. An der Küste sammelt sich Dunst, in den Buchten und Yachthäfen, an den Promenaden, wo in einer Stunde lange Reihen bunter Lichter glitzern werden, und dann wird die Nacht über uns kommen wie eine Heimsuchung oder ein Segen, sie wird sich tintenschwarz über die großartigen Villen auf den Stufen der Klippen legen, über die halb verfallenen Festungsanlagen und die Häuschen mit den blauen Fensterläden und Callas in Olivenöldosen, über die Bars, wo alte Männer zusammen Fußball gucken.

Die Hängematte links von mir bläht sich in der Brise, Kissen fallen heraus.

Lautlos zähle ich: *eins, zwei, drei, vier.*

Ich rufe: *Ochs am Berg,* und fahre herum, die Zähne gefährlich gefletscht. Er hat sich kaum von der Stelle gerührt und steht tadellos still, bemüht, das Lachen zu unterdrücken, die verkrampften Hände zu Fäusten geballt.

»Ah, du bist gut, dir bin ich nicht gewachsen«, sage ich und drehe mich wieder um.

Diesmal gebe ich ihm nur zwei Sekunden und erwische ihn mitten in der Bewegung. Sein Gesicht zieht sich zusammen in heller Empörung. »Das war viel zu *kurz,* du hast überhaupt nicht gezählt!«, schreit er, und ich sage: »Tut mir leid, mein Lieber, sprechen *und* sich bewegen, das geht gleich gar nicht. Ich werd dich jetzt auffressen.« Und ich gehe auf ihn zu, die Arme ausgestreckt wie Flügel. Erst reagiert er nicht, als vertraute er darauf, dass das Thema ja noch gar nicht ausdiskutiert ist, aber dann, als er den Ausdruck in meinem Gesicht sieht, reißt er die Augen weit auf, dreht sich um und beginnt zu rennen, stolpert ein bisschen, rennt hin zur Terrasse, zum Haus, zu seiner Mutter.

Als ich ihn einhole und er zu kreischen anfängt, frage ich mich, ob dies vielleicht später einmal seine früheste Erinnerung sein wird: ein sonniger Rasen, blauer Himmel, eine schreckliche Fremde, die ihn verfolgt, eine Frau, von der er kaum etwas weiß, außer dass sie beim Spielen betrügt.

»Nein, es ist alles in Ordnung, es ist nur ein Spiel«, sage ich zu Emma, die mit dem Baby auf dem Arm herauskommt.

»Um Himmels willen, was für ein Geräusch! Mach das nie wieder, Christopher«, sagt sie. »Das geht einem durch Mark und Bein.«

Er will nicht mehr spielen, und als Ben vom Pool zurückkommt und sagt: »Ab in die Badewanne«, geht er ohne Protest und ohne mich anzusehen mit ihm.

Ich streife meine Sandalen ab, steige in die Hängematte und liege dort, bis es dunkel wird und die ersten Sterne herauskommen, lausche den Geräuschen des Hauses (Wasser rauscht in der Spüle, jemand pfeift »Hickory Dickory Dock«, Topfdeckel klappern, die Tür der Backröhre fällt zu). Emma tut dort drinnen die gewohnten Dinge in der gewohnten Weise und geht offenbar ganz in ihrer Beschäftigung auf, grade so, als bräuchte sie weiter nichts zu ihrer Seelenruhe. Ich beobachte sie, wie sie sich in den hell beleuchteten Würfeln hin und her bewegt, und ich denke daran, wie es angefangen hat vor all den Jahren.

Ich wusste, dass sie kommen würde. Wir wohnten noch nicht lange in Jassop (und sollten schon bald wieder wegziehen, aber das war natürlich zu der Zeit noch nicht vorauszusehen), doch meine Mutter hatte mit Mrs Pugh bereits nähere Bekanntschaft geschlossen; sie war auch zu Donald Pughs Beerdigung gegangen, was mein Vater völlig unangemessen gefunden hatte. In den Monaten danach hatte ich meine Eltern öfter darüber reden hören, dass Mrs Pugh den landwirtschaftlichen Betrieb nach und nach aufgab, dass sie das Vieh verkaufte, dass Maschinen versteigert wurden oder in irgendwelchen Schuppen vor sich hin rosteten, dass sie Ackerflächen an Bauern aus dem Dorf verpachtete.

»Marians Enkelinnen kommen in den Ferien«, sagte meine Mutter eines Tages im Frühsommer zu mir. »Eine ist in deinem Alter.

Ich könnte sie zum Tee einladen.« Sie versuchte andauernd, mich mit den halbwüchsigen Kindern ihrer neuen Bekannten zusammenzubringen, in der Hoffnung, dass ich mich mit ihnen anfreunden würde, was natürlich nie funktionierte. Ich brauchte keine zusätzlichen Freunde. Ich hatte Della und Louise, denen ich mich an der Schule angeschlossen hatte. Sie waren nicht so albern oberflächlich wie die anderen Mädchen, tranken schwarzen Kaffee, lasen Gedichte, wenn sie nicht für die Schule lernten, und fuhren manchmal samstags mit mir nach London, um in der National Gallery Bilder anzuschauen. Leider waren sie beide diesen Sommer über weg, Louise bei Verwandten in Dorset, Della im Rahmen eines Schüleraustauschs in Frankreich irgendwo bei Orange.

»Oh, bitte nicht«, sagte ich, und ausnahmsweise hörte sie auf mich.

An einem heißen stillen Nachmittag im Sommer kam dann meine Mutter aus dem Dorf nach Hause und erzählte, die Enkelinnen von Mrs Pugh seien jetzt da; sie hatte sie im Laden gesehen, wo sie Eis und Zeitschriften gekauft hatten. Ah ja, sagte ich, ohne von meinem Buch aufzublicken. Später, als sie im Haus beschäftigt war und ich meinen Vater am Klavier arbeiten hörte – er spielte immer wieder dieselbe Passage, vielleicht jedes Mal in unmerklichen Nuancen variiert und verbessert, vielleicht schwelgte er aber auch nur in der immer reicheren Fülle des Klangs –, legte ich meinen Roman zur Seite und stand auf, streckte mich und gähnte ein bisschen im Schatten des Apfelbaums, ganz als ob mich womöglich jemand beobachtete.

Hinein in das grüne »o« des überwachsenen Pfads, Vorsicht vor den Brennnesseln und den langen Brombeerranken, über den Zauntritt mit dem wackligen Brett. Der getrocknete Schlamm des schmalen Wegs war zerfurcht und aufgewühlt, ich musste aufpassen, wo ich hintrat. Mein Schatten begleitete mich hartnäckig, hüpfte und huschte neben mir her. Ich hob den Stacheldraht hoch, schlüpfte untendurch. Näher ran, aber so, dass man

mich von dem niedrigen Haus mit den dunklen Fensterchen aus nicht sehen konnte.
Die Hecke war außen üppig grün und dicht, doch im Innern – ja, hier an dieser Stelle – dürr und hohl. Ich zwängte mich durch die Zweige, die mich kratzten und sich in meinen Haaren verfingen. Eigentlich wusste ich gar nicht so genau, was ich zu sehen bekommen würde. Nicht viel, wie sich zeigte: einen Teil des Hofs, Mrs Pughs kastenförmiges dunkelrotes Auto (die Türen offen wegen der Hitze), den Wassertank, vor mir am Rand des Rasens verstreut ein paar kleine Gummireifen mit Spuren von Hundezähnen. Irgendwo im Hintergrund gackerten leise Hühner, aus einem Radio dudelte Popmusik, das war alles. Ich rieb mir über meinen verschrammten Arm. Dann trat ein Mädchen ins Sonnenlicht, groß gewachsen, gerade Haltung. Pures Gold.
Jetzt liege ich in der Hängematte, schaue zum Haus hinüber und warte geduldig darauf, dass Christopher seinen Verlust bemerkt.
Sie kommt heraus, zwei Gläser Wein in den Händen, geht etwas unsicheren Schritts die Stufen hinunter, einen Arm hochgehoben, weil die in Urnen und hinter Bäumen versteckten Scheinwerfer sie blenden, blickt suchend die beleuchteten Wege entlang und zu den Deckstühlen.
»Christopher hat seinen blöden Hasen verloren«, sagt sie und reicht mir ein Glas. »Sie können sich nicht zufällig erinnern, wann Sie ihn das letzte Mal gesehen haben? Er kann ohne ihn nicht einschlafen.«
»Er hatte ihn heute Morgen im Auto dabei, nicht?« Mit Absicht rufe ich ihr die verdrießliche Szene vor der Abfahrt wieder ins Gedächtnis, als sie klein beigab, und das Gesicht, das Ben machte. »Hatte er ihn noch, als wir am Mittag anhielten, um was zu essen? Auf dem Markt?«
Sie kann sich nicht mehr erinnern. Vielleicht hat er den Hasen an dem Stand mit den Spielzeugautos liegen lassen. »Oh, verdammt. Na ja, das muss jedenfalls nicht Ihre Sorge sein.« Aber

als Christophers Geheul aus dem Haus dringt, bin ich mir da nicht mehr so sicher. »Armes Kerlchen«, sage ich. Das Wehgeschrei wird lauter, verebbt dann nach und nach, und schließlich ist es wieder still.
»Machen Sie sich nicht zu viele Gedanken, bestimmt taucht der Hase wieder auf«, sage ich. Ich drehe mich um neunzig Grad und rücke etwas beiseite. »Setzen Sie sich«, sage ich.
Eigentlich sollte sie Ben helfen, die Kinder ins Bett zu bringen, aber sie möchte viel lieber hier bei mir bleiben. »Meinen Sie, das Ding hält uns beide aus? Ich bin so ein Fettkloß ... Ach, wird schon gutgehen«, sagt sie, und dann werde ich hochgehoben, und der Stoff spannt sich, und wir sitzen in etwas peinlicher Intimität aneinandergequetscht da, Oberschenkel an Oberschenkel, mein nackter Arm an ihren gedrückt. Sie kichert und stößt sich mit den Zehenspitzen leicht vom Boden ab, sodass die Hängematte leise zu schaukeln beginnt. Der Duft ihrer Sonnencreme steigt mir in die Nase, und als sie ihr Glas zum Mund führt, rieche ich den Knoblauch an ihren Fingern. Ich bin ihr noch nie so nahe gekommen. Sie räuspert sich und sagt: »Sie werden drei Kreuze schlagen, wenn Sie uns endlich los sind.«
»Gar nicht«, sage ich. »Ich finde es schön, Sie alle hier zu haben. Christopher ist wirklich süß. Er hat sich beim Spielen vorhin so in seine Rolle reingesteigert, dass ihm vor sich selbst gegruselt hat. Ich hätte besser aufpassen müssen.«
»Er sieht überall Gespenster.« Sie seufzt. »Das ist eben so in dem Alter. Lauter Extreme, es ist immer Himmel oder Hölle.«
»Und für Sie auch«, sage ich. »Ich weiß noch gut, wie es ist. Eine tolle Zeit, sicher, aber auch entsetzlich anstrengend. Mein Gott, wenn ich daran denke, wie ich mit Sophie ...«
»Ich ... ich würde Sie gern etwas fragen, wenn ich darf«, sagt sie zögernd, in einem sehr vorsichtigen, fast ängstlichen Ton, der mir verrät, wie sehr sie sich danach gesehnt hat, das zu fragen. »Was ist mit Ihnen und Sophies Vater passiert?« Also – immer in der Sorge, dass wir jeden Moment unterbrochen werden könn-

ten – erzähle ich ein bisschen von Arnold, die frisierte Version, die ich flüchtig Bekannten (auch eine Analytikerin hat sie mal zu hören bekommen) vorsetze, wobei ich mich jedes Mal im Stillen frage, warum sich die Leute so klaglos damit zufrieden geben und nie versuchen, ein bisschen tiefer zu graben. Ich rede davon, wie jung ich damals war und was er für mich bedeutet hat. Dass ich wohl auf der Suche nach einer neuen Identität war, und die gaben mir Sophie und er, wofür ich ihnen ewig dankbar sein werde. »Mein Vater …«, sage ich, »nun ja, er ist ein Charmeur, wenn man es vorsichtig ausdrücken will. Und das hat seine Ehe auf die Dauer nicht ausgehalten. Meine Mutter ist nie darüber hinweggekommen. Arnold hat mir geholfen, das alles hinter mir zu lassen.«

Sie hört aufmerksam zu, immer in dem Bewusstsein, dass sie dabei ist, eine neue Stufe auf der Skala der Vertraulichkeit zu erklimmen. Hin und wieder streckt sie das Bein und gibt der Hängematte neuen Schwung. Ich spüre, wie sehr sie sich wünscht, dass ich weiterrede, dass Ben die Dinge im Kinderzimmer im Griff behält und uns nicht stört.

»Irgendwann stimmte im Verhältnis meiner Eltern dann fast gar nichts mehr«, sagte ich. »Sie lebten sich auseinander. Aber das war es nicht allein.«

Sie schaukelt und nippt von ihrem Glas. Sie genießt diesen Moment, sie ist selig.

»Er sah sich gern nach anderen Frauen um«, sage ich, ganz die loyale Tochter, die dennoch, wenn auch taktvoll untertreibend, mutig mit der Wahrheit herausrückt. »Meistens war er ziemlich diskret. Aber zum Schluss machte er sich ein bisschen zum Narren. Mit diesem Mädchen … es war jemand, den ich kannte. Das war dann einfach zu viel.«

Ihr Gesicht. Sie ist entsetzt. »Nein! Im Ernst? Er hat was mit einer Freundin von Ihnen angefangen?«

»Nein, so war das nicht. Genau genommen ist nicht wirklich etwas *passiert*. Und es ist nicht einmal darüber geredet worden. Es

war einfach nur der Tropfen, der das Fass zum Überlaufen gebracht hat.«
In Sophies Zimmer geht das Licht an. Ich sehe einen Schemen hinter dem Fliegengitter, als sie ans Fenster tritt und die Vorhänge zuzieht.
»Sie war auch keine Freundin. Ich wusste kaum etwas von ihr«, sage ich und lache unfroh. Emma kann sich nicht entscheiden, ob sie mich ansehen soll oder nicht; fürs Erste lässt sie den Blick aufs Haus gerichtet, um ja nicht den köstlichen Moment, in dem ich ihr vertrauensvoll mein Herz geöffnet habe, zu verderben.
»Mein Vater ... na ja, er war ganz hin und weg von ihr. Es war lächerlich. Ich glaube, ihr war gar nicht bewusst, in welchem Ausmaß sie diese Wirkung auf ihn hatte. Sie war der Typ dafür.«
»Was meinen Sie damit?«
»Sie wissen schon: Eine von diesen Schönheiten, die ... die sich nicht so viele Gedanken machen.«
Wir denken darüber nach, wie viel Unheil solche Mädchen anrichten können.
Sie fragt: »Wie alt waren Sie damals?«
»Ach, sechzehn oder siebzehn. Ungefähr in Sophies Alter. Meine Mutter – na ja, sie hatte dann endgültig genug.«
»Oh«, sagt sie. »Mein Gott.«
»Tja, das ist lange her.« Ich tue so, als wäre ich abgeklärt genug, Vergangenes vergangen sein zu lassen, im Großen und Ganzen jedenfalls. Als hätte ich meinen Frieden damit gemacht. Als hätte ich keine Erinnerung mehr daran, wie ich sie eines Tages draußen auf dem Feld nach dem Hündchen – dem, dessen Namen ich vergessen habe – rufen hörte, und daran, dass ich sie ansprach, mich vorstellte und sagte, ich würde nach ihm Ausschau halten. Daran, dass ich zum Haus zurückging – außer mir war niemand daheim an diesem Spätnachmittag –, noch ein Kapitel in meinem Buch las, dann nach hinten zum Holzschuppen ging, den Riegel der Tür aufzog, beruhigend auf den Köter einredete, damit er nicht bellte, ein Stück Schnur an seinem Halsband festknüpf-

te und ihn hinüber zum Hof der Pughs führte. Dass ich dort auf ein Glas Limonade blieb, nicht viel sagte, aber sehr genau zuhörte und alles beobachtete, tief beeindruckt von ihrer lässigen Art zu reden, von den zahlreichen Füllseln – *o Mann, echt wahr, irgendwie* –, die sie andauernd einflocht, als wollte sie ihre Gewissheit demonstrieren, dass ihre Ansichten und Meinungen es wert waren, für sie ein bisschen Wartezeit in Kauf zu nehmen.

Als hätte ich keine Erinnerung mehr daran, dass ich beim Abschied sagte: »Und wenn du mal nichts Besseres zu tun hast …«

Daran, wie am nächsten oder übernächsten Tag, während meine Mutter mit öligen Fingerspitzen Brunnenkresse, Kopfsalat und in feine Scheiben geschnittene Radieschen durcheinandermischte, Emma einen Stapel Post, der auf dem Küchenstuhl lag, beiseiteräumte und sich an den Tisch setzte. Wie mein Vater, als meine Mutter ihn zum Essen rief, im Wohnzimmer den Deckel des Klaviers zuklappte und dann, sichtlich missmutig gestimmt und in der Annahme, dass ihn nichts weiter als die übliche Mittagsmahlzeit zu dritt erwartete, hereinkam. An Emma selbst, ihre Haare, ihre Augen, ihre Haut, wie sie sich umwerben, sich seine Aufmerksamkeit gefallen ließ, als ob sein zudringlich schmeichelndes Interesse gar nichts Ungewöhnliches für sie wäre, wie sie Fragen nach Abschlussprüfungen und Griechenland (wo sie mit ihrer Familie Ferien gemacht hatte) beantwortete, als verteilte sie großmütig milde Gaben.

Er bemerkte das blaue Glasauge an ihrem Armbändchen und erklärte uns, dass die Griechen glaubten, das Lob neidischer Menschen bringe Unglück.

Nach dem Essen ging sie in meinem gelben Zimmer umher, sah sich mit halbherzigem Interesse die Eulenfamilie und meine Zeichnungen an der Pinnwand und in meinen Skizzenbüchern an, ein bisschen gelangweilt, so als fragte sie sich im Stillen, was sie hier eigentlich wollte. Ich wusste nicht, was ich mit ihr oder mit mir anfangen sollte, und so stand ich einfach nur vor der Frisierkommode und fing an, mich zu kämmen. Verstohlen verglich ich mich

mit ihr im Spiegel, meine ungewaschenen, etwas fettigen Haare, in denen deutlich als parallele Linien die Spuren des Kamms zu erkennen waren, mit der duftigen, blond gesträhnten Wuschelpracht der ihren.
Und später, als sie *Danke* sagte und *Bis bald* und in den leicht verschleierten Nachmittag hinausging, in die Schwaden von goldenem Blütenstaub, die über dem Weg zwischen den Hecken hingen, stand mein Vater hinter mir an der Tür und schaute ihr nach, als würde ihm etwas weggenommen. Er sagte nichts, dieses Mal. Aber später konnte er nicht mehr anders, der alte Esel. »Ich fahr dich hin«, sagte er am nächsten Tag, als ich erwähnte, dass ich mit dem Rad in die Stadt fahren wollte, um meine Fotos bei Boot's abzuholen. »Und dann gehen wir irgendwo zusammen Tee trinken.«
Mein Vater hatte selten Zeit für solche Dinge. Ich saß neben ihm Auto, meine Stofftasche auf dem Schoß, und sah zu, wie seine Hand mit der Zigarette sich immer wieder vom Lenkrad zu seinem Mund und wieder zurück bewegte. Das ungewohnte Gefühl schweigender intimer Nähe, das sich einstellte, während das Auto durch die Moorlandschaft zuckelte (vorbei an verkrüppelten Bäumen und langen Strecken Weidedraht, an wogenden Grasflächen und Abzugsgräben mit dunklem Wasser, leicht gekräuselt vom Wind), war angenehm, voller Verheißung, als ob er doch noch Anteil nehmen könnte an mir, als ob ich es endlich doch noch lernen könnte, mich in seiner Gesellschaft behaglich wohl zu fühlen.
Ich empfand eine Art Ernüchterung, als die Hafenkräne und Turmspitzen der Stadt vor uns aufragten. Die engen Straßen waren zugeparkt von Tagesausflüglern, darum setzte er mich in der Nähe des Bahnhofs ab und fuhr fluchend davon, um das Auto irgendwo weiter draußen abzustellen. Ich holte meine Bilder ab, dann machte ich mich auf den Weg zu dem Café am Ende der Mermaid Street, wo wir uns treffen wollten. Ich hatte eben an einem Tisch am Fenster Platz genommen (die Kellnerin war noch da-

mit beschäftigt, Gläser und Tassen abzuräumen und die Tischplatte zu wischen) und öffnete die Tüte mit den Fotos, darauf gefasst, wieder einmal feststellen zu müssen, dass eine frustrierende Anzahl von Aufnahmen verwackelt, überbelichtet oder sonst wie misslungen war, da sah ich meinen Vater aus dem Tabakladen gegenüber kommen, eine Zeitung unter den Arm geklemmt. Unter der gestreiften Markise blieb er stehen und riss eine frische Packung Zigaretten auf, dann blickte er hoch, und etwas erregte seine Aufmerksamkeit. Er trat ein paar Schritte vor, sagte etwas und lächelte.

Es schoss mir wie ein tödlicher Schreck in die Glieder, es war ein kalter, brutaler Schock. Es traf mich unvorbereitet, und doch war es irgendwie nicht überraschend. *Mich sieht er nie so an,* dachte ich. Und vielleicht dachte ich in diesem Moment auch schon an meine Mutter: *Sie sieht er nie so an.*

Vor ihm stand mit dem Rücken zu mir Emma, trat von einem Fuß auf den anderen und zupfte an ihren Haaren. *Kokett,* dachte ich, aber vielleicht tat ich ihr damit Unrecht. Vielleicht war es nur ein Ausdruck von Verlegenheit. Sie standen unter der Markise, wechselten ein paar Worte, er bot ihr eine Zigarette an, sie lehnte lachend ab, blickte auf ihr Handgelenk, und dann hatte sie es plötzlich eilig, nickte ihm noch einmal zu und stürzte davon, einen Arm winkend nach hinten ausgestreckt.

Ich sah ihn, wie er ihr hinterherstarrte.

Als er bei mir am Tisch saß, erwähnte er Emma nicht sofort, aber nach einer Weile wurde der Drang, ihren Namen auszusprechen, so stark, dass er nicht mehr widerstehen konnte. Es erinnerte mich an meine Freundin Della und wie unsagbar peinlich mir ihr zwanghaftes Bedürfnis war, andauernd über Louises älteren Bruder Sam zu reden (der uns allesamt unausstehlich fand und dies auch offen zum Ausdruck brachte).

Als die Bedienung Tee und Kuchen brachte, bemerkte mein Vater beiläufig, dass er vorhin zufällig meiner Freundin begegnet sei, der Enkelin von Mrs Pugh, dem Mädchen, das bei uns zum

Essen war – ob ich sie auch getroffen hätte? Ach ja, Emma heißt sie, stimmt. Er habe sie eingeladen, mit uns Tee zu trinken, aber sie hatte keine Zeit, ihre Großmutter wartete schon beim Auto auf sie. Sie und ihre Schwester würden morgen abreisen. Er nehme an, dass ich mit ihr in Verbindung bleiben wollte.
Vielleicht, sagte ich.
Das solltest du unbedingt, meinte er. Ein hübsches Mädchen. Und gescheit noch dazu. »Sie hat das ganze Leben noch vor sich«, sagte er verträumt, und ich verstand, dass ihre Aussichten weit besser waren als meine. Ich hatte das Gefühl, er erwartete von mir, dass ich nun etwas von ihr erzählte, ihm irgendwelche Informationen lieferte, aber ich wusste nichts von ihr, gar nichts. So saßen wir schweigend da, er trank seinen Tee und schaute hinaus auf die Straße und auf sein eigenes verdrießlich dreinblickendes Gesicht, das sich im Fenster spiegelte. »Du könntest dir von ihr eine Scheibe abschneiden«, sagte er schließlich halb in Gedanken.
Zu Hause nutzte meine Mutter die Zeit bis zum Beginn ihrer Vorabendserie und pulte Erbsen. Es dauerte eine Weile, da fiel ihr plötzlich etwas ein: »Ach ja, Paul, das hätte ich beinahe vergessen: Jemand vom Studio hat angerufen.« Sie hatte es irgendwo aufgeschrieben, konnte aber den Zettel nicht finden und sich auch nicht an den Namen erinnern. In diesem Moment sah ich sie plötzlich mit seinen Augen: Das Kleid mit dem schmutzigen Saum, die Falten und Poren in ihrem Gesicht, die Unordnung, die sie immer um sich verbreitete, wo sie ging und stand. Das Zimmer unterm Dach, all die unansehnlichen Gerätschaften. Ich dachte an das Spinnrad mit dem scheußlich quietschenden Pedal, die Ballen steifer, wachsiger Schafwolle, die sich in unangenehm starres, knotiges Garn verwandelte, das Klappern und Knarzen des Webstuhls, auf dem es zu grobem Stoff verarbeitet wurde. Diese ganze sture, sinnlose Geschäftigkeit.
Mein Vater verschwand, ohne ein Wort zu sagen. Ich wollte jemanden verletzen, und er war außer Reichweite. Aber sie konnte

ich treffen, und ich schlug zu. »Wir haben die Enkelin von Mrs Pugh in der Stadt getroffen«, sagte ich, während ich den Tisch fürs Abendessen deckte. Mein Gesicht spiegelte sich auf den Klingen der Messer. »Sie war einkaufen.«
Emma. Wirklich ein nettes Mädchen.
Ja, sagte ich, sie macht einen ganz netten Eindruck. Ich wartete eine Weile, bevor ich weiterredete. »Genau genommen hat *Papa* sie getroffen.« Ich lachte. Und dann erzählte ich ihr, dass ich die beiden gesehen hatte, wie sie sich auf der Straße miteinander unterhielten. Sie hatten nicht bemerkt, dass ich sie beobachtete. Als ich das sagte, dachte ich: *Nicht übertreiben, nicht ausschmücken, lass es so. Je einfacher, desto stärker die Wirkung.*
Ich stellte den Salzstreuer hin und die Pfeffermühle. Dann sagte ich zögernd: »Ich glaube, er ist ganz schön angetan von ihr, wenn du verstehst, was ich meine.«
Sie bewegte sich weiter zwischen dem Herd und der Spüle, der Gefriertruhe und dem Tisch hin und her, das Gesicht immer von mir abgewandt. »Wirklich wahr?«, fragte sie ganz gelassen. »Meinst du? Komisch.«
»Ich weiß nicht genau, aber er wirkt irgendwie ganz verzückt von ihr. Er sah aus wie ... wie ein Vollidiot, wenn du es ganz genau wissen willst.« Ich seufzte. Und dann sagte ich: »Oh, schnell, die Erbsen kochen über.«
Es war nicht viel, aber es gab ihr zu denken. Und veranlasste sie, sich seinen Terminkalender, seine Brieftasche, die Telefonrechnung genauer anzusehen. Es reichte, um sicherzustellen, dass sie Beweise für was auch immer fand.
Es war natürlich nicht recht von mir, dass ich meiner Mutter das antat, das sehe ich ein. Sie konnte nichts dafür, genau genommen. Und mein Vater hat – in der ihm eigenen bizarren Art und Weise – seine Schuld anerkannt und dafür bezahlt (er bezahlt in gewisser Weise immer noch dafür, sogar *gegen* meinen Willen, etwa indem er mich seinen reichen Bekannten, die keine Ahnung von Malerei, aber eine Menge kahler Wände zu dekorieren ha-

ben, empfiehlt). Emma dagegen hat nie irgendeine Verantwortung dafür übernommen, was geschehen ist. Nicht das kleinste bisschen.
Schweigen. Die Stricke der Hängematte knarzen leise. Auf der anderen Seite des Tals heult ein Hund. »Komisch«, sage ich über den Rand meines Glases hinweg, als redete ich mit mir selbst. »Ich denke nicht oft daran. Vielleicht kommt es mir jetzt wieder in den Sinn, weil Sophie ungefähr genauso alt ist ... Könnte sein.«
Es klingt alles so ordentlich aufgeräumt, so gestellt. Nach sorgfältiger Überarbeitung zur Veröffentlichung freigegeben. Ich muss fast lachen.
»Und was ist mit Ihnen?«, frage ich. »Erzählen Sie mir Ihre Geschichte. Jeder hat eine Geschichte.«
»Da gibt's nichts zu erzählen«, sagt sie ein bisschen verlegen.
»Gar nichts? Das glaube ich Ihnen nicht.«
»Es ist wahr«, sagt sie.
»Aber Ihre Eltern. Ich meine ...«
»Na ja, verstehen Sie mich nicht falsch, es war natürlich sehr schlimm für mich, sie so früh zu verlieren, aber ich habe keinen Grund, ihnen oder dem Schicksal irgendwelche *Vorwürfe* zu machen. Ich habe so viel Glück im Leben gehabt – das konnte nicht ewig so weitergehen, denke ich manchmal, irgendwann muss man eben dafür büßen.«
Wir sitzen beieinander und denken an ihre Eltern. Andrew, Ginnie. Ich muss an das Foto denken, das ich bei Emma im Wohnzimmer gesehen habe: Andrew mit dem rötlichen Ferienbart, Ginnie in dieser gesmokten Bluse, die Sonnenbrille hochgeschoben wie ein Haarreif. Vor ihnen der Schatten der Person, die das Foto gemacht hat, Lucy oder vielleicht Emma selbst, die damals noch ein Kind gewesen sein muss, ein kleines Mädchen im Nachthemd und mit Gummistiefeln, oder auch in einem Sommerkleidchen mit Mohnblumen drauf, die Träger über den mageren Schultern zu Schleifen gebunden. Ich stelle mir vor, wie das Kind die schwarze Plastikkamera hochhält, ein Auge zukneift, durch den

Sucher späht und ruft: »Cheese!« Und sie sagen: »Stilton«, und: »Emmentaler«, und dann lächeln sie, und die Zeit bleibt stehen, und sie selbst sind für die Ewigkeit festgehalten.

»Wie meinen Sie das?«, frage ich.

Sie sagt, sie habe immer das Gefühl gehabt, dass das Schicksal sie gut behandelt hat, irgendwie zu gut. Sie zählt auf, was ihr alles in den Schoß gefallen ist, ganz hektisch vor Eifer. Mit ihren Eltern hat sie alles Glück der Welt gehabt, in der Schule, auf der Uni lief es gut. Dann hat sie nach mehreren Nieten schließlich Ben kennengelernt und es geschafft, mit weit über dreißig schwanger zu werden und dann noch einmal mit fast vierzig. *Wir sind alle gesund, toi toi toi.* Das Geld ist ganz schön knapp, aber andere Leute müssen sich auch nach der Decke strecken. Natürlich vermisst sie ihre Arbeit beim Fernsehen, aber wenn die Kinder erst mal beide zur Schule gehen, wird sie vielleicht wieder in ihren alten Beruf einsteigen können oder umschulen – sie könnte Grundschullehrerin werden –, oder sie macht sich selbständig. »Ich hatte immer das Gefühl, dass es schon viel zu lange gutgeht, dass niemand so leicht davonkommt.« Sie wirkt, als spürte sie, wie blödsinnig das alles klingt.

Und dann erscheint Ben auf der Terrasse, ruft sie und sagt, es tut ihm leid, dass er stören muss, aber Christopher ist wirklich in einer üblen Verfassung, und ob sie vielleicht versuchen könnte, ihn ein bisschen zu beruhigen. Sie seufzt und rutscht aus der Hängematte.

Als ich eine Viertelstunde später ins Haus komme, ist die Tür des Zimmers, in dem Cecily und ihre Eltern schlafen, zu, woraus ich schließe, dass sie schon friedlich in ihrem Bettchen liegt. Christopher dagegen sehe ich vom Korridor aus auf seinem Bett knien, das Gesicht rotfleckig und verzweifelt, die elendeste aller Kreaturen. »Er ist ganz allein!«, winselt er, während seine Eltern im Zimmer umhergehen, Handtücher vom Boden aufklauben und Sandalen ordentlich zusammenstellen. »Ganz allein, niemand kümmert sich um ihn.«

»Ach nein, Schätzchen, es geht ihm gut«, sagt Emma. »Bestimmt hat ihn längst eine nette Familie gefunden und mit nach Hause genommen. Die sorgen dafür, dass es ihm an nichts fehlt.«
Dem Geheul nach zu urteilen, das sich erhebt, ist diese Vorstellung noch schmerzhafter als die, dass der blaue Hase irgendwo im Wald verschollen ist.
Ich dusche und wasche mir mit Delphines Mandelshampoo die Haare. In ein Badetuch gehüllt, creme ich mir gerade das Gesicht ein, als Sophie hereinkommt, ohne anzuklopfen, und sich auf dem Bett niederlässt. »Hört das denn nie auf!«, stöhnt sie und drückt sich die Handballen auf die Augen. »Mein Gott, was für ein Geplärr!«
»Ja, armes Kind. Aber du warst genauso, als du deine Lukas-Puppe verloren hast, weißt du noch? Sie hieß eigentlich Lucy, aber du hast ihr die Zöpfchen abgeschnitten.«
Sie streckt sich aus, gähnt und blättert, während ich mich anziehe, in den Büchern, die auf meinem Nachtkästchen liegen. Ich bürste meine Haare, tusche mir die Wimpern, und weil ich bemerke, dass sie mich gar nicht beachtet, hebe ich die Einkaufstasche, in der der blaue Hase steckt, auf und bringe sie ganz hinten im obersten Fach des Kleiderschranks in Sicherheit.
Über uns schwirren die Flügel des Ventilators durch die Luft.
»Hast du irgendwo Nagellackentferner?«, fragt sie.
»In meinem Kulturbeutel, glaube ich. Neben dem Waschbecken.«
Sie steht auf und geht ins Bad. Ich höre, wie sie den Reißverschluss öffnet und herumkramt. Ich hab ihn, sagt sie. Als sie mit dem Fläschchen und Wattebäuschen wieder herauskommt, trägt sie Emmas Armbändchen. »Schau, was ich gefunden habe«, sagt sie. »Die Ananas ist hübsch. So retro.« Sie dreht das Handgelenk und betrachtet die Perlen und Anhänger. »Was ist das?«, fragt sie und fingert an dem blauen Glas.
Ich sage ihr, es ist ein Amulett, und dabei belasse ich es fürs Erste. Aber dann, bevor wir nach vorn zu Emma und Ben gehen, sage

ich: »Sei so nett und leg es wieder dorthin, wo du es gefunden hast«, und sie, plötzlich hellwach, mustert mich aufmerksam und fragt: »Kann ich es nicht beim Abendessen anbehalten? Es ist nur altes Zeug, nichts Kostbares, oder? Wieso hast du es überhaupt mitgenommen?«

»Das hat mir mal jemand geschenkt, vor langer Zeit«, sage ich, und sie lächelt überlegen. »Ach so. Eine Jugendliebe.«

Es ist ein Risiko, mir ist nicht wohl dabei. Aber Emma ist beim Abendessen zu sehr abgelenkt, um das billige Armbändchen am Handgelenk meiner Tochter zu bemerken. Christopher findet keine Ruhe und taucht während des Essens immer wieder plötzlich vor uns auf, ein kleines tragisches Gespenst. Emma und Ben sind den ganzen Abend wie Springteufelchen in Bewegung.

Jedes Mal wenn Sophie sich Brot nimmt oder Wasser einschenkt, verrutscht das Armbändchen, und die auf der Schnur aufgefädelten Perlen und Kinkerlitzchen schaukeln und klimpern und klicken. Man hört und sieht es kaum, und niemand beachtet es. Ein Signal aus ferner Vergangenheit, aber es sagt niemandem etwas außer mir. Natürlich bin ich froh darüber, aber irgendwie spüre ich auch, dass es mich kränkt. Offenbar bedeutete es ihr nicht viel. Vielleicht gar nichts. »Behalt es. Du kannst es mir beim nächsten Mal zurückgeben«, sagte sie. Dann sah sie meinen Gesichtsausdruck. »Es ist nichts Wertvolles, nur alter Krimskrams. Du musst es nicht tragen, wenn es dir nicht gefällt.«

Ich räume den Tisch ab und setze Wasser für Kräutertee auf. »Ich könnte morgen rumtelefonieren, bevor Sie abfahren«, sage ich, während das Wasser zu winseln anfängt. »Möglicherweise ist der Hase ja im Kloster irgendwo aufgetaucht.«

»Würden Sie das machen?«, fragt Emma. »Nicht dass ich sehr viel Hoffnung hätte, aber …«

»Man weiß nie«, sage ich.

Als ich später zu Sophie gehe, um ihr gute Nacht zu sagen, schläft sie schon. Das Licht ist an, weiße Kabel hängen aus ihren Ohren. Vorsichtig ziehe ich die Ohrhörer heraus und lege den iPod aufs

Nachtkästchen. Sie hat das Armbändchen noch an, das blaue Glasauge verfinstert sich, als ich mich vorbeuge, um die Lampe auszuknipsen. Sophie murmelt etwas und wälzt sich auf die andere Seite.

Ich schlafe traumlos, bis mich frühmorgens der Rasensprenger weckt, ein weiches leises Pladdern, das klingt wie das Flattern von hundert kleinen Flügeln.

Später treffe ich Cecily vor dem Fernseher an, über dessen Schirm ein Zeichentrickfilm flimmert, während Emma in einem nicht sehr kleidsamen Schlabber-T-Shirt mit Pudelmuster auf dem Sofa schläft. Ich stehe eine Weile da und betrachte sie: die Hand unter der erhitzten Wange, den Ehering und den weißen Armreif an der Stelle, die normalerweise vom Uhrband bedeckt ist, die feinen goldenen Härchen an den Schienbeinen.

Während die anderen frühstücken, gehe ich, mein Handy am Ohr, auf dem Rasen hin und her, gestikuliere dabei ein bisschen für den Fall, dass jemand mich beobachtet, dann gehe ich ins Haus zurück und berichte, dass im Kloster keiner von dem Hasen was wusste, dass sie mir aber Bescheid geben wollen, falls er doch noch auftauchen sollte. Und ich biete an, in das Städtchen, wo wir Crêpes gegessen haben, zu fahren und mich umzusehen, »könnte ja sein, dass jemand ihn gefunden und auf eine Bank gelegt hat oder so«. Ben und Emma könnten in der Zwischenzeit in aller Ruhe packen.

»Ach nein, das ist nicht nötig«, sagen sie. »Sind Sie sicher ...? Mein Gott, das wäre wirklich unglaublich nett.«

Natürlich spare ich mir die Mühe. Ich fahre ein Stückchen die Küstenstraße entlang bis zur nächsten Ortschaft, wo ich eine Melone und Hautcreme kaufe. Als ich aus der Apotheke komme, werfe ich die Plastiktüte mit dem Hasen drin in eine Mülltonne. Dann setze ich mich am Dorfplatz an einen Tisch vor der Bar, bestelle einen Café au lait und sehe den Hundebesitzern zu, die ihre kleinen Kläffer spazieren führen. Es ist noch ziemlich früh und, abgesehen von ein paar Motorrollern, die ich irgendwo im

Hintergrund knattern höre, kaum Verkehr. Frauen in Morgenmänteln wischen ihre Treppenstufen oder hängen Bettdecken zum Lüften über Fensterbretter. Ich hole mein Skizzenbuch hervor und zeichne zwei alte Männer, die rauchend und Zeitung lesend auf einer Bank sitzen.

Bald werden die Nashs ihr Gepäck ins Auto laden und wegfahren, und der Mann von Thérèse wird sie am Haus absetzen. Sie wird die Betten frisch überziehen, die Böden putzen und die Waschbecken scheuern, und in allen Räumen wird wieder Ruhe und Ordnung einkehren, während wir auf Charles warten.

EMMA

»Ich kapier es nicht«, flüstert Ben. Wir liegen unter perlweißen Laken, die Lampenschirme so gedreht, dass kein grelles Licht auf Cecilys Bettchen in der Ecke fällt. »Es ist schon komisch, oder?«

»Du kannst nicht verstehen, dass sie einen Narren an mir gefressen hat? Was soll daran seltsam sein?« Ich kichere lautlos, aber gleichzeitig bin ich auch ein bisschen gekränkt. Warum sollte Nina mich nicht mögen? Warum sollte sie nicht in mir die Qualitäten erkennen, von denen ich gefürchtet hatte, ich hätte sie längst verloren? Ich kann Ben nicht erklären, wie sich das anfühlt: dass jemand mich wieder als die Person wahrnimmt, die ich wirklich bin. Als das, was *ich* bin, nicht immer nur in Verbindung mit anderen Menschen. So nahe sie mir auch immer sein mögen.

Ich stelle mir Nina vor, wie sie zwischen den Lichtflecken im Schlafzimmer ihres Vaters, in dem Raum mit dem Schreibtisch und der schönen Aussicht, hin und her geht und Sachen auspackt, die weißen, dunkelblauen und taubengrauen Kleider, ihre Sandalen, den Flakon mit gelb schimmerndem Parfüm, das nach Feigen und Gewürzen riecht. Wie sie ihre Haarbürste und die Taschenbücher auf das Nachtkästchen legt. Ist es wirklich so abwegig, dass jemand wie Nina meine Freundin sein soll?

»Nein, so meine ich das nicht«, sagt er. »Es ist nur – was weißt du denn eigentlich über sie?«

»Genug«, sage ich. »Stell dir vor: Es gibt auch Freundschaften zwischen Leuten, die etwas anderes verbindet als die gemeinsame Vorliebe für Arsenal oder die Erinnerung an Streiche, die sie vor fünfundzwanzig Jahren ihrem Erdkundelehrer gespielt haben.«

»Sie ist schon ein bisschen ... *zugeknöpft*«, sagt er, und ich sage, das ist Blödsinn, im Gegenteil, sie ist sogar ziemlich offenherzig – wenn ich nur daran denke, was sie beim Abendessen alles von ihrem Vater erzählt hat. »Das erklärt auch die Sache mit dem Haus hier.«

»Ja, und das in Pakenham Gardens verdankt sie wohl auch ihm«, sagt Ben nachdenklich. »Irgendwie hab ich meine Zweifel, dass das Architekturbüro von Charles *so* sehr viel abwirft. Da zahlt einer, um sein schlechtes Gewissen zu beruhigen. Ihr Vater muss ein Scheusal sein.«

»Ich glaube, sie ist ein bisschen einsam«, sage ich leise, und in diesem Moment wird mir klar, dass das stimmt: Sophie ist jetzt in einem Alter, in dem sie ihre Mutter nicht mehr wirklich braucht, und dann ist da noch Charles, der sicher eine sehr angenehme, charmante Art hat, aber auch immer etwas Unverbindliches, leicht Distanziertes. Es ist fast unvorstellbar, dass ich Mitleid mit Nina empfinden sollte, und doch überkommt mich ganz plötzlich dieses Gefühl.

»Oh, versteh mich nicht falsch«, sagt Ben. »Ich finde sie sympathisch. Sie ist wirklich nett. Sehr großzügig. Wenn ich denke, was uns das gekostet hätte, so ein Ferienquartier für zehn Tage zu mieten!« Ihm ist bewusst, dass er in letzter Zeit ziemlich nervig war mit seinen ständigen Mahnungen, dass wir sparen müssen. Ein richtiger Spaßverderber. Aber er hat sich etwas dabei gedacht: »Diese Sache mit dem Fleck an der Decke – da muss man endlich was machen. Wahrscheinlich sollten wir uns überlegen, ob wir nicht das Dach neu decken lassen. Das wird eng, aber wir werden es schaffen. Wir müssen.«

Ich klappe mein Buch zu und knipse mein Licht aus, und wenig später höre ich, wie er seine Brille aufs Nachtkästchen legt. Er streckt im Dunkeln die Arme nach mir aus, kommt mit dem Mund ganz nah an mein Ohr und murmelt: »Der nächste Auftrag bringt ordentlich Geld, du wirst schon sehen. Das mit dem Dach besprechen wir, wenn wir wieder zu Hause sind.« *Nur zu,* denke ich. *Tu, was du nicht lassen kannst.*

Unser letzter Tag. Beim Aufwachen höre ich Nina im Garten leise reden und dann ihre hübsche klare Singstimme:

James James Morrison Morrison
Weatherby George Dupree

Als ich den Schrank öffne und das rosa Leinenkleid vom Bügel nehme, denke ich daran, wie wenig Zeit uns noch bleibt. Der Urlaub geht zu Ende und damit auch die Zeit mit ihr. Ich stelle mir vor, wie es in London sein wird, wie es wieder einmal abwärts gehen wird in den Herbst, wie jeden Nachmittag das Licht etwas früher schwinden wird. Die Kälte und der Regen. Wie sich die Menschen in ihre Häuser zurückziehen, verkriechen werden, nicht leben, nur durchhalten.
Ich muss endlich meinen Mut zusammennehmen und sie fragen, nach ihrer ersten Ehe, ihrer Kindheit, ihren Eltern. Ein Gespräch, das wir führen müssen, wenn wir richtig befreundet sein wollen.
Ich glaube, sie möchte es mir gern erzählen. Ich bin mir fast sicher.
Aber es gibt so viele Hindernisse. Ben. Die coole Sophie, die mit gelangweilter Miene herumhängt, die uns aus dem Weg geht und doch ständig in der Nähe ist. Die Kinder natürlich, die praktisch immer am Rand irgendeines Abgrunds entlangwackeln oder -krabbeln. Ich habe mal im Radio gehört, eine Biene sei nie weiter als vierzig Minuten vom Hungertod entfernt, und das hat sich mir eingeprägt, weil es mich in gewisser Weise daran erinnert, was ich selbst tagtäglich erlebe. Meine Kinder befinden sich fortwährend in unmittelbarer Nähe der Katastrophe in Gestalt von Schädelbruch, Austrocknung, Ertrinken oder Sonnenstich. Nur nimmermüde Wachsamkeit kann sie davor bewahren.
Ich habe mich in eine dieser Mütter verwandelt, die in steter Angst leben.

Immer wieder mal stehle ich mich davon, sage mir: *Es ist alles in Ordnung, nichts wird passieren,* lege mich aufs Bett oder in die Hängematte oder mache einen Spaziergang durch den Pinienwald, und jedes Mal passiert etwas oder geht etwas schief. Jedes Mal schreit eines nach mir, und ich höre unter dem Schmerz und der Angst immer die schrille Anklage, die völlig gerechtfertigt ist, und ich spüre sie wie heiße Glut, wie eine Klinge, wie einen Elektroschock.

Und dann hebe ich sie hoch und drücke sie an mich und küsse und tröste sie und schmiege mein Gesicht an ihre weiche Haut und die seidigen Haare, spüre die Wärme ihrer Wangen und klebrige Fingerchen, die Hoffnung, die Gier, die Vitalität, die sie erfüllt. Ich übe meinen Zauber und bin, wenn das Schluchzen verebbt, jedes Mal erstaunt, wie mächtig er ist. *Niemand sonst kann ihnen das geben.* Ich beobachte Nina im Umgang mit Sophie, die so ganz schnörkellos ihre Bedürfnisse äußert – das WLAN funktioniert nicht; ob sie mal Ninas Sonnencreme benutzen kann? –, und empfinde zugleich Neid und überwältigendes Mitleid.

Als Nina einen Ausflug vorschlägt, gehen wir gern darauf ein, vermutlich auch, weil es uns schmeichelt, dass sie uns zu einem Ort mitnehmen will, der für sie etwas Besonderes ist. Kurz vor der Abfahrt, während ich noch Sonnenhüte, Reiswaffeln und Wischtücher in die gestreifte Tasche packe, sagt Ben zu Christopher: »Nein, der Hase kommt nicht mit. Er will lieber hierbleiben und sich ausruhen.«

»Papa hat recht«, sage ich. »Wir lassen den Hasen hier, damit er auf das Haus aufpasst.« Aber dann sehe ich Christophers Gesichtsausdruck und weiß, dass ich nicht die Nerven habe, das durchzufechten – nicht bei dieser Hitze und noch dazu vor Nina –, darum sage ich: »Also meinetwegen, aber nur, wenn du versprichst, gut auf ihn Acht zu geben.« Ben seufzt und geht hinaus zum Auto.

Das Ziel liegt weiter im hügeligen Landesinneren, wo es etwas weniger heiß ist. Wir parken das Auto unter Bäumen und steigen

auf einem holprigen Weg, der mit dem Buggy nur mühsam zu bewältigen ist, durch den Wald bergan. Immer wieder öffnet sich der Blick: ein verfallenes Gehöft auf der anderen Seite des Tals; ein Wasserlauf – mehr zu ahnen, als eigentlich zu sehen –, der sich in der Ferne zwischen Bäumen schlängelt. Nina geht voraus in ihrem eigenen Tempo und wartet auf uns im Schatten des Eingangstors. Sie zeigt auf eine kleine Statue der Madonna mit dem Kind in einer Nische, und ich bleibe stehen, froh über das bisschen heißen, staubigen Wind, der hier zu spüren ist. Ich trinke einen Schluck und gieße etwas von dem Wasser über meine Handgelenke. »Ein richtiges Baby!«, sage ich. Das Jesulein hat dicke Pausbacken, und das gefällt mir. Oft sehen diese heiligen Kinder eher wie Bankdirektoren oder Verwaltungsbeamte im höheren Dienst aus, miniaturisierte ältere Herren mit Lendentuch, den Zeigefinger mahnend erhoben.
Die ganze Zeit, während wir uns in dem Kloster aufhalten, durch den Kreuzgang und über Höfe spazieren, die Bibliothek und das Refektorium besichtigen, ist mir peinlich bewusst, welch störenden Lärm wir verursachen. Cecily in ihrem Buggy fängt lautstark zu rebellieren an, Christopher probiert die verschiedenen Echos aus. Entweder er rennt oder trödelt, oder er bleibt stehen, ganz fasziniert von einem Trupp Ameisen, die eine tote Kellerassel fortschleppen. *Komm endlich, wo bleibst du denn? Langsam, nicht davonrennen!*
Im Speisesaal warten wir, während er auf Zehenspitzen ein schmales Band aus weißen Fliesen entlangbalanciert, das Gesicht starr vor Konzentration, die Unterlippe zwischen den Zähnen eingeklemmt. Er hat es fast geschafft, da kommt er ins Wackeln und muss noch mal von vorn anfangen. Ben will weiter, ich merke, wie gereizt er ist, aber Nina lächelt mir zu, voller Verständnis für mich und Christopher. Ihre Freundlichkeit tut mir gut, es ist, als hätte sie mir eine helfende Hand hingestreckt, uns beiden. »Oh, sehr gut, Schatz«, sage ich, als er fertig ist, »toll«, und sie lobt ihn auch, sie klatscht sogar, und ihre Augen leuchten.

Die Wirkung ihrer Liebenswürdigkeit in diesem Moment, belebend wie ein Schluck reines, kaltes Wasser, hält an. Ich spüre sie, als wir auf der Terrasse stehen und die zwölf Glockenschläge mitzählen, die vom Turm schallen, in der Kapelle, als ich Christopher helfe, eine Kerze anzuzünden, als wir zu den Bienenstöcken gehen und dann zurück zum Auto, als wir auf dem Nachhauseweg bei dem Markt in einem Städtchen haltmachen und an einem Imbisswagen Crêpes essen. Ich hebe Christopher hoch, damit er zuschauen kann, wie die junge Frau hinter der Theke mit bewundernswert flinken Bewegungen den flüssigen Teig auf die heiße Platte gießt, die fertig gebackene Crêpe abhebt, füllt und in eine Tüte steckt, und denke dabei immer noch ganz beglückt an jenen Moment.
Wir gehen im fleckigen Schatten von Stand zu Stand, die einen luxuriös anmutende mobile Delikatessenläden, die anderen nur ein paar aufgebockte Bretter, auf denen Gemüse, Kurzwaren und billiger Schund aller Art präsentiert werden. Ich halte Christopher an der Hand, die ganz weich und fügsam in der meinen liegt, aber als wir an dem Stand mit gebrauchtem Spielzeug vorbeikommen, fühle ich sie zucken und zerren wie ein Fisch an der Angel. Statt ihn zur Eile zu drängen, wie ich es in England täte, erlaube ich ihm, sich in aller Ruhe etwas auszusuchen. Mir fällt es gar nicht schwer, und er ist glücklich und zufrieden. Ich sollte ihm öfter so kleine Wünsche erfüllen.
Unser letzter Nachmittag. Als wir zum Auto zurückgehen und nach Hause fahren, denke ich: Morgen um diese Zeit checken wir ein, warten im Abflugbereich, verstauen unser Handgepäck in den Fächern über den Sitzen.
Nina und Sophie verschwinden zum Pool, und vielleicht trägt auch das ein bisschen dazu bei, dass Ben und ich so entspannt sind. Christopher erschafft sich im Garten seine eigene Welt: Seine Spielzeugautos zeichnen Bahnen in den Kies, und er begleitet stillvergnügt ihre Bewegungen mit gemurmelten Anweisungen und Warnungen. Cecily scheint zu spüren, dass wir freie Kapa-

zitäten haben, die sie in Anspruch nehmen kann, und entwickelt plötzlich einen neuen Ehrgeiz: Sie versucht aufzustehen, sie will laufen lernen. Begeistert macht sie mit, als Ben mit ihr auf dem Rasen ein paar Übungsrunden dreht, hängt an seinen Händen und schmeißt die Beine hoch wie ein Zirkuspferd oder ein Revuegirl, ganz berauscht von Entzücken und stolzer Befriedigung.

Ich lasse die beiden allein und gehe zum schwarzen Pool, um meine zwanzig Bahnen zu schwimmen.

Seite an Seite dösen Nina und Sophie unter den Sonnenschirmen. Die Brise blättert in einem aufgeschlagenen Buch. Eine verlassene Welt.

Ich suche mir meinen Weg zwischen Flipflops, Mineralwasserflaschen und Piz Buin, und als ich mein Badetuch auf einen Liegestuhl lege, fällt mein Blick auf Ninas schimmernde Schläfen und die Furchen, die ihre öligen Finger gezeichnet haben, als sie sich durchs Haar fuhr. Und das erinnert mich an etwas – eigentlich ist es nur das Fragment einer Erinnerung –: die von den Zähnen eines Kamms scharf gezogenen Linien in den ungewaschenen dunklen Haaren eines Mädchens.

Ich sehe es deutlich vor mir, aber es ist ein isoliertes Bild, ich kann es mit nichts verknüpfen. Das Mädchen hat keine Gesichtszüge, keinen Gesichtsausdruck. Keinen Namen, keinen Kontext. Wahrscheinlich jemand aus meiner Jugend, irgendeine Mitschülerin. Ich weiß es nicht mehr.

Obwohl niemand zuschaut, schäme ich mich für meinen ausgeleierten Badeanzug, meinen hervorstehenden Bauch und meine bleiche unreine Haut und beeile mich, ins Wasser zu kommen. Sobald ich drin bin, fühle ich mich besser. Ich kraule los und arbeite mein Tagespensum ab.

Am tiefen Ende atme ich ein und lasse mich, das Gesicht unter Wasser, treiben. Ich war früher so in meinem Körper zu Hause, dass ich ihm gar keinen besonderen Wert beimaß, ja kaum von ihm Notiz nahm und nie auf die Idee gekommen wäre, mich glücklich zu schätzen, weil ich gesund und leistungsfähig war. Ich werde nie wieder schön sein, denke ich. Das Wasser leckt an meinen Ohren. Ich höre es in den Überlaufrinnen schmatzen und über die unsichtbare Kante schwappen; neben der Leiter schaukelt einer von Christophers orangen Schwimmflügeln auf den Wellen, die ein schwankendes unregelmäßiges Tattoo auf den Grund zeichnen. Ich schwebe auf der Oberfläche, und mein Schatten treibt über den Boden des Pools. Er wird immer schärfer und klarer; mein Puls fängt an, Alarm zu schlagen.

Ich ziehe es in die Länge, warte bis zur letzten Sekunde. Dann tauche ich auf, schnappe nach Luft. Ich schwimme zum Rand und stütze die Arme auf, neben denen das Wasser überschwappt und hinunterfließt in die Auffangrinne. Im Tal schlägt die Glocke. Die Kinder werden Hunger haben.

Sie haben zu Abend gegessen, und ich bin eben dabei, ihr Geschirr wegzuräumen, da kommt Nina vom Pool, gerade rechtzeitig, um mitzukriegen, wie Christopher noch ein extra Plätzchen verlangt. Wenn sie nicht da wäre, würde ich vielleicht klein beigeben, aber heute fühle ich mich stark. Er wird sauer, doch Nina biegt die Sache elegant ab. »Ich kenne ein tolles Spiel«, sagt sie zu ihm. »Wenn du mit mir in den Garten gehst, können wir es spielen.«

Ich spiele nie mit ihm, denke ich. Noch etwas, weswegen ich ein schlechtes Gewissen haben muss.

Ich nehme Cecily auf den Arm und versuche sie abzulenken, indem ich ein bisschen mit ihr schmuse, aber sie windet sich und stößt mit ihren dicken Patschhändchen mein Gesicht weg. Sie ist vorn ganz versabbert, ihre Backen sind so rot, dass sie geschminkt aussehen. Im Schlafzimmer krabbelt sie zornig schreiend umher, während ich auf der Suche nach dem Paracetamolsaft den mit Segelbooten bedruckten Waschbeutel durchwühle. Ich lasse Wasser in die Wanne und ziehe sie aus, wobei ich »Old MacDonald« singe (ihr Lieblingslied, ganz besonders gefällt ihr das Grunzen der Schweine), da höre ich das Kreischen.

Es ist sehr hell und dünn und flattert hektisch wie eine Luftschlange im Wind. Ich habe Christopher noch nie so ein Geräusch machen hören.
Ich renne mit Cecily auf dem Arm durchs Haus, auf die Terrasse, in solcher Hast, dass ich beinahe die Stufen hinunterfalle. »Christopher!«, rufe ich, als er auf mich zustürzt, die Augen weit aufgerissen. Er schlingt die Arme um meine Beine, ich gerate aus dem Gleichgewicht und muss mich mit einer Hand am Tisch festhalten. »Was in aller Welt hat er denn? Entschuldigen Sie«, sage ich zu Nina, die lachend über den Rasen zu uns kommt und Christopher freundlich durchs Haar fährt.
»Es ist alles in Ordnung, es ist nur ein Spiel«, sagt sie.
»Um Himmels willen, was für ein Geräusch! Mach das nie wieder, Christopher.« Mein Ton ist so eindringlich, dass es fast zornig klingt. »Das geht einem durch Mark und Bein.«
Er hat für heute genug von dem Spiel und lässt sich ohne Widerspruch ins Badezimmer abführen.
Als Ben, der heute den Vorlesedienst übernommen hat, *Gute Nacht, Mond* aufschlägt, langt Christopher unter sein Kopfkissen, schaut dann unters Bett und sagt schließlich, dass der blaue Hase nicht da ist. »Keine Angst, der ist sicher in meiner großen Tasche«, sage ich, aber noch während ich die Worte ausspreche, durchfährt mich ein Schreck, denn ich bin mir plötzlich sicher, dass der Hase nicht dort ist und dass ich ihn seit dem Vormittag nicht mehr gesehen habe.
Ich schaue trotzdem in der Tasche nach. Das Glas Honig, fettige Servietten von dem Crêpes-Stand, ein paar Ansichtskarten, die ich einzuwerfen vergessen habe. *Scheiße, scheiße, scheiße.*
Wir gehen durch die Zimmer, heben Kissen hoch, rücken sogar ein paar Möbel von der Wand weg. Christopher steht auf dem bleich weißen Flur, ein Bild des Jammers. Dicke glasige Tränen rollen über seine Wangen. Er wischt sie mit der Faust ab. »Ich will meinen Hasen«, stöhnt er.
»Lass uns erst mal alles absuchen«, sagt Ben. »Ich schau im Auto

nach.« Und als er mir einen Blick zuwirft, weiß ich, dass er an die Szene heute Morgen vor der Abfahrt denkt, und daran, dass ich nachgegeben habe. *Siehst du? Was hab ich gesagt? Du bist schuld.*

»Weißt du noch, wann du ihn zuletzt gesehen hast?«, frage ich Christopher, aber das ist natürlich aussichtslos. Ebenso gut könnte ich ihn fragen, ob er ein Gedicht von Larkin aufsagen oder einen Busfahrplan lesen kann. Sophie schaut am Pool nach dem Hasen. Ben kommt mit leeren Händen vom Auto zurück. Dann gehen wir mit Christopher den ganzen Vormittag durch und lassen zur besseren Orientierung die denkwürdigsten Ereignisse vor ihm Revue passieren: die Fahrt, der Aufstieg durch den Wald, die Bienenstöcke, das Crêpe-Auto, der Stand mit den Spielsachen.

»Hattest du ihn noch, als ich dir die Autos gekauft habe?«, fragt Ben, und Christopher meint, es könnte sein, ja, vielleicht. Sein Atem ist abgerissen, keuchend. Ben und ich sehen einander an.

Cecily ist müde, reibt sich mit den Fäusten die Augen. Also bringe ich sie in unser Schlafzimmer, lege sie in ihr Bett und decke sie zu, dann trete ich ans Fenster, um die Vorhänge zuzuziehen. Es wird gerade dunkel, Sterne treten hervor, und das rhythmische Zirpen des Grillenorchesters wird lauter. Leise schließe ich die Tür, und zu Ben sage ich, ich drehe noch eine Runde durch den Garten, nur für den Fall, dass der Hase doch irgendwo dort herumliegt. Ben bemüht sich, Christopher mit der Gutenachtgeschichte abzulenken, aber es sieht nicht so aus, als könnte es funktionieren.

In der Küche nehme ich das Hühnchen aus dem Herd, dann stehe ich eine Weile vor dem offenen Kühlschrank, starre die Milchtüten und die Papierpäckchen mit Käse und Pâté an und warte, dass mein Adrenalinspiegel sinkt, wenigstens ein bisschen. *Es wird nicht so schlimm werden. Irgendwann wird er einschlafen. So was passiert eben.* Ich mache eine Flasche Weißwein auf, schenke mir ein Glas ein und trinke es hastig fast ganz aus. Dann gieße ich nach und schenke noch ein Glas für Nina ein.

Hinaus in den Garten. Der weite Himmel ist fast schwarz. Die Gerüche von Kräutern und Blumen steigen auf wie Dampf. Ich hebe den Arm hoch, weil mich die Punktstrahler blenden, und schaue hinunter auf meine Füße mit den Sandalen und die glitzernden Steinchen des Wegs zwischen den Hecken und den Bewässerungsrinnen.

Ich trete auf den Rasen. Nina setzt sich in der Hängematte auf und winkt mir. Ich reiche ihr ein Glas. *Ah, danke.* Ihr Gesicht ist im Schatten. Ich erzähle ihr von dem verschwundenen Hasen, frage sie, ob sie sich erinnern kann, wann sie ihn das letzte Mal gesehen hat.

Nina überlegt. »Er hatte ihn heute Morgen im Auto dabei, nicht? Hatte er ihn noch, als wir mittags anhielten, um was zu essen? Auf dem Markt?«

Wir fürchten, sage ich, dass er ihn vielleicht an dem Stand mit den Spielzeugautos liegen gelassen hat. Christophers Weinen dringt aus dem Haus, ein Ausdruck reinster, tiefster Verzweiflung.

»Armes Kerlchen«, sagt Nina. Ich bin schon so weit, dass ich aufgeben und ins Haus zurückgehen will, da hört das Wehgeschrei auf. Sie verändert ihre Lage, lässt die nackten Füße über den Rand baumeln und rückt etwas zur Seite. »Machen Sie sich nicht zu viele Gedanken, bestimmt taucht der Hase wieder auf«, sagt sie. »Setzen Sie sich.«

Ich traue mich zuerst nur halb, aber irgendwann bleibt mir nichts anderes übrig, als einfach zu hoffen, dass das blöde Ding nicht unter mir zusammenbricht, und als ich mich mit meinem ganzen Gewicht niederlasse, sodass meine Füße vom Boden abheben, werde ich gegen sie gedrückt. Es ist irgendwie peinlich, diese hautnahe Enge, ihre Körperwärme. Ich lache zu laut und trinke einen Schluck Wein, so hastig, dass ich mich verschlucke und husten muss.

»Sie werden drei Kreuze schlagen, wenn Sie uns endlich los sind«, sage ich, sobald die Hängematte wieder in ruhigem, leise schau-

kelndem Gleichgewicht ist. Ich blicke hoch. Ein Scheibchen Mond, durchscheinend dünn wie Eis, das im Wasser schwimmt. Ich glaube den Großen Wagen zu erkennen, der in endloser Fahrt über den Himmel zieht, aber ganz sicher bin ich mir nicht. Am Rand meines Blickfelds sehe ich etwas aufblitzen. Eine Sternschnuppe? Unwahrscheinlich, denke ich, eher ein Satellit.
»Gar nicht«, sagt Nina. Sie macht sich Vorwürfe, weil er sich bei dem Spiel vorhin selber Angst gemacht hat. Sie hätte es rechtzeitig merken und eingreifen müssen.
Ich sage, dass er zurzeit überall Gespenster sieht. So ist das eben. Himmel und Hölle, immer abwechselnd.
Das Glas in Ninas Hand funkelt. »Ich weiß noch gut, wie es ist. Eine tolle Zeit, sicher, aber auch entsetzlich anstrengend. Mein Gott, wenn ich daran denke, wie ich mit Sophie ...«
Und jetzt, weil der Wein zu wirken anfängt, weil es unser letzter Abend ist, weil ich es die ganze Zeit schon wollte, frage ich sie, wie die Sache mit Sophies Vater war.
Sie seufzt, aber es klingt nicht ärgerlich, nur melancholisch nachdenklich. Es ist ihr ganz offensichtlich nicht unangenehm, es mir zu erzählen, und ich bin ganz beglückt vor Erleichterung, es ist ein berauschendes Gefühl, ebenso wertvoll wie der Inhalt dessen, was sie mir gerade im Vertrauen mitteilt. Sie berichtet, wie sie Arnold im ersten Jahr an der Kunstakademie kennengelernt hat, und beschreibt, was er für sie bedeutete: ein neues Selbstverständnis, die Chance, von ihren Eltern wegzukommen und ihren eigenen Weg zu gehen. Dass sie in jungen Jahren Sophie hatte, war auch ein Glück für sie. Dank Arnold und Sophie fand sie ihre Bestimmung, als Künstlerin und als Mutter. »Mein Vater ...«, sagt sie, »nun ja, er ist ein Charmeur, wenn man es vorsichtig ausdrücken will. Und das hat seine Ehe auf die Dauer nicht ausgehalten. Meine Mutter ist nie darüber hinweggekommen. Arnold hat mir geholfen, das alles hinter mir zu lassen.«
Ich lasse sie reden, ich wünsche mir so sehr, dass sie nicht auf-

hört. Von Zeit zu Zeit gebe ich mit der Zehenspitze ein bisschen Schwung, damit die Hängematte weiterschaukelt.

Es ist eine traurige Geschichte, so unerfreulich, wie ich es mir vorgestellt hatte. Ihre Eltern passten nicht zusammen und lebten sich immer weiter auseinander. Es kam dann zum offenen Bruch, als ihr Vater, der sonst immer den Schein gewahrt hatte, wegen eines Mädchens den Kopf verlor. »Es war jemand, den ich kannte. Das war dann einfach zu viel.«

Mein Gott! Ich zucke zusammen. »Nein! Im Ernst? Er hat was mit einer Freundin von Ihnen angefangen?«

»Nein, so war das nicht. Genau genommen ist nicht wirklich etwas *passiert.* Und es ist nicht einmal darüber geredet worden. Es war einfach nur der Tropfen, der das Fass zum Überlaufen gebracht hat.« Im Haus geht ein Licht an, und sie dreht den Kopf. Und, fügt sie hinzu, sie war mit dem Mädchen auch nicht befreundet. Eigentlich kannten sie einander kaum.

Sie redet leise, fast, als träumte sie, als hätte sie vergessen, dass ich da bin. Ich spüre, dass sie nicht oft darüber redet. Es tut ihr sicher gut, es zur Sprache bringen zu können.

»Mein Vater ... na ja, er war ganz hin und weg von ihr. Es war lächerlich. Ich glaube, ihr war gar nicht bewusst, in welchem Ausmaß sie diese Wirkung auf ihn hatte. Sie war der Typ dafür.«

»Was meinen Sie damit?«

»Sie wissen schon: eine von diesen Schönheiten, die ... die sich nicht so viele Gedanken machen.«

Nina war damals so alt wie Sophie jetzt. Ihre Mutter hatte nach dieser Kränkung endgültig genug.

Ich gebe so ein dummes mitfühlendes Maunzen von mir, und das bricht den Bann. Sie zuckt die Achseln und lächelt im Dunkeln, sodass die Schatten über ihrem Gesicht sich verschieben. »Tja, das ist lange her«, sagt sie.

Ich spüre, wie sie seufzt. Der Strick der Hängematte knarzt. Auf der anderen Seite des Tals heult ein Hund. »Komisch«, murmelt sie. »Ich denke nicht oft daran. Vielleicht kommt es mir jetzt wie-

der in den Sinn, weil Sophie ungefähr genauso alt ist ... Könnte sein.«
Es klingt alles so traurig. Ein heilloses Durcheinander. Alles verschwimmt mir plötzlich vor den Augen: die in den Büschen versteckten Punktstrahler, die Sterne, der blasse Mond.
»Und was ist mit Ihnen?«, fragt sie. Ich soll ihr meine Geschichte erzählen. Jeder habe eine Geschichte, sagt sie.
Ich bin mir da nicht so sicher. Ich zwinkere die Tränen weg, froh darüber, dass es so dunkel ist. Mir ist bewusst, dass nach dem, was sie gerade erzählt hat, meine Geschichte ganz uninteressant wirken muss, so ohne besondere Vorkommnisse eben. Ich rede von meinen Eltern, an die ich ohne jede Beimengung von Bitterkeit zurückdenke, und dass ich mich darüber, dass sie so früh gestorben sind, letztlich nicht *beklagen* kann. Flüsternd gestehe ich es ihr: »Ich habe so viel Glück im Leben gehabt – das konnte nicht ewig so weitergehen, denke ich manchmal, irgendwann muss man eben dafür büßen.«
Wir sitzen da, Schultern und Ellbogen und Hüften eng aneinandergedrückt, sacht gewiegt von der Hängematte.
»Wie meinen Sie das?«, fragt Nina.
Ich erkläre, dass ich immer das Gefühl hatte, dass das Schicksal mich gut behandelt, irgendwie zu gut. Und ganz atemlos zähle ich all die übrigen Dinge auf, die mir Grund zur Dankbarkeit geben: dass in der Schule und im Studium und dann im Berufsleben alles glattging, dass ich Ben gefunden habe, als ich schon fast die Hoffnung aufgegeben hatte. Die Kinder. (Die Kinder, die mich in den Wahnsinn treiben, mich fertigmachen, mich verschleißen, die schuld sind, dass ich zur peinlichen Mutti verblöde. Die Kinder, die alles so wunderbar verwandeln. Ich kann es nicht in Worte fassen, darum lasse ich es sein.) Während ich die Wohltaten aufliste, die ich genossen habe, muss ich an die Feen denken, die sich um Dornröschens Wiege versammeln, alle bis auf eine. *Ich darf keine der Feen vergessen.* Wir sind alle gesund, toi toi toi. Sicher, es wäre schön, wenn wir ein bisschen mehr Geld

hätten, aber wir kommen mit Ach und Krach über die Runden. Meine Arbeit beim Fernsehen fehlt mir, aber ich fange langsam an, darüber nachzudenken, wie sich alles ändern wird, sobald Cecily zur Schule geht. Ich habe schon ein paar Ideen.

»Ich hatte immer das Gefühl, dass es schon viel zu lange gutgeht, dass niemand so leicht davonkommt.« Ich seufze verlegen, weil das alles so lächerlich klingt. Es ist das erste Mal, dass ich das laut ausspreche.

Aber da ist Ben auf der Terrasse und ruft nach mir und sagt, es tue ihm leid, dass er stören muss, aber Christopher ist wirklich in einer üblen Verfassung, und ob ich vielleicht versuchen könnte, ihn ein bisschen zu beruhigen. Ich setze den Fuß aufs Gras, und die Hängematte steht still.

Christopher ist ganz heiß und panisch. Ich gehe mit ihm ins Bad, setze mich auf den Rand der Badewanne, halte ihn in den Armen und drücke ihm einen feuchten Waschlappen zur Kühlung auf die Stirn. Ich wische ihm damit über die Wangen, den Hals, die Hände, streiche ihm durchs Haar, küsse ihn und sage ihm, es wird alles wieder gut, wir tun alles, was wir können, und ob er was von mir mit ins Bett nehmen will, vielleicht würde ihn das ein bisschen trösten. Seine Lippen zittern, aber er ist tapfer und sagt, er möchte das T-Shirt mit den Sternchen drauf. Also schleiche ich mich in unser Schlafzimmer und hole es. Ich bringe ihn wieder ins Bett und denke, jetzt wird er dann doch schlafen, aber jedes Mal wenn ich Anstalten mache, ihn alleinzulassen, fährt er hoch und klammert sich an mich und fängt von neuem zu schluchzen an.

Während wir beim Essen sitzen, erscheint er immer wieder in regelmäßigen Abständen. Barfuß und trostlos steht er da, und ich sehe Bens finstere Miene und weiß genau, was er denkt.

Es ist kein sehr gelungener letzter Abend.

Als wir den Tisch abräumen, bietet Nina an, gleich morgen früh im Kloster anzurufen – vielleicht ist der Hase ja dort irgendwo aufgetaucht.

»Würden Sie das machen?«, sage ich. »Nicht dass ich viel Hoffnung hätte, aber …«
»Man weiß nie«, sagt Nina.
In unserem Schlafzimmer finden wir später Christopher, der sich dorthin geschlichen hat und in unserem Bett eingeschlafen ist, und weil wir fürchten, dass das Drama von neuem beginnen würde, wenn wir ihn wecken, überlässt Ben ihm seinen Platz und verzieht sich nach nebenan.
Mein Sohn ist im Schlaf ebenso rastlos wie im Wachen: Er windet und wälzt sich, plappert abgerissene Sätze, lächelt plötzlich ganz entzückt oder hält starr vor Schrecken den Atem an. Immer wieder rammt er mir die Knie in den Rücken, oder er fährt fuchtelnd einen Arm aus, sodass seine Finger sich in meinen Haaren verfangen. Heiß und voller Bewegungsdrang selbst in seinen Träumen.
Cecilys Zähne wecken sie und mich um sechs. Weil ich will, dass Christopher möglichst lange schläft, warte ich nicht, ob sie sich vielleicht wieder beruhigt, sondern hebe sie heraus aus ihrem Bettchen und verlasse mit ihr eilig das Zimmer.
Ich gebe ihr einen Löffel voll Paracetamolsaft und mache ihr ein Fläschchen, dann lege ich eine DVD mit einem Zeichentrickfilm aus der Sammlung der Halbschwester ein. Cecily sitzt auf dem Teppich und starrt fasziniert auf den Bildschirm, während ich mich auf eines der weißen Sofas lege. Mein Blick gleitet über die von Nina gemalte Landschaft, aber meine Gedanken sind mit anderen Dingen beschäftigt: Im Geist packe ich bereits unsere Sachen zusammen, überlege, was ich alles im Handgepäck mitnehmen muss, damit ich es während des Flugs zur Verfügung habe.
Und dann stelle ich mir vor, wie es sein wird, wenn wir wieder nach Hause kommen: Ich sehe den Blumentopf mit dem verdorrten Basilikum auf dem Küchentisch stehen, das Trockengestell über der Badewanne, den bräunlichen Fleck an der Decke von Christophers Zimmer. Den grauen Himmel. Ich höre die Callaghans nebenan miteinander streiten.

Ben weckt mich und bringt mir eine Tasse Kaffee. Nina ist auch schon auf. Ich sehe sie barfuß auf dem Rasen hin und her gehen und wie versprochen telefonieren. Ihre Gesten kommen mir ebenso akzentfrei französisch vor wie ihre Aussprache. Sie trägt ein ärmelloses schwarzes Kleid; ich sehe ihre schlanken Oberarmmuskeln tanzen, als sie den linken Arm hebt und dabei energisch die Finger spreizt, als wollte sie etwas auffangen oder als ließe sie etwas los.

Sie kommt über den Rasen und die Stufen herauf. Im Kloster hat niemand etwas gesehen, berichtet sie. Sie redet leise, damit Christopher nichts hört. Sie bietet an, sich in dem Städtchen mit dem Markt umzusehen – vielleicht hat ja dort jemand den herrenlosen Hasen gefunden und auf eine Parkbank gelegt. Am besten, sie fährt jetzt gleich los, dann ist sie locker wieder daheim, wenn wir aufbrechen müssen. »Lassen Sie mich das machen, Sie haben mit Packen genug zu tun«, sagt sie entschieden. Sie holt ihre Handtasche, nimmt den Autoschlüssel aus dem Holzschälchen auf dem Sims.

Als sie zurückkommt, haben wir unser letztes Bad im Pool hinter uns, und alles ist fertig gepackt. Die Sonne, eine blitzend helle Kugel am weißen Himmel, steht hoch über dem Horizont; die Schatten sind schon kurz, und die schiefergrauen Handtücher, die an den Stühlen auf der Terrasse hängen, trocknen schnell. Christopher sitzt mit Sophie auf den Stufen im Schatten, ein Spielzeugauto – es ist ein Rettungsfahrzeug – in der einen Hand, in der anderen ein Stück Brot mit fast flüssigem Brie darauf, und hört, an sie gelehnt, zu, wie sie ihm aus einem Bilderbuch vorliest. Er hat seit ungefähr einer Stunde den blauen Hasen nicht mehr erwähnt und kriegt die resignierte Geste, die Nina macht, als sie durch den Garten kommt, gar nicht mit.

Vielleicht wird er, wenn wir wieder in London sind, so froh sein, all die anderen Spielsachen wiederzusehen, dass er den Hasen darüber vergisst und sich nur noch vage an ihn erinnert, wenn wir uns die Urlaubsfotos auf dem MacBook anschauen.

Nina geht an mir vorbei: ein bedauerndes Schulterzucken, dieser besondere Gewürzduft. Ich stehe hinter Christopher und Sophie, denke *Ist eben so,* esse mein Sandwich fertig und lasse meinen Blick über den Garten schweifen, darauf konzentriert, diesen Moment in meinem Gedächtnis festzuhalten: die Gerüche, die Wärme, die Aussicht aufs Meer. Einen Augenblick lang denke ich an die Nicht-Aussicht, die ich zu Hause in der Carmody Street habe, an das Fensterchen neben der Treppe, an dem ich jeden Tag ungezählte Male vorbeikomme, wenn ich, den Arm voll schmutziger oder sauberer Wäsche, hinauf- oder hinuntergehe. Ich sehe dann immer die wild wuchernde Hecke, die langen Ranken der Winden, den Bambus, der sich überall breitmacht. Die Tür des Schuppens, die schief in den Angeln hängt. Wenn wir jemanden bestellen, der sich um den Fleck in Christophers Zimmer kümmert, könnte ich den Mann vielleicht bitten, auch gleich die Tür in Ordnung zu bringen.

»Das Haus ist innen und außen frisch gestrichen worden«, liest Sophie. »Ein Lastwagen hat Möbel, einen Fernseher, ein Radio, Teppiche, Bilder, einen Herd und viele andere Sachen gebracht. Das Haus ist bereit für die neue Familie.« Sie blättert um. Etwas Blaues blitzt an ihrem Handgelenk, ein Auge aus Glas an einem Armbändchen. Solche Augen, hat mir mal jemand erklärt, bedeuten den Bösen Blick, aber sie sind selber nicht böse, im Gegenteil: Man trägt sie als Amulette, um Unheil *abzuwehren.*

»Das ist hübsch«, sage ich. Sie blickt zu mir auf. Ich nicke in Richtung des Armbändchens.

»So ein komisches altes Ding«, sagt sie. »Es gehört meiner Mutter.« Aus dem Augenwinkel sehe ich Nina durch den Garten flitzen, ein kleiner Schatten, der sich zwischen den sauber voneinander abgegrenzten Feldern aus hellem und dunklem Grün bewegt.

Ben sitzt auf unserem Bett, mit unseren Tickets und Pässen beschäftigt, während Cecily sich an den Sprossen des Gitterbettchens hochzieht. Als sie es geschafft hat und mit leicht wackligen Beinchen dasteht, strahlt sie ganz verzückt, so voller Wohlgefallen angesichts ihrer eigenen Tüchtigkeit, dass wir lachen müssen. »O ja, du bist ein *schlaues* Kind«, sage ich, und Ben streichelt meine Hand, und ich denke daran, dass er heute Abend, wenn wir schlafen gehen, sagen wird: *Urlaub hin oder her, es ist doch schön, wieder daheim zu sein.* Einer von uns sagt das immer, wenn wir weg waren, es ist unser Ritual, und normalerweise ist es durchaus auch ernst gemeint. Es ist eines von den kleinen Dingen, die uns zu dem machen, was wir sind.

Ich stopfe meinen feuchten Badeanzug in den Koffer, ziehe den Reißverschluss zu und mache mich auf den Weg zum Auto. Offenbar sind Sophie und Christopher jetzt in der Hängematte. Ich höre Sophie mit ihm reden und lachen. Einen Moment lang empfinde ich einen leichten Ärger bei dem Gedanken, dass sie erst jetzt, da wir abreisen, ein paar Minuten Zeit für ihn erübrigen kann, aber ich weiß, dass das ungerecht ist. Ich selber war mit siebzehn nicht viel besser. Schnell gelangweilt. Immer in fiebriger Erwartung dessen, was als Nächstes kommt.

Ich bugsiere den Koffer durch den Garten und stelle ihn unten im Schatten neben dem Auto ab. Als ich wieder zwischen den Rabatten mit Kräutern und Lavendel hochgehe, höre ich, so laut, dass es das Plätschern des Wassers übertönt, Sophie kichern, dann ruft sie mit gespielter Empörung: »Mann, Scheiße! Das pack ich nicht!«, und ich sehe, dass sie telefoniert und Christopher nicht mehr bei ihr in der Hängematte ist. Vielleicht war er auch vorhin schon nicht dort.

Ich schaue im Garten umher, kann ihn aber nirgends entdecken, und im Haus scheint er auch nicht zu sein, nicht im Wohnzimmer, nicht in der Küche, weder in seinem noch in unserem Zimmer oder einem der Badezimmer. Ich öffne die Tür von Sophies Zimmer, blicke auf den offenstehenden Koffer, die über den Boden verstreuten Klamotten und schaue dann bei Nina nach: Dort ist es dämmrig und kühl, alles makellos ordentlich, fast so, als wäre der Raum unbewohnt – von Christopher keine Spur.

Ben hat Cecily auf dem Arm. »Vielleicht ist er im Wald«, sagt er. Ich laufe wieder hinaus und rufe nach Christopher. Jetzt merkt auch Sophie, dass etwas nicht in Ordnung ist. Sie beendet ihr Telefongespräch, steht von der Hängematte auf und kommt zu mir. »Gerade erst war er noch hier«, sagt sie.
Nina taucht auf. Sie geht auf mich zu. Dieser Gesichtsausdruck. Sie geht schnell, sie läuft, und als sie an mir vorbeihastet, sagt sie über die Schulter: »Sie und Ben suchen im Wald, ich schaue am Pool nach.«
Aber ich bin direkt hinter ihr, meine Hände fliegen hoch, klammern sich an ihre harten nackten Arme, an den Leinenstoff ihres Kleids, ich rufe etwas, und es klingt so schrill und hysterisch, dass es mir unter normalen Umständen peinlich wäre, und ich versuche sie festzuhalten, sie zurückzureißen, sie wegzustoßen, aber sie macht mir nicht Platz, sie ist viel zu langsam, und ich komme nicht vorbei. Ich packe sie also an der Schulter, die sich knochig anfühlt, und zerre, versuche sie zur Seite zu schubsen, während wir beide rennen, aber der Weg zum Pool ist so schrecklich lang, und er scheint immer länger zu werden wie in einem bösen Traum: Es ist, als ob das Tor zum Pool vor uns zurückwiche, sich bei jedem Schritt, den wir tun, weiter entfernte, und die ganze Zeit ist sie mir im Weg. Die putzigen kleinen Hecken, die hohen Bäume, der konzentrierte Geruch von heißem Gras und sonnenverbrannter Erde und weißen Blumen. Hände, die Salatblätter mischen. Kammspuren in ungewaschenem Haar. Eine blaue Glasperle, die in der Sonne blinkt. Die Zeit bricht kreischend ein. Sie spritzt nach allen Seiten weg wie der feine Kies unter meinen nackten Sohlen, böse glitzernd.
Ich bin direkt hinter ihr, hinter ihr, warum lässt sie mich nicht vorbei? Die weißen Steinchen knirschen und fliegen durch die Luft.
Ich sehe das feuchte Handtuch, das am Tor hängt, über der Klinke, sodass die Falle nicht eingerastet ist. Ich sehe den umgestürzten kleinen Rettungswagen neben der Einstiegsleiter, die feuch-

ten Spuren der kleinen Räder, zwei parallele Linien auf den Kalksteinplatten.
Das schwarze Glas. Das Wasser schlägt über mir zusammen. Ich weiß nicht, ob es nicht bereits zu spät ist.

DANKSAGUNG

Ich danke meinen Lektorinnen Arzu Tahsin und Judy Clain; meinen Agentinnen Cat Ledger, Gráinne Fox und Karolina Sutton; Sophie Buchan; Rachel Thomas; Susie Steiner; Amanda Coe und Andrew Clifford; Morag Preston und Damian Whitworth; Lucy Darwin; Anna Mazzega; Daisy Cook und Davod Masters; Aisling Crowley, Chipo Mumba, Becky Crowley, Holly Kershaw und Zara Janmohamed; Anna Chrempinska; Elizabeth Loding; Deborah Dooley und Bob Cooper in Sheepwash; allen Lesern, denen *Alys, Always* gefallen hat und die sich die Mühe gemacht haben, es mich wissen zu lassen.

David, Sara und Victoria Lane.

Stafford, Poppy und Barnaby Critchlow.

Horror im Alltag

Als dem Pechvogel Reine und der voluminösen Angela nach der Geburt ihres Sohnes Bjarne auch noch ein kleines Erbe zufällt, glauben sie, endlich das große Los gezogen zu haben. Das Glück scheint perfekt. Doch dann wird Bjarne sehr krank. Und die Behandlung sehr teuer. Da heckt Reine in seiner Verzweiflung einen tollkühnen Plan aus …

In ihrem Roman, spannend wie ein Krimi, erzählt Marie Hermanson mit großem Einfühlungsvermögen die Geschichte zweier Außenseiter, deren Beziehung sich von einem Tag auf den anderen dramatisch ändert.

Marie Hermanson, Das unbeschriebene Blatt. Roman.
Aus dem Schwedischen von Regine Elsässer. insel taschenbuch 4390. 238 Seiten.

NF 257/1/7.15

NF 237/1/11.14

NF 206/1/07.14

NF 256/1/7.15

Solange die Geister der Vergangenheit nicht ruhen

Ein Anruf – und Almas Leben in Seattle gerät aus den Fugen: Ihre Schwester Vicky ist tot, erfroren in einer klirrend kalten Januarnacht. Alma muss zurück zu ihrer Familie nach Montana, an den Ort, dem sie vor langer Zeit den Rücken gekehrt hat, das ist sie Vicky schuldig. Früher waren die Berge, die urwüchsigen Wälder und weitläufigen Täler ihre Heimat, jetzt lösen der eiserne Griff des Winters und die abweisende Art der Menschen Beklommenheit in ihr aus. Und während die Erinnerungen an ihr früheres Leben, an ihre Schwester und an schmerzhafte Erlebnisse wieder ans Licht drängen, erscheinen auch die Umstände von Vickys Tod zunehmend rätselhaft und werfen immer mehr Fragen auf …

Denn wir waren Schwestern erzählt von einer jungen Frau, die sich auf die Suche macht, nach ihren Wurzeln, nach sich selbst – und nach dem Mörder ihrer Schwester: der Kälte trotzend, getragen vom Geist indianischer Mythen und der Kraft der mächtigen Landschaft Montanas. Und nicht zuletzt von der Liebe zu einem Ort, den man Heimat nennt.

Carrie La Seur, Denn wir waren Schwestern. Roman. Aus dem Amerikanischen von Christel Dormagen und Brigitte Heinrich. insel taschenbuch 4343. 330 Seiten.

NF 238/1/11.14

Der Duft von Zimt und Anis – und ein feiner Hauch von Mord ...

Gerade erst ist Helen mit ihrem Mann und Sohn nach Lyon gezogen. Dort freundet sie sich mit Madame Dupont an, die zurückgezogen auf dem parkähnlichen Nachbargrundstück lebt. Bald lernt sie auch Madame Duponts charismatischen Neffen Maurice kennen, der gemeinsam mit seinem Bruder ein Gourmetrestaurant betreibt. Eine unheimliche Ausstrahlung umgibt ihn, von der sich Helen magisch angezogen fühlt. Um Maurice näher zu sein, belegt sie einen Kochkurs in seinem Restaurant. Sie ahnt nicht, dass die Brüder ein dunkles Geheimnis verbindet, das sie und ihre Familie in Gefahr bringen wird …

Iris Hammers, Das Erbe der Madame Dupont. Roman. insel taschenbuch 4353. 293 Seiten.

NF 244/1/3.15

NF 258/1/7.15